ためつすがめつ一兵士が見た日中戦争の実体

1940→1943

戦争紀行

杉山市平

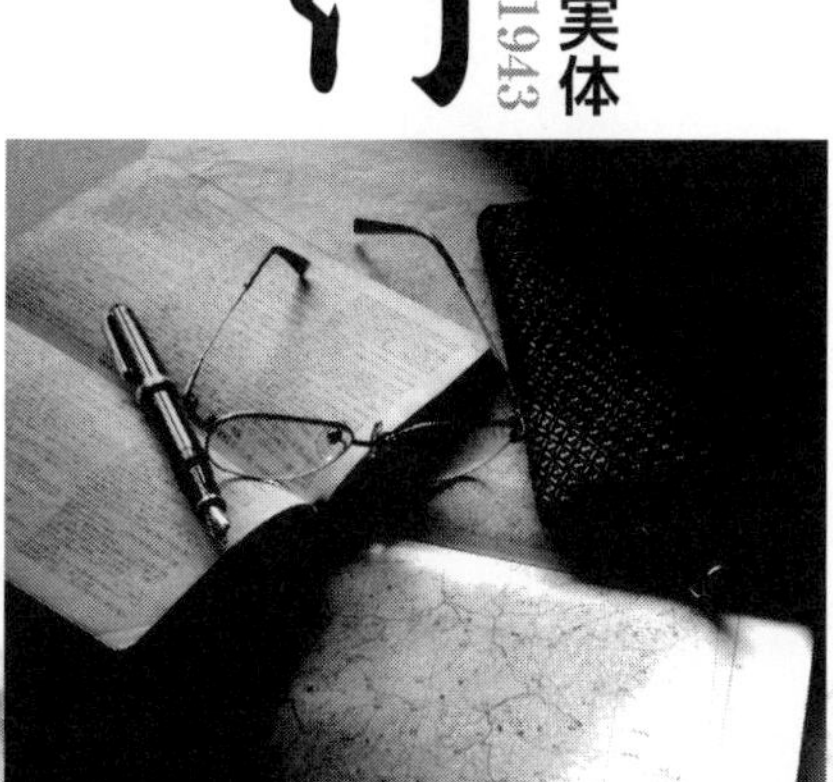

序

私は大学生のときに召集で兵隊にとられた。休学して、数年間中国大陸で従軍してきた。

これはすでに何人かの知人友人に話したことである。

これからその頃のことをもっと詳しく語ろうと思う。

それは、当時私が経験したことをできるだけ多くの人に知ってもらいたい、と思うからである。

すでにその時から四十年も経っている。記憶も大分薄れてしまった。

この間、私はほとんど絶え間なく、「書かなければ」という思いにとりつかれてきた。

ところが、なぜ書かなければならないのか、その理由が自分にもうまく説明できない。

またこの四十年間私はためらい続けてきた。

私の逡巡を、もう少し掘り下げれば、こんなことである。

おれが経験したことは、ちょっと変わっている。いわゆる「学徒出陣」の部類に入らないのだ。

あのときおれが見たこと、考えさせられたことは書き残さなければならぬ。

おれをあんなふうに戦争に引き込んだ「あの時代」に、おれは文句がある。

この「おれの世代の文句」は書き残さねばならぬ。

しかし振りかえってみれば、結構おれは「それ」を楽しんでもいた。その愉快な思い出は書き残さねばならぬ。


私は考えた。

見回してみれば、森羅万象それぞれおのれの物語を語っていないものはない。

流れる雲が語っている。

路傍の小石が語っている。

部屋の前のニレの木は目撃した百年の興亡を語っている。

馬の眼は悲しい話を語りかけている。

そのように、私も、私の存在によって、私の生活そのものによって自分の物語を語ってきたわけではあった。

私はそのままに、何もせずにいて、自身を語り続けていてもよいわけである。

しかし私はこれから書くことにする。

存在し生活することによって「語る」ばかりでなく、書くという手段が人間に許されている以上、自分を語ることにそれを行使しないでおく理由はないであろう。

私は自分の過去の一段を切り取って、それを文字に移してみる。

それが自分にとっても人にとっても意味のある作業になればよい、と念じつつ……。

戦争紀行

ためつすがめつ一兵士が見た日中戦争の実体

目次

第三章 ◆ 129

第四章 ◆ 171

第五章 ◆ 197

第八章 ……315

第九章 ……375

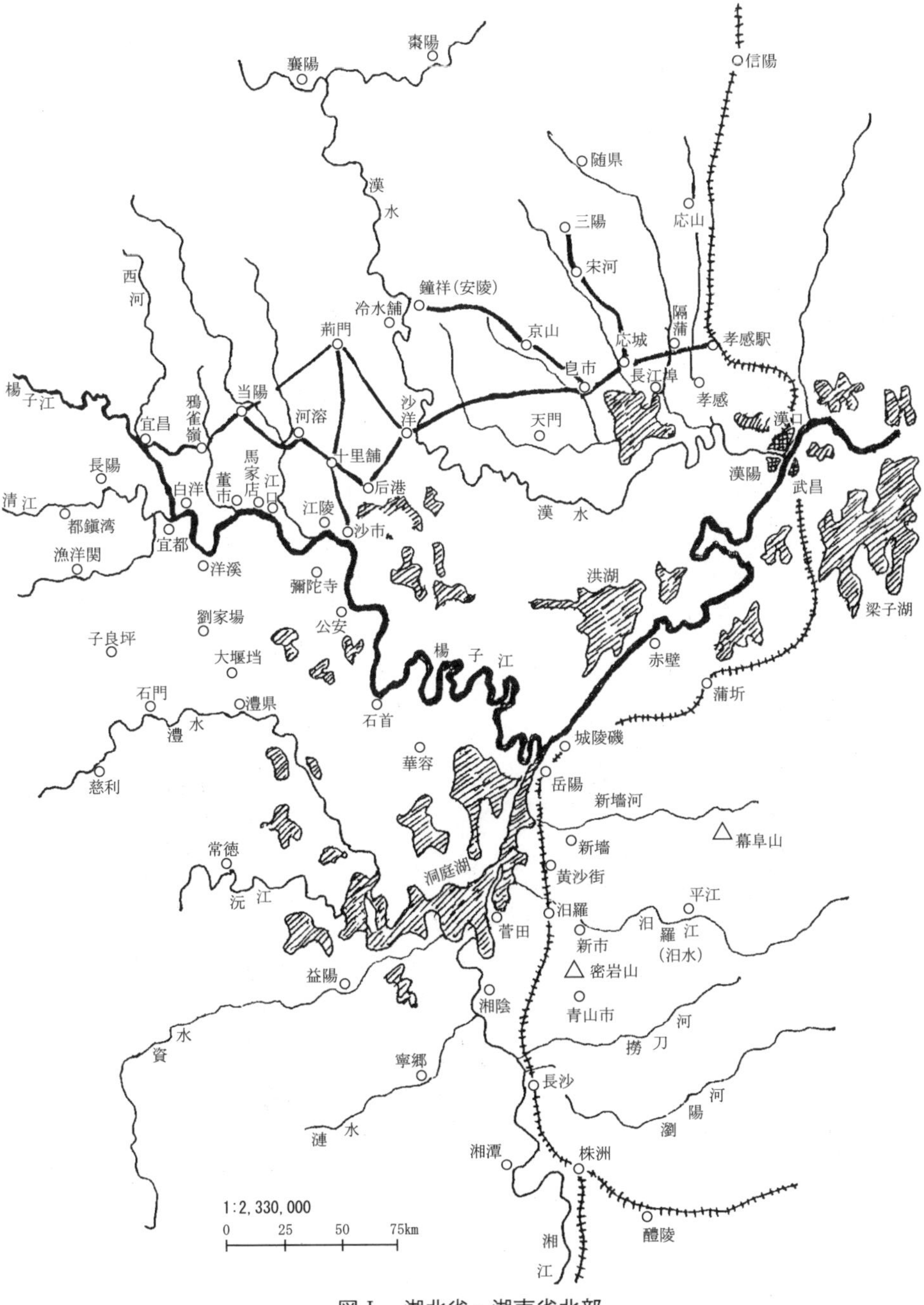
棗陽
襄陽
信陽
随県
応山
三陽
宋河
漢
水
鐘祥(安陵)
冷水舗
京山
応城
隔
蒲
孝感駅
皂市
長江埠
孝感
西
河
荊門
当陽
鴉
雀
嶺
宜昌
河溶
沙
洋
天門
漢口
揚
子
江
十里舗
后港
漢陽
武昌
長陽
白洋
董
市
馬
家
店
江
口
清
江
都鎮湾
江陵
沙市
漢
水
宜都
漁洋関
洋溪
彌陀寺
洪湖
劉家場
公安
梁子湖
子良坪
大堰垱
揚
子
江
赤壁
石門
澧県
蒲圻
澧
水
石首
城陵磯
慈利
華容
岳陽
新墻河
幕阜山
新墻
常徳
黄沙街
洞庭湖
沅
江
汨羅
平江
营田
新市
汨
羅
江
(汨水)
密岩山
益陽
湘陰
青山市
資
水
河
刀
撈
寧郷
長沙
河
陽
瀏
漣
水
湘潭
株洲
1:2,330,000
0
25
50
75km
醴陵
湘
江

図Ⅰ　湖北省・湖南省北部

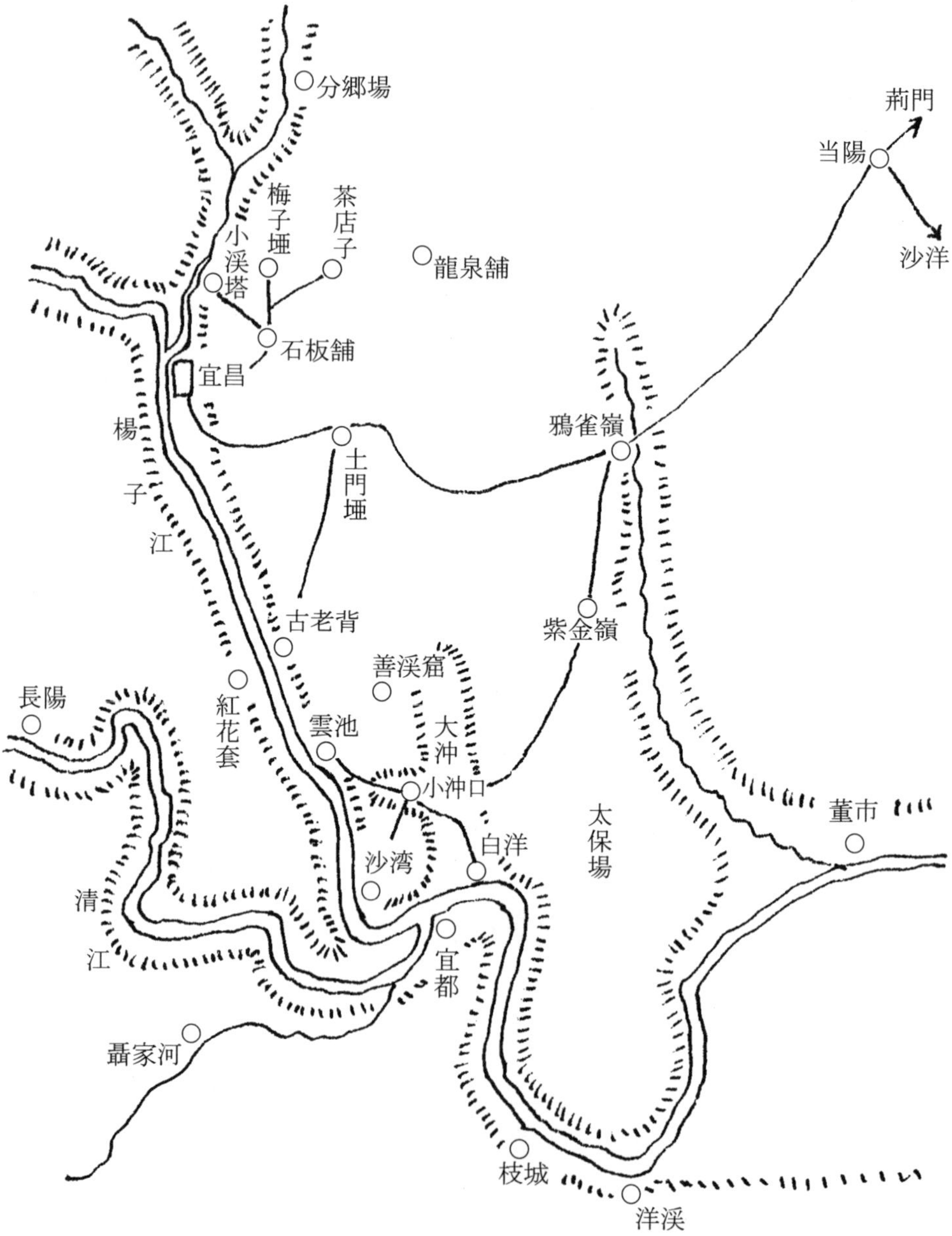

図Ⅱ　宜昌・鴉雀嶺・紫金嶺・石板舗

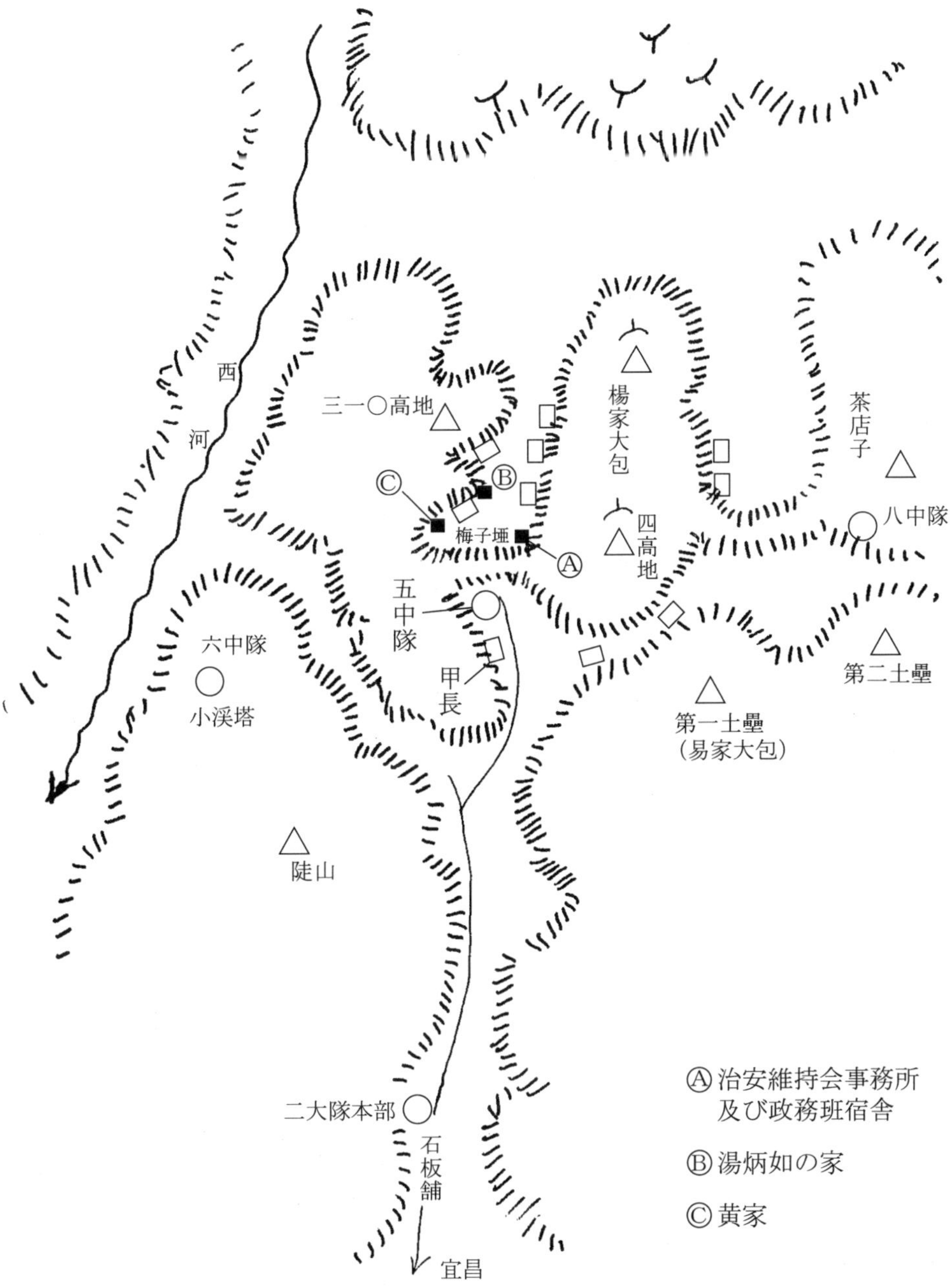

図Ⅲ　石板舗・梅子埡概略図

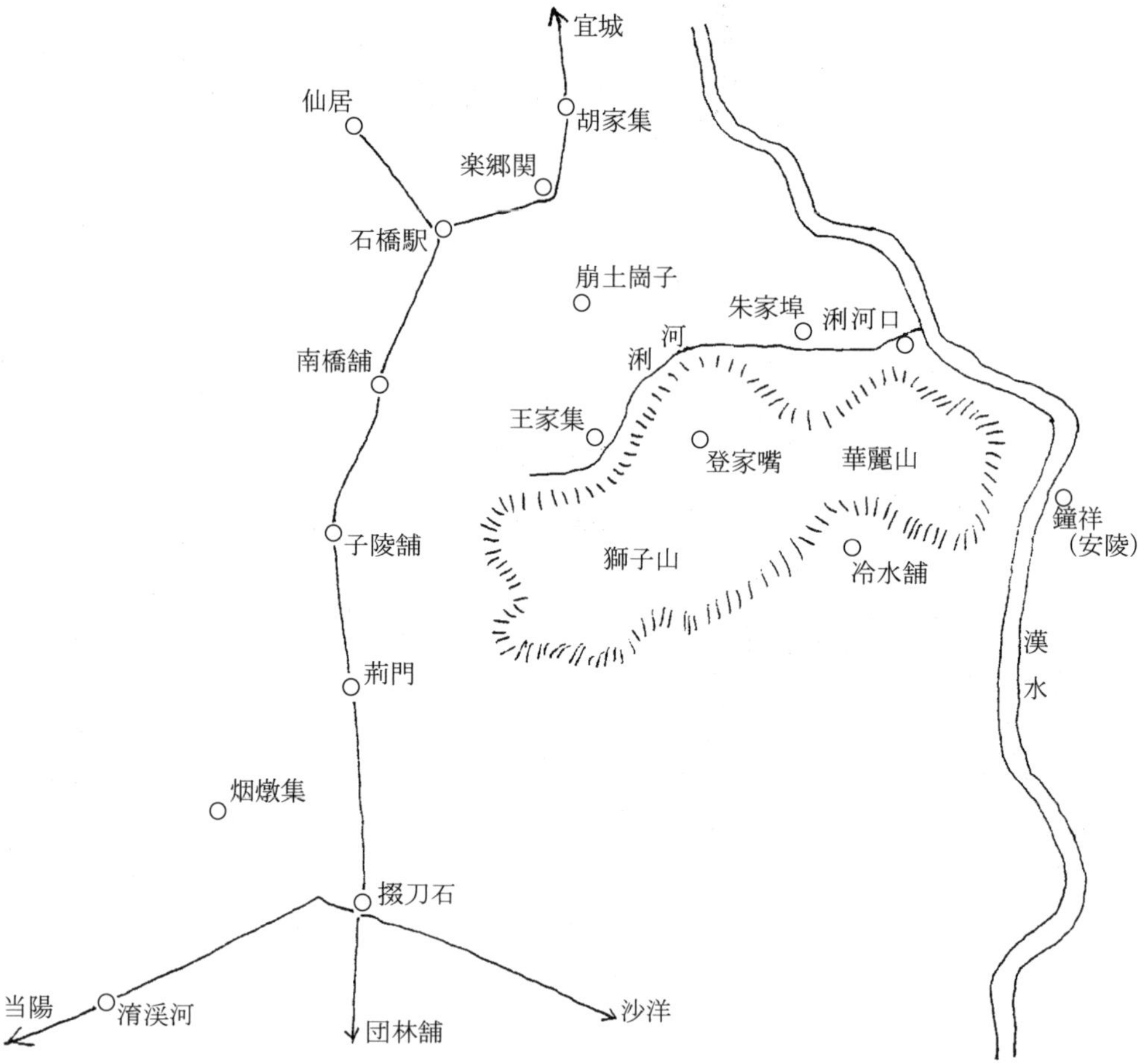
宜城
仙居
胡家集
楽郷関
石橋駅
崩土崗子
朱家埠
溂河口
河
溂
南橋舗
王家集
登家嘴
華麗山
鐘祥
（安陵）
子陵舗
獅子山
冷水舗
漢
水
荊門
烟墩集
掇刀石
当陽
淯渓河
団林舗
沙洋

図Ⅳ　荊北地区概略図

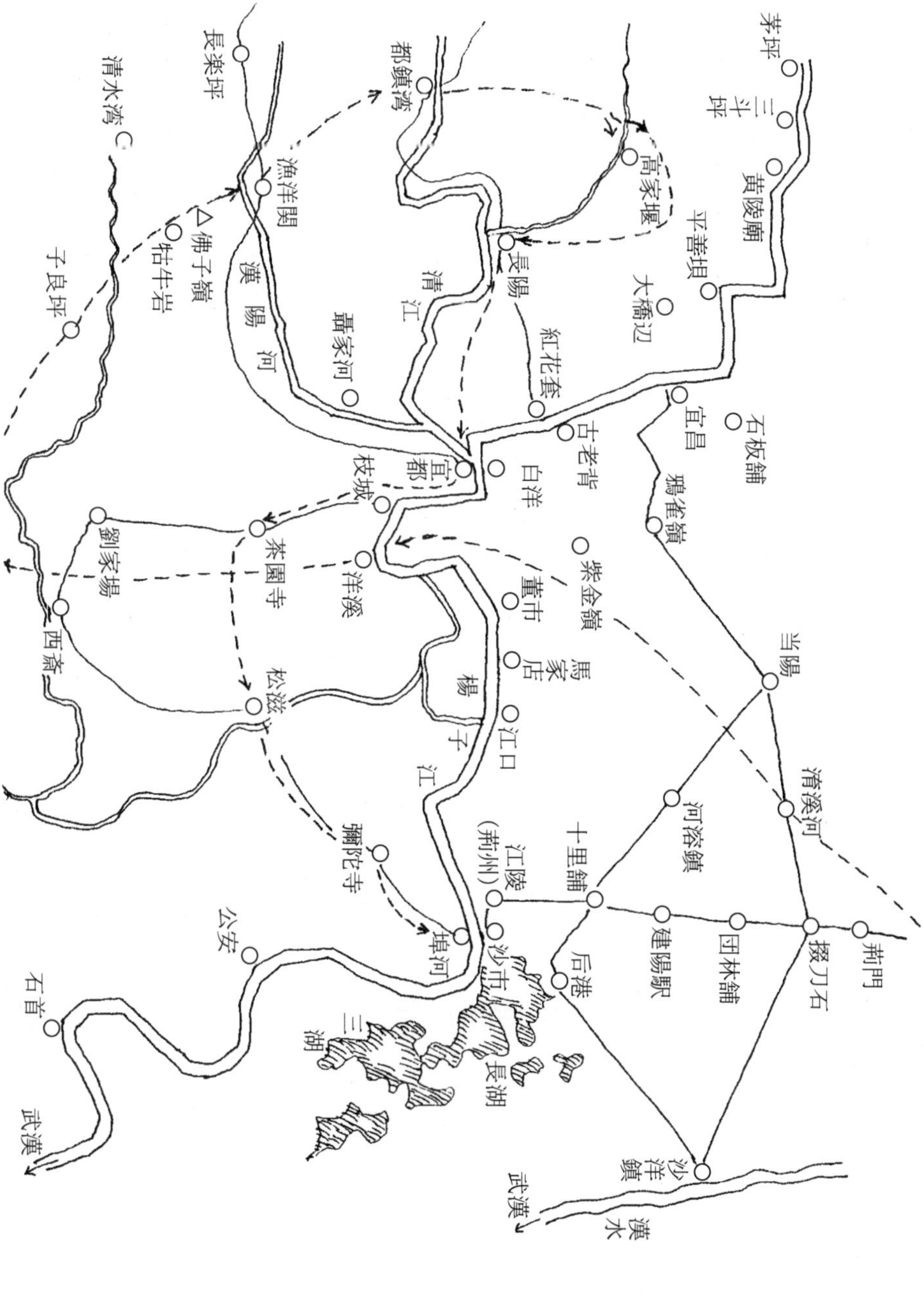

図Ｖ　筆者の「江南殲滅作戦」作戦行路

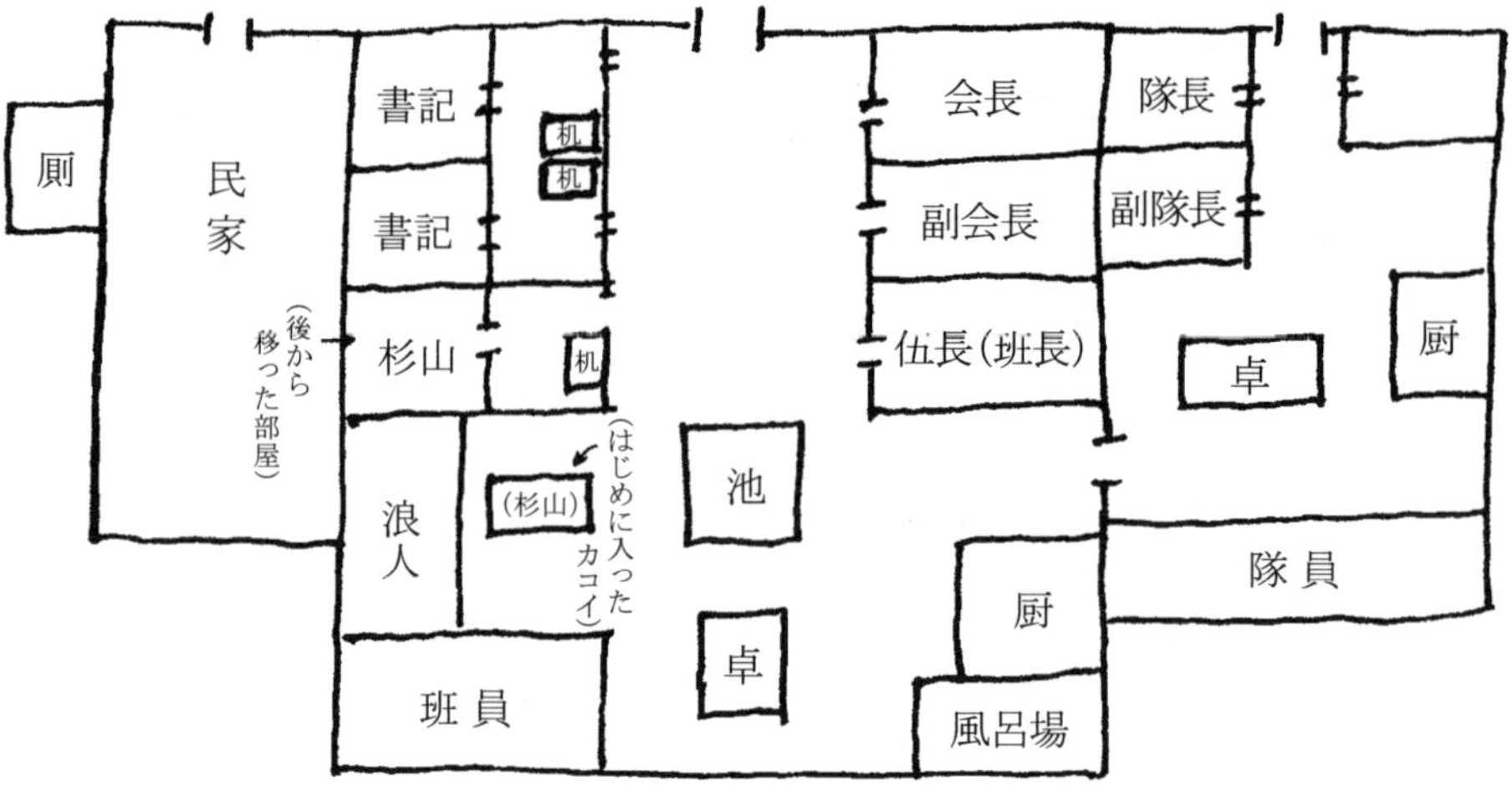

図Ⅵ　政務班治安維持会の部屋割図

図Ⅶ　国民党軍の迎賓ラッパ曲

第一章

戦争の声

私と戦争とのかかわり合いは、二・二六事件の夜から始まった。

そのときから戦争を企んでいる者を意識するようになり、戦争と私との駆け引きが始まったのであった。

その夜、私は京都、真如堂《しんにょどう》の筋向かいにある笠井という下宿屋の四畳半の一室で試験勉強をしていた。試験が首尾よく終われば、私は三高（旧制第三高等学校、現、京都大学）の理甲三年生になって、いよいよ東京帝国大学（現、東京大学）医学部を目指すことになる。

たいへん寒い晩であった。私は服の上にドテラを羽織り、それを帯で締め、山歩き用の厚い毛の靴下をはき、あぐらの中に小さな火鉢を抱え込んで、小机に向かっていた。私はノートではなく、その上に重ねた英文の何か小説を読んでいた。

耳がジーンと鳴りそうな静寂。

八時を過ぎたろうか。

突然、吉田山の方角で「バンザーイ」という声が上がった。

一瞬、横文字を忘れ、もちろんノートも忘れ、身を固くして次の声を待った。

何もない。「チクショウ」と舌打ちした。

その朝東京で起こった事件のことは、号外で知っていた。

何か私の理解のワクをはみ出すような大事件であった。ここ数年来、右翼や血気にはやる少壮軍人の小グループが要人殺しのテロを重ねてきた……それを、こんどは軍隊が出動して大規模にやっている。一隊が朝日新聞に乱入して活字棚を引っ繰り返した、という話が印象に残った。

決起部隊はさらに山王ホテルにたてこもって、国家改造を要求している。市街戦が始まるかもしれない……。

そんなこと——クーデターという言葉を私はまだ知らなかった——、そのような行動、そのような軍事的衝突の危機が、現実に東京で起こっているというそのことに、私は驚き、当惑していた。

しかし何といってもそれは東京のことである。こちらはとにかく、明日の試験を何とかしなければならない……。

ということで、ムリヤリ我が身をノートに立ち向かわせていた時に、今の「バンザーイ」だったのだ。「何の声だろう?」といぶかる思いの下から、私は「バンザイ」を叫んだ連中が「その仲間」であるにちがいない、と直感していた。

部屋にたって西に向かえば、目の前が飛び石の小道。その先が植え込みになっていて、その向こうがガケ、そして窪地に落ち込んでいる。谷に沈んだ家々の 甍《いらか》を越えて神楽岡《かぐらおか》の高まりが横たわる。その上に、ここから左手寄り正面に、「東洋花壇」という料亭が総ガラス戸長くつらねて、そびえて見えた。

「バンザイ」の声は、雨戸を立ててあるその西側から入ってきた。十人ぐらいの声と聞こえた。ひょっとすると、彼らは東洋花壇で宴会をしていたのかもしれない。あるいは、もっと右手にあたる吉田神社の奥山で、闇にまぎれて、同志の会合でももっていたのであろうか? 彼らも京都で決起するつもりなのだろうか? 吉田山の方では、何の動静もない。冷えた、暗い夜が、一瞬にすべてを呑み込んでしまったかのようだ。

二階建てになった笠井のベンガラ塗りの母屋は、がっしりした構えである。玄関が広いタタキになっていて、大きな食卓が据えてあった。下宿の食堂である。寝坊をしたり、外食したりする者のほかは、同宿人が大体そこで食事時に顔を合わせる。

その翌朝も何人かが食事に出てきた。しかし、みんな、いつものように黙ってめしをかきこむばかりで、誰も「バンザイ」のことをいわない。

もしあれが「事件」であったならば、いつも大原女のような格好をしているふくふくしたおばあちゃんか、そうでなければ引目釣鼻《ひきめつりばな》の、豊かな乳房がこぼれ出そうになっている大和絵の中の女のような嫁さんが、お膳を運んできながら、下宿人の古株に向かって、「加藤はん、ゆんべ軍人さんが吉田山でえろう騒ぎはったの知ってるか?」とかなんとかいいそうなものだが……。

吉田山の「バンザイ」は、冷え返る京の夜空に消えてしまった――だれにも気づかれず。私だけが「その声」を聞いた。私は黙っていた。

戦争が始まり、進行していた。

昭和十一年(一九三六年)である。

「二・二六」のあと、広田弘毅の「挙国一致内閣」になって、軍部の政局支配が一段と強まってきた。

戦争が満州から熱河へ、そして華北へと拡がりつつあった。

ヨーロッパではドイツがザールに進出、イタリアがエチオピアに攻め込んでいた。

暮れには中国で西安事変が起こった。

しかしこれは私の記憶に残らなかった。

笠井のおばあちゃんはじっとしている時がない。垣根の手入れをするか、家の前の広い通りにおいた縁台に腰掛けて何か手仕事をするか、いつも丸くなって動いている。

誰かがどこかで拾ってきてそのまま居ついた茶のチビのノラ犬が、おばあちゃんの足元にまとわりつく。

市役所勤めをしている息子の嫁さんは、玄関を掃いたり、庭の小道を掃いたり、廊下を拭いたり、子供に乳をふくませたりしている。

おばあちゃんや嫁さんは、そうして動いていながら、私が出掛けるのをみると、「いっとおいでやす」と声をかけてくれる。「学校か?」という時もある。学校に行く時も、そうでない時も、「うん」と生返事して出てくる。平和で暖かい人たち、静かな下宿のたたずまいである。

通りに出れば、真如堂の方に向かって軽く上り気味になっている広い道に、ほとんど人影がない。

真如堂のまえを左に曲がる。白く乾いた広い参道をたどって神楽岡の石段を上がると、「茶枳尼天《だきにてん》」と太く刻んだ石柱が私を迎える。それを見るたびに「ダキニ」とはなんと異様な、おそろしい響きだろうと思う。「彼ら」はまさかこの境内に集まったのでは……?

右に曲がって吉田山を越える。木々のあいだに薄暗くひそむ社やほこら。吉田神社を裏から通り抜け、丹塗りの大鳥居をくぐり、中西屋という本屋を左に見て、やがて三高の正門を入る。

いっぱいの緑、しめった敷石と土と苔。それを歯のちびた下駄でふんでいくこの通学路が、私は好きであった。そこを想念の去来にまかせて歩く。

門を入ってからは、惰性で動く。教室ではほとんど口をきくこともない。

休み時間になると、教室の窓ごしに裏手のクローバの斜面に飛び降りて、そこに引っくり返る。背と肩に、冷たくやわらかな緑の葉の当たり……両手を枕に雲を見る。太く高く伸びた幹の上で雲にさわろうとさわいでいるプラタナスの葉を眺める。

級友たちのしゃべり声、笑い声が、日盛りのアブの羽音のように聞こえる。

京都の毎日はおだやかであった。「春日煦煦《しゅんじつくく》」である。その春の日差しに「非常時」は霞み、戦争の実感は遠のいた。たまたま戦争の話になっても、笠井のおばあちゃんではないが、「ほんまに兵隊さんも御苦労やな」で終わってしまうぐらいのものであった。

学生仲間でも、戦争のことはあまり話題にならなかった。わざと避けていたのであろうか？　自分らの問題ではない、という感じ方だったように思う。

私が覚えているのは、新京極だか河原町通りだかの映画館を出てからのことである。あの頃は、映画の本番になる前に、必ず日映の時局ニュースが一、二本かかった。そのなかに戦場の情景が出てくる。

とがった峰峰の山波が写る。けわしい山道を、ヒラヒラのついた帽子をかぶった兵隊がよじ登ってくる。背中に鉄砲がついている。その手にした手綱を後ろざまにつっ張るように、頭を反らせながら、背中に固着された砲身を大きく波うたせて、軍馬が上がってくる。別の兵隊が現れてくる。馬の尻を押しているようである。馬に引っ張られているようでもある。

見ていて、私は「兵隊さんの御苦労」に心を痛めるよりも何よりも、その背景にある壮大な景観に心を奪われた。

映画館を出て帰り道、私はつぶやいた。

「あんな山歩きができるなら……おれ、兵隊になってもいいな」

一緒にいた関口という文科の生徒があきれたように私を見た。笑い出した。

「バカ。そんな弱気を出すと、ほんとに兵隊にとられてしまうぞ」

戦争は、そのような具合でしか私たちの話題に上がってこなかったのである。

昭和九年発行の三高寮歌集には、「逍遥の歌」とか、応援歌、運動部歌など、校歌に類する歌や威勢のよい歌のほかに、明治、大正の昔から三高生が歌い継いできた叙情の歌がたくさん収録されている。「寮歌」であり「穂灯」の歌である。合わせて二十二篇。（ちなみに「穂灯」は「逍遥の歌」のなかのフリガナに従って、「ケイトウ」と読むことになっていた。「スイトウ」と読むべきものが、どうしてそうなったのか分からない。おそらく、穂のようにゆれるともし火という気持ちでそのような字をつかい、意味は蛍の灯――「ケイトウ」ということにしたのでもあろうか）

この叙情の歌で、「涙を流し」たり、「泣い」たりしている句のあるものを拾ってみると、そうした歌は八篇、そのなかには一篇のなかで三回も「泣い」たり、「涙を流し」たりしているもの、さらにはそれが六回に及ぶものさえある。いつの時代も、三高生はよく「泣き」、よく「涙を流し」ていたのである。

昭和十一年の私は、そのような歌を愛唱していた。

しかし、「君の憂《うれい》は秘《ひ》む勿《なの》れ、共に孤灯に我泣かん」とか、「友の歌声我和せば、窓金色にしめりつつ、頰を伝う涙かな」とかいえるような「友」は、もはや私の周囲にいなかった。

当時の私の「友」はごく少数で、それも大部分はサボりの仲間、怠け者、落第生、そしていろいろな意味で、今にいう「落ちこぼれ」のたぐいであった。泣いたり涙したりするよりは、そうした仲間と一緒に授業をズルけ、京極、祇園の飲み屋で酒をあおった。「荒れ」、「乱れ」ていたのである。

酔ったあと、多くの場合、私は一人で夜の町を歩いていた。当時、京都の市電は丸太町通りを東に向かって、天王寺町が行き止まりになっていた。夜のそうした時間帯には、もう電車の影もない。紅灯《こうとう》の巷《ちまた》を後にして、熊野神社の前を曲がり、岡崎を通って下宿に向かう。よろめき歩くもうろうとした眼の中に、冷たく伸びる電車のレールが波打った。電灯の列が二筋、高く、空しく、踊っていた。下宿の前までたどりついて、そこに倒れて、冷え切っていたこともある。

私は図書館にはよく出入りしていた。図書館での楽しみは何といっても、イギリスの漫画雑誌『パンチ』を見ることであった。イギリス特有のおかしみがたまらない。クックッと笑えてくる。時には大声をあげて笑いたくなる。ひとりで歩いているときなどに、ふとそれを思い出して、ニタニタしたりする。友人がそれを見とがめて、「おい、何か面白いことでもあるんか?」と聞いたりすることがよくあった。『パンチ』の漫画は、そうしたひとり笑いの材料になっていたのである。

一人ぽっちの、京都の生活であった。

当時は、私ばかりでなく誰もが、いろいろな意味で、一人一人にとじこもっていた。みんなが一つのことに関心を寄せ燃え上がる、というようなことはもうなくなっていた。「学生運動」の波が通りすぎて、そのあとが空っぽになっていたみたいである。ちょうどそのところに、私たちがはまり込んだ。

昭和五年にあったといわれる「三高のスト」は、はるかな昔の物語になっていた。私は三高時代にたった一度しか「スト」の話をきいていない。それも何か偶然のきっかけで話が出たぐらいのことで聞いた話もたいして印象に残らなかった。

小講堂の二階に下駄をならして上がっていくと、ほこりっぽく、だだっ広い床の一方にたしか医務室があった。また「学生共済会」といったのだろう、そのような店だか事務所みたいなものもあった。何もひきつけられるものがない……。そこの学生たちが何をしているのか、知ろうとする興味も湧かなかった。

だから集団生活の機会といえば、「自由寮」に入っているときか、一高（旧制第一高等学校、現、東京大学）戦で東京に「遠征」し、学校の寄宿舎を借りて合宿するときか、あるいは運動部に入ったときにしかありえないのであった。

自由寮

寮生活は、一般社会では想像もできないような放任、不潔、乱雑の生活であった。

一部屋に五人ないし八人ぐらいで一緒に寝起きする。勉強室は階下、寝室は二階。寝室はいわゆる万年床だ。廊下も勉強室も白壁、床は板張り。土足、下駄ばき勝手放題で、床にはうすく埃がたまっている。寝室の畳敷きはさすがに下駄をぬいで上がるが、それも「ストーム」という夜半の寝室荒しの集団的乱チキ騒ぎになると、畳といわず布団といわず下駄でメチャクチャに踏みしだかれてしまう。

ものぐさな連中は、尿意を催すと、二階の窓から放尿する。だから寮の中庭はいつも小便臭かった。壁という壁は落書きで埋まっていた。

入学して、寮に一足入ったとき、私はそのあんまりの汚さにたまげてしまって、逃げ出したくなった。それでも入寮して一週間も経った頃には、すっかりその生活になじんでしまっていた。何しろ音に聞えた難関を（とにも角にも）突破して入ってきた「天下の三高生」だ。無類の勝利感。そして受験勉強と規則づくめの中学生活から解放され大人になった、という躍り上がりたい気持ち。これには寮の放漫、乱雑、無政府状態が、まさにぴったりときたわけであったのだ。

寮に入ると間もなく、その小便臭い中庭で、五月一日の「三高記念祭」にそなえて「記念祭歌」の練習がはじまる。素足につっかけた湿ったワラ草履を通して、伸び出した草の葉の冷たさが伝わってくる。大太鼓の音が腹にひびく。恐ろしげにもガラの悪いいでたちで、いかつい顔の猛者連が上げる壮烈な蛮声。かれらのリードに従って覚えた「記念祭歌」が、中庭の混然とした臭いと、初夏の夕空と、ひんやりとしはじめた空気の肌ざわりとをともなって、私たちには生涯忘れることのできない思い出の歌になってしまうのであった。

記念祭が過ぎると夏が駆け足でやってくる。寮生は霜降りの木綿の服をうす汚れたふうに着る。時には素肌の上にジカに上着を着て、背中いっぱいにしみ出した汗のあとを誇示する。帽子もできるだけ痛めつけ、時には天辺をわざと引き裂いてそこから頭髪がのぞくようにする。裂け目を荒く糸でかがったり、油でテラテラに光らせたり、白線を汚したり、ヨレヨレにしたり。そして太い鼻緒の朴歯《ほおば》の下駄をころがして、数人一隊となって寮から中心の繁華街へと押し出していく。

そうした蛮風に同調することも拒否して、まっとうな姿で押し通す寮生もいるが、大勢は滔滔《とうとう》として蛮カラ、反文化だ。どのように謹厳でまじめな寮生も、仲間と一緒に寮歌を放吟して京都の街々を濶歩する愉快さには逆らうことができないであろう。

しかし二年間、三年間とこのような寮生活を続ける者は、よほどの猛者か、このような生活に青春の火をもやしつくそうとでもしている者か、応援団の幹部かであって、さもなくば経済的な事情その他の理由で寮に留まることを選んだ生徒たちであっただろう。たいていは、寮生活も一年を過ぎる頃になると、集団から離れることを考え始める。個々のプライベートな生活を志向するようになる。

「感激の寮生活」は、夏の一高戦で最高潮に達する。陸上、庭球、ボート、野球の四種目の競技で一高と勝敗を争うのである。寮にたむろする応援団の幹部が中心になって、全校有志を動員、組織し、相手方の一高応援団と相対峙して応援合戦をくりひろげる。

一高方は源氏の白旗、白ノボリ、三高方は平家の赤旗、赤ノボリ。双方幾旒《りゅう》ものノボリを押し立て、大太鼓、小太鼓に合わせて大小の旗をふり、応援団長の指揮に従って一斉に応援歌を歌い、トキの声を上げる。

応援がもっとも白熱するのは野球戦で、このときはさらにスタンドを下駄でふみ鳴らしたり、相手方の投手が投球にかかると一斉にカン声を上げて、スタンドを上から下へとなだれを打って、ゲタ音高く駆け下りたりして投手を撹乱させる。

炎天のもと大声を上げて連続数時間にわたる大奮闘である。応援も楽ではない。スタンドや試合場には数個所に大樽が置いてあって、それ一ぱいに張った水のなかに白砂糖がブチ込んである。ノドが乾けば大ひしゃくでそれを汲んで、ゴクゴクと飲み下す。興奮してくると誰彼かまわずそのひしゃくで砂糖水を引っかける。

試合が終わると、勝とうが負けようが、応援団の「雑兵ども」はもう声もかれてしまって、それぞれ足を引きずるようにして引き上げる。このような「戦争ぶり」がこうじて、翌年、私が二年生だったとき、有名な一高三高戦の乱闘事件が起こってしまうのだが、そのことはまた後で語ることにしよう。

とにかく、私は入学の年の夏、一高勢を京都に迎え撃った「合戦」のあと、大阪に帰省した。そのうちにしょう紅熱にかかり、桃山病院に入れられてしまった。隔離病院である。

入院中の九月二十一日、「室戸台風」が大阪、京都を襲った。このあおりを食らって、三高の寮は傾き、住んでいられなくなってしまった。三高の健児どもが長年にわたって大集団を組み、床を高下駄でふみ鳴らし、丸太棒でド突き、小便を引っかけ、そうした「ストーム」の波状攻撃をくり返してきたため、「自由寮」の根太《ねだ》はすっかりゆるみ、腐ってしまっていたのだろう。

学期が始まっていた。学校に戻ってみたら、寮生は近くの下宿屋や木造アパートに分宿していた。私が移ったアパートでは、五人、八人の相部屋生活が二人の同宿生活に変わっていた。このような次第で、わたしは「正統の」自由寮生活を、結局五ヶ月ぐらいしか体験できないで終わってしまったのである。寮はそのあと一年余りして、校内の別の場所に再建されたが、それはもう「私の知っている」寮ではなかった。私はその寮には戻らなかった。

脱走

入学した当座、私は剣道部に入った。別に剣道が達者だったわけでもなく、好きだったわけでもないのだが……。入学式のあとだったろうか、いよいよ三高生になるという段階で、何だかよく分からないうちに、運動部の勧誘係がいっぱいにつまっている部屋――小講堂だったろうか――を、迷路にいくように通らされた。通路を扼して、大声で笑ったり冗談をとばし合ったりしている連中が関所をつくっている。おずおずとそこにさしかかる子羊を片端からつかまえて、からかったりなぶったりしながら、部の中に引っぱり込んでしまう、という仕掛けなのだった。

ほかの「関所」をどう通りすぎたのか、さっぱり憶えていない。部屋はワンワンとわき返り、人のいきれでむせ返るようだった。それだけで子羊どもは頭がカッカとしてしまう。私はそこで剣道部につかまり、承知してしまった。

理由は、中学のときやったことがあるというだけ。本当は山歩き、山登りが好きなのだが、山岳部というのは岩をロープで登ったりするところらしく、とてもとても。剣道ならば……というわけであった。

そうはいっても、中学時代の剣道には、あまりいい思い出がないのであった。

中学では剣道が三年まで正規の授業課目になっていた（四年からは受験準備のためであろう、剣道は正課から消えていたと思う）。月形半平太や鞍馬天狗になって遊ぶチャンバラは子供のときから好きであったから、剣道がチャンバラ遊びの延長である限り、面白くやっていけた。その三年生の頃だったろうか。道場に二列に並んで正座して、誰かが先生相手に面打ちの練習をするのを見学していた時である。

隣に座っていた門脇という少年とふざけて、つい、竹刀でお互いの面をたたいたりし合っていたのがイケなかった。おもしろがってやっているうちに、突然両眼から火花がとび出した。気がついたら、眼の前を先生の黒胴がふさいでいる。かねがねすごいと思ってみていた先生の太くたくましい腕が、力いっぱい、私の面の「やわらかい」ところに竹刀を打ち下ろしていた。チラリと見上げた先生の眼が怒りにもえていた。私をしたたかに打ちこらすと、こんどは隣の門脇に竹刀の雨が降り、門脇はその下に小さく縮んでいた。

三高剣道部の一員になってからも、あのときの火花は思い出から消えはしなかった。腕前は、いつまでたっても中学三年生のレベルを脱け出すことができない。ほかの連中のようなさっそうたる竹刀さばきが、どうにもできない。上手になるカンどころというものをつかむために必死になろう、という気に、どうしてもならない。部員仲間の話にくったくなく入っていくことができない。ともすれば、こんなに下手くそな竹刀を振り回しているよりは本でも読んでいる方がマシだ、という気持ちになる……。しかしとにかく、二年の春ごろまではみんなにくっついていった。

そのうちに、剣道部員が鹿ヶ谷《ししがたに》に合宿することになった。「いや」というわけにいかない……。

新しく移った部屋は二階であった。

窓から眺めると、左手に東山が連なり、右に神楽岡が低く横たわる。神楽岡の緑のあいだに、金持ちや大学の教授たちの邸の破風《はふ》やイラカが見え隠れする。眼の前にある数軒の屋根の向こうは畑だった。菜の花の黄色、麦の緑。どこもかしこも、それまで気楽に、気ままに歩きまわっていたところ……。

空気はもう暑いぐらい。人の動きが感じられない。

これからは、この家から道場へ通うことになる……。もう勝手にその辺を歩くわけにはいかなくなる……。私は一人でため息をついた。

脱走を考えた。

ほかに部員が居合わせなかったことを幸い、入ったばかりの合宿を出て、近くの引越し屋からリヤカーを借りてきた。布団袋をのせた。それを引っぱって、もとの下宿に帰った。

それからは、学校に出ても「人目をはばかる身」である。

同学年の仲間たちは、会っても何もいわなかった。しかし、先輩の誰それが杉山のことを尋ねていた、という話は、どこからともなく伝わってくる。

ある日、教室の裏でぼんやりしていたら、一年上の「剣士」に見つかってしまった。幸いにこの先輩は京都の人で、穏やかで、明るく、行儀がよく、それこそケレン味のない使い手であった。

「こら。杉山。逃げたな」

先輩は眼をむいていった。しかしその眼は黒ブチの眼鏡のなかで笑っていた。私は首をすくめて頭をかいた。かれはそれ以上何もいわなかった。その後、ほかの先輩から追及されることもなく、そのまま私は剣道部と縁切れになってしまった。

私のような者は居ても居なくても、合宿に残ろうが逃げていこうが、部にとっては痛くもカユくもない、という存在だったのだ。しかしそれにしても、当時の三高の「自由主義」が私の「自由」な剣道部離脱に幸いした、ということは確かである。

私はとうとう「一人」になった。一人で歩き回ったり、考えたり、空想したりするようになった。暑い日など、私はよく笠井を出て真如堂にいった。ほとんど人の姿がない。山門のわきの茶店に見かけるのは、おじいさん一人ぐらいのものである。私は下駄をぬぎ棄てきざはしを上り、広い廊下を右手に廻り込んで、風通しのよいそこの板敷の上に引っくり返る。枯れ切った板敷のにおいと肌ざわり。内陣の冷たい空気のにおい……『カラマーゾフの兄弟』と『白痴』はそこでそうして読んだ。

一人でないときは、常蔭という「落ちこぼれ」の友人が一緒だった。

常蔭は、私のなまけの相手役として眼の前に現れてきたような男である。私は理科で組は違っていたが、学校で彼と顔が会うと、必ず私たちの足が教室の方ではなくて、町のほうに向かってしまう。私はかれが一緒であることを口実にして、あらゆる「上向き」の努力を要する行動を放棄し、「下向き」に重力に従って動ける方向へと走り出すのであった。

町にいっても、別に酒を飲むでもない。やけに煙草を吸い、コーヒーを飲み、そして歩く。

私は常蔭に調子を合わせて、頭脳の単純な教師を笑った。蓬髪《ほうはつ》、黒紋付——それも三高の徽章《きしょう》をわざわざ紋にしている——、よれよれの黒袴、恐ろしく太い白の鼻緒の重く厚い足駄、油で光る破けた学帽。そういういで立ちの豪傑を見て、肩をすくめた。「オーッ」とか、「ナカース（すごい、立派だ）」などとかれらがさけぶとき、私たちは顔を見合わせて、「とてもついていけません」と苦笑した。

野球部が校庭で一高戦の練習をするとき、応援団の面々は寮から太鼓を持ち出し、赤旗をおし立てて、選手たちをはげまし、気勢を上げる。ヒットが出ると太鼓を乱打して、「ヤレーッ」などと絶叫する。寮生がその応援に狩り出される。常蔭はよくそこから逃げ出してきては、

「わしゃ、もう、かなわんよ」

と、エンタツ、アチャコの漫才もどきに細い声でいっては笑っていた。度の強い眼鏡の奥で眼がしょぼつき、濃い

ヒゲ面がゆがんだ。

常蔭を知るようになったのは、一年生時代の後半に入ってからのことである。寮が大風で倒れたあと、寮生は近くの下宿や木賃アパートに合宿したのだが、そのとき私と同室になった東京六中出の金原という文科生のところによく押しかけてきては、ふざけて取っ組み合いなどをしていた常蔭であった。四中を出て、一高に失敗して、京都に流れてきた組である。数学の問題など宙で解いてしまうようなスゴイ奴という印象であった。

東京のころはきっと秀才だったにちがいない。しかし、京都の空気を吸っているうちに「堕落」してしまったのであろう。何とか省のお役人の家庭で、何だか堅苦しく、やかましく、冷たい環境だった、という話をかれから聞いた。家庭的な温かさに飢えていたのであろう。

一年生のはじめの頃には、仲間の寮生と一緒にマントをひるがえして京都の街を高歌放吟しているヒゲ面のかれを、わたしは遠くから眺めていた。

二年生になると、かれはもう学校と、寮と、応援団に背を向けはじめていた。その頃、どういうキッカケであったか、私はかれと意気投合してしまったのである。

かれははじめの頃、しきりに私を「貴様」よばわりした。それがひっかかった。しかし気にしないことにした……。いつの間にか「貴様」は出なくなっていた。ただ、軽いドモリのくせは、ずっと続いた。

厚いガラスの眼鏡は幾重にもシマを重ね、彼の眼はそのシマの奥にカスんでしまいそうである。眉毛と眼鏡と鼻がクシャクシャにより集まっている。濃いヒゲの頬が上唇をまくれ上がらせている。髪の毛が薄くなりはじめている。

胸を患ったことがあるらしい。兵隊検査にいったら「丙種合格」は確実だ、と自負していた。一年生時代にマント姿でのしていたときも、二年頃からカスむようになって、カスリの着流し姿になって、両手を袖の中に引っ込めているときも、歩くと身体が上下にゆれた。着物姿のときは奴凧《やっこだこ》が風に踊っているように見えた。

考えてみると、私が一年生のときに見ていたのは、常蔭のコワいひげ面と、イカつい眉毛、そして太い黒ブチの眼鏡であった。二年になって、眼鏡の奥におどおどした眼がかくれていること、眉毛は悲観でシワを寄せることがあっても、怒りでつり上げることは決してないこと、ヒゲ面は見せかけで、咽喉の奥からは細い声と弱々しい自嘲の笑いしか出てこないことが分かってきた。その歩きぶりも、やはり豪傑のものではない……。かれは見かけによらず気が弱く、淋しがり屋で、傷つき易く、そして人のよい青年だったのだ。

この常蔭が、私を京の街々にさそい出して、名勝古跡の数々と、京の雅《みやび》と、寂《さび》を教えてくれ、それに眼を開かせてくれたのだ。

洛西の美しさ――御室、仁和寺、苔寺――を教えてくれたのはかれである。「哲学者の道」を教えてくれたのもかれである。かれが口にした山々の名前と――鞍馬、愛宕、高尾、小倉山、そして山科を歩いていたとき彼が指して教えてくれた「たかまど山」というその音――それらはなんと円《まど》やかに、やわらかく私の耳にひびいたことであろう。南座のたしか顔見世の立見にもさそってくれた。壬生《みぶ》の狂言は結局一人で見たが、これもかれと一緒にいくはずのものであった。

そのようにさそい出してくれることがなかったら、私は「千年の古都」に三年を過ごしながら、京都についてほとんど何も知ることなく終わってしまったにちがいない。

そうした由緒ある京の風物を前にしたときの常蔭は、真面目で敬虔でさえあった。一緒にズルけ、サボっているときのかれのニヒリズム、シニシズム、ふざけ、嘲笑、自嘲……それからしばしばかれを襲い、かれの顔をますますクシャクシャにしてしまう悲観……が消えているのである。

かれは東京から京都に「流れ」てきてはじめて、この土地で、その古《ふる》びと、雅と、寂に心の安らぎを見出したのかも知れなかった。しかし、私はかれがそのように急変するのを見てひそかに驚きながら、そのときかれの内部に動いていただろうものには、ついぞ思いが至らなかった。

私は生真面目になったかれのクシャクシャのヒゲ面がおかしかった。私はかれの横顔をぬすみ見て、笑い出したくなるのをこらえながら、自分も殊勝気に「古都の雅と寂」に対面するのであった。世俗と、偽善と、粗野にたいする常蔭の反撥は徹底してきた。かれは勉強をサボり、学校に姿を見せなくなった。そして落第した。二年に留まった。友人の妹の境遇に同情し、結局同棲し、そして学校を離れていった。

生来生半可で、徹底した「思い入れ」ができない私——それどころか、まだ人生の青二歳にまでもなれないでいた私は、かれの話を聞くばかり、そしてかれがそうなっていくのを見ているばかりで、何もできなかった。常蔭は私を世俗のなかに置き去りにしていった。

徘徊

一人でいるときは、よく歩いた。

ある時は、修学院のうらの山で、地べたに寝転んでアリジゴクを見ていた。蟻をつまんで、ジゴクに落としてやる。ちょっと触っただけでも足元がゴロゴロ崩れてしまうこのガレ谷。一歩よじ登ると、逆に三歩ずり落ちていく。下には魔物がキバを広げて待ち構えている。そこに向かって、確実にずり落ちていく。落ちていく……。

引っくり返って、動かない雲の姿を見上げる。

あるときは東山を、木の枝をかき分けかき分け、クモの巣をはらいながら歩いていた。歩いているうちに、どこかも知れない寺の奥庭を見下ろしていた。人の姿はなかった。

銀閣寺のわきから山道に入る。ヤブをかき分けていくと、急に視界がひらけて、「大文字」のために木を切り払って造った大三角形の斜面の底辺に出る。

潅木のあいだにぺんぺん草がかすかにふるえる。雲はほとんど動かない。愛宕山が少し霞んで正面に居すわる。京都盆地がへこんで眼下に展開する。

京の屋並みと道筋が、くっきりと、小さく、整って、広がる。うらうらとした日差しのもとで、町全体からかすかなざわめきが上がってくる。

なべ底の一番手前に、いま逃げ出してきたばかりの校舎が、薄水色によそおって、こじんまりと横たわっている。あのなかで、あそこで、クラスの連中と先生が授業をやっているのだ。しかし「杉山君」はその中にはいない。「杉山君」は諸君のはるか上空に腰を下ろして、諸君を見下ろしている……。

大文字山を越えて、そま道をたどっていくと、二時間も歩けば大津に着く。

春から夏にかけて、私は浜大津のボート屋に通った。

「今日も?」

「ああ、今日も」

それだけの問答で、おっさんは腰を上げる。岸辺にもやっているボートをぐらぐら踏みつけ踏み越えていって、一番先にもやっている小さなヨットにたどりつく。胴中の重りを水中に落とす。三角のメインセールを帆柱に引っぱり上げる。舳《へさき》にジブを張る。

それを待って、私は店に下駄をぬぎ棄て、はだしでヨットに近づいていく。乾き切って笑み割れている板の感覚がジカに伝わってくる。

湖の真ん中に出たところで帆を放す。艫《とも》に引っくり返る。舳で、小さな水泡のつぶれる音がする。琵琶湖の「生水」の香りが鼻をうつ——

春は藻の香に廻り来て

はなやぐ霞ああさらば、

古りにし滋賀よさざなみよ……

大津の沖は、その「藻の香」でいっぱいである。

船がまわるのだろうか。雲がまわるのだろうか。突然、比叡山が逆立ちして、私の眼前に迫ってくる。坂本のあたり、その山端でつま立ちして、それに総てをのせている巨大な山塊の、思いもかけない重量感。

私はこの「私だけの」視角を何度も試み、我を忘れた。

ある日、ボート屋のおばさんが私にいった。

「学生さん、あんた学校へいかんでもええのか?」

私は答えにつまり、薄笑いでゴマ化して、ヨットに逃げ込んだ。

大津から船に乗って、たくさんトンネルをくぐって、琵琶湖疎水を蹴上《けあげ》まで下ったときは、常蔭と一緒であった。

「疎水下り」が止めになる少し前であった。

トンネルのレンガが古くなって危険だから、船は通らなくなる、と船頭が話していた。始めから終わりまで、やわらかな水の香につつまれ通し。船頭の振るサオが水を打つ静かな音。ゆっくりと両側をすべっていく石垣と頭上をおおう木々。山科のあたりの山々。真っ暗な、沈黙のトンネル。静かで、なめらかな行程であった。

その蹴上。何日のことであったろうか。例によって東山をむやみに歩いているうちに、日が傾いてきた。そして思いもかけず眼の前に開けたのが、蹴上の切り通しであった。

うす暗く沈みはじめた山の中に白く浮かび上がって、ダンスホールがあった。

ガラス戸をいっぱいに開けたフロアの上で、白いドレスのダンサーたちが、おおぜい、こちらに向かって、脚を組んで腰掛けている。みんな手鏡を持って、顔をつくっている。そのうしろから、神経質らしく音の調整をくり返すトランペットとクラリネット……それから何であろう、様々の楽器たち……押し合いへし合いで、忙しげに、心をとろかせるような音をわき上がらせている。

それまで、ダンスホールというものは見たことがなかった。しかしあれが「それ」であることはすぐ分かった。このような山の中の明るく輝く殿堂で、あの白い蝶のような女たちが男と組んで舞うのか……夢のような、甘い、軽やかな音に乗って……。私はそこに腰を下ろしたまま、その場を離れることができなかった。

一人でいるときはまた、星を見た。

寒い夜は、笠井の前の通りに立って空を見上げた。暑い夜は、笠井の前に置き放しになっている縁台に引っくり返って、星と対面した。

星の名前を思い浮かべて、それを探し求める。見つからなくても構わない。星の名前、その音を口のなかで転がし味わう。アルビレオ——甘い。白面の美青年。リゲル——一人で遠くにいる淋しい名前。

プレアデス——端麗……また会ったね……。中学生のころ、靫《うつぼ》の家の物干し台で、双眼鏡でお前をつかまえたときのこと、まだ憶えているよ。見えるか見えないかの、いっぱいの星クズでほんのりと明るくなった地に、五つばかり、大きく、明るく、宝石がふるえていた。互いに口を利かない。お前はふるえている。私は見ている。今、双眼鏡は手元にないが、しかし小さく、ぼんやりと見えるその星の集団に、あのとき輝いていた星の姿を、今でもまざまざと再現することができる。

オリオン……、頭を空に向けて、間違いなく出会えるのがこの「三ツ星」だ。身がひきしまるような、凍えるような「三ツ星」の空。この三つ並んだ星の左右に離れて、ベテルギウスとリゲルが大きく光る。私が勝手に名づけた「より大きな三ツ星」の集団だ。それからさらに、もっと遠く離れて、その左右に光るアルデバランとシリウスを見る。「さらに大きな三ツ星」だ。

中天をおおう大きな菱形。シリウスを軸として、地球をつるすかのように伸び上がっている巨大なクレーン。カペラ、カストルにポラックス。いつも空にいて、私が見上げるのを待っている。

夏は何といっても、天の川に首からつっ込んでいる白鳥である。デネブ——明るく、豊満な美女。それが白鳥のお尻に光っているとは奇妙な組み合わせだ。長く長く伸ばした頸。軽く屈折しながら左右に広げたその羽。いつ見てもその意味の大きさにおどろかされる。

なつかしい星、琴座のベーガ。どちらが織女で、どちらが彦星だったろう。彦星はいつもかすんで見える。思いがけないときに、夜、下宿に帰る道で、何かのひょうしに、ペガサスの大きな四角形が視野に入る。ああ、あった、と思う。ほかのとき捜しても、なかなか見つからない。不思議な星だ。

オリオンがいなくなった空は、サソリの登場を待っている。天頂をさまよう眼は、笠井の向かい側の家の屋根からはね上がろうとしている「それ」を見つける。尻尾が隠れている。二つのハサミが大きく大きく上に向かって広がる。右のハサミが見えないときもある。サソリは確かに生きている。サソリは家々を押さえつけている。

私はズボラな「星座愛好者」であった。星座のことは、「子供の科学」でかじり読みしていたぐらいのものである。それでも、野尻抱影の「星座めぐり」が私の大好きな本の一つになっていた。装丁が好きであった。毎月の天空図がきれいで、印刷もよかった。物語が楽しかった。

しかしこの本についていって、星座と天文のことをさらに立ち入って勉強しよう、という気にはなれなかった。オックウなのである。

ただ星空を仰ぐだけ。無心の一刻をもつことだけ。

バカになって空を仰ぐ。口をあけて、星空をのみ込む。星の名前を口ずさむ。そのようにしている私の上で、星は私にまたたきかける。そしてゆっくりと、無言で回っていく。

乱闘

常蔭と一緒に応援団にソッポを向いていたはずの私が、三年生のときは応援団の幹部になっていた。どうしてこんなことになってしまったのか？　これにはいろいろとわけがある。その経緯を語るには、まず昭和十年八月の「乱闘事件」にまでさかのぼらなければならない。

昭和十年は「東京遠征」の年であった。応援団は、夏休みでガラ空きになっていた駒込の蚕糸学校の寄宿舎を借り、そのなかでクラスごとにそれぞれの部屋に合宿した。私がクラスの仲間と寝起きを共にしたのはこれが始めてである。

一緒に上野や有楽町あたりのバーやカフェーに、飲みにくり出したりした。バーの女給とはじめてキッスをしてきたという「告白」が仲間の雑談で出たりした。そして夜は、御多分にもれず、蚊屋の中でワイ談である。

“Oh, my much, much care no in ……”という英詩の断片みたいなものが、「お前待ち待ち蚊屋の中」の「英訳」である、ということを、そのとき覚えた。教えてくれたのは柔道部の勝間という青年であったが、かれがそのような「粋な」ことも知っている男だ、ということが分かったのも、合宿のおかげではあった。

蚕糸学校の合宿生活は結構面白かったが、一高戦の方は惨憺たる状況であった。

第一に東京の街なかを応援団を組んで歩くことで、ひどく恰好の悪い思いをさせられた。

二百人はいただろうと思われる薄よごれた霜降りの夏服姿の集団だ。それが白い日蔽いもつけない黒の学帽で、炎天のもと、ますます暑苦しそうに列をつくってゾロゾロ進んでいく。

三高の校章を白く染めぬいた大きな赤旗が先頭をいく。それにつづいて二人の男がモッコかつぎ式に大太鼓をかつぐ。いま一人が並行して歩きながら、それを脇からたたく。一同はめいめい赤い旗をかついで進む。列外を進む幹部たちが白線三本の入った中型の赤旗をふり、音頭をとり、ハッパをかける。

こうして駒込の電車通りを本郷へと南下したり、省線（現在のＪＲ線）の駅を太鼓の音でとび上がらせたり、道玄坂を上がったりするのだ。何とも時代錯誤に思えて恥ずかしかった。「紅萌ゆる」や応援歌を高唱するようにリーダーたちは叱咤するのだが、とてもそんなところで蛮声を張り上げる気になれるものではない。夜の京都、寺町通りではないのだ。

陸上戦は東大の農学部グランドでやった。負けであった。

野球戦は、一高が移っていったばかりの駒場でやった。負けであった。

白地に黒く柏の葉を染め出した一高の旗と、リーダーが応援旗を両手に握って上半身をもみしごくようにしてそれを振りまわすやり方と、一高の応援歌の声調と、同じ霜降りでも少し白っぽく、ボタンが黒く、上着の前すそが円く切り込んである何だか明治時代風の揃いの服装と……、何もかも、一高の方が迫力があるように思え、それが私の気持ちを沈退させることに拍車をかけた。

こちらのリーダーは、片手で旗をアルファ形に振る。腰でメリハリを決めながら太鼓に合わせて振るのだから、結構迫力はあるのだが……。

あとになって、大学で一緒になった見波君という独文の学生が、そのとき一高側で旗を両手で振りまわしていた一人であったことを知った。朴訥な好漢で、大の仲良しになったのだが、彼はこの「三高戦」のあと、白旗をふりまわす大奮闘がもとで肋膜炎になり、一年間休学したということである。

三高の振り方では肋膜にはならなかったであろう。迫力はやはり違っていた、といわねばならない。

それから歌が、三高のは具合が悪い。どの歌も声がカン高くなるような調子で、一高のように太い調子の力強い声にならないのだ。

一高は何もかも戦闘的で、集団行動的で、力強く、それに反して三高は何だかバラバラで、詠歎調で、固まって突進し、相手方をつき崩していく、というような気迫がない——そういう印象に、どうしてもなってしまうのであった。

おそらく源平の昔から、源氏方は今の一高のようであり、そして平家は今の三高風だったのではないか。こうして源氏は勝ち、平家は破れ滅びていく。まあこの「破れ滅びる者」にこそ文学と美の女神は微笑みかけるのであろうけれど……。

野球で負けて、赤旗をかついで、駒場から渋谷まで引き上げてきて、駅の近くの女学校の校舎の、屋上のようなところにひとまず落ち着いた。すぐ近くを、たえず電車がうるさく行き来しているようなところであった。コンクリートの屋根が熱く、上衣が肌にべっとりとはりついた。くたびれて口を利く気にもならない。幹部や先輩たちの絶叫が、暑くよどんだ空気のなかで空転した。

庭球戦が重苦しい気分の中で始まった。

陸上と野球を失った三高にとって、これ以上は絶対に負けるわけにいかない一戦である。背水の陣である。

場所は本郷の旧一高のテニスコート。黒く古びた寮の棟々を横にみて、通り過ぎたその奥に、コートはあった。

やたらに暑かった。

試合はだらだらとつづいた。どちらも一点もゆるがせにできない、と固くなっている。ねばりにねばって相手の失点を待つ、という対戦だからたいへんである。

庭球の応援は、力の入れようがなくて困ってしまう。野球のように下駄でスタンドを踏み鳴らすわけにもいかない。いくら地団駄をふんでも下は土だ。相手方のミスで、ワッとわめくか、相手がサーブにかかるとき、やはりワッというか——どれほど利き目があることやら——ぐらいしかない。あとは応援歌。これはもういい加減で声がかれてしまう。やる気がうすれていく。ムシャクシャの吐け場を求めて、コートの後の金網をつかみ、木の支柱ごとそれをゆさゆさゆさぶる。

応援団長早川崇は何回かコートにのりこんで物言いをつけた。そのつど試合は中断。双方の応援団からけだるい罵声の応酬がある。

形勢はどうみても、三高方が押され気味であるように思われた。それをやっとのことで押し切り返し、ようやくタイにして持ちこたえている、という状態。これ以上やっていたら、きっと力つきて押し切られてしまうであろう。日はすっかり傾いて、試合場の暑さもようやくさめ始めたように思われた。

どういうキッカケだったか分からない。

「もうこれ以上選手に試合をつづけさせるわけにいかん。抗議しろ」

ということになった。試合をドローにして終わらせようということだったのか、何か一高方のやり方に憤慨すべきものがあったのか……。

すでに金網は支柱ごとコートの上に押し倒されている。試合はストップしたまま、時々罵声が飛び交う。一高方の金網は倒れていない。

早川の顔は緊張と疲れで、ドス黒くなっていた。かれのしわがれ声がとんできた——

「コートに座り込め」

板又（板倉又左衛門）たち、顔見知りの幹部の面々も、しわがれ声で私たちを叱咤する——「みんなコートに入れ。試合は止めだ」

私たちは倒れた金網をふみつけながら、ぞろぞろとコートに入っていって——（下駄で入るの悪いんだが……えい構うもんか）——まだ少し熱気の残っている地面にあぐらをかいた。

金網の向こうにむらがる一高方から鋭い罵声が飛んでくる。石ころも飛んでくる。

異様な座り込みはどれほど続いたろうか。

どこかで先輩たちが話し合いでもやっているのだろう。言葉少なの、疲労感に押しつぶされるような対峙であった。日がすっかりかげってしまった。

「さあ引き上げだ。並べ」

試合はドローということになったのであろう。われわれが重い腰をあげて二人、四人と列を組んだときは、もう九時頃にもなっていただろうか。

リーダーからいわれたときだけ、申し訳のように「紅萌ゆる」などをつぶやくように歌って、私たちはもとの道を正門に向かった。

左手に、寮らしい建物が、暗闇のなかにひときわ黒く見えた。

と思ったとき、寮と寮の間から黒い人の固まりが、口々に「このやろう」と叫びながら木の棒をふりかざして列のわき腹につっ込んできた。私の左を歩いていた男が、かれらの棒にたたかれて、物も言わずに沈み込んだ。

周りは乱闘。真っ暗ななかで、なにがどうなっているのか全く分からない。そして敗走……。大きな波が引くように、三高勢は門に向かって走っていく。

(浮き足立つとはこのことだな。たしかに、こうなっては、もうどんなに大将が叱りつけても、くい止めることはできないだろうな) などと考えながら、私も引き潮に乗って門に走っていた。

三高勢は門から電車通りに出て、隊列を組み直した。誰がどこにいるのかまるで分からない。一高勢は閉ざされた門の内側にいっぱい取りついて、大声で罵声をわれわれに投げつける。

(まだだれか、三高のやつが門の中に残されているのじゃなかろうか。見つかったら袋だたきになるだろうな)

私たちはおし黙って、電車通りを駒込に向かった。

(これが、Dejectedという気持ちなのだ……) 思い出したように「紅萌ゆる」をつぶやいて、重い足をひきずった。

試合場から引き上げるとき、三高生が窓ガラスに投石したのが乱闘のキッカケになった、という説がある。そんなこともあったのかも知れない。

同じ中学出で、私より一年上だった文科生の田中守という先輩は、一高側が投げつけたトタンの看板らしいものに当たって、学帽のヒサシから額までザックリと割られてしまう、という大怪我をした。眉間の傷は幾ハリも縫うような手術になった。

田中守はこの乱闘事件における最大の怪我人だった、といってよいだろう。一高側もかれの負傷には恐縮したようで、かれは東大病院に運び込まれ、傷が治るまでそこに入院していた。

水上戦――ボートレース――は、乱闘事件のあおりをくらって、お流れになってしまったように思う。

私は応援団と別れて、三河島のおばの家に厄介になり、東京の街々を歩きまわった。何回か田中守を病院に見舞った。

田中先輩は傷のため眼の充血が取れない、とかで顔半分が包帯にかくされてしまう有様だったが、床についていながら相も変わらず能弁、多才、元気、活発。一高側からもよく見舞がきている、という話だったが、ベッドのわきでかれの話を面白く聞きながら、案外この人は一高生とウマが合うのではなかろうか、などと考えたりしていた。

私にとって、一高生は「敵」である。この「敵対関係」は翌年までつづいた。

東京の街を歩くことは、「敵地」をあるくようなものだ。スリルがあった。道で一高生を見かけると、肩をいからせ、互いににらみ合って通りすぎる。

翌年の春、京都の加茂川が大水になった。加茂川が土堤《どて》から土堤までいっぱいにふくれて、グングン上流から押し寄せてくる。出水を見にいって、加茂川の物凄さに圧倒されていたとき、水びたしの川岸を歩いている一高生に会った。

「敵地」に乗り込んできた一高生が、と思って、このときも肩をいからせ、にらみ合いですれ違った。あとになって、そのとき印象に残った荒武者のような顔やその人の話などを思い合わせてみると、このときにらみ合った一高生は、のち仲よしになった見波君であったことにまず間違いない。あの顔つきに似合わず、かれは京都人であったのだ。

東京にいる間に私は銚子に行き、水郷潮来《いたこ》に遊んだ。それから小諸。そして開通して間もない高原列車に乗ってみたりして諏訪湖に遊び、岐阜で長良川を泳ぎ渡り、京都に戻った。

中央線の車窓に一人ひじをついて、ゆっくりと移っていく遠くの山々を眺めていた。

反対側の座席から一人、実直そうなおじさんが私の前の席に移ってきた。

おじさんの問いかけに、私は、うるさいといわんばかりのぶっきらぼうな受け答えをしていたにちがいない。おじさんはやおら両膝にひじを張って、顔を近づけ気味にすると、私に向かってかんでふくめるようにいい出した。ヒゲでゴツゴツしていたが、やさしい顔つきであった。「人生は決して絶望するものではないよ。いくらだってやれることはあるのだから。悲観してはだめだ……」

そんなふうになぐさめられ——はげまされたことで、当惑した。別に人生に悲観しているつもりはない……。しかしその人から見ると、私は今にも自殺でもやらかしそうな様子だったのだろうか。

それにどう答えたか覚えていない。そのときは、山や森や田圃や川や家々が私の視界のなかをつぎつぎと去来していたばかりで、私の想念は空《くう》だったはずである。しかしおじさんにそういわれて見ると、私の「空」は、もう何年来つづいている「空」——何をすればよいか分からない、なりたいと思うものがない、いくら捜しても見つからない……という暗い「空」だったことに気づかないではいられなかった。

応援団

秋の学期が始まると、乱闘事件の反省が全校の問題になった。乱闘事件を引き起こした三高の「有志応援団」が批判の的になった。早川応援団長は責任を負って、自発退団した。

「有志応援団」はもうダメである、ということでは誰も異存がなかったが、では応援団をやめてしまうかとなると、「やめてしまえ」と言い切る者はいなかった……。

毎年夏が近づくと、寮にたむろする猛者たちが「戦機熟す」と見て檄《げき》をとばす。有志を募って応援団をくむ。こうして猛者たちを中核とする東征の師あるいは邀撃《ようげき》の師を興す。これが「有志応援団」である。

三高生はそれを軍部右翼の「ファシズム」の三高版とみた。軍部ファシストにたいする反感を、「有志応援団」弾劾という形であらわした。「応援団」退治を、「自分らの反ファシスト闘争」にした……ということだったのである。

「有志応援団」に対する批判をもちより、その改善策を討議する各級代表の会議がつづいた。

どういう契機でそのような会議がはじまったのか、もう忘れてしまった。たぶん学校当局と応援団の将来を憂える人たちが相談して、全校に呼びかけたのであったろう。

理甲三のクラスは私を代表に選出した。

どうして？　私がこの問題で熱心に発言していたため？　それもあろう。それに、クラスの連中は「杉山君がそれを断らないであろう」こと、そして「杉山君には案外ヤマ気がある」ということを、私の表情から読みとっていたのにちがいない。

代表を誰にするか、という問題になったとき、ほとんど異議なしで、簡単に「杉山君でええやないか」ということになってしまった。

私はみんなが見ぬいたとおり、「それを断らない」で受けてしまった。そのようにして受けながら、自分のなかにある「ヤマ気」がいやになった。私を代表に送り出しておいて、銘々それぞれの安逸にひたりつづけていられるようにした連中の「ズルさ」に腹が立ちもした。代表という形でクラスからはじき出されたような気がして、淋しくもあった……。

「全校的な」討議がつづいた。「有志応援団」をやめにして「全校応援団」にしては、という意見が出てきた。クラスの意見は「ええやないか」である。

各クラスの代表がその応援団の幹部になるということ——クラスの意見はやはり「ええやないか」であった。「有志応援団」から「全校応援団」への移行は、学校当局がかなり意識的に「誘導」したものではなかったかという気がする。討議は多くの場合、学校当局が参加してひらかれていた。そして私は討議のなかで、当局の「干渉」を感じた。感じた者は私一人にとどまらなかったであろう。

「当局」はフランス語の折竹教授として、私たちの前に立ち現われていた。そして私たちは折竹教授の「干渉」と闘った。闘ったといってもたいしたことではない。応援団のあるべき姿について何か理想をもち、それを守るために干渉と闘ったというわけでは全くない。ただ学校が、先生が、何かと口をはさむのがシャクにさわった……それだけのことである。

応援団の活動は学校の施設を使ったり、便宜供与を受けたりしないではやっていけないのだから、ことに「全校応援団」ということになれば、学校の関与がそれだけ深まってくることは当然の話である。

折竹先生は、きっと「時節柄」、風俗秩序の維持に気をつけてほしいといったり、赤化思想にたいする警戒の言葉などをはいたり、そうしたことを従前よりもはっきりと応援団に要求したのであっただろう。私たちは——私は——そのような「ファッショ的な学校当局」に「敢然」と立ち向かった、という次第であった。

そのような「私の反ファッショ闘争」をやりながら、他方で、「全校応援団」という構想が、当時はやりの「国民総動員体制」のラインに、チャッカリとはまり込んでいる……ということを考えずにはいられなかった。そのように応援団問題を推し進めている自分がイヤになった。

(「反ファッショ」をやっている、なんていいながら、結局てめえが、はやりの「新官僚」になっている……「三高版の新官僚」じゃないか、てめえは……)

でも「新官僚」は悪くない、とも思っていた。軍人や右翼のファッショよりはマシである――「進んでいる」などとさえ思っていたのだ。だから応援団のことで「新官僚」の考え方を取り入れることには、むしろ積極的でさえあった。

しかし……その「バスにのる」身のこなしの素早さ……これに、われながらイヤになってなってしまうことが、ときどきあった。

この調子でいけば、私は世の中にソッポを向いているような顔をしていながら、結構どんな世の中になっても、その中でソツなくやっていくにちがいない……。そういう男なのだ、おれは……。

三年生になった。三年生のクラス代表のなかから、理甲二の西田亀久夫が団長に選出された。西田君は真面目なそして穏やかな人柄の青年で、ずっとこの問題の討論会を主宰していた。ほかの三年生のクラス代表は自動的に副団長になった。

このなかで、前の応援団でも活躍していた「快男児」板倉又左衛門が「筆頭副団長」格になった。実際、この「板又」をぬかした応援団など考えることができない、と思えるほど、かれは三高の応援団には欠かすことのできない人物だったのである。しかし、居並ぶ新応援団幹部のなかに交じった「板又」は、「夏の陣」で豊臣方の諸大将のなかに置かれた後藤又兵衛のように思われないでもなかった。

このような次第で、「常蔭とともに応援団にソッポを向いていた」はずの私が、三高応援団の副団長の一人になったのである。私は副団長として記録係を担当した。

応援やその他の行動のとき、一般の応援団員の前に立って、中型の赤旗を振った。ほかの幹部たちと一緒に、夜行列車で西下してきた一高応援団を京都駅に「迎え」にいったりもした。

一晩まんじりともしないで汽車にゆられてきてフラフラになって駅前に並んでいる連中を「迎え」に出た私たちは、

傲然と腕を組んでかれらを眺めながら、「やつらはチョロイぞ」などと語り合っていた。

私は結構、副団長であることをエンジョイしていたのである。

三高の「新官僚」である私たちは、こうして「全校応援団」の体制と、団長、副団長が進級とともに自動的、機械的につくり出されてくる制度とをつくり上げた。乱闘事件などは決して起こさないと保証できるような行儀のよい応援団が出来上がった。しかし、スケールが小さくなってしまった——豪傑がいなくなってしまった。

熱と意気で固まっていた「有志応援団」に代わって、幹部が自動的に出現し、そして団員であるべき残りの全校生徒は「ええやないか」で幹部に従いながら同時にその新官僚的幹部をつき放している、という形の「全校応援団」が出現した。

その年の一高戦は前年の「乱闘事件」のときのような惨敗ぶりにはならないですんだ。西京極グラウンドでおこなわれた野球戦は三高の勝ちであった——「去年のうらみを晴らす」ことができた。

しかし全体として、たいして高揚とした気分になれないものがあった。やはりどこかに戦争の雲がかかっていたせいであろう。

いくら地元の京都でも、一高戦に勝って「狂喜の赤旗の乱舞」をやらかすのは、もう何かそぐわないものになりつつあったのだ。

その夏、私は笠井に引きこもって、昭和十一年の応援団記録を綴り、それに厭きると、一人で歩き回った。南郷の水門から宇治川沿いに、クモの網をかき分けかき分け、汗だらけになって宇治まで歩いたりした。

記録を書き綴って、それを学校の倉庫に納めたところで、応援団のことはさっぱり忘れてしまった。

黒い淵

秋が来た。しかし常蔭と一緒に歩きまわる楽しみはもうなかった。常蔭は学校を止めたあとも付き合ってくれたが、もう何といっても世帯持ちである。いつまでも、どこまでも底が抜けたように遊びまわるわけにはいかない。

私は三高応援団の副団長をしたあと、クラスの卒業記念写真つくりをやっていた。柴田、仲居両君と一緒に「アルバム委員」になったわけであるが、別にそれが趣味であったわけでもなく、クラス代表のステータスがずるずるべったりに続いている、というだけのことにすぎなかった。柴田君らの方がずっと熱心にやっていた。

私は京都の秋に出会いながら秋の京都を見ず、「アルバム委員」でありながら写真のことを少しも考えず、ヒマがあればラスキンの『モダン・ペインターズ』を読んでいた。袖珍《しゅうちん》版の五巻を読み通すのは、たいへん時間がかかったが、読んでいる間、ほかのことを忘れることができた。

この本でchiaroscuroというおかしな言葉が私にこびりついた。何かの拍子に「キアロスキュアロ」がすぐ頭に浮かび、無意識のうちにそれをつぶやいたりしているのだ。「明暗」という意味らしい。そういう意味に理解してラスキンの文章を読んでいた。

それからターナーの絵の、どこかの港に沈もうとしている太陽の、その光を記述しているのが美しいと思った。またどこかのゆるやかな山麓の広々とした傾斜地の状景を、ジュータンの片方を持ち上げた眺めにたとえて述べているのが面白いと思った。

しかし、そんなものを読みながら、私の頭の中ではいつも次のような考えが堂々めぐりしているのだった。それぞれの「考えの断片」は、どこからでも始まって、どこででも終わってしまう。「断片」の連鎖は左向きに進行もするし、逆向きにいくときもある。一つとびで進むときもあり、全く勝手にとびとびにいくときもある……。

——東大医学部受験はやめた。

——落第、留年して、来年を期するか。

——工学部はどうだろう？　エンジニアか。

——エンジニアになるのか？

——そしてどこかの会社のお雇いか？

——いやなことだ。

——卒業して、では徴兵のがれにどこかの大学にでも入るか。

——イヤなこった……何だか卑怯なようである。

——徴兵が来たら、兵隊にいく。

——京大の英文は空いているらしい。

——京大はイヤだ。あすこの英文は「ドクター・ジョンソン」がお得意のようだが、「ドクター・ジョンソン」は気にくわない。

——英文をやるなら東大にいかなければ……。

——やはり東京にいかなければ……。

——東大の英文なんて、理科出でどうして入れる……？

——おれは一体何がやりたいのか？

——分からない。やりたいものがない……。

——分からない。分からない……。

——ヤメた。ヤメた……。

——何もかも……ヤメた……。

私の「考えの断片」は、「徴兵延期」のためにどこかの大学に「籍だけ置いておくこと」を一度も採り入れなかった。むしろ、「いよいよになったら兵隊にいくさ……」という考えが、いつも潜在していた、といってよい状態だった。当面、それが何も努力しないですむ、一番楽な行き方だった、ということがある。しかし、私が兵隊になることにそれほど抵抗を感じなくなっていたより大きな原因は、ヒトラーの『わが闘争』を読んだとき、「軍隊は、青年が社会の諸階層の人間と接触し、社会のことを学ぶ絶好の学校である」という意味のことを述べていたクダリに大いに共鳴したことにある。

私の堂々めぐりは続いた。

秋は深まり、冬になった。

卒業の日が迫ってくる……。何もできない。

日が迫ってくる……。

大阪へ帰るときは、八坂神社の前、東山通りにある漬物屋で千枚漬を買った。母が喜ぶのである。それから洗濯物をもった。本はなるべく持たないようにした。

大阪に帰る汽車のなかで、特高に所持品を調べられた生徒がいるのである。三高生とみると、危険思想の持ち主と思うらしい。

横文字の本を持った。これだとちょっと分からないだろうと考えたりして……。しかし結局車中で調べられたことは一度もなかった。

＊

十一月、内蒙チヤハルで戦争があった。日独防共協定の調印があった。

十二月、張学良が西安で蒋介石を監禁した。

明けて一月、衆議院で政友会の浜田国松代議士と寺内寿一陸相の「腹切り問答」が起こった。広田内閣が総辞職、軍部の横車で組閣工作がもたついた。

二月、林銑十郎の「神がかり」内閣が出現。

＊

父とはあまり戦争の話をしなかった。父はポツリといった。

「どこまでいくのだろうな」

「さあ……」

「しかし始めたからには勝たなければ、な」

「ええ、ほんとうに」

このような話がせいぜいで、あとは父子それぞれの問題にめいめい思いをひそめる、というふうであった。私はその後、いろいろな機会に「始めたからには勝たなければ」といった父の言葉をかつぎ出すようになった。

何一つ道が開けないままに、日が過ぎていく。

皆はそれぞれ大学の願書を取り寄せたり、それを提出したりしているらしい。私はこの問題でクラスの仲間と口をきくことを止めた。「君どこにした?」と聞かれると、本当に、答えるのに困ってしまうからである。東大医学部への願書なんて、もう初めから取り寄せもしていない。では、どこかほかの大学? 何もしていない。どこという考えもない。

私は何もしないで、一人になって、誰とも口をきかず、やたらに街を歩きまわっていた。

道はすべて閉ざされた。

三高は卒業する。落第しようとは思わない。京都はもうたくさんだ。

出たらどこにも行くあてはない。

出たら兵隊検査がくる。徴兵延期のためにどこかの大学に籍を置くというようなことはしない……。

何をする？　何もしたいと思わない。せいぜい、やるとすれば英語だ。

英語……英語をやってどうなる。どこに入れる？

思考の堂々めぐりが続く。堂々めぐりの輪がしだいに小さくなり、廻り方が急速調になっていく……もう居ても立ってもいられなくなる。

そうしたある日、眼の前に大きな、黒い、深い淵がカッと口を開いた。淵の底は見えない。とても底をのぞき込む気にならない。その淵の手前で眼を覆って立ちすくんだ。

卒業を直前にひかえて、私は医学志望を止め、文科を志したい、と父にいった。父はそれを聞いて、しばらく黙っていた。それからいった。

「いいだろう。好きなようにしたがいい。どうせわしも、もともとは文学志望だったのだからな……」

卒業すればさし当り浪人生活をしなければならなくなる、ということについても、父は文句をいわなかった。大阪に帰ってくれれば、どこか近くに部屋を探してやるから、ということになった。

あっけなく卒業した。

大阪に引き上げてきた。

追っかけるようにして、兵隊検査の通知がきた。

佐渡

昭和十二年（一九三七年）四月、兵隊検査のために、一人で本籍地の佐渡相川町に向かった。友人には誰にも連絡しない。三高とは縁を切ったつもりになっていた。あのような混迷の年月に思い出はない。あんな、医科、理科、工科、そして農科に進むための勉強をするところなんて、おれには用はない。おれはどこへいくか分からない……。しかしとにかく、おれのいくところにいく……。

私は貝のように固くフタを閉ざして、そのなかに引きこもった。

大阪駅から北陸線の普通列車に乗る。

夜行列車は、おれをどこにつれていくのだろう。兵隊検査の先に、何が待っているのだろう。

私を立ちすくませた黒い深淵は、その後現れてはこなかった。私がその深淵に入った……というよりは、深淵の方が私を呑み込んでしまったせいかも知れなかった。しかし、払いのけても払いのけても、考えまいと思っても、何かつかみどころのない不安が心中にわだかまりつづけた。

居心地の悪い座席をゆすりながら、にぶく、そしてけだるい、天井の明かりを消し忘れたまま普通列車は闇夜のなかを走りつづける。

機関車が山あいの斜面の迫ってくるなかを苦しそうにあえぎあえぎたどっていって、ポーッとあわれな音を上げると、乗客は急いで窓ガラスを降ろす。そしてトンネルの中の難行苦行の数分間をひたすら耐え忍ぶ。こんなことを何回も、何回もくり返す線であった。

やがてお尻が痛くなり、居ても立ってもいられないようにだるくなり、どうしようもなくなり、それで停車するのを待ちかねてホームに下りて腰をのばしたり、少し歩いてみたりする。

しかしその難行苦行を忘れて、汽車が一つ一つたどっていく駅と、そこから見える町の姿に、いつも飽きることなく眺め入ったものだった。

例外なく淋しく、みすぼらしい町々であった。駅の待合室や枕木の柵の向こうにたたずむ人たち、自転車を脇に支え、荷車を止めて、待っている踏切の人たち……どんな暮らしがそこにあるのだろう。

汽車が魚津《うおづ》をすぎて市振《いちふり》にかかる。いよいよ親不知である。待ち構えたように、窓にしがみつく。そこから糸魚川《いとい》をへて直江津に着くまで、海を眺めつづける。

青黒い海がけだるそうに——ライオンが半ばうわの空で、その太い前脚に子供をじゃれつかせているように——、人気のない狭い海岸の黒っぽい砂や、岬の切り立った岩に白い波頭をかみつかせている。

その海に身をさらして、精いっぱい山際にへばりついている家がある。とんとん葺《ぶ》きの石ころをのせた屋根。

新潟の河口から日本海にのり出していったその船は千トンか、せいぜい千五百トンぐらいのものであっただろう。荒天ではなかったが、雲は低かった。青黒く、重たげな波がしだいに大きくなっていく。ゆれが少しずつ大きくなっていく。

私は上甲板で風に吹きさらされながら、遠ざかりゆく新潟の海岸を眺めていた。そうしながら自分をフォルド・マドックス・ブラウンの『英国よさらば』という絵のなかの一人に擬していた。絵の中では雨傘をさした若い女と、その夫であろう若い男が甲板の手すりの上に手を重ね合わせて、こちらを凝視している。二人は移民であろう。これから行き先への不安と、後にのこしていく祖国への万感の思い……。

私も同じように手すりにもたれて凝視した……。何に向かって……。私は何に「さらば」といっていたのだろう……。大きな、分厚い波がいくつも寄せてきて、船の船跡をもみくだこうとしていた。

両津の港には、いとこが迎えにきていてくれた。それからバスでいくつも町を通リ抜けた。低い家並みの、人通りの少ない町であった。かなり退屈しはじめたころ、峠を上りつめた。それを駆け下りたら相川町であった。

相川では、どこにいっても沖の方に長く伸び出している濁川《にごりがわ》の黄色い太い流れが眼に入ってくる。街中では切り立った石垣にはさまれて、黄土色に泡立ちながら流れ落ちているのに、海に出たとたんに動きが止まってしまって、たれこむ雲の下で、いつ見てもにぶく、動かずにいた。いつもとだえることなく、沖に向かって伸びていた。

兵隊検査の場所は小学校であった。いとこの家を出て、そこにいくときも、にぶい、黄色い流れが、じっと海に伸びていた。気を滅入らせるような風景である。

その日の状況がまた、マズイことだらけであった。

第一、検査の当日、左膝がはれ上がって足が動かなくなることをひそかに期待していたのに、その日に限って、全く異常がない。この膝はいつもこうなのだ。はれてほしいと思うときにはれないで、逆に痛んでは困るというときにふくれ出すのである。

第二に、相川のような田舎では、若者たちはきっとよい体格で大男ぞろいであろうと思っていたのに……その中に自分みたいな都会育ちのチビが混ざり込んでいたら、問題なくふるい落とされてしまうだろうと思っていたのに、集まってきた「壮丁」を見ると、大多数が私とあまり違わない体格の持ち主なのである。

その上、時期が何といっても悪かった。情勢はますます物騒になりつつある——兵隊が要らなくなる方向ではなくて、何だかますます兵隊が要るようになる方向へ進んでいるようである。

困ったことになってきた。

気持ちが沈んでいく。

検査場には、最近戦地から戻ってきたばかり、といわれる在郷軍人が何人か来ていた。たいして年配でもなく、まあ青年団の兄貴様といったところ。戦争から帰ってきたのではあるまい。何人かの「壮丁」たちにとり巻かれて何かしゃべっている。何を語っているのだろう? 何かゾクゾクするような軍隊生活の話だろうか? やはり戦争の話だろうか? その取り巻きのなかにもぐり込んで自分もそれを聞いておかないと、とんでもない損をするかもしれない……そう思うとジッとしていられなくなる。

しかし土地の者らしい仲間のなかに、他所者《よそもの》の分際でわり込んでいくのは気がひける。ときどき取り巻きたちが何かひきつったような笑い声を上げる……どんな話をしているのだろう? しかし、最近除隊になったというのでは、たいした話もないだろう……それにきまっている。

小学校の頃の身体検査と同じだった。着物を脱いで、板敷きの講堂のムシロに座っていると、身体が震えそうになってくる。子供の頃は、むき出しになった背中に冷たい手をおしつけられて、ワッと縮み上がったりしたものだが……。

肛門をかなり念入りに調べられた。眼の検査に時間をくった。ほかの者が終わって帰ってしまったのに、私ともう一人が残されている。どうしたのであろう?

やっと検査官に呼ばれた。軍服を着て、軍帽をかぶってこちらに向いてテーブルについている。その前に立つ。

「お前は弱視である。肛門が悪い。第二乙種とする」

「ハイ、杉山市平、第二乙種であります」

「どうだ、がっかりしたか」

「ハ……」

「がっかりした」という感想ではなかった。

強いていえば、「丙種じゃなかったか」というあたり。可でもなく不可でもなく、淡々として……。それを、検査官の言葉はことさらに挑発してくるように聞こえた。

兵隊検査は終わった。

小学校のとき身体検査が終わって家に帰ってくるときのような、そんな気持ちで、いとこの家に戻った。ああ、終わったよ、というだけ……。

その夜、峠の中学校の夜桜を見に行った。満開であった。町の人たちがその下で、思い思いに酒を飲んで楽しんでいる。私は酒よりも何よりも相川の夜をほの赤くそしてほの明るく染めている一面の桜花に酔ってしまった。

*

まるで私の兵隊検査が終わるのを待っていたかのように、華北でも上海でも緊張が高まり出した。

七月七日、蘆溝橋で日本軍と中国軍の撃ち合いが始まった。枯れ切ったソダに火がついたように、戦火が華北全域に拡がった。内地から三個師団が華北に送られ、「蘆溝橋事件」は「北支事変」に「昇格」した。

八月十日、火は華北から上海に燃え拡がった。上海にも陸軍の二個師団が派遣される、ということになった。上海一帯がたいへんな激戦になった。軍艦まで出動して上海防衛の中国軍に艦砲射撃を加える。

十月六日、上海の戦闘で、文学座の友田恭助が戦死した。戦局は膠着した。

のちに私が所属することになる十三師団の歩兵第百十六連隊は、九月二十日に編成を終え、十月二日、上海に上陸している。

「吉田山のバンザイ」で私を呼び起こした「戦争」は、勉強から脱走した私をつかまえて兵隊に取り込む一方、私の「受け入れ先」をも着々と準備していたのだ……。

いのり

私は息をつめ眼を光らせて戦局の爆発的な展開を追った。

踏切のそばに小学校があった。夏休みでひと気のなくなったその校舎に、ある日、真新しい軍服を着た兵隊の姿が見えるようになった。帽子から上着から、ズボンから軍靴まで、新しいものづくめである。襟章がついていない。そしておそらく学校に風呂がなかったせいであろう。かれらはその恰好でタオルを下げ、近くの風呂屋に通っていた。兵隊にしては号令が聞こえるでもなく、隊伍をくんだり、歩調をとったりするでもなく、いつ見てもブラブラしているようだった。おかしな兵隊である。

三高のとき靴屋で兵隊靴を買ったが、左右が不揃いで苦労したことがある。それで、この兵隊たちの新品の靴がすこぶるうらやましかった。

いつの間にか、かれらの姿は学校から消えていた。

盛り場に「千人針」の姿が目立つようになってきた。

「銃後」であることに気をつかわねばならなくなってきた。女の人が長い袖で歩いていたら袖をつめるようにいわれた、とか、袖をハサミで切り落とされたとか、そんな話が伝わってくる。

巷に軍歌が鳴りひびく……

「勝ってくるぞと勇ましく誓って国を出たからは……」そして「廟行鎮の敵の陣われの友隊すでに攻む……」……。

古い軍歌もたくさん復活してきた。

鼓膜を破るほどにがなり立てる軍歌……、たまらない。ことに新しい調子のいい歌……、どれも気にくわない……。

私は両耳をふさぎたい思いで、軍歌の鳴りひびく街街を通りぬける。

三高時代の友人とは、ほとんど会うことがなかった。

一度、音田が訪ねてきた。やはりブラブラしているようであった。それから梅田の喫茶店で、瓜生忠男と話をした。

しかし騒がしい街の雰囲気でもあり、不安定な自分の境遇でもあって、落ち着いていられない気持ちに終始した。

私は下宿の二階に引きこもった。

ドイツ語を始めからやり直した。英語で『戦争と平和』を読み、チェーホフの短編を読んだ。それからショペンハウエルの『意志と現識としての世界』という古風な三巻の大冊を古本で買ってきて読んだ。

これは頭の中がほてってきて、うずき出すような本である。ショペンハウエルがいっているのは、つまり、世界森羅万象は「意志」の現れだ、ということであろう。

「そうだ」とのぼせ上がった頭で考えた。盲目の意志がおれを動かしている……。盲目の意志が戦争をやっている……。おれの「意志」と戦争の「意志」がぶつかる……。

平野街道の一帯は、どこも白っぽく乾いた土である。その白っぽいほこりを被って、家々が地べたに這っている。

奥の方は暗く、みんな暑い日の下で眠っているようだ。

大通りをはずれ、脇道、小路、あぜ道をたどって、行き当たりばったりに歩く。

百済《くだら》のあたりを歩いた。八尾、平野のあたりを歩いた。法隆寺、薬師寺の方に足をのばした。

ねぎ畑がある。忘れられたように、ねぎが立っている。

犬が道を横切る。

農家とも見えないあばら屋の庭にガラクタが積まれている。入口のあたりに人影が動く。

畑道がいつの間にか家と家、家と塀のあいだを曲がりくねってゆくようになる。土塀も同じように白っぽい。朝鮮のおばちゃんが、白い朝鮮服を着て働いている。低い、くるぶしと爪先だけしかひっかかっていない白い靴をいつもはいている。歩きまわっているうちに脱げてしまわないだろうか。あの人たちは、どうしていつまでも朝鮮服を着ているのだろう……。

畑はどれも放置されているように見える。村人が仕事に精を出しているような様子がない。

突然村が終わってまた畑になる。まばらな木立のなかに、社が一つ置き忘れられている。

お社の正面に立つ。

風雨にさらされきって、木目が浮き出して見える小さな賽銭箱がある。しきたりどおり鈴があり、細いくたびれ切った綱がぶら下がっている。その奥には一体どのような御本尊がいるのであろう。

私は何者ともしれない「それ」に向かって、心のなかでつぶやいた――「召集令状が来ましたとき、私がぶざまな取り乱しかたをしませぬように……」

神に祈るというよりは、自身に言い聞かせる気持ちであった。しかし、そこで「それ」に向かっていったのだから、やはり「守り給え」と頼んでいたわけでもある。それを自身に否定するつもりもなかった。神様を証人にして誓いを立てたということでもあっただろう。その瞬間、私は厳粛であった。

社殿にぬかづいて神明の加護と武運長久を祈った往時の武士《もののふ》に、自身を擬していたようでもある。

しかしそれにもまして、ずっと私の頭にあったのは、チャールズ・キングズレーの『ギリシア英雄伝』のなかで、女神パラス・アシーニーに対面するパーシュースの姿と言葉なのであった。

青年パーシュースの夢のなかに現れたアテネの守護神は、こんなことを語る――。

私は土くれの魂には見向きもしないのです。このような魂の持ち主は祝福されます。しかし、それは私の祝福ではありません。連中は牧場の羊のように楽々と肥えふとり、牛小屋のなかの牛のように自分が撒きもしなかったものを食べます。この連中は地面を這う瓜のように太り伸びます。しかし瓜のように旅人のために蔭をつくってやることもせず、熟れたときには死がやってきて、かれらをかき集めていくのです。そしてこの連中は、だれにも愛されることなく地獄に落ちていきます。その名前は地上から消えてしまいます。

しかし、火の魂には、私はさらに多くの火を与え、雄雄しい者には、人間以上の力を与えるのです。この人たちは英雄であり、不死の神々の子であって、その祝福され方は、土くれの魂の祝福とは違っています——。私がこうした人たちに、世の常でない道を進ませるのですから。こうしてこの人たちは、神と人の敵であるタイタンや、もろもろの怪物と闘うことになります。疑惑、困苦、危険、闘い——の道を行くのです。ある者は、若い盛りに殺されてしまいます。いつ、どこで倒れたのか、だれも知らないうちに。ある者は誉れの名をあげ、長寿を全うします……。

「さあ、パーシュース、お前はこの二種類の人々のうち、どちらの方がよいと思うか。いってごらんなさい」

パーシュースは胸を張って答える——。

「誉れの名をあげようとして、若い盛りに死ぬ方がよい。羊のように楽な暮らしをして、誰からも愛されず、名前もあげないで死ぬよりは」

パーシュースは、母を奴隷にして恥ずかしめている島の王、ポリデクティーズに勇敢に立ち向かい、しかし絶望のふちに追い込まれて、パラス・アシーニーを呼ぶ。

アシーニーは銀色に輝く雲のなかから現れ、さんさんたる陽光を浴びて断崖の上に膝まずくパーシュースに語りかける——。

「パーシュースよ、一つの試練に勝ちぬいた者には、もっときびしい試練をうける資格ができるのです。お前はポリデクティーズに勇敢に立ち向かいました。雄雄しく振る舞いました。こんどはゴーゴンのメドゥーサーに立ち向かっていく勇気がありますか?」

パーシュースがいう——。

「私を試してください……自分がやれることなのに、もし勇気をふるってそれをやらないとしたら、恥ずかしいことだと思います。教えて下さい。どうやったらそれができるのか」

パーシュースはさらにいう——。

「(戦いにおもむく途中、勇気がくじけ、そのため誰も骨を拾ってくれないような『不形《ふぎょう》の国』で死んでしまうようなことになっても)、ここにいて人の役にもたたず、人に見下されて生きているよりはマシです。おっしゃって下さい。お願いします。美しく賢明な神様。私がどのようにそのただ一つのことをやって、死ねばよいのか——、もし死ななければならないならば」

中学三年生のときに、この本を研究社から取りよせた。はじめの頃は武井亮吉先生の訳の方を読んでいた。しかしサワリの個所がいくつかあって、そうした個所は英語で愛誦した。

なかでもパーシュースがパラス・アシーニーに向かっていう言葉——「誉れの名をあげようとして若い盛りに死ぬ方がよい」とか、とくに「私を試して下さい」というかれの叫び。これはそっくり私の叫びになってしまった——中学生のときも、浪人中も……。

主家の再興を誓う山中鹿之助も、同じようなことを叫んでいた。しかし暗い夜の三日月にかける誓いよりも、雲一つなく晴れ上がったギリシアの空の下で、美しく、気高く、しかしきびしい女神に向かって誓うパーシュースの方が、カラッとしているようで好ましく思えた。

それで、百済か、八尾か、平野のあたりの畑のなかのお社で、社殿の奥に面して、私の言葉をつぶやいたとき、私はパーシュースのように、「この上もなく美しく、澄み切ってさし通すようではあるが、たとえようもなく穏やかでやさしい眼をした」水色の衣の女神に向かって叫んでいるつもりでもあったのだ……。

昭和十二年十月十五日付で、新発田《しばた》連隊区司令官は、「輜重兵《しちょうへい》特務兵　杉山市平」を、陸軍第一補充兵役に編入した。

上海の激戦はつづいていた。

十一月五日「皇軍杭州湾上陸」の報道が、戦局の膠着から解き放たれた日本軍の吐息のように伝わってきた。陸軍の大部隊が、南京目ざして進撃していた。

夜、読書につかれて、窓辺の手すりにもたれていたとき、どこか近くの窓から流れてくるギターの音があった。稽古しているのであろう。同じ曲をくり返している。少したどたどしげに。心にしみ入る調べであった――。

まぼろしの　影を慕いて雨に日に　月にやるせぬ我が思い
つつめば燃ゆる胸の火に　身は焦がれつつ忍び泣く……

手紙

翌年の進学を考えなければならなくなってきた。

大学の入学案内書によれば、東大の文学部は理科系の高校卒業生を受け入れない。そして文学部のなかでも英吉利文学科はいつも志願者が募集の定員を超過している。

これでは東京を志してもムダである。

私は東大の文学部長に陳情書を送ることを考えた。入学案内によれば文学部長は桑木厳翼という哲学者である。いかにもいかつい、恐ろしげな名前だ。しかしかまうものか、やってやれ、ダメだったとしても元々だ。

見もしらぬ偉い人に手紙を書くのは、つまり諸葛孔明の「出師の表」のような調子でやればいいのだろう。つまり「憂国の至情」で相手の心を打つことだ。

私は書いた——。

●見ずしらずの一介の書生が、東京帝大文学部長のような偉い人に、前ぶれもなしに手紙を寄せる失礼をわびる。

●自己紹介をする。

●理科を出たけれど、自分の能力、性向などを考えると、理科よりも文科の方でこそ自分の力を伸ばし、「奉公」もより十分に致せるであろう、と思うようになったことを述べる。

●そのために東大の英文科で学びたいと思っている。

●しかし現在、東大文学部では傍系からの入学の道は閉ざされている。

●日本の最高学府として、東大こそ全国の熱心な求学の徒に広く門戸を開くべきではなかろうか。英文学の研究を志す者は高校の文科卒業生のみならず、理科卒業生のなかにも当然いるわけなのだから、英文学科も理科生にたいして門を開き、天下の才を集めるべきではなかろうか。

●どうかここに文学を志す理科生がいて、東大で学ぶことを望んでいる、ということに思いを致され、こうした者のために貴学の門をひらくことを考慮していただきたい云々。

大体以上のようなスジの手紙であった。

かなり厚手になったその封書を胸に抱いて、源ヶ橋際のポストにいった。しばらくためらった……。こっそりと、首をすくめたり、舌を出したり、ニヤニヤ顔をつくってみたりしながら、封書をポストのなかに落とした。

入学の願書受付の時期が迫ってきたころであった。

「今年から東大文学部が傍系の志願者を受け付ける、定員に満たない科に入学を許可する」という発表が「官報」に出た。

戦争のために文学部への志願者がへったため、そういう方針になったのであろう。

しかしこんどの方針変更に、私の手紙が何ほどかの影響力を及ぼしていたという可能性も、全くないとはいえないのではなかろうか。

桑木厳翼先生が私の手紙を読んで渋い顔をしている――と想像してみた。

教授会で、厳翼先生が、私のような者からあんな手紙が来ていると紹介する。……教授方がボソボソ話をする。……話は何回か立ち消えそうになる。……堂々めぐりする。……結局、では、本年度は理科生も受け入れることに致しますか。……でチョンになる。こんな「教授会」を勝手に描いてみて、一人でベロを出し、ニヤニヤした。

東京大学文学科に願書を出した。

第一志望は英吉利《イギリス》文学科。それが満員の場合にそなえて、第二志望を独逸《ドイツ》文学科にした。

赤

入学願書を出したあと、受験で上京するまでの間に、私の頭のなかを解剖しておくことにする。

物心がついて、最初に頭に刻みこまれたのは「赤」であった。

そのときに見て、現在この年になってもまだ消えることなく、頭の片隅に深く留まっている情景があるのである。最初に見たのがいつのことだったか、定かでない（幾年かにわたって、くり返し見ているのである）。最初はたぶん学校に上がるよりも前、大阪に来て間もなくの頃だったであろう。一冊の絵本でそれを見た。


尻をはしょったザン切り頭の男たちが、手に手に棒や刀をもって、大きな家を襲っていた。

尻っぱしょりの男や裾をからげた女が、おおぜいで米俵をかつぎ出していた。

黒い帽子のアゴヒモをかけ、八字ヒゲを生やした黒い制服の巡査が、サーベルをぬいてザン切り頭の男、ホッかむりの男たちとわたり合っていた。

大きな家の軒から煙がふき出していた。

遠くの屋根の上に火の手が上がり、黒煙が流れていた。

大正七年（一九一八年）の米騒動を描いた絵本である。

その情景と一緒に、「暴徒」、「焼け打ち」――「主義者」があったかどうか――その他の言葉が頭にこびりついた。「暴徒」や「主義者」は、「焼け打ち」に結びついて、まがまがしく、恐ろしくひびいた。それは何か、自分を今あるままに包みこんで落ち着かせていてくれるものを、うむをいわせずたたき壊し、つき崩し、消滅させてしまう力である。それがやってきたら、もう一目散に逃げ出さなければならない……。

絵本の作者が、社会不安をあおり立てている「主義者」を浮き彫りにしてみせ、かれらにたいする人びとの憎しみをかき立てよう、と意図していたとするならば、それは、幼い私に「焼き打ち」の恐怖を植えつけ、漠然とした社会への不安を心の底に沈殿させたところまでは成功した、といわなければならないだろう。

大正十二年（一九二三年）の関東大震災を、私は靫《うつぼ》の家の二階がミシミシと音を立てる不気味さと、庭に父が掘って金魚を放してあった池――その池の水がふちからこぼれそうになるほど大きく波うった異様さと、その二つの現象で体験した。

小学一年生であった。

それからいろいろな話を耳にし、写真を見た。

浅草の十二階が真ん中から折れたという話。折れ残った十二階の写真。

吉原のお女郎さんがそのそばの池に火の手を逃れて跳びこんで、重なり合って山のようになって、そのまま焼け死んだ、という話。

おおぜいが被服廠に逃げこんで、みんなそこで焼け死んだ、という話。

黒煙を上げて燃えている警視庁の写真。窓という窓から猛烈に火の手が上がっていた。

地震のあと何ヶ所もから火事が起こり、竜巻をともなった大火事が何日間もつづいた、という話。

汽車に鈴なりにぶら下がっている避難民の写真。

「鮮人」が襲撃するというので、自警団が「鮮人」をつかまえ殺している、という話。

写真を見ると、自警団はカンカン帽をかぶって、白っぽい単衣姿で、尻をはしょって、ステテコからスネをのぞかせ、腰に刀をぶち込んでいた。

それは「米騒動」のときの「暴徒」の姿に似ていた。

東京の空をおおう黒煙も、そういえば「米騒動」そのままであった。


小学校のときは、よく在郷軍人の演説を聞かされた。全校生徒が講堂に集められる。教室からめいめいの木の椅子を持ち出し、それを前に支えて、列をつくって講堂に整列した。

日本海大海戦のお話があった。これは何回も聞かされた。東郷元帥の「丁子戦法」は、おそらくこのお話で覚えたにちがいない。戦艦三笠の艦橋に立つ元帥の姿などはすっかりおなじみになってしまった。

それに対するは、ロジェストウェンスキー提督の率いるロシアのバルチック艦隊。

私は講師がこのロシアの名前を口にするたびに、自分でもそれを口の端にのせてみて、その音調のこころよさに酔った……ロジェストウェンスキー、何とまろやかにつづいていく音であろう。それにバルチック艦隊！　その音を口にするだけで、波に乗って、威風堂々と進んでくる軍艦の姿が眼に浮かんでくるではないか。眼に浮かぶのではない――音そのものがプカプカと波に乗って、堅固に、堂々と動いてくる……。

後の話であるが、このなかにドミトリー・ドンスコイという軍艦があった。日本海軍のある参謀は、水兵たちにその名前を覚えこませるために、その軍艦の名前を日本化して「ゴミ取り権助」にしたという。私はその話を聞いて、手を打って大笑いした。うまい、うまい。全くたいへんな智恵者がいるものだ、世の中には……。

それから、軍人さんは大きな中国の地図をムチで指しながらしゃべっていた。地図には太い赤丸でかこった場所がいくつもあって、支那大陸のその赤い丸印が、日本を脅かす危険の源であるらしかった。

時期からすれば、軍人さんがそんな講話をしたのは、一九二六年の北伐戦争の頃から、一九二七年の上海クーデター、そして南昌蜂起の前後という頃に当たるだろう。小学四年か五年のころである。

それから昭和三年（一九二八年）の「三・一五」になった。

昭和四年（一九二九年）の「四・一六」の新聞報道を見たのは中学生になったばかりのときだ。

新聞が一斉検挙でつかまった共産党員の顔写真をならべていた。みんな、ほんとうに悪いことをしそうなドギツイ顔をしている。

このような顔をした男たちが、部屋のなかになだれ込んでくる警官とピストルの撃ち合いをしたり、通りで警官と組打ちしたりする場面を――新聞の記事で想像をかき立てられながら――一生懸命頭のなかに組み立ててみようとしていた。警官に追いかけられる男は、血相かえて、着物の前をはだけて、そしておそらくハダシで、通りに飛び出してくるだろう。

この靭《うつぼ》の通りでそんな具合に飛び出してくる男があるだろうか。そしてピストルをぶっ放す。タマが当って、家のこのウインドのガラスが割れてしまうかもしれない。そんなとき、普通の人はどうするのだろう。家に引きこもって小さくなっているのだろうか。

新聞に出ているこの人たちの組織の名称——どれがどういうことなのだかさっぱり分からないけれど、とにかくその名前——が、異様だった。モップだとかカップだとかシンパだとか。こうした名前には聞いた人を胴ぶるいさせるような無気味さがある。

それに共産党員の名前までが、鍋山とか袴田とか、国領とか、異様で恐ろしげに響いた。袴田——袴垂——ヤスケ——大盗賊……そういう連想になってしまう。

「共産党」という言葉は天皇陛下の悪口と同じで、口に出していうのもはばかれるような雰囲気であった。それで人びとは「主義者」といっていたのであろう。

何かわれわれにはひじょうにわかりにくいところで、何かおそろしいことが動いている……そんな気がした。

戦争

小学六年生の頃、昭和三年であった。私は籾の家の東どなりの辻善《つじぜん》さんの格子窓にもたれて、兵隊さんの長い列が西に向かっていくのを眺めていた。

車道はタールを流し込んだ木煉瓦《もくれんが》敷で、あまり音が立たない。ときどき市電が御影石を敷きつめた電車道《でんしゃみち》を大きな音を立て、あたりを震動させて往来するばかりである。

兵隊の列からは音は聞こえなかった。みんな背嚢を背負って、びっしりと真っ白にホウタイを巻いた鉄砲をかついでいた。

一緒にそれを見ていた辻善さん（辻善三助さん）の丁稚《でっち》が、「あれは済南にいくんやで」と教えてくれた。なるほど、そういえば新聞は「済南事変」のことを盛んに書いている。すると兵隊さんは、ああやって戦争にいくのか……。ああやって川口を通って、築港まで歩いていくんやろか？

兵隊さんは皆、口も利かず、ひたすら歩いていた。

そのうちに、「済南にいくんやで」と教えてくれたその小僧さんも見えなくなった。――木っころを削って、プロペラがぐるぐる回る飛行機の模型をつくってくれたり、「あれはシボレー」「あれはフォード」と教えてくれたりしたいいお兄さんだったのに、聞けばやはり兵隊になって済南の方にいったのだそうである。

兵隊たちを黙々と歩かせて、世の中は全くいつもと変わることなく生活をつづけていた。隣の辻善さんは大きな昆布問屋で、電車道の向こう側に幾棟か昆布倉をもっていた。倉は電車道とその南の阿波堀川の両方に出られるようになっていた。

辻善さんは生き物憐れみの一家であった。とくにお家《え》さんというのか、この家でいちばんえらい白髪の老婦人の「憐れみ」は徹底していた。

お家さんのいいつけで、家の前、車道のこちら側を西から東にいく馬力には、もれなく人参をたべさせることになっていた。そのために、辻善さんの大きな台所では毎日「おなごし」さんが二人か三人かかり切りで人参をきざんでいたし、少なくとも二人位の小僧さんが、人参の入った小さなカナダライを馬のところに持っていってやるのに忙しく動いていた。

馬の方も心得たもので、車を引いて辻善さんの前までくると、そこで動かなくなってしまう。だから私たちの家の前から辻善さんの家の前、そしてその向こうのうつぼ幼稚園の石垣前まで――その三、四メートルの間は、いつも車がつらなって休んでいる有様だった。

人参を食べる馬、水をもらって飲んでいる馬、馬引きの方が一服している車。

休んでいる馬がサオを長く長くのばしだす。あんなに長いものが、お腹のどこに納まっていたのかと思う。サオはのびるにつれてブラブラと振れる。黒とうすも色のマダラ模様があらわれてくる。やおら後脚をひろげ、つま立ちしてふんばり、そしてのび切ったところでサオの先からひじょうな勢いで小便がドシャ降りのようにはじき出る。寒い日は一面に湯気が立ちのぼる。むんむんする小便のにおい……。

ときどき、玄関口のわきにある上げ座――というのであろう、蝶番《ちょうつがい》で上げ下げできるようになっている張り出しの床――をおろさせて、その上に低い障子のかこいを立てまわし、そのなかに、静かにお家さんが立つ。

お家さんは何もいわず、通りにつらなって人参をたべたり、休んだりしている馬たちを眺めている。

このような「生き物憐れみ」の行事が、この間少しも乱れることなくつづいていたのである。

兵隊さんたちはその行事をかき乱すのをおそれるかのように、ひっそりと足音を忍ばせて戦場におもむいた。

中国の山東半島で戦争が起こっていても、それは辻善さん一家にとっては丁稚が一人欠けたということを意味していたに過ぎなかった、かのようである。

小学六年生の頃から中学二、三年になる頃までの間に、たくさんの事件があった。今まで記憶に残っているものをいくつか挙げて、そしてやはり今まで残っている当時の印象をそれに付記してみよう。

昭和三年（一九二八年）六月、満州で張作霖《ちょうさくりん》の爆死事件があった。張作霖は、その頃新聞によく出ていたので、私にとってはおなじみの名前。「へえそうか。誰かが爆薬をしかけたのだろうな」というくらい。中国人同士の内紛におわせていた新聞記事を信用したわけでもなかった。

昭和四年（一九二九年）一月、民政党の中野正剛《なかのせいごう》が「満州某重大事件」について、田中義一《たなかぎいち》首相にくい下がった。私は軍部の独走を糾弾する中野正剛の硬骨ぶりに喝采を送った。

同年三月、山本宣治が右翼の青年に暗殺された。「山宣《やません》ひとり孤塁を守る」が、そのとき新聞報道に出ていたかどうか憶えていないが、この事件では文句なしに死んだ山宣を惜しみ、右翼の殺人犯を憎んだ。

同年四月、私は高津中学（大阪市天王寺区、現大阪府立高津高等学校）の一年生になった。

同年七月、田中内閣が総辞職して、民政党の浜口内閣になった。私は浜口雄幸《はまぐちおさち》びいきになった。きらいな軍部の内閣に代わって、民間人の内閣になったせいであったろう。「金解禁」というのはどういうことなのか、さっぱり分からなかったが……その言葉だけは頭に入った。

昭和五年（一九三〇年）四月、ロンドン海軍軍縮条約の調印があった。私はワシントン条約で日本に押しつけられた米英日の主力艦のトン数比率五・五・三を、日本の屈辱と考えていたので、それに輪をかけたような今度の条約にも反対であった。

中学二年の私は、当時の新聞論調にすっかり乗っていたわけで、いっぱしの国士気取りで「幣原喜重郎《しではらきじゅうろう》の柔軟外交」をひとりで糾弾したりしていた。

同年十一月、浜口首相が東京駅で右翼の青年佐郷屋留雄《さごやとめお》にピストルで狙撃された。私はまた文句なしに浜口首相の災難に同情し、佐郷屋留雄を憎んだ。

昭和六年（一九三一年）、私は中学三年生になっていた。

同年八月、中村震太郎《なかむらしんたろう》大尉が北満の興安嶺《こうあんれい》を旅行中、スパイとして捕らわれ、殺された、ということが報道され、世論は大いにわいた。「そんなところにどうやってもぐり込んでいくのだろう」と思った。その旅は心細く、ビクビクものであったろう、などと同情したくなった。

大尉中村震太郎　行く手は遠し興安嶺

という歌がひとしきり流行し、私もそれを歌った。

九月十八日、柳条溝《りょうじょうこう》の満鉄線が爆破され、それを契機に日本軍が北大営の中国軍に総攻撃をしかけた。その第一報がラジオで伝えられたとき、私は化学教室で何かの実験をやっていた。それを聞いて、私は「ワーッ」と飛び上がった。もやもやしていたものがふっ飛んだという感じだった。それからは連日興奮して、折からラジオでジャンジャンやり出した『南満州鉄道独立守備隊の歌』の勇壮なメロディーに唱和した。

ああ満州の大平野、　アジア大陸東より、　始まるところ黄海の　波うつ岸に端開き……

という歌詞であった。

興奮は、しかし、あまり長くつづかなかった。

十一月、北満の嫩江《どんこう》で馬占山《ませんざん》が関東軍に抵抗したときは、馬占山の方に声援を送った。

昭和七年（一九三二年）一月の「上海事変」では、馬占山びいきと同じように、日本軍に頑強に抵抗した十九路軍の方を支援する気持ちになっていた。

それから三月の「血盟団事件」。そして五月、「話せばわかる」という犬養木堂《いぬかいぼくどう》（毅）首相を「問答無用」で射殺した「五・一五事件」となると、その新聞記事を読んで、「問答無用」のやりとりなどを面白いと思ったぐらいで、右翼と少壮軍人の横行には顔をしかめたい気持ちであった。

満州事変の興奮から冷めていった時期は、また教練がそれほど好きでなくなった時期でもある。といっても、「ああ満州の大平野」を一生懸命唱っていたとき、教練をひじょうに熱心にやっていた、というわけでもなかったから、二つの「冷却」が直接因果的に結びつくわけではない。時期的に符合したにすぎなかったのであろうけど……。

もともと教練はきらいではなかった。戦争ごっこやチャンバラが好きであった、その延長線にある、というぐらいの気持ちで。ことに、野外演習が好きであった。指揮者になって妙な責任を負わされたりするのは困るが、みんなと一緒にわいわいやって、長瀬とか若江とか大阪冬の陣にゆかりのところを歩きまわったり、信太山で宿営したりするのは大好きであった。

破局は「カマキリ」というあだ名の配属将校が直接私たちの教練を見るようになったときに、やってきた。やはり四年生のころであろう。五年のときは「酒ダル」だったか、あるいは単に「タル」とだけいっていたか――とにかく太って背の低い、顔が大きくてチョビひげをはやしたヒゲダルマのような将校になっていた。この将校も私には苦手であったけれども、「カマキリ」ほど冷たく、鋭くなかった。

その時間、私は隊長――たぶん小隊長であろう――になる当番に当っていた。クラスの一同が整列しているところへ、向こうから「カマキリ」がやってくる。黒い長靴をはいている。天井がピンと張った軍帽――のちになって多くの将校がかぶるようになったナチの将校まがいの前の方がバカに高くそびえている型ではなく、前も後ろも大体平らになっている旧式の形の――を目深にかぶって、黒いヒサシの下に眼鏡のガラスが白く光っている。その下に細く角張ったあごがあった。

「カマキリ」が立ち止まる。

私は「右ヘナラエ」といって列を整え、「直レ」といって皆に正面を向かせる。

それから、あらためて、

「教官殿ニ頭《カシラ》ーナカ」

といいながら、「カマキリ」に向かって挙手の礼をする。それから駆け足で隊の中央前に進み出る。大体そんな具合に儀式は進んだ。

どうも、こういう儀式は不得手である。その手順がなかなかのみ込めないのである。それをテキパキとやっていくことができないのである。やっているうちに、何だかおかしくなってきて、笑い出したくなる。

しかし、教練のときは、あくまでも、それを真面目にキパキパときめていかねばならないのだ。でも何だかおかしくなる。列の中でもいつもそんなとき、クスクス笑い出しそうになるヤツがいるのだ。

そのときも、そのあたりまでは何とか進んできた。それから教官の前に進み出て、「カマキリ」が持ってきた黒表紙の「出席簿」を受け取り、「廻レ右」をして皆の方を向いて点呼をとる、という段どりになっていた。

「カマキリ」の前に出た。

すると思いがけないことに、「カマキリ」が私を見下ろして甲高い声で叱りつけるではないか。

「何だ。お前のその態度は。不真面目だぞ」

私は何もいうことがない。「カマキリ」は本当に怒りで身をふるわせている。

「ニヤニヤしとる！　肩をゆすってノソノソ歩くザマは何だ！」

そう叫んだかと思うと、手にした黒い出席簿をふり上げて、したたかに私の横面をたたいた。右から、左から。出席簿のビンタは一、二回にとどまらなかった。

私は直立不動でいなければならない。しかし、たたかれねばならない理由がのみ込めない。

皆の見ている前でひっぱたかれる屈辱。

眼がくらみそうになった。

もとの位置にもどるときは、並んでいる一同の顔をまともに見ることができなかった。

ナーニ平気さ、というつもりで、微笑を浮かべたが、それがひきつったような泣き笑いの顔になっていることが、自分でよく分かった。

あと、その教練の時間がどのように過ぎたか、憶えていない。憶えているのは、ひっぱたかれた頰がずっと火照っていたこと、そして、おれはもう指揮者として失格だと打ちひしがれた思いにつきまとわれていたことだけである。

「ニヤニヤしているように見えたのは、生まれつきそういう顔なのです」といったとしても「カマキリ」は納得しないだろう。それに……笑いだしたくなる気持ちがあったことは事実だ……。ノソノソ歩くのは——まあ、そういうクセ……キパキパとやれないことは、たしかに悪いといえば悪いのだけれど……。

その後、「カマキリ」のときは二度と指揮官に当たることがなかった。

「タル」の教官は、まだましであった。

昔の軍隊はフランス式で、今みたいに「小隊止マレ」などといわず、「ペレトン・ハル」といったものだ、などという面白い話を聞かせてくれたりする教官であった。

しかし、やはりどうもうまくいかない。今度は校庭での動作などについては、「カマキリ」のときほどうるさくはなくなったので助かったのだが、野外演習に出て――それは大いに楽しめたのだけれど――小哨勤務の演習などということになると、ことにそこで小哨長の動作をしなければならないなどということになると、もういけない。

第一、平素からサボっているせいもあるが、いつまでたっても「前哨中隊」「小哨」「分哨」「歩哨」などというものの区別とその役目が頭に入らないのである。

それから、状況の設定がどうにものみこめない。この平和な、ほとんど人影も見えない大阪平野の畑や、木立や、森のどこに「敵」を考えねばならぬのだろう。

「敵本隊ハ奈良盆地カラ暗峠、柏原方面ヲヘテ大阪南部ニ進出ヲ企図シヲリ、ソノ前衛ハ本日〇時、スデニ八尾付近ニ到達シヲル模様……」

そんなこと、どうでもよいではないか。

「ワガ中隊ハ敵ヲ若江、八尾ノ線ニテ阻止スル命令ヲ受ケ、現在地マデ前進シタ。本小哨ノ右ニハ友軍ノ分哨ガ出テイル……中隊本部ハ八尾東方ニアリ……」

右手のどこに「友軍」がいるというのであろう……この「約束ごと」がどうもわざとらしく、子供じみていて、こんな戦争ごっこのような話で、大の男が本気になって駆けまわったりするのは、何とも……。

「さあ、杉山小哨長、どう処置する?」

「タル」は私をつき放す。とりあえずクラスを二つに分けて、一部を予備として手元におき、あとを前面左右に散開させる。そのあたりまでは見よう見まねで何とかやる。

「ソラ、敵の斥候《せっこう》が右ニ出タゾ」

と「タル」がけしかけるようにいう。どうしてよいか分からない。向こうの木立のあたりに白ハチマキをつけた「仮想敵」がチラホラ見えてきた。

「右ノ分哨ニ連絡センノカ？　本隊ニ通報センノカ？」

そんなことといっても、いないことが分かっているのに、どう「連絡」すればいいのだ？　困ったことになったものだ。

「仮想敵」ははっきり姿を現しはじめた。

これはいけない――何とかしなければ……。

そうだ――「着《つ》ケ剣《ケン》」を命ずる。

「着ケ剣」し終わるか終わらないかに、「敵」が着剣して突っ込んでくる。イケない――こっちも「突ッ込メ」だ……。双方銃剣を構えて対峙する。

「タル」がどなった――「杉山の小隊は全滅！」

全く、杉山の面目は丸つぶれ。スゴスゴと指揮刀をはずし、「隊長職」を頭のよいハキハキした生徒にゆずり渡す。こうして、また新たに「隊長勤務落第」という屈辱がつけ加わり、自分はダメ男だ、人間的に失格だ、という絶望の境地につき落とされてしまうのであった。

しかし「タル」の教官はきらいではなかった。「カマキリ」とちがって。

「タル」教官はその後、シンガポール攻略戦のとき、前線の将兵が連日の戦闘で疲労困憊しているのを無視して二月十一日の「佳き日」に是が非でも陥落せよ、といい張る上官に抗議、そのため左遷されてしまったということである。そういう温か味のある人であった。

天皇陛下

天皇陛下という観念が私のなかに定着した過程は、考えてみれば奇妙である。毎日家で神棚をおがんだり、仏壇に線香を上げたりするように、天皇様をおがんでいたわけではない。冠婚葬祭で天皇様の肖像を持ち出してきたり、天皇様を礼拝したりしたことなどない。欄間に明治天皇と昭憲皇太后——ときには大正天皇と皇后さまも一緒に——の肖像写真をかかげた家もあったが、私の知るかぎり、そのような家は多くなかった。

天皇陛下は生き神様というけれど、「生き」の方の印象が強くて、神様としておがむには生臭すぎる。欄間にかかげてあるのも、先祖の写真をかざっておくように「かざって」おくだけのものだったであろう。

小学校でも中学校でも、式のときは「教育勅語」の奉読があった。うつぼ小学校では年とった中山勘太郎校長が大礼服姿で、高津中学校では羽生隆校長がモーニングで、紫の袱紗《ふくさ》に包んだ黒漆塗りの箱をコトリといわせて開け、うやうやしく読み上げはじめる。私たちはいっせいに頭を下げる。

しばらくすると鼻水がたれてくる。あっちこっちで鼻水をすする音。垂れた頭で眼を横にまわしてみると、隣の子の鼻から水が落ちそうになり、と思うとスルリとそれが鼻にすい込まれている。身体がゆらぎ出す。

天皇陛下は、そういう儀式で、私たちに係わり合っていた。「勅語」を語ったのは校長先生の声であって、天皇陛下の声ではなかった。

天皇陛下のことが一家の話題になったことは――ことに崇拝、敬愛の対象として――まずなかった。天皇陛下は私たちの日常生活から全く離れて、全く無関係なところにいた。しかし同じ日本のなかに「実在」していた。だからこそ、私が大きくなってから色々と耳に入ってきたような「不敬」の言葉も天皇陛下にはくっついたのであろう。

学校や本で、私は天皇陛下や天皇家にかんする神話、伝説、逸話を聞いたり、読んだりした。修身と歴史はつまり天皇陛下にたいする忠義を教え、天皇家が世界に誇るべき万世一系でつづいてきたことを教える学科なのであった……今にして思えば。

小学校の六年間に「天の岩戸《あまのいわと》」の話を聞き須佐之男命《すさのおのみこと》のヤマタノオロチ退治の話を聞き、神武《じんむ》天皇の弓づるにとまった金のトビの話を聞き、日本武尊《ヤマトタケルノミコト》の「民のかまどはにぎわいにけり」と歌った仁徳《にんとく》天皇の故事、建武の中興に奮闘した後醍醐天皇と忠臣、逆賊たちの話を学び、歴史では「ジンム、スイセイ、アンネイ、イトク……」と歴代の天皇の名前を何代目まで暗誦できるか競争し、さらに明治天皇の偉業、日清、日露戦争の輝かしい勝利、「天皇ヘイカ、バンザイ」と叫んで死んでいった兵士たちのことを教わり……その結果、「万世一系」の天皇に忠誠でなければならないと信じる少年が一人つくり上げられるに至った、ということなのである。

それがいつのことだったか、どうもはっきりしない。小学校に上がって、まだ小さかったとき、たぶん二年生のころであっただろう。大正十三年(一九二四年)ということになるのだが……。

私たちは先生に引率されて、西の方、川口にいき、そこからさらに西の方に電車通りを進んでいった。沿道はすっかり整理されて車の影もなく、人びとは車道をひろくあけて、人道に固まっていた。

丁字路で、やはり広い道が左に通じているところにきた。私たちは左に曲がる。人びとが歩道に正座している。その前にみんなの方を向いて巡査が立っている。

私たちは、そうした人びとのあいだに座り込んだ。そこは私たちを容れるため空席になっていて、ムシロが敷いてあった。通りの両側と、私たちのいる所の大通りから少し入った道は、こうして地面に座り込んでいる人でいっぱいになった。

それからどれくらい時間が経ったであろう。私の右前の大通りの方角から鋭い声が聞こえてきた。「キヲツケー」といっていたのであろう。あたりはそれこそ水を打ったように静かになった。緊張の時間である。

それからまた声が聞こえた。「サイケイレー」といったのであろうか。よく分からない。周りの人びとが正座したまま地面に手をついて深くおじぎをした。私もそうした。

バタバタバタと音が聞こえてくる。私は顔を上げてみた。右手のさきほどの大通りを、築港の方からオートバイが走ってくる。それにかこまれて小豆色の自動車が川口の方に走り去っていった。

私はこうして、生まれてはじめて土下座して天皇陛下（の車）に対面した。当時はそれがふつうのことだったのであろう。私たちの席の前には荒縄が張ってあった。

私はしかし、これを作文には書かなかった。まだ作文を練習する学年に達していなかったからかもしれない。とにかく、これは私の最初の天皇体験として、私のなかに「潜在」することになった。

三年生のとき、私はつぎのような作文を書いた。これは当時の私が、いわば表向きに書いた文章である。その前に土下座で「おがんだ」ことがある、ということは書きこむことを思いつかなかったか、忘れてしまったか……。

東宮殿下をおがんだこと

三男　杉山市平

昨日はよいお天気でしたので私たちはあせをかきながら東宮殿下をおがむ場所へ行きました。ついてから二十分三十分たってもおーとばいはみえませんしばらくすると今まで通っていた電車や自てん車などが皆とまってしまったかと思ふと東の方から気をつけーといふこへがきこへました。つぎからだつぼうときこへました。するとそのへんはたいへんしづかになって向かふからおうとばいが一つばたゞばたゞと音をたててやって来ました。つぎの二つめのじどう車にはきへいが四人番をして居ます。東宮殿下は私の方をむいて行きもかへりもきしよれいをなさいましたのでおがむ事が出きました。

私の天皇崇拝に致命的な打撃を加えたものは、やはり共産党だった、というべきであろう。

それは昭和三年の「三・一五」事件の頃から、昭和四年、「山宣」の事件を経て、「四・一六」に至る期間に起こった。私が小学校六年生の頃、まだ中学生にならない頃だったと思う。おそらく「三・一五」から「山宣」の頃にかけて、共産党の主張や活動が世間で、とくに若いものの間で、いろいろと取り沙汰されていたのであろう。

ある日、夕方であった。もう暗くなっていたかもしれない。家の手伝いをしている若い村上さんと田畑さんが、新聞を見ながら話をしていた。ちょうど家のタタキのところに居合わせた私の耳に、二人の話が聞こえてきた。聞くともなしに聞いていると、どうやら二人はいま問題の共産党のことだか、共産党のいっている天皇制のことだかを話題にしているらしい。

二人のどちらかがいった――

「日本の天皇なんていい加減なものさ。万世一系といったって、確かなのは、せいぜい応神天皇から後だということだぜ」

相手はそれに相づちを打っている――

これを聞いて、全身の血が頭に上った。

すぐ二人の間にのり込んでいって、そのとほうもない許しがたい不敬の言葉をなじり、粉砕してやらなければ、と思った。

しかし足が動かない。

口のなかがカラカラになって、舌が天井にはりついたようである。

耳もなんだか音を立てているようで、二人がさらに何をしゃべっているのだか聞きとるどころではなかった。

私はそうやって天皇陛下のことをせせら笑っている二人の前で、人知れず金縛りになっていた。

この不逞のやからに向かって、天皇陛下のために何か弁じなければ、とジリジリしていた一方で、案外二人のいっていることは本当ではなかろうか、という気もしはじめた……。

神武天皇が百幾つまで長生きして、七十数年間も天皇をやっていたなんて……（昔は人は長生きだったのかもしれないけれど……）。

ジンム、スイセイ、アンネー、イトク……と当時の天皇の名前を読み上げていって、そのほとんどの年代記が空白であること……。

当時のことがすべて神話じみていて、とても本当にあったとは思えない——なんだかマユツバものが多いような気がする……。

その他、これまで学校で教わって来ながら少しウサンくさく思っていたことが、二人の会話を聞いたとき、一挙に表面にふき上がってきた。

私は結局、一言も口をきかず、その場を去った。二人の青年は、自分たちのちょっとした言葉が、一人の少年の天皇崇拝にそんなにもはげしい衝撃を与え、少年の天皇観をそのとき引っくり返してしまったのだ……ということには気づきもしなかったであろう。

私はそれまでと変わることなく、一人の純真な少年であった。純真で無邪気な中学生になった。しかしその私のなかで「万世一系の天皇」にたいする信仰は、もう救いようもなく崩れ去っていた。

昭和七年（一九三二年）十一月、関西地区陸軍大演習があって、その機会に天皇が城東練兵場で関西の大学、高校、中学（上級）生の分列行進を御親閲されることになった。私は高津中学の四年生になっていた。

天皇陛下の前を分列行進する、ということは、なんといっても感激である。私は皆と同じように教練用の軍装――ゲートル、銃剣、薬盒《やくごう》一個、空の背嚢《はいのう》といういでたち――で張り切っていた。

雲が低くたれこめて、寒い日であった。今にも雨が降りそう。つい先頃までも雨が降っていたか、と思われる様子で、地面のところどころに水たまりができていた。じっとしていると、銃を握る手先がこごえてきた。ときどき身体がふるえる。足ぶみしたり、ハネ上がったりしなければならなかった。

私たちは大阪城の天守閣を右前に眺めて待っていた。その下にうす黒い造幣廠の屋根がつらなる。その前を、練兵場から少しもり上がった土堤の上を、忘れた頃になって城東線の列車が走った。おもちゃのような機関車が郵便、手荷物車を入れて四、五台の客車を引いている。車はほとんどガラ空きで、乗降口にたっているものや、窓によりかかったものが、みんな私たちの方を眺めていた。私たちの周囲は、びっしりと学生の隊伍である。

そのときの様子を書いた作文が残っている。

御親閲を忝うして

四D18　杉山市平

僕らは今粛然と直立不動の姿勢をして居る。

喇叭《らっぱ》が嚠喨《りゅうりょう》と鳴って居る。正に二時。

空は雲っているようだ、雨が降って居るかもしれぬ。然し何とも感じない。満場寂として声なし。

捧げ銃《つつ》をする。遥かに音楽隊の君が代が聞こえて来る。

愈々担《にな》へ銃《つつ》をした。そして僕等は一歩を踏み出した。

嗚呼此の瞬間、深淵の如く微動だにしなかった八万有余の学生団は、大山のゆるぐが如くに、ゆるぎ出したのである。

泥濘が何だ。水溜りが何だ。殿下の御前に青年日本の意気を展《の》べるは今ぞ。心は躍る。「吾は官軍」の勇壮なメロディーが耳に響く頃、道は砂を敷いたよい道になって、一糸乱れずザクザクと足下に砂が鳴る。御座所近くになるのを感ずると共に感激は益々増して行く。その時「頭右《かしらみぎ》」が掛かったのだ。

おお錦の御旗!

陛下!

僕はハッと息をのむ。銃をギュッと握る。

後続部隊の大隊長の号令がよく聞こえる。

「頭ー右」といふその声が甲高く、ふるへて居る。

天も響けと銃を上げ帽を廻して万歳を三唱して式を終わったのであるが、その時ふと感激から我にかえれば、天低く北風吹きすさび、その寒さに思はず身ぶるひするのであった。

一九三二・一一・一八

私たちは始めから着け剣をして整列していたように思う。

左手の遠くの方から「キヲツケー」の号令が伝わってきた。遠くの方で「捧げ銃《ササゲツツ》」のラッパが鳴っている。あまり遠すぎて、自分たちが貴人を迎えているという気がしない。しかしそのメロディーは好きであった。

『君が代』の奏楽が始まったときは、きっと天皇陛下が観礼台に立ったのであろう。作文にあるように、身の引き締まる一時であった。

「吾は官軍わが敵は　天地許さぬ大敵ぞ」という分列行進のときの軍楽が始まった。どこか見えないところで行進が始まったのだ。前の方の梯団が動き出すにつれて、空いたところにわれわれが移っていかなければならない。全体が「右向ケ右」をしてしばらく進む。それから「左向ケ左」でもとの隊形にもどる。若干前進する。そのあと全梯隊がそっくり左に向きを変える。そしてようやく分列行進のコースに立つわけである。

このときは、人をふるい立たせる「吾は官軍わが敵は」のメロディーも何もあったものではない。隊列の中ではゴチャゴチャと、足並みも乱れ勝ちで、教練のとき小さな編隊でやるようには、なかなかうまくいかないものである。

それでも隊列の整頓ができて、前の梯隊がすでに前進をはじめて、いよいよこちらの番になる……「担へ銃《ニナエツツ》」の号令がかかる……いよいよ、「前へ進メ」で行進の一歩をふみ出す。そのときは、さすがに緊張と興奮でいっぱいになった。

どうも「吾は官軍わが敵は」の調子と、われわれの足並みがうまく合わない。

隣のヤツがやけに足早に前に出そうになっている。それに合わさなければ、とあせる。

左の方からヒジが押してくる。

どうも楽隊と合わない。

水たまりに入ってしまう。えい、かまうもんか……。

どうも、列の中央の前をいく中隊長は、われわれのことを忘れて、自分勝手に進んでいるように思える。あれもカッとなって、他人のことなど分からなくなっているのだろう。

砂を敷いた道に入ってからは、たしかに作文にあるように歩きやすくもなったし、調子もマシになってきた。

「頭ー右ッ」で、精いっぱい首を右にまわした。

小高い丘だか台の上に一群の軍人が立っていた。天皇旗というのであろうか、錦の御旗というのか、旗が――錦の旗のほかにも何本か――立っていた。両側に馬に乗った兵隊もひかえていた。

一群の軍人のなかで、真っ先に目に入ったのはカップクのよい軍人――新聞でよく見た写真からすれば、閑院宮《かんいんのみや》に間違いない……。そのほかにも太った、堂々とした軍人が何人か立っていて、それらに左右をとりまかれて、真ん中にヒヨワそうな人が立っていた。

あれが天皇陛下なのか!

思い切り首をねじ曲げて、歩調をそろえて地面を踏みながら、「その人」を捜し当てたとき思ったのが、これであった。ただ、その人が他の軍人とちがって、何かピカピカと光るような服を着ていることが印象に残った。

第二章

訊問

昭和十三年（一九三八年）三月、私はフトン袋にフトンと若干の着替えをつめ、柳行李に下着類、辞書、そのほか大切にしている本などを入れて、大阪の駅からチッキにして出した。宛先は東京のおばである。

それから、カスリの合わせ、羽織に黒の袴、タビに下駄履きという出で立ちになり、防水加工をした布製薄緑色の手提げカバンにコウモリ傘をもち、三高の帽子をかぶって、大阪をあとにした。

いまさら三高でもなかろう、という気もしないではなかったが、ほかに適当なかぶりものもない。三高生として帝大の試験にのぞもう、というおかしな「建前」が正面に出てきた。頭は短く刈った——やはり試験にいくのだから……。


前の年の暮れ、そしてこの年の二月に、「人民戦線事件」があった。加藤勘十とか、大森義太郎とか、大内兵衛など、いつとはなしにその名前を知るようになっていた幾人もの政治家や、学者や、教授たちが検挙されていた。民主主義や自由主義にたいする軍部、ファシストの新たな攻勢、弾圧と理解した。

しかしそれ以上は私にとって関係なし。私はとにかく大阪と京都を後にして東京に出ていかねばならないのだ。それが私にとって先決の問題なのだ。

＊

ドイツでは二月、ヒトラーが独裁権を一手に握った。

イギリス、フランスは九月にミュンヘン会談でズデーテン地方の対独割譲に同意するわけだが、私がコウモリ傘をもって東京に向かったとき、ヨーロッパは早くも大きな破局に向かって決定的に転がりはじめていたのだった。

五月、徐州の大会議があった。

七月、八月と、ソ満東部国境の張鼓峰《ちょうこほう》で、日ソ両軍が激突した。

夏一杯、中支各地の戦局が急変をつづけた。日本軍は廬山《ろざん》のあたりで中国軍の頑強な抵抗に出合い、苦戦していることが伝えられた。部隊長が幾人も戦死していた。星子とか、徳安とか、南昌《なんしょう》とかいう地名が、不吉なひびきを帯びて聞こえてきた。

十月二十七日、日本軍は武漢三鎮《ぶかんさんちん》を占領した。

＊

私は六月二十八日、補充兵輜重兵特務兵（輜重兵《しちょうへい》……軍需品の輸送や補給に当たる兵のこと）として、帝国在郷軍人会南千住町分会の「正会員」に編入された。

こうして、私は中国大陸とヨーロッパで進行しつつあった大戦争に、「軍人として」、逃れようもなく、そしてますますきびしく、結びつけられていったのである。

もっとも、私自身は当時、そんなふうには少しも意識していなかった。

東京へ私は普通列車でいくことに固執した。急行列車は「おもむきがない」。遅くても、ゆっくりと景色を眺めたり、車内の人びとを観察したり、駅弁を食ったりしながらいきたい……。

彦根城で遊んだ後、乗った汽車は名古屋どまりであった。東京行は、駅で夜明かしして翌朝まで待たなければならない。

待合室は、私のような汽車待ちの人でいっぱいだった。空気が人びとのぬくもりでよどんでいる。けだるく、ぼんやりするような雰囲気。それでいて神経がいら立って、眠ることができない。

ベンチには横になる席もなかった。私は持ってきたエブリマンズ・ライブラリーの『ドン・キホーテ』をひろげた。それを読みながら夜明かしするつもりになった。

ドン・キホーテは自分で勝手に見そめた村のおねえちゃんをダルシネア・デル・トボソと名づける――「トボソの里の美し君《うま》」か――、それから、自分の乗り料《のりりょう》であるやせロバを、アレクサンダー大帝の名馬ビューセファラスにならって、耳にうるわしく、しかも壮重にひびくロシナンテと名づける。そのおかしみ……。

「君、君、ちょっと」

という声で、セルバンテスへの陶酔から醒まされた。

眼の前に頑丈な風体の男が立っている。

「ちょっとついて来たまえ」

という。

あたりのベンチで、まどろむこともできなかった人たちが、横になったり、荷物によりかかって斜めになったり、座ったり、立ったりしたままで、さまざまな角度から、私がいわれるままに立ち上がり、カバンとコウモリを手にし、そしてそのむくつけき男の後から歩き出すのを眺めていた。

(なんだか高津で廊下に立たされたときと同じみたいになってきたな)

男は待合室を出ると、駅の構内をぐるぐる歩いて、結局警察のたまり場みたいなところにやってきた。中から一人、同じような黒っぽい、むくつけき男が出てきた。私とすれちがうとき、私をまじまじと見て、

「なんだ?　見なれない御仁だな」

といった。

(こりゃ、三高の帽子がたたったのかもしれないぞ……。在学中は一度も引っかからなかった思想調査に、ここにき

て引っかかった、ということかな?)

やはり中学の教員室と同じように、何人かが何となくそこにいた。夜中の赤っぽい電灯の下で、何もかもくぐもった調子になっている。刑事は私を前に座らせて「調査」を始めた——。

名前。年齢。どこから来た。どこにいく?

「何? 帝大受験に?」

……

「ちょっと、そのカバンを開けて見せたまえ」

……

本——エブリマンズ・ライブラリー……ぜんぶ洋書。

「何だ、その本は?」

「小説です。みんな……」

下着類。手ぬぐい。石鹸箱。歯みがき。母から東京のおばと、米《よね》おじさんへというお土産「岩おこし」。私が京都で買った同じお土産「千枚漬」。ジャックナイフが一丁。

「おい、こりゃ何だ。なんでこんなもの持って歩いてる?」

「これ、登山のナイフですよ。よく山を歩くんで……」

(いいじゃないか、登山ナイフぐらい。短刀を所持しているわけじゃないし……)

結局それ以上おとがめなしだった。

「君の家は何をしている? 家の人は君のことを知っているのか」

(おれを家出人と見たのかな? 着物きて、コウモリ傘をもって、カバンをもって……だからな。さっきの奴はおれのことを〝見なれない御仁〟なんていったな。……家出人か……)

「父は薬剤師で、大阪で薬局を営業しています……薬剤師会の役員なんかやって……」

刑事の態度が変わった。

(学生は結局うさんくさい奴なのだ……)

刑事はコンダンするような調子になって、尋ねはじめた――。

「君、いまの戦争についてどう思うかね」

(いよいよ、おいでなすった、という次第だ。答えはずっと前から用意してあるよ)

「そりゃ……、もう始まった以上は、あくまでも勝たなければ、と思います……」

これで「及第」した。「家出人」は待合室に戻って、東京行の汽車を待ってよい、ということになった。


東京帝大文学部の試験は事もなく終わって、待つほどに、独逸文学科に入学を許可する旨の通知がおばの家に届いた。

重苦しいアーケードのなかの、薄暗い事務室の窓口で手続きをすますと、それでもう東大文科生の誕生だ。何の「感激」もない。


東京ではどこへ行くにも、歩いていると必ず一つか二つ、交番のまえを通ることになる。よほど頭のよいやつが、考えに考えて、交番を配置したにちがいない。

谷中の下宿から毎日のように交番の前を通ってめしを食いにいったり、風呂にいったり、散歩に出たりしていたのだから、巡査も私がそこでそうしていることをよく知っているはずなのに、何回か訊問された。

不思議なもので、訊問される時は、交番の前を通り過ぎるときの気配で分かる。――いま交番の中でおれの方を見ているな……と思うと、こちらの方も何となく身構える。神経質になる。……と、「おい、おい」とか「ちょっと君、君」と声がかかるのだ。

一度は夏の夜――かなり遅かったかもしれない――、あまり暑いので、涼みがてら公園に散歩に出て、美術館の石段で腰を下ろしているところを誰何《すいか》された。谷中に下宿している者だといっても引き下がらない。浮浪者か何かと思ったのであろうか。暑くて涼みに出て、ここで涼んでいて何が悪いか……と、この時はかなり激しくやり合った。帝大生だといったら、わざとからんでくるようでもあった。

ひょっとしたら、下宿の近くの交番が私を見とがめるのは、私が髪の毛をもじゃもじゃに伸ばしているからかもしれないと思って、やはり近くにあった床屋できれいさっぱり丸刈りにしてもらった。しかし坊主頭になってからも、訊問されることに変わりはなかった。

銀杏

安田講堂の時計台は角ばり、そのあずき色の煉瓦はくすんでいる。アーケードがある法文経の建物は、大谷石の柱と手すりがこけでよごれ、窓がせま苦しく、タイルはさえない黄色のギザギザで……どこを見ても重苦しい。

正門を入ると、両側から伏しかぶさってくる銀杏並木をくぐっていかなければならない。幹はあくまでも太く、その葉が重く、私の上に低くかぶさってくる。銀杏があたりを薄暗い緑にしていた。アーケードの奥の事務所はいつも電気がついていた。教室は迷路のなかにあった。

どうして帝大のやつらは、何もかも重苦しく造ってしまったのだろう……人びとの上に重くのしかかる「官僚」が、そのまま建物になって固まったみたい……などと思いながら、それでも真面目に出席した。空いた時間は、図書館で過ごした。一人一人の机がうまく囲まれていて、空気がよどんでいて、居眠りするにはとても都合がよい。

ヒトラー・ユーゲント（ナチスの青少年組織）の一団が日本を友好訪問した。一行は帝大にきた。帝大の独文の学生との交歓会があった。

一行を迎えてかれらと対面したとき、途端に私を襲ったのは、巨大な肉体の林のなかに一人置き去りにされた、という孤独感と劣等感であった。

顔を見ると、いずれも二十歳にもなっていないと思われるような少年である。うす桃色の皮膚に白や黄や金色のウブ毛がいっぱい生えている。ショートパンツの下に伸びているモモがとても太くて、やわらかそうで、何だかハムみたいで、やはり金色の毛が生えている。立ったままではどちらを向いても上を見上げっ放しでいなければならない。

かれらと「卓をへだてて」ではなく、何か「膝を交えて」という形で、お茶やケーキで「座談」した。長くて太くて高い膝であった。

どんな話をしたのであろう。どこの学校にいっている、何を勉強している、どんなスポーツが好きか……などたわいもないことをしゃべったのであろう。

「天を目指して、伸び上がっていった中世のドーム」ならぬ、私をびっしりととり巻いてはるか上空に「顔」をのせていた「肉の林」を体験してからは、ドイツ礼賛に同調する気持ちがすっかり薄れてしまった。

日本の将校が軍帽の前の方をグッとそびえ立たせ、ヒサシを短く前に急傾斜させたりしているのは、きっとドイツ国防軍のカッコのよい制服姿をマネたのだろうと思ってみていた。そのようなマネはドイツ軍人の「肉の林」に迷い込んだ経験がないからできることだったのだ。ドイツ人の前に出たら自分らがドイツ風の恰好をした「小猿」になってしまう、ということを、もし知ったとしたら……。

東京に出てきて、また、なまけ者の友人が何人かできた。その一人が川原正義である。かれの顔は京都で見ていた。三高の文丙であった。寮にいた。黒ブチの眼鏡で、烏天狗みたいな男だと思っていた。

それが本郷の通りを向こうから歩いてくる。「ヤア」ということになる……いらいズルズルベッタリ。向こうが下宿にへたり込んで来たり、こっちがかれの家にいったり……。

そうしながら、しまりもなく、何時間もだべった。図書館や喫茶店でもだべった。

かれは社会学科にいた。そして「過激思想」で私をおどろかし、「啓蒙」した。

「張鼓峰では日本軍がおおぜいこうやって——と降参の恰好をしてみせる——手をあげたんだぞ」

「え？　まさか……」

「いや、おれはその写真をちゃんと見たんだから」

「そうかい……？」

「とにかくソ連の兵士は、タンクのキャタピラがぶっこわされたぐらいでは平気なんだな。パッと飛び出してきて、自分で修理して、また乗り込んで攻めてくる、っていうんだから」

川原はどこからそんな知識を仕入れてくるのであろう。かれはそうして話しながら、タバコの吸い口をツバでぬらし、火鉢の中につっ込んでいった。川原は日本にもロシアのような「革命的蜂起」の日が来ると信じているようだった。

「そうなったら、おれはパルチザンの兵士になって、屋根に上がって、下を通るやつ（白軍——つまり日本軍だか日本の警察隊だろう）をこう狙い撃ちするのだ」

といって、狙撃の恰好をしてみせて、「ヘッヘッ」と笑って、吸い口をぬらした。

かれはよほど日本の軍隊――軍人に敵愾心を抱いているようだった。しかしそんな話をするときは、私もかれも、私がすでに日本の「在郷軍人」である、ということなど都合よく忘れているのであった。

そんなに「過激」な川原であったが、久が原の家に帰ると、年とったお袋さんに仕え、病身らしい姉さんの面倒をよく見るおとなしい、よい息子であった。川原にくらべると、私の方がどんなにか親不孝であったことだろう。

伊吹信一という、やはり三高出の学生が英文の一年上にいた。かれは授業などほとんどスッポカして、「東大新聞」の編集に打ち込んでいるようだった。いつも颯爽と肩で風を切って歩いていた。もともと鼻の高い美男子であったから、それがますます板について見えた。

「これは面白いぞ。いま読んでるところなんだ」

と、ある日伊吹が鼻をもち上げながら、懐から出して見せてくれたのは、『中国の赤い星』という表題のぶ厚い本であった。

私はただ「へえ、そうかい」というばかり。それが何のことを書いてある本なのか聞こうとさえもしなかった。うっかりそんなことを聞くと、伊吹が私の無知を軽蔑し、私をせせら笑う危険が多分にあったのである。

伊吹の話を思い出しながら、「その本」を読んだのは、戦争が終わって、ずっと経ってからであった。

かれの話には、いつも私の頭上を通り越して、私の及びもつかない高いレベルで言葉が行き来している、という趣があった。

転科

昭和十四年（一九三九年）になった。

二月に「帝大経済学部粛正問題」が起こった。私の知るかぎり、事件の最中と思われる頃も、銀杏並木は毎日、事もなく過ぎていったように思う。「あの河合栄治郎教授が辞めさせられる」……というふうに、私にまで伝わってきたぐらいのものであった。河合栄治郎教授ならば私だってよく知っている……金原悟郎が『トマス・ヒル・グリーンの思想体系』という難しそうな本を持っていたのを憶えているくらい、私たちからすれば自由主義と反ファシズムの輝ける旗手であった。

年表によれば、この年三月、大学でも軍事教練を必須とすることになった、とある。そういえばたしかに、二年になってから、ゲートルを巻いて学生食堂と大学病院のあいだにあるグラウンドに出ていくようになった。

教官はもの分かりがよく、丁重であった。学生たちを「兵隊」としてではなく、陸軍大学の高級参謀要員なみに扱っていたのかもしれない。結局、教練の時間にやったことは、かなりいい加減なものであった。

五月から九月まで、満蒙国境のノモンハンで関東軍とソ連・モンゴル軍の激戦がつづき、関東軍が大敗した。しかしその当時は、満州国軍と関東軍が戦車や飛行機をくり出してソ連軍相手に戦闘中、という程度にしか事態を理解していなかった。中国の至るところでやっている戦争の一部、という受けとめ方である。

このときも、しばらく後になって「真相」らしいものを教えてくれたのは川原であった。

「日本軍の戦闘機が二、三十機ワーッといって、やってくるだろう。ソ連の飛行機を何機か落としたりしてくるわけだ。するとこんどはソ連の方がものすごい数で――数百機でワーッとやってくるんだ。もう空中戦なんてものじゃないんだな。数で圧倒されちゃうってわけ……」

八月二十八日、内閣総理大臣、平沼騏一郎が「欧州情勢複雑怪奇」と称して総辞職した。日独伊三国同盟でドイツはてっきり日伊両国と一緒にソ連に敵対するもの、と思っていたのに、そのドイツが敵であるはずのソ連と不可侵条約を結んだのだから、平沼騏一郎でなくても、私にも全くワケが分からなかった。しかし神がかりと独善の権化みたいな平沼騏一郎がそう白状した、というところに、何ともいえないおかしみがあった。

九月一日、ドイツ軍がポーランドに進攻した。

九月三日、英仏両国が対独宣戦布告をした。第二次世界大戦の開始を、私は何の感慨もなく聞いた。ただ戦況の発展は毎日くわしく追っていった。

十月六日、武漢を占領した日本軍は武漢の南方にいる「第九戦区」の中国軍殲滅を目指して、第一次長沙作戦を起こしたが、所期の目的を達することができなかった、とされている。こんな作戦があった、などとは、私の全く知らないことであった。

十二月、武漢の北側で日本軍と対峙している「第五戦区」の中国軍が、武漢奪還を目指して全線にわたって、猛烈な反撃に出た。いわゆる「冬季攻勢」である。このような戦況も、当時の私は全く知らなかった。

しかし、武漢地区の日本軍の動きは、私の首につけてあった戦争の「見えないヒモ」を徐々に、しかし確実に締め上げつつあったのである。

学年末に独文科から英文科への転科試験がおこなわれた。「転科願い」を出してあったのである。英文転入の志望者が何人いて、何人が転入できたのか、知らない。試験場はおそらく英文の研究室あたりだったのであろう。もう覚えていない。

覚えているのは、控え室から呼び出されたこと。行ってみると、ドアのとば口みたいなところに机が一つ置いてあって、そこに市河三喜教授が一人座っていたこと。市河先生ははげ頭で、頭頂が心もち光り気味である。裾野の方にはやわらかそうな白い毛が生えていた。縁なし眼鏡で、静かな、しかし健康そうでエネルギーを内に蓄えている顔つきであった。

先生に面して腰を下ろすと、先生は一冊の本をこちらに押しやって、

「君、ここを声を出して読んでみたまえ。はじめ三分間は黙読してよろしい」

言われたとおり、黙って読んでみた。

分かった。先生のねらいはdeter, infer, incur, refer, occur……とにかく語尾を上げて発音しなければならないそうした言葉で私を引っかけることなのだ。しかし、よくもまあ、そんな言葉がいっぱい並んだ文章を見つけ出してきたものだ。

私は声を出して読んだ。先生は始終だまっていた。それだけ。

私は転科が許されて、四月から英文科の二年生になった。一年のときの成績も出席率もよかったのだろう、授業料免除も認められた。これがせめてもの親孝行であろうか。

中根岸に下宿を移した。同じ三高から来ていた東洋史の三浦巌と隣り合わせの部屋にして、その家の二階を二人で占領した。鶯谷の駅を出て、広い通りを渡って、病院のわきを入った露地の奥にあった。三味線のツマ引きが聞こえてくる、という程ではなかったが、静かな所ではあった。

うるさい世の中になってきた。のん気な顔して散歩しているわけにもいかない。教室、図書館、下宿、そして浅草

あたり、という毎日がつづいた。教練には、おばの長男が着ていたスフ入りの服を借りて出た。ベロリとした、しまりのない服であった。

教練の時間に、私の注意を引いたのは、たしか英文の学生だと思うが、英文の時間にはほとんどが見かけたことのないやつ……恐ろしく汚い一高の夏服を着て出てくる一人の男であった。服がすごいだけではない。髪もバサバサ。ひょっとすると顔も洗ってないのではなかろうか。それとも黒いのは彼の地肌であろうか。誰とも口をきこうとしない。

いくら蛮カラの一高生といっても、今どき大学までその蛮カラを持ち込むやつは、まずいないだろう――といって、彼はそれをてらい、傲然と構えているふうでもない。眼を伏せて周囲から己を遮断しているようでもない。ただ、普通のなりをしている周囲を無視しているだけのようだ。俗世間にソッポを向いているわけでもなさそうなことは、出なければならない教練の時間に、ちゃんと出てきていることからも明らかである。

那須野ヶ原に野外演習にいく車内でも、かれは――田島といった――始終ほとんど無口であった。何を考えているのだろう?

演習場で整列しているとき、何かのきっかけで、どこかの科の学生が田島から、おそらく胸か何かの病気のために兵隊検査は確実に丙種になりそうだ、とか何とかいう話を聞き出したのであろう、学生がいった。

「そりゃいいな……何て幸福なんでしょ」

「幸福?」

田島はそう反問し、脇を向いてせせら笑うような顔をした。

私は傍でこの問答を見ていて、田島と一緒にせせら笑いたい気持ちになった。かれがどんな意味で幸福を笑ったのか、私は知らない。しかし私は「私の意味で」、「幸福」をせせら笑おうとしていた――俗物どもと俗物どもの「幸

ぶれ始めていたのである。

私はニーチェ――「私の理解するニーチェ」、ほんとうは「ニーツシェ」と呼ばなければいけないのだが――にかぶれ始めていたのである。

『人間的、あまりにも人間的』を読んだ。萩原朔太郎のアフォリズムが、ニーチェの亜流であることを発見した。ニーチェは何だか知れずとにかくスゴい。それにくらべると、朔太郎のいうことは細く、ひよわい。日本語の魔術師としての朔太郎はすばらしい。私はかれの言葉の魔力から逃げ出せないだろう――永久に。しかし思想家としての朔太郎は、ニーチェのエピゴーネンだ……そう思ったとき、私は朔太郎から脱却し、代わってニーチェのとりこになっていた。

レクラム文庫の読みづらいフラクトゥア字体。それでぎっちり詰まっている『ツァラトゥストラ』を読んだ――字引《じびき》を片手に、飛び飛びに……。そんな読み方で、しかしとにかく『ツァラトゥストラ』が分かったように思った。多分に、「自分」をその中に読み込んでいたのであろう。かれの「反俗物語」は本物だ――ありきたりの「反俗物語」をつきぬけている――と思った。

太陽に向かって「おれという照らす対象がなかったら、お前は不運だったに違いない」というツァラトゥストラすなわちニーチェ。

また「洞穴にいるおれ、おれの鷲とおれの蛇がなかったとしたら、お前はこの洞穴に十年間も光を送り込み、そしてこのように毎日洞穴に入ってくることに飽きてしまったに違いない」と呼びかけるツァラトゥストラ＝ニーチェ。その高慢さ。その誇り。

その高慢な孤独に私は酔った。

それから「笑う者のこの冠。このバラの花環の冠」と歌うツァラトゥストラのドイツ語のリズムに酔った。

召集令状

昭和十五年（一九四〇年）一月二十一日、イギリスの軍艦が野島崎の沖で、アメリカから帰航中だった日本郵船の浅間丸を臨検し、ドイツ人船客二十一人を強制的に連行した。臨検中、憤慨したドイツ人は乗り込んできたイギリスの水兵と船上で格闘した。

このニュースを読んで、「ヨーロッパの戦争」がこんな形で私たちのすぐそばでも展開するようになった、ということに、ショックを感じた。

統制令のために店じまいをするところが出てきた。開いている店も活気がなくなってきた。入谷から言問橋の方にいく広い通りは、索漠としていた。五十銭のギザギザを一枚奮発すれば、途中の洋食屋でも、かなり豪勢なランチを食べることができたけれども、そんなことをしょっちゅうやるわけにはいかない。そんな店が途中にあるだけ――ほかには何も興味を引かれるものがない、という通りになってしまった。

学生食堂も殺風景な地下室で、ただ、めしをかき込むだけ、というふうであった。郊外電車に乗って遠出して、田舎道をたどって歩くときの私は、きっと飢えた犬のような眼つきになっていたことだろう。

春休みは帰省しなかった。東京にいて、フランス語を「もの」にしようと思っていた。

下宿のおばさんが静かにはしご段をのぼってきた。ふっくらしていて、いつもおだやかで、もの静かなおばさんである。

「杉山さん、電報ですよ」

「え？　どこから？」（来たのかな、という予感）

「ショウシュウキタ　スグカエレ　チチ」

「来たんです。召集が……」

「え？　まあ！　杉山さんにも来るんですか？」

「ええ、もう兵隊検査をうけてあったものですから」

「あらまあ、それはたいへん……」


私はそのとき、「ああ、これでフランス語はダメになってしまった」と考えていた。しかし『ドイツ戦没学生の手紙』にあるような、「私の学問が挫折を喫した」式の悲壮感はなかった。

（あのときお宮の前で祈ったように、別に取り乱しもしないでいけてるな）


「取り乱す」ことはたしかになかったが、そして「休学願い」の手続きだとか、荷物つくりだとか、テキパキ片づけていったのだが、そうしていながら、ふと通りに出て、人びとがふだんと少しも変わらずにのんびりと行き来しているのを見ると、「どうして、おれだけが、今、兵隊に、戦争にいかなければならないのだろう？」と思った。「どうして、人びとは、おれが兵隊にとられた、ということを知らないのだろう？」

鶯谷の駅の、広い通りに出た。

家が、看板が、屋根が、広告の旗やのぼりが、のれんが、空が、光っている。

赤や青の、看板の色が異常に鮮やかに輝いている。

これはどうしたことであろう。

道行く人までが光って見える。音が消えて、「もの」だけが動いている。

こんなに光った町は、見たことがない。まるで突然見知らぬ町に飛び込んだよう……。

私はその「光る光景」におどろいた。町が急にそのように見えだしたことにおどろいた。これは、召集令状が来たので、私の神経がどうかなったためであろう……か？

おそらく、それがキッカケで、私は思いがけなく何か別の世界に頭をつっ込んでしまった……のであろうか？

ソクラテスが死を前にして語っていた「あの世界」……。


「この美しいところでは、生長するものは何もかも——木でも、花でも、果物でも、ここにあるどんなものよりも、ずっと美しい。そこには山があるが、その山の石は、ここでわれわれがもてはやしているエメラルド、しまめのう、碧玉、などという宝石類よりも、ずっとずっと透明で、美しい色をしている。われわれのところにある宝石は、「向こうの」世界の石のちっちゃなかけらにすぎないのだから……。向こうの石がそんなに美しいわけは、純潔だからである。われわれのところの宝石みたいに塩分が浸みこんだり、それで腐蝕されたりしていないから——塩分が、われわれのところでは凝固し、動植物はもちろん、土や石をも汚し、それらを病気にしている……」

私が哲人の遊ぶイデアの世界をのぞき見した、などというつもりはない。ただその光と清浄の世界の話が頭のどこかに残っていて、鶯谷で見た光の景色と、色彩の鮮明さに、それをつい思い起こした、ということである。

仙台

家のまえで、「祝出征　杉山市平君」の壮行会がおこなわれた。私は大学の制服制帽で、ゲートルを巻いて、白ダスキをかけて、町内の人びとの前に立った。まだ「学徒出陣」という言葉もなかった頃である。そのとき私は「学徒出陣」を「先取り」していたことになる。

早くこの白ダスキを外してしまいたい、と思ったが、そうもいかない。どんな挨拶をしたことだろう。まだ頭のどこかに残っている話のスジは「盛大なお見送り有難うございます……皆様の御期待にそむかないようにやって参ります……」ぐらいのところであったろう。勇ましいことは言わなかったはずである。とにかく、いつもはほとんど姿を見かけたことのない息子さんが、大学生姿で兵隊にいかはった、ということである。

父はそのときどうしていただろう？　母は何か私にいっただろうか？　弟たちは？　妹は？

……記憶にない。空白である。

父は何か大きな声で町内会の人と話をしていたようでもある。母は人びとの後ろにかくれていたのであろう。母は人びとの後ろで、あるいは家の中にいて、何をしていたのであろう？

その前、家にいるとき、私はみんなとどんな話をしていたであろうか？　何かゴタゴタしていて、それにとりまぎれて互いに顔を合わせ、話をするヒマもなかった……のであったろうか？　それほど忙しい数日だったろうか——出発の前は……？

見送りの人たちと一緒に駅まで歩きながら、頭のなかを中根岸のときの考えがまた通りすぎた。

どうして、おれが——おれだけが行かなければならないのだろう？

どうして街は、いつもと少しも変わらないのだろう？

人びとは、何とのんびりしていることだろう？


入営は仙台の輜重《しちょう》二連隊である。

四月一日、私たちは営庭に、各班ごとに分かれて二列縦隊に並んでいた。

前にうす黒い営舎が重く横たわっている。小さな入口の中は真っ黒。ぶ厚い窓枠の向こうも黒い。その重重しく、横に長くつらなっている古い木の構造物のなかにひそんでいる「もの」。それを思うと胴ぶるいがしそうだ。うっかりしていると、歯までガチガチ鳴り出しそうである。

その建物が何かの工場なら、あるいは何かの会社なら、商店なら、おそらく土方の飯場だとしても、私はこんなに胴ぶるいすることはないであろう。私はこれまでに学校の生活しか経験していないが、そのようなあたり前のところであれば、とにかく何とか、自分の経験の延長線で理解し、推測することができるだろうという気がする。同じ人間の社会なのだもの。

いま眼の前に横たわっている建物は、これまでの経験が断絶する彼方にある。何があるのか、どんなことが始まるのか、全く考えもつかない世界。あの黒い入口の向こうに、えたいの知れない、恐ろしいものが、牙をむいて待ちかまえている。

絶望の淵に立っているならば、眼を閉じて空中に身を躍らせれば、あとは自然の法則が片づけてくれるだろう。しかしここでは、私は眼を開けて、その暗闇の世界に、歩いて入っていかなければならない。

私は胴ぶるいを押さえながら、皆のあとにつづいて「その入口」をくぐった。二階に上がった。

「いいか。今まで着てきたものをぜんぶ脱いで、前に置いてある服を着るんだ。ジュハン、コシタから全部だぞ。それから今までの服をまとめて、つきそいの人に返すのだ。分かったな」

しゃべっているのは班長だか世話係だか——いや「赤鬼、青鬼」であろう……「地獄の一丁目」というのは、こんなところに違いない。薄暗い部屋には武骨な柱がやたらに立っていて、板の間に寝台が並んでいる。その前で着換えを急ぐ「亡者」たちは、いずれも緊張の極限状態にあるようだった。何かにぶつかるか、何かがちょっとでも身体にふれると、とたんに「キャーッ」とわめいて飛び上がってしまいそう。部屋いっぱい狂騒症の雰囲気である。

「班長どの、フンドシもとるんでありますか」

「バカ。フンドシは着てきたやつでいいんだ」

ひきつったような笑い声が、そこここで起こる。（あたり前じゃないか。見れば分かるじゃないか。こんな質問したヤツは、わざとバカなふりをして、班長のご機嫌をとっているのだ）

みんな、この「地獄」で、何とか助けになりそうなワラを、一本でもいいからつかもうと、めいめい必死になっている。だまっていることに耐えられなくなって——不安で——、何かしら大声を出している。誰も返事などしてくれるはずがないのに、しきりに周りに質問をふりまいている者もいる。

私は寒さに鳥肌を立てながら、ジュハン（襦袢＝アンダーシャツ）を着、コシタ（袴下＝ズボン下）をはいて腰ヒモと足首にぶら下がっているヒモを締め、軍隊靴下をはき、それからグンコ（軍袴＝ズボン）をはいて、ヒモで締めた。グンコはつぎが当たっていた。最後にジョーイ（上衣＝上着）を着た。ところどころかがってある。毛がすり切れたツメ襟の、カーキ色のラシャの古衣であった。靴をはいた。固い。足が靴の中で踊っている。

「地方」（軍隊以外の世の中）から着てきた服をまとめて、風呂敷に包みこんだ。赤い鉢巻の軍帽をかぶった——いけない。小さすぎる。

隣のやつのが、ひょっとしたらこれより大きいかもしれない、と思って、それを見た。隣の兵隊は物おじするような眼になって、「自分の」軍帽をかくす。かっぱらわれる、とでも思ったのだろうか。しかたがない。班長に言おう

「班長どの。帽子が小さいんです。頭が入らないのですが……」
「何？　小さい？……しばらくかぶってろ。そのうちに取っかえてやっから」
「かぶってろ」といったって……頭が入らないではないか。帽子を頭にのせておくだけにしておかなければならない……ああ、情けない……。

風呂敷包みをおじに渡すために、階下に降りていったときは、みじめであった。

わずか三十分ほど前にここにいた大学生の杉山は消滅して、しょぼくれた古い軍服のなかの二等兵に変わっている。これまで身にまとっていた「世間的な評価」は全部はぎ取られてしまった。「最下層」になった。誰から踏みつぶされても、誰になぐられても、文句もいえず仕返しもできない二等兵。服にはその「星一つ」さえまだついていない……。「囚人」だ。三途の川の向こう岸に立ちすくむ「亡者」だ。頭には「亡者」の三角の紙ならぬ、いびつにゆがんだ小さな帽子をのっけさせられ……。

軍隊の生活が、夕食の時間から始まった。

めいめいに茶褐色のベークライト製の飯碗、それよりひとまわり大きい汁碗、そして少し深みのある皿が割り当てられ、それが班内のゴツい木のテーブルに並べてある。兵隊は寝台の前に立って、当番が飯を、汁を、そしておかずをよそって廻るのを見ている。

「いいか、みんな。今日は軍隊生活の一日目だから、特別おまえらをお客様にしてやったのだ。古兵どのの特別サービスだ。明日からは、お客様じゃないぞ。分かったか」
「ハイ」（全員の声）
「明日からはビシビシやるからな。タルんでると承知しないぞ」
「ハイ」（全員の声）

「飯上《めしあ》げもお前らがやるのだぞ」

「ハイ」（全員の声）

食事のあとは手持ちぶさたのひとときであった。各人に二つずつ配られてきた星一つのエリ章をぬいつける。私の帽子は少し大き目なのと取り替えられた。まあまあ何とか頭にかぶることができる。私物を片づける。

古参兵が二、三人入ってきた。一人がどなり出した。

「おいみんな、こっち向け」

各自、手を休めて古兵の方を見る。背は低いけれどもガッシリとして、おっかない顔をしている。

「これから、お前ら、馬屋にいって、馬に水を飲ませてくるのだ。いいか。各自の受け持ちの馬をいうから、よく覚えておけ」

（これは一体どういうことになったのだ？　馬に水を飲ませる？……といっても、一体どうすれば……第一馬屋にいくなんて……）

「…………」

「杉山二等兵」

「ハイ」

「お前の馬は五郎」

「ハイ、杉山二等兵、五郎」

「…………」

（とにかく靴をはいて、仕度しなければならない……エライことになった……）

別の古兵がいい出した。

「馬屋に入ったら、モサモサしているなよ。馬に蹴っとばされっからな。この前も初年兵のミケンのところにヒヅメが当たりやがって、そいつは死んだよ……。水飲み場にいったら、馬のノドに手を当てるんだ。一口飲めばゴクンというから。いくつ飲んだか数えてきて、帰ったら報告しろ。分かったか」
「ハイ」（バラバラの声）
「馬屋に入ったら、オーラ、オーラといって、馬を落ち着かせるのだ。飯どきで馬も気が立っているからな」
（こりゃ、ほんとうにエライことになってきた。「蹴っとばされる」……「ミケンにモロに当たって」……エライことになってきた）

古兵の引率で馬屋についた。あたりはすっかり暗くなっている。「さあ入れ」とけしかけられて、とび込んだ。戦争のときも、雑兵どもは、ここ一番というときに、このようにけしかけられて、刀や槍をふりかざして、やみくもに飛び込んでいったのであろう。

馬屋のなかは湯気か何かでモウロウと明るかった。ムッとするようなイキレ。馬の糞や小便のにおい。すっぱい空気。やたらに人影がうごめいている。馬屋中が「オーラ」「オーラ」の声で鳴りひびいている。

入口から向こうの端まで真っすぐ通り路になっていた――その左右……何と、馬がみな通りの方に尻を向けているではないか。

私は通りの真ん中に立ちすくんだ。

少しでも右に寄ると、右の馬の後脚が「ミケンに」飛んできそうだ。といって左にいけば、左の馬が神経をいら立たせて後脚をハネ上げるかもしれない。しかし、正確に左右の馬の尻から等距離のところにいるとしても、馬の後脚――これがスゴイ馬力をもっているのだ――はそこに届きそうだ。ヒンヒンいって、手綱いっぱい後ずさりしているヤツがある。

（どうして馬の尻をこちらに向けさせて入れとくのだろう。どうして通りの方に首を向けさせるようにしなかったのだろう……）

私は真実、軍隊の「馬の入れ方」をうらんだ。しかしいつまでも立ちすくんでいるわけにいかない。そうやっている私のそばを、もうよほど馬を扱い馴れたヤツであろう、スイスイと馬を引いて通りぬけていく。思わず背中の方の馬の尻を忘れて身を引く。

私はお経を唱えるように「オーラ、オーラ」をくり返しながら、五郎のサクに近づいた。馬はサクのこちら側の柱に尻をよせかけている。

馬の尻をすりぬけて入っていって、手綱をほどく、などという芸当はとてもできるものでない。少しでもその尻に手か何かが触れると、馬はとび上がって蹴っとばすかもしれない。

私はすでに引き出されて空っぽになっていた手前の方の、五郎の右隣のサクをくぐって、五郎の首に近づき、手綱をほどき、「オーラ、オーラ」をくり返しながら、馬を通りの方に押し出そうとした。動かない。

気はあせる。必死になって手綱を引いて、サクの中で馬をひと回りさせて、どうやら通路に引き出した。

水槽のところは、すでに馬でいっぱいだった。暗くて、どこに馬の尻があるのか、人がいるのか分からなかったのが幸い。しゃにむに馬と人をかき分けて、水槽にたどりつき、五郎の口に水を近づけた。左手で手綱をにぎりしめながら、右手を馬のアゴの下、ノドの先の方に当てがった。分かる、分かる。

「スーッ」と水を飲む。それが「ゴクン」とノドを通っていく。「一つ……二つ……」とそれを数えていく。

三十幾つぐらい飲んだであろうか。

（エイ。これでいいや。三十二ぐらいに報告しておこう）

あまり遅くならないうちに馬屋に戻らないと……。隣のサクをくぐって脱け出すことができなくなったら、コトだ。

馬屋では、水飲みにつれ出したあと、敷きわらを入れたり、飼葉桶を入れたりしてあった。馬はもう知っていて、ともすれば足早になる。こちらの足が馬の蹄に踏まれそうになる。薄赤い明かりの下に、さっきの古兵の姿が見えた。

「気をつけろ。食いだすと気が立って、後脚をハネ上げるヤツがあるからな。モタモタしないで早く出てこい」

五郎は「食い出すとハネ上げる」タチではなかった。ひたすら食っていた。私は首尾よく隣のサクをくぐって、通りに脱け出した。


翌日、休憩時間のときだった。二階の部屋の窓から何となく営庭を見下ろしていると、すぐ下でしきりにこちらに向かって何かを話しかけているらしい兵隊がいる。たしか同じ班で見かけた顔である。どうやら私に何かをいっているらしい。それが、何をいっているのかさっぱり分からない。

「……ケ?」

「え? 何?」

「……ダベ……カヨ」

「え?」

語尾のハネ上がる言葉である。何かを尋ねているようでもある。しかしその前の方がまるで分からない。同じ日本人がしゃべりながら、こんなに通じない言葉がある、ということに驚いた。きっとこれは福島か会津の方の言葉なのであろう。私の入った班にはそっちの人間がおおぜいいるのかもしれない。

馬原

入営して二日目か三日目に、私たちは全員トラックに乗せられた。

「帽子かぶって飛ぶからアゴヒモをかけろ」といわれて、みなそのようにした。

小一時間も走っただろうか。町を通りぬけた。畑を通った。丘を上り下りした。

中学や大学のときの演習で宿営した信太山や那須野ヶ原の廠舎と同じ恰好をした平屋建ての黒ずんだ建物が見えてきた。見えたと思ったら車が停まって「下車」の声がかかった。

トラックから飛び下りて足腰を伸ばしたりする兵隊たち——みんなキナコをまぶした団子のようになっている。

「ここは王城寺原というところだ」と上等兵がいった。

廠舎《しょうしゃ》というところは外形だけでなく、中の造作までどこも同じようにできている。

土間の両側がアンペラ（むしろ）敷きの長い床になっていて、窓の上が私物や小物を置く長い棚であった。土間には三つか四つ粗末な、だが頑丈そうな木のテーブルが置いてある。そこが兵隊たちの書物机であり、食卓であり、鉄砲みがきの台になるところである。

大柄な黒縁眼鏡の軍曹——これが教育隊の中隊長なのであろう。その配下の痩せぎすな伍長、そして数人の上等兵——背は高くないが、意地悪そう。

壁ぎわにはキチンと折りたたんだ毛布、薄いフトンなど。棚の上には軍服——「三装《さんぞう》の軍衣」というのだそうである——、そして作業衣——カーキ色の薄い上っ張りである——、背負い袋、ジュハン、コシタなど。出入口近くの銃架に三八《さんぱち》式の小銃が数丁。帯剣《たいけん》は壁に掛けるようになっていた。

訓練に明け暮れする毎日が始まった。

起キロヨ、起キロ　ミナ起キロ、

起キナイト、班長サンニ　シカラレルー

のラッパが遠くで鳴る。

「起床、起床」という班長の声で、パニック状態でとび起きる。毛布をたたむ——キチンと角をつけて。キチンと積み上げる。これがいい加減だと、インネンをつけられて、夜、就寝前のビンタが飛ぶ……キチンとしなければ。

霜柱をふんで点呼に並ぶ。

遠くの山が雪で白く浮かび上がっている。風が身を切る。

「気ヲツケ」、「休メ」、そして敬礼。

これはまあ、学校の教練でやってきたことの復習だ。何ということはない。

執銃訓練、銃の分解組み立ても一応やった。

しかし「特務兵」である。こうした歩兵の訓練は「一通りやっておく」という調子で終始した。

銃剣術などは、とにかくやったことがある、という「経験者」が、この班で私のほかにいま一人しかいない、という有様なのだ。その二人で「模範試合」をして見せる、ということで、この課目の訓練を済ませてしまう有様だった。

二人はお互い「間合いをとる」こともロクに知っていないようなお寒い「経験者」であった。「剣突《けんつき》」も何もあったものでない。木銃を構えて相対するや否やたちまち木銃と小手がからまり合って、動きがとれなくなってしまった。

訓練の大部分は、やはり馬である。

馬についてはいろいろなことを教わった。

馬には、入営第一日の夜にたいへんな思いをさせられたが、馬糞のにおいが毛穴にしみ込んできて、両手が馬屋の仕事でガサガサになってくるころには、「馬の学問」も結構面白く思うようになってきた。

考えてみれば、兵営で飼っている馬などというものは、兵隊相手にどんなことをしなければならないか、ということは、先刻御存知――むしろ兵隊よりも馬の方がよく承知しているわけだったのだ。ただ何もいわずに、兵隊に引き回されてやっている、ということだったのだ。

駄載《ださい》した弾薬庫や糧秣のカマスの下に肩を当てがって、荷綱の端を引くと綱がスルスルとほどけて、荷がストンと肩に落ちてくる――このような結縄法などは、全くよく考えたものだ、と感心した。もっとも、こんなことは、農村では昔からやっていたことらしく、百姓出らしい兵隊にとっては珍しくも何ともないようであった。

馬が一番大切な相手であるから、部隊行動の号令までが馬をおどろかせないように間のびしたものになってくる。中学の教練では、私の号令は「気合」がこもってない、といわれたが、ここでは「気合」がこもっていては、馬がハネ上がってしまっていけないのだ。これも私にとっては面白い発見であった。

ロイド眼鏡のいい体格の隊長が、ゆったりと馬にまたがり、輓馬《ばんば》の手綱をとって車両とともに並んでいるわれわれを眺めまわす。

「気ヲーツケー」

とのんびりした号令が出てくる。

気をつけをする。馬はそんなことお構いなしだ。首を上げたり下げたりしている。

「前へーススメー」

のんびりした号令で、輓馬隊が右の方から動き出して一列縦隊をつくる。

「いいか。上り坂になったら手綱をゆるめて自由に首をふらせろ。モサッとして足をふまれるな」

山坂を駆け上がる。雨水で荒らされた傾斜地を横切る。

「下り坂では手綱をしめるんだ。馬を走らすな」

馬はよく文句をいわずに、歩いてくるものだ。こんなことは毎度毎度で、すっかりあきあきしているだろうに。馴れない手つきの兵隊どもに手綱をとられて、鼻の穴を思い切りひろげて、はげしく息を吹き出している。その息が外気で冷えて水玉になって、黒いヒゲにくっついている。

平坦地に出た。松がバラバラに立っている。

「止マレー」

「休メー、シカン（支竿）ヲ立テロー」

支竿というのは、止まっているとき車台を水平に保っておくために、車両の前部につけてある支えの棒である。やがて「支竿を立てる」は、兵隊のあいだで「勃起する」の隠語になった。

私は残雪の草っ原に引っくり返る。久しく見なかった悠々たる雲の動き。

奥羽山脈の峰峰が雪で白く輝いている。冷たい風が身を引きしめる。きびしい風景だ。雲は動くともなく動いている。雲は――ほんとに、どこで見ても変わらない。東山で見た雲。しかしあそこの雲は暖かかった。

ドイツの戦没学生で、こんな雲のことを手紙に書いたやつはいたかしら。これからつれていかれる遥か遠くの戦場の夜空で、双方の撃ち合う閃光弾が花火のようにはかなく光っているのが見えた、というような手紙があったけれど……。

風が松の枝を吹き動かしている。馬が無心に、わずかな緑を捜して、上唇で草をなでるようにしながら、たくましい前歯でそれをもぎ取っている。鼻づらに手をさし伸べると、蝿を追い払いでもするかのように、うるさそうに首をふって、私の手をよける。

この山と風と、疎林と、冷たい空気のことを、見波君に書いてやろう……それにしても、「東京」は、私が兵隊になったその瞬間に消えてしまったみたいである。この何日間か、東京のことも、大阪のことも、思い出しもしていない。

雲は昔と同じように無心である。

さっきより心持ち位置がズレた。形が変わった。雲を見上げるおれも「無心」である――想念が来ては、ただあわ雪のように消えていく。

東京では――そういえば雲を見上げたことがなかった。地面ばかり見ていた。

雲をよく見上げたのは、京都時代だった。あの頃も、おれは無心にながめていたが、心の中はうつろであった。今は何だかちがう。

おかしなことだ。しかしとにかく「うつろ」ではない。兵隊の雑事が頭に引っかかっているせいかもしれない……

それだけだろうか?

王城寺原

廠舎の生活は、それほどつらいものではなかった。召集兵の「輜重輸卒」だから、規律がきびしくなかったのかもしれない。

不寝番――番がきてゆり起こされたら、封筒のように身をくるんでいた毛布から脱け出して、服を着て、靴をはいて、マキギャハン（巻脚伴）を巻かないで、帽子をかぶって、タイカク（帯革）をつけて、起こしたやつから銃を引きついで、廠舎の隊の区画の中を歩きまわっていればよい。ときどき門口に出て、外の空気を吸う。室内の空気はよどんでいる。

当直の将校や下士官が廻ってくる。足音で分かる。ササゲツツ（捧げ銃）なり、上体を曲げる軽い敬礼なりをして、

「……隊異常アリマセン」という。

ただ、歩きまわっているときは、集中して考えることができない。頭がもうろうとしているのだ。考えたことが、何一つ後に残らない。

飯上げ――その番になったら、当番の二、三人と一緒に炊事場にいって、ぶ厚いアルミでできた隊の「食缶」を取り出し、大声で自分の班の番号をどなる。

どならないと、炊事場がゴッタ返しているために、炊事兵に聞こえないことがある。聞こえないふりをしている、と思うこともある。下手をすると、意地の悪い炊事兵に「タルンでいる」といいがかりをつけられて、その場でビンタを食らうおそれがある。

隊に戻ってきたら、できるだけ過不足なく全員に食物を分ける。一度やらかした失敗は、いちばん先に、別の仕切りのなかにいる隊長や上等兵たちによそわなければならないことをド忘れしたことである。最初から兵隊の方に分けようとしてしまった。あとで寝る前に、当番だけがこっぴどくたたかれた。

うまや当番――上等兵の助手という形でやった。

馬のひづめ洗いと蹄油ぬりは全員がやるから、当番は主に馬屋のクソかき、ワラの入れ換え、ワラ切り、カイバつくり、水運びなどが仕事になる。足でふみつけられ、ワラと一緒になって床にへばりついているクソを、マグワでかきとる。それを大きな竹の箕《み》に取り込む。そのうちに面倒くさくなって、素手でワラもクソも一緒にかかえ込むようになる。馬のクソはボクボクしていて、手でつかんでも気持ちが悪くない。特別イヤなにおいでもない。

ビンタ――ほとんど毎晩のようにあった。寝る前、点呼のあと。その日のことで何かいいがかりをつけて、上等

兵が、寝床の前に並んでいる兵隊を順々にナグリつける。このように全員がなぐられるのは、たいしたことではない。

班に荒船という兵隊がいた。顔のつくり、身体つき、そして声まで何か女性的で――だからつい眼がそっちの方にいく、という存在になっていた。何よりもかれを班の注目の的にしたのは、かれが米若（浪曲師寿々木米若）そっくりに『佐渡情話』を語る「芸」をもっていたことである。

ときたまの余興大会では、必ず荒船がロイド眼鏡の隊長の御指名になった。

たしかに荒船の『佐渡情話』は上手であった。米若そっくりであった。しかし、やはり声が細く、高調子で……奈良丸（浪曲師吉田奈良丸）の声の響きと丸みには――当然のことながら――及びもつかないのであった。

こういう廠舎暮らしのことであるから、荒船の『佐渡情話』が聞けることは、それでもたいしたことだ、といわねばならない。しかしそれも、三回までである。かれは気軽に自慢のノドを聞かせてくれるのだが……度重なると、悪いけれど、もうたくさん、といいたくなってくる。

荒船の方はそこが分からないのだ。自分の『佐渡情話』が、みんなにとって絶対の魅力になっている、と思いこんでいるらしい。そして、隊長が自分のノドにほれて、自分に眼をかけてくれる、と思っているようであった。班の仕事中に、ふと鼻歌が出たりする。上等兵に何かいわれても、私たちみたいに飛び上がって駆けだしたりしなくなった。上等兵なんて同輩だ、ぐらいに思うようになったのだろう。

何がキッカケだったのか分からない。

気がついたときは、大柄な骨太の隊長の、肉の厚いコブシが、荒船をしたたかにたたきすえていた――「ブッとばし」ていた。

「このヤロウ、ふざけやがって」

荒船の身辺から「栄光」は消えていた。

隊長のビンタはつづく。

「も一度いってみろ。つけ上がりやがって」

荒船は隊長に何かいわれたとき、ちょっとスネて何か口ごたえし、甘えかかるソブリでも見せたのではなかろうか——きっとそうだ。そう思って、私は隊長のすさまじいビンタを見ていた。

この事件のあと、荒船は班の中で見る影もない男になってしまった。『佐渡情話』の「名調子」は消えた。私はそのように荒船をたたきつけた隊長を見直した。


伍長が、班内で私を見かけると、ニヤニヤした顔になって、少し甲高い声で話しかけてくる。

「おい杉山。どうだ、軍隊生活は?」

「はあ、別に……」

「お前大学卒業だってな。きついだろ」

「いや。大学卒業じゃないです。中途です……」

「どうだ、お前、大学で何を……」

このような話はほんとうに困る。こういう話になってくると、できるだけ、当番ですからとか何とか口実をつくって、伍長の面前から逃げ出すことにしていた。班長たちの仲間では、杉山二等兵の「学歴」が、よく話題になっていたのであろう。

兵隊仲間で「学歴」が話題になっていたかどうか——これは分からない。兵隊同士のつき合いといえるものは、ほとんどなかった、といってよい。教育期間中の寄り合い所帯にすぎなかったのである。仲間のことに深くかかわり合っている暇はなかった。酒保(兵営内の売店、食堂)にいったこともほとんどなかった。自分よりも上のやつがいるところなど、居心地が悪くていられたものでない。

ときどき兵隊同士の喧嘩があった。すべて物を取った、取られた、である。巻脚伴（ゲートル）が見つからない。お前が取ったのだろう……で喧嘩になる。取っ組み合いにまでなる。上等兵が来て、双方にビンタをくらわすことで収まる。ゲートルが結局どういうことになったのか、当人たち以外の者には分からない。そんなことがあった後も、二人ともゲートルをつけて訓練に出ている。結局あれはどういう喧嘩であったのだろう。

エイナイカ（営内靴）は絶えず取ったり取られたり、失くなったり、カッパラって来たりであった。結局すべては「インズー（員数）の闘い」なのだ。兵隊はみな「員数をそろえておく」ことに血眼になっている。あるべきもの、各自が持っているべきものがそろっていればよい。数さえそろっていればよい。

巻脚伴でも営内靴でも、こうした「小物」は、失くなったとき、あわてて騒いだりしてはダメである。みんな自分のを、取られないように隠してしまうから。

そんなときは黙っていて、みなが気づかないうちに素早くパクってしまわなければならない。

私の営内靴が入浴中に取られてしまった。班に帰ろうとして「自分の」を捜したが、ない。はきつぶされた、気持ちの悪そうなものしか残っていない。私は黙ってそれをはいて帰った。

つぎの入浴のとき、はいてきたチビたやつを、さり気なく、片隅の方に脱ぎすてながら、そこに脱いである営内靴を観察した。営内靴は古い軍靴のツマ先の部分だけを残して、ほかの部分を切り取ってつくる。シャンとした立派なものもあるし、チビたもの、破けたもの、千差万別である。

立派な靴、特徴のある営内靴に手を出し――足を入れ――てはいけない。こうした靴はすべて班長どのや上等兵どのの御料《ごりょう》であるし、だからすぐ発覚するし、あとのタタリが恐ろしい。

それほど上物ではなく、ごくありふれていて、しかも自分がはいてきたのよりはずっとマシなものに、さりげなく眼をつけておく。入浴を素早く終えて、服を着て、それから「さりげなく」、大体目をつけておいた靴を、いかにも元から自分が履いてきた、という気持ちで、ごく自然に履いて、そして素早く外に出てしまう。

軍隊とは、このように人間をこすからく、たち悪く、鍛えるところなのだ。

一ヶ月、王城寺原で暮らした。

五月五日ごろ、私たちは折《お》り襟《えり》になったひとえの「三装の軍衣」を着用し、巻脚伴をつけ、戦闘帽をかぶって、十文字に掛けた雑嚢《かばん》と水筒のうえに、ジュハン、コシタ、靴下や、飯盒《はんごう》などを入れた「背負い袋」を左肩から右脇にかけ、このいでたちで仙台に戻ってきた。明らかに「外地」に出掛けていく姿である。

五月六日早朝、おそらく仙台市の目貫通りであろう、少し広いが低い家並みのつづく通りを通って仙台駅の前に来た。まだ戸を開けてない家が多かった。

何軒かの家で、人が通りに出ていて、だまって私たちの行列を見ていた。背嚢に鉄砲という「りりしい」姿でないことが残念であった。それどころか、昔の旅人みたいな背負い袋というパッとしない恰好で、鉄砲もかつがず、市民の前をゾロゾロと進んでいくのである。肩身のせまい思いであった。

駅前には、在郷軍人会とか、兵隊の身内らしい人たちが少数たむろしていた。見送りというよりも、遠くに離れてわれわれの出発を眺めている、という様子である。

誰も、私たちがこれからどこに連れていかれようとしているのかを話してくれる人はいなかった。自分たちの服装から推して、たぶん大陸の方にいくのであろう、と思うばかりである。そういうことを話し合う仲間もいなかった。私たちはただ一緒に集められ、四列縦隊をつくってここまで歩いて来、客車の中に二人ずつ向かい合って座らされただけである。

「軍隊手牒《ぐんたいてちょう》」の記載によれば、私たちはこのとき「輜重第十三聯隊《れんたい》補充要員」として仙台を出発したことになっているが、そのときは誰もそんなことを知らせてはくれなかった。それは「昭和十四年陸支機密第二三二号」による行動で、「軍事機密に属する」ということだったのであろう。

私の記憶に間違いがなければ、列車は常磐線を進んだ。

それからどういうふうになったかよく分からないが、東京では、池袋から品川へ、山手の貨物線を進んでいた。新宿、渋谷、恵比寿などという「省線」（現在のＪＲ）の駅でよく見かけた長い黒い貨物列車のつながり——あの道を自分が帽子にアゴヒモをかけて通ることになろうとは……。

品川駅の貨物列車の停車場と思われるところには、私たちの通過のことを、どういうふうにしてか聞き知ったのであろう、兵隊の親類縁者とおぼしき人たちが、かなり集まっていた。何人かの兵隊をかこんで、「出征」のはなむけを贈る人たちの群れ。車窓によりそって、きっと身寄りなのであろう窓際の兵隊と話し合う人たち。

しかし列車はまるで人の気持ちなど分からないかのように、そうした切ない光景を断ち切るようにして、突然動き出し、見送りの人びとをうしろに残していった。

大阪に着いたのは五月七日の午後であっただろう。大阪駅で下車した記憶はない。たぶん直接筑港の近くにまで持っていかれたのではなかろうか。

筑港のあたりは、いつ来ても索漠としているが、今度も何かイヤに人の気配のないような、空白な、通りばかりがダダッ広く拡がっている感じであった。朔太郎のブリキの旗が「ビラビラ」とひるがえっていそうなところ、歩くと軽く白い砂ぼこりが足につきそうなところであった。そのなかの町屋に分宿することになった。

私たちは五、六人が一緒になって、ある家に入った。

その家の人がどんな様子だったか、その人たちとどんな話をしたか——何か話をしたようであるが、通りすがりの話であったような気がする——どんなふうに食事をしたのか、入浴は、たぶん近くの風呂屋に行ったような気もするが……。うらさびしい、だだっ広い一帯の印象が、今残っているすべてであって、あとは奇妙な空白だ。食後、町をぶらついてみたが、何もなく、店屋も少なく、満たされない思いで帰ってきた。

五月八日午後、町の通りに集合して大桟橋に向かった。この辺は何となく思い出がある。昔、小学校の頃、よく筑港の大潮場につれて来られた。桟橋の南の方であった。そう思って見廻してみると、昨日泊まった家の近くにその潮場があったのではなかろうか、という気がしてくる……その昔も今も、町の淋しさやうらぶれたたたずまいはほとんど変わっていないように思われる。

これからどこにいくのか、誰も教えてくれない。またそれを聞こうともしない。命令をされればそのように動いていく「もの」として、私たちは大桟橋に引率されていく。

大桟橋の右側に、貨物船が二隻ついている。桟橋の上では、乗船する人間や、荷物の積み込みに働く人間が小さく、いっぱいに群がっている。

左側にも船がついていたようだが、私の注意は右側に引きつけられていた。右側の船に兵隊が乗り込んでいるのである。私たちの列も、待つ程もなく、手前の一隻のタラップを上がっていった。

船倉のなかは上下二段に分かれていて、中間のデッキは真ん中が大きく開いており、最下層の床までが見下ろせた。上下二段の船倉のそれぞれに、カイコ棚が三段組み込んであった。

上部の船倉のカイコ棚にもぐり込んだ。

そこでアグラをかくのがやっと、という高さ。

「自分の穴」の奥に装具を置いて、甲板に上がった。

船は少し桟橋側に傾いている。兵隊がみな桟橋側に群がっているせいであろう。桟橋の人の動きはほとんどおさまった。船のブリッジでは、えらそうな軍人が身をのり出すようにして桟橋を見下ろしている。あれが「輸送司令官」なのかもしれない。


船は明石の沖を通った。

淡路島が左に見え、後ろにかくれていった。

小学生のとき、父と一緒に別府にいったとき——あれは「紅丸《くれない》」だった——やはり私はこうやって瀬戸内海を眺めていた。海の水はたえずアワ立ち、波の峰を拡げていく——そして自身後ろに流れていく……。

飯上げになる。

炊事場が半分海の上に出っ張っている。なるほど、こうしておけば残飯などを棄てるのに便利であろう。便所も反対側に、海の上に出っ張って、つくってある。同じ理屈だ。小便のカスと漂白剤のにおいがまざり合ってただよってくる。

飯はめいめいカイコ棚に座り込んで食べた。

便所の脇で飯盒を洗った。

海の水はたえず後ろに走っていた。

瀬戸の島々が見え出す頃、海の上ではしだいに暮色が深まっていった。

海の水はだまって、絶え間なく後ろに流れている。

カイコ棚から見下ろす船底の床では、兵隊たちの酒盛りが始まっていた。

どこかで見た覚えのある伍長が、みんなの間にアグラをかいている。シャツの前を大きくはだけて、一升瓶から湯呑みに酒をあけ、その手を高くあげて叫んでいた。

「のめ、のめ。こら。もっと歌え――っ」


夜が明けたとき、船は――たぶん門司のあたりであろう――、山を間近に眺める沖合に泊まっていた。

いつまでも泊まっていた。

新たに乗り込む兵隊がいたのかもしれない。

もう甲板に出て、もの珍しそうにあたりを眺めるような兵隊は少なくなっていた。

「五月八日大阪港出帆」

と私の「軍隊手牒」に記載してあること――その内容が、つまりこれまで書いてきたことどもである。こうして私は日本から離れた。

第三章

呉淞《ウーソン》

玄海灘はうねりがきつかった。海の色は青黒く、瀬戸内海の水よりも、ずっと重くなったように見える。食事を終えて食器洗いに甲板に出たとき、眼の前で水平線が大きく斜めに傾いた。

私の乗った輸送船が玄海灘でもみ上げ、もみ下げられていたとき、私を中国に引きよせていた中支戦の第十三師団という軍団は、中国の奥地、漢口のさらに向こうで、宜昌作戦にのり出していた。

*

ヨーロッパでは、ドイツ軍がポーランドを電撃的に降したのち、鉾先を転じて西部戦線に殺到していた。オランダが降伏した。ベルギー、フランスも六月には降伏し、やがてドイツ軍がパリに無血入城するという形勢である。つづいてドイツ軍は英仏連合軍を包囲し、ダンケルクを圧迫することになる。

ヨーロッパ戦線でのドイツ軍は、実際「当たるところ敵なし」であるように見えた。

日本の軍部は、このような「欧州情勢の発展」に乗じて、一気に重慶政府の息の根を止めてしまうことを考えた。六月にはイギリスに対し、蒋介石援助を止めるよう外交的圧力をかけている——日本軍にとって、重慶に大量の軍需品を送り込んでいたインド＝ビルマ＝重慶ルートを遮断することが急務だったのだ。イギリスのしぶとい抵抗に業をにやして、九月、日本軍が北部仏印に進駐する。

この行動は、しかし、「援蒋ルートの遮断」に役立つどころか、かえって日本と英米両国とを決定的に対立させる結果になってしまった。「援蒋ルート遮断」という軍部の「悲願」は、結局最後まで日の目を見ないで終わってしまう……。

*

蒋介石の抵抗もしぶとかった。

日本軍は昭和十二年（一九三七年）十二月、南京に攻め込んだ。が、蒋介石の南京政府は降参しないで、武漢に移った。

日本軍は昭和十三年（一九三八年）十月、武漢に攻め込んだ。が蒋介石は政府を重慶に移した。戦線の伸び切った日本軍の後方で、中国共産党の八路軍と新四軍が、はげしい「後方攪乱」のゲリラ戦を展開した。鎧袖一触《がいしゅういっしょく》で蒋介石の国府軍を撃破、殲滅《せんめつ》し、「日支事変」の早期決着を図る、という日本軍の目算は外れた。戦局は日本軍にとって苦しい対峙、消耗という局面に入ってしまった。

そこへもってきて昭和十四年（一九三九年）十二月の「冬季攻勢」である。武漢地区を占拠していた日本軍の第十一軍（七個師団と三個旅団、総勢二十数万）にたいして、武漢の西北方にあった国府軍の第五戦区（司令、李宗仁）が麾下の四十個師団をぶつけてきたのである。

日本の将兵は、上海から南京、そして徐州、武漢と、いわば「連戦連勝」で来たために、国府軍をすっかりナメてしまっていたのであろう。それぞれの警備地区では、しっかりした防御の体制を固めることなどろくに考えもしていなかった、といわれる――「それまでは」。

だから思いがけない国府軍の猛攻撃に、日本軍は仰天してしまった。必死の防戦で、ようやく「攻勢」を食い止めはしたものの、そのときの「中国兵《チュングウオビン》」の「攻勢のすごさ」は、いらい長い間、中支戦線の古兵たちの飽くことを知らない語り草となる。

軍部は、蒋介石の意外なしぶとさと、それを支えているビルマルートの効果とを眼のあたりに見せつけられたうえに、「冬期攻勢」で、バカにしてきた蒋介石の軍隊に手ひどいゆさぶりをかけられ、歯ぎしりして口惜しがったことであろう。何としてでも重慶をたたきつぶさねばならぬ、眼にもの見せてくれよう、という気持ちであろうが、それにしても兵力が足りない……。

こうした事情で、とにかくこの「憎《に》っくき」第五戦区に仕返しの痛撃を加えるだけはしておきたい、ということで、五月一日からの「宜昌作戦」が発動されたのだ。だから攻撃部隊は「当面の敵戦力」を撃破し、宜昌を「攻略」したならば、この町を徹底的に破壊焼却して中国軍に利用し得ないようにしたうえで、もとの占領地区に引き上げてくる、ということになっていた。

十三師団が六月十二日、宜昌に突入した。

さて、こうして宜昌を実際にわがものにしてみると、これをむざむざ手放すのが惜しくなってくる。ここを将来の重慶攻撃のために確保したい、少なくとも重慶爆撃のための拠点として「当分」宜昌を押さえておきたい、という「色気」が軍部のなかで頭をもたげてくる。

宜昌占領は継続することとなった。このため、日本軍の占領地区は武漢からさらに西へ二七五キロ伸び、拡がることとなった。

私を「赤紙」で召集した軍当局は、上海以来の戦闘でくたびれた兵隊を私と交代させることしか考えていなかったであろう。しかし呼び出された私が船で乗り出したとき、くたびれた大陸の兵隊たちはさらに西に前進させられていた。私は結局、こうして新しく拡がった占領地における一つの戦闘力として、中支聯線《ちゅうしれんせん》の最西端部に投入されることとなったのである。

当の私は事態がそのように動いていることなど、まるで御存知なく、自分が十三師団の兵隊になるはずであることさえも知らないで、船倉のペンキのにおいと便所の——小便カスと漂白粉の混ざった——においをたっぷり嗅がされ、船と一緒に身体ごと上下、左右にゆり上げゆり下げられて、ムカつく思いをさせられていた。

昼前――五月十日か十一日頃――船は呉淞《ウーソン》の沖合いに泊まった。船から下りるようにいわれた。江岸の、倉庫がたくさん並んでいるところで、「待機」する。
長い長い時間であった。いつまでもそこに腰を下ろしていても、何の音沙汰もない。船は何かを積み込むために、私たちを下ろしたのであろうか。

江岸にいってみた。

厚いベトン（コンクリート）の砲座がデングリ返っている。

江岸のコンクリート敷きが至るところヒビ割れ、ほじくり返されている。

いろいろな形の重そうな鉄の塊が赤サビたまま放り出されている。

眼の前の揚子江には何の動静もない。私たちを乗せてきた船さえ、どこかに姿を消してしまっている。

死んだような風景。

ここで、三年まえ、兵隊をしゃにむに上陸させようとする日本の軍艦と、この砲座にすえつけてあった中国軍の大砲とが、互いに「ゼロ距離」で砲弾をたたきつけ合ったのだ。

そしてあらゆるものを手当たりしだいに引っくり返し、たたき壊し、焼き、吹き飛ばし、ぶち殺し……したあげく、双方はまるで呼吸を合わせたかのように、一切をそのままに放り出して、一気に奥地へ駆け去っていった……。

何という空しい破壊であろう。

「邪魔だ。ドケ、ドケ」といって土足で他人の玄関に上がりこもうとするならず者の押しかけ。そうなれば「何を」と開き直って、刀の柄《つか》に手をかけるのは、当たり前の成り行きだ。

山道ですれ違えば、全く見知らぬ同士でも「今日はよいお天気様です」ぐらいの挨拶を交すのが、あたり前の人というものだ。ましてや他人の国に、しかるべき挨拶もなしで殴り込みをかけるというのは……。

ここに、どれほどたくさんの血が流れたことであろう。ただ強引に押し入ろうとしたばかりに、そしてそれを力づくで押し止めねばならなかったために……。

倉庫の日陰ですっかり待ちくたびれてしまった頃、私たちは整列させられ、それから二列になって歩きだした。何百人いたのであろうか。背の低い、恰好の悪い、背負い袋をかけてゾロゾロと進む、見ばえのしない行列であった。私は自分も加わっているこのような行列を、はずかしく思った。

左手に川が見え、右手が小さな軒をつらねた店屋であった。店屋は道から少し離れた高みに並んでいる。自分らは上海の方に向かって歩いている……。

揚げもの屋が眼についた。人がそこにたむろしている。雑貨屋がある。タバコ屋らしいのもある。道路に荷をひろげて、しゃがんでいる男もいる。荷車がある。キセルをすっている老人。店の前をただ何となく歩いている人。

油の臭いが鼻をうつ。中国の臭いだ。

どの店も、まるで掘立て小屋である。薄ぎたなく、みすぼらしい。

中国人が私たちの行列を眺めている。

黒いステテコみたいなズボンの上に、白いシャツのスソがたれている。たいていの男が前をはだけて胸を見せている。ズボンを膝の上にたくし上げている男もいる。広いツバの麦わら帽で胸をあおぎながら、額の汗をぬぐっている男がいる。

雑貨屋では、おやじが売る手を休めてこちらを見ている。話の途中で一緒にこちらを振り返ったらしいのがいる。揚げもの屋の二、三人がそろってこちらを眺めている。その一人は何故か薄笑いをうかべている。かと思うと、まるで無関心に車を押している男もいれば、ザルのつくろいをやっている男もいる。

私はその男の薄笑いが気になった。

何か前からの話のつづきで笑いが止まっていなかったのかもしれない。しかし日本軍の兵隊が列をつくって前を通っているときに、あらわな胸の前に組んだ腕をほどきもしないで笑い顔をつづけるとは……。


ずっと後になって、刑場に連行されようとしている義和団の男の写真をみたとき、私は呉淞の揚げもの屋でみた「その男」を思い出した。義和団の男もヘソを出し腕組みし、片足を少し前に出して軽く浮かせていた。中国人はみな、事に臨むと、あのような不敵な笑いをうかべるものなのだろうか。


私は自分たちがかれらの前を、シャンとした軍装で、機関銃を手にし、タンクとトラックをつらね、砲車をしたがえて行進できないことを、本当に残念に思った。

砲爆撃のあとも生々しい欧州の町の中心街を、轟音を立て、鉄カブトを光らせてバク進するドイツ国防軍のように、われわれも、ここを最新鋭の装備で行進できたら……。

こちらはどうだ。何というだらしないザマであろう。せめて、われわれがもっと背が高かったら……そしてもうちょっと軍隊らしい恰好になっていたら……。

大陸各地で中国軍を討ち負かしている日本軍だ。ここでも、この揚げもの屋の連中を畏怖せしめなければならないのに、かれらは平気な顔でわれわれを眺め、うすら笑いさえうかべている。

そして、われわれの方が何だか首をすくめ、背中を曲げて歩いている。

いろいろなものを入れてふくれ上がった雑嚢と背負い袋をかけているのだから仕方がないのだけど。

ぶざまなドタ靴を引きずるようにして歩いているわれわれ。

まるでこちらが負けているみたいだ。

まるでこっちが何か悪いことをした罪人であるみたい。

漢口

またもとの船に乗り込んだ。

ものうい揚子江の船旅が始まった（以降の地名、位置については図Ⅰ参照）。

二日ほどして、たぶん五月十三日頃であろう、船は南京に着いた。ここで、もっと小さい船に乗り換えた。上陸しないで、ハシケで船から船に移ったのである。それから五、六日、船の中で寝起きして、五月十九日頃であろう、朝方、漢口に着いた。ここで時計台のある江漢の税関ビルの前に上陸した。

私たちの輸送船団はいつの間にか三隻か四隻になっていた。私たちの船の前にも一隻か二隻走っていたし、後にも一、二隻つづいている。

ほとんど赤いといってもよいくらいの、レンガ色の川の水。こってりしている川の水。船が蹴立てる波の色まで茶色に染まっている。

太い、長い、無細工な煙突から、いつも真っ黒な煙が低く、長く、いつまでも斜め横に流れていた。

ヘサキのセリ上がった甲板に、捕鯨砲のような大砲が一基。いつも黒いカバーをかぶっていた。兵隊どもは、その砲座にたむろした。舷側のボートの下にもぐり込んだ。あらゆる空間や日陰を見つけ出し、そこにたむろして、シラミとりをした。シラミは、シャツを着ているときはムズムズして、うすらかゆいが、脱いでつぶす段になると、太っていて、やわらかくて、すぐつぶせて、可愛いところがある。臭くない。それにシャツの縫い目や、フンドシの端のヒダの中などにきれいに並んでいる卵は、光沢があって、粒がそろっていて、見事である。

そうしているときや、舷側にもたれて岸を眺めているとき、船員が退屈しのぎに寄ってきた。蕪湖、安慶、九江などという町は、船員から教えてもらった。最後にたしか黄石街という町の名前を聞いたときは、もう漢口も間近であった。

白い壁、黒い屋根瓦——どの町も低くしっとりと落ち着いたたたずまいを見せていた。安慶は塔のある町だ。家々はそれに依りかかって安らかに眠っている。その町にまた寄りそうようにして、日本の駆逐艦が一隻もやっていた。

この汚れた不恰好な船とちがって、駆逐艦はさっぱりと灰青色に塗装して、低く、スマートに艦体を沈めていた。艦尾に乗務員の真っ白な洗濯物が干してある。うらやましかった。

あの駆逐艦ではここみたいにシラミたかりの兵隊が山積みになってはいないだろう。あすこでは、みんな小ぎれいに暮らしている——水をふんだんに使って、石鹸をたっぷりこすりつけて洗濯していることだろう。それから、栄養のある「牛カン」などをポンポン開けて……。


船は日が暮れるとストップして、イカリをほうり込んだ。夜は危険なのだそうである。上流から機雷が流れてくるから、という。どうして夜だけ流れてきて、それにぶつかる危険があるのだろう。昼間は流れてこないのだろうか？　今までのところそんなもの流れているのを見たことがないが。

そうだ、夜は灯台がつかないのだ。水路標識もない。漆のように真っ黒になってしまう。動こうにも動けないのだ。


一日は、イカリを巻き上げるウィンチの音で明ける。来る日も来る日も、赤茶色の水。そして長く、長く流れていく黒龍のような煙突の煙。すれ違う船はない。ただ私たちの船ばかり。

両岸の丘には木が一本もない。烈しい日の光……陰影を鋭く刻んで、裸の山が川にのぞむ。ガケが赤茶色の土をむき出しにして川に落ち込んでいる。異様できびしい風景。単調で、大きい自然。それが際限もなく、ゆっくりと、両岸にくりひろげられていく……。

町というのは、そのなかの一ヶ所に家々が小さく肩を寄せ合ってひっそりと固まっているところ、なのであった。

「ほら、ああいう山にいる部隊は危ないんだぜ」

と船員が右舷から岸辺の丘を指さす。

「へえ……、あんなところに部隊がいるのですか」

「いるとも。それで夜になると、敵兵がそっと取り巻いて、ワッと手榴弾を投げこんで来やがる。いつだったか。やっぱりこの辺だったよな。日本の兵隊が川に向かって『助けてくれー』って叫んでいたっけが……」

ギラギラ照りつける日。眼に入るかぎり動くものは一つもない。煙突の煙まで、長くたなびいたまま止まっている。この明るい、底抜けに明るい日の下の、どこにそのような恐ろしい敵がひそんでいるのだろうか。

焼けつくようなデッキで、手すりにもたれていると、余りにも広大で平面的な風景に、考えることさえ忘れてしまいそうになる。

動いているのは眼の下の波ばかりだ。船は懸命にスクリューを廻して水をかき分けているのに、景色も動かねば、船も動かない。

「ああ堂々の輸送船」……だれがこんなつまらない文句を考えたのだろう。「ああボロボロの輸送船……」といった方が、いや「ああヨタヨタの輸送船」だ── その方がずっとピッタリ来る。「ああ堂々の煙突よ」……これも本当だ……。

「ああ悠々の揚子江」、「ああ際限もない揚子江」…… 「どこまで続くぬかるみぞ」、「どこまでつづく……」

乗っている間に、一度ビンタを食った。

上等兵も連日のカイコ棚生活でムシャクシャしていたのだろう。船倉の暑さにがまんできなくなって、シャツ一枚で帽子もかぶらず、ハッチから出てきた。そこに上等兵がいた。

「やろう。どこの兵隊だ?」

「はいっ。加藤隊であります」

「加藤隊だと? 加藤隊の兵隊は無帽で外出してよいことになっとるのか?」

「はいっ。無帽はいけないであります」

「このやろう。たるんどるぞ。眼鏡をはずせ」

眼鏡をとる。直立不動になる。眼から火が出た。頬が焼けた。

時計台のある江漢の税関ビルの前は、川が見える広場であった。私たちはそのビルを右前に眺める石造りの建物の前で腰を下ろしていた。何がどうなっているのか、さっぱり分からない。ただ待つだけである。長い間、石畳に腰を下ろして待っていた。

出勤時間なのであろう。左手からつぎつぎと人が出てきて、急ぎ足で右手に消えていく。手に弁当包みらしいもの、あるいは書類包みみたいなものを持って。空気はまだひんやりしている。その中を職場に急ぐらしい「勤め人」の姿を見ていると、東京のどこか中心街にいるような錯覚に陥ってしまう。(どこも同じ……ここはやはり都会なのだ……東京からこんなに遠く離れたところなのに……)

それは不思議にノスタルジアをかき立てる風景であった。

やっと「整列」になった。

それからまた例のゾロゾロ行列で漢口の通りを進んでいく。もう呉淞のように私たちを眺める中国人の眼はなかった。両側の洋風の三階建ての家は、ガランドウで、奥まで——ときには空まで——見通せた。あるいは扉が閉め切りになっていて、無人と見えた。

たいして歩きもしないうちに、重苦しい八角の塔が見えてきた。その塔の下に入っていく。中は、煉瓦づくりの洋式の二階屋が周りに立ち並んでいる広い構えであった。大きな浴場、炊事場、酒保（売店）があった。私は二階の室に四人で入った。木の急な階段をガタガタと音を立てて昇り降りしなければならない。シラミたかりの下着類を、ドラムカンに煮たてたお湯にほうり込んで「殺虫消毒」した。酒保をもの珍しげにのぞいてみたり、ちょっと「甘味品」を買ってみたりした。

アーケードにいってみると、そこを外部と仕切っている鉄柵に、いっぱい中国の子供らが取りついている。ボロをまとったような子供らのなかに大人も何人か見えた。こちら側には、兵隊がやはりおおぜいいて、「コーカン、コーカン（交換、交換）」をやっている。

鉄サクの隙間から細い、汚れた手が何本もこちらに伸びている。その手のなかにあるのはマンジュウみたいなものだったり、ひしゃげたマッチ箱だったり、えたいの知れないタバコだったり、そこらに落ちていたものを手あたりしだい拾って持ってきた、というふうである。

「コーカン、コーカン、ハオデナ、タイジン……」

こちら側の兵隊は、気に入ったものを軍票と「コーカン」で買うわけなのだが、なかにはからかい半分に、品物をうけとったあと「コーカン」しないで帰って来るものもいた。

三日間ほどここでぶらぶらしていた。何もすることがない。ある日、緑色の上等の軍服を着た「中ぐらいに偉そうな」将校が、私たちをこっぴどくたしなめた。きっかけは、点呼に出そろうのが遅いとか、営内でだらしない恰好をしていたとか、そんなことだったであろう——。

「お前らはスフ入りの兵隊だ。……中支の十三師団だ、などとえらそうな口をきくな。お前らみたいな兵隊は十三師団の名折れだぞ。……」

(われわれが「スフ(人造繊維)」入りであることは、言われるまでもなく十分に承知している。それを承知の上で、そちらはわれわれを兵隊にしたのじゃないのか)

私たちは「十三師団」と関係がある、ということを、このときはじめて聞いた。「十三師団」というのがどんな部隊であるのだか知らないけれども……。

(でも、おれは昔から「厄の神」だったのだよ。おれが入ったチームは野球に負けるし、カルタだって……カルタは勝ったときもあったが……。三高に入ったら一高戦には負けるし。おれを入れたら、十三師団というのも負けるぞ……)

五月二十二日朝、私たちは八角の塔のある兵舎を出て、廃墟になった漢口の通りを歩いた。

通りに家は並んでいる。しかし表があるだけで、中はガランドウだ。人っ子一人いない。これは朝早いせいだったばかりではないだろう。人のいる場所がないのだ……ここには。

停車場——はなかった。家がゴタゴタと集まっているなかにホームの跡らしいものがある。そこに停まっている貨車がある。それに乗り込んだ。

列車はこわれそうな、古く黒ずんだ家々の軒をこすり通るようにして、ノロノロと進んでいく。

「孝感だ。降りるんだ」

貨車の扉口から、雑草のなかに飛び下りる。

大きな操車場であったらしく、いく筋も、幅の広いレールが並んでいる。それが赤サビて草のなかに埋まっている。貨車が引っくり返っている。片方をもぎ取られた大きな車輪が、赤くなって傾いている。車台がサビて、レールの上に置き去りになっている。レールがねじ曲がって、空につきあがっている。広い広い原っぱ。ここにも人の姿がなかった。荒涼たる風景である。

つい昨日までここで戦争をやっていたか、と思うほど惨憺たる光景であった。

「鉄道はこの先も通じているのですか?」

私たちを迎えに来ていた自動車隊の兵隊に聞いてみた。その兵隊もあまりよく知っていないようすで、

「信陽まで通じている、という話だが……」

というばかりであった。

信陽の先は、おそらく「敵地」なのだろう。しかし信陽まででも、わが方の列車がほんとうに行けるのかどうか。

孝感から応城までは、五十キロぐらいの道のりである。ふつうならば、自動車で一時間も乗れば十分であろう。汽車も全くノロかったが、トラックの行程もひどく手間がかかった。

今にして思えば隔蒲潭《カポタン》のあたりであろう。応急の舟橋を一台一台渡っていくとき、兵隊は車から降りなければならなかった。それやこれやで、私たちが応城に着いたときは、日もだいぶ傾いていた。

広場に整列した私たちに向かって、部隊長らしい軍人が大声をはり上げていった。

「よく来てくれた。われわれは諸子を待っていたぞ。諸子の戦友たちはいま戦っている……」

応城——ここは第十三師団司令部の所在地である。現在は本隊が作戦に出動したあとで、だから、この「歓迎の演説」をしたのは留守部隊長であったのだろう。ここに来てようやく私たちが十三師団の(輜重の)補充交代要員として来たのだ、ということが、はっきりした。

「軍隊手牒」によれば、この日、私は応城で「歩兵第百十六聯隊本部に編入」されたことになっている。しかしその時は、そんなことは露ほども知らされはしなかった。また翌五月二十三日から三十一日まで「第一次宜昌作戦に参加」したことになっている——これも当時の私は、全くあずかり知らぬことであった。

私たちの「宿舎」は、真っ暗な民家であった。町の住民を全部追い出して、そこを兵隊の宿舎にしたのであろう。私たちは二、三本のローソクの光をたよりに、家の奥にあったワラを持ち出して、山のように土間に敷き、その上に携帯天幕をかぶせ、ガサガサ音を立てて、その上に倒れ込んだ。しばらく蚊の羽音が聞こえたが、すぐ気にならなくなった。

翌日、またトラックに乗せられた。行先は、京山というところ、と聞かされた。こんどは各人小銃を渡され、鉄帽ももらった。

京山

一時間も乗っただろうか。

「そら。降りるんだ」

といわれたとき、私たちは車の上でホコリまみれになっていた。

左手に大きな三角形の山がそびえていた。

その下に黒ずんだ低い家々が——町のとっかかりのところでは山の側だけに——並んでいた。

家だけがあって、人がいない。兵隊の姿がチラホラ見えるだけである。頭がクラクラするほど暑かった。四、五人の組に分かれた。私たちの組が入ったのは、町のとっかかりに近い家であった。

入ると右手が十人ぐらいは寝れるか、と思う床《ゆか》になっていて、その先に銃架。その奥が土間で、例の食卓と小銃磨きをする台の兼用になっている木のテーブルがあった。床の反対側には駄馬用の鞍が三つ、四つ。それに駄馬の装具類——壁にかかったり、棚にのったり。

この家には、ガタピシした木の梯子段を上っていく二階があって、私たち新兵は、その二階がねぐらになるのであった。薄っぺらな瓦せんべいのような屋根瓦が、むき出しで、頭上に斜めに重なっている。表よりに窓は開いていたが、そこでは背をこごめなければならなかった。

班長は錦織という軍曹であった。ほかに古い兵隊が五、六人はいただろう。私が一同に代わって申告すると、班長はただ、「ご苦労。まあ上に上がって休めや」といっただけであった。

応城を出て西に進むと、約二十五キロのところに皂市《そうし》という町がある。たくさん兵隊がいる。町の西側を澄みきった川が静かに流れている。幅はさして広くはないが、ゆたかな水量である。道は川を渡らないで、その右側を西北に向かう。皂市からまた二十五キロで京山につく。

川は、町にのしかかるようにそびえる三角山と町との間を、このあたりでは少し幅のある小川という感じになって流れている。京山からさらに二十五キロ先に東橋鎮という町。そのさらに二十五キロ先が安陸——とわれわれが呼んでいた。中国名、鐘祥——という町だ。そこが、どうやら当時の日本軍地区の最西端であるらしかった。安陸は漢水にのぞんでいる。

着いたその日、私たち新兵が二階で身辺の片づけなどをしていたとき、突然階下で鉄砲の音がして、すぐ上の瓦が

二、三枚割れて飛んだ。私たちは顔を見合わせた。階下の方で二、三人の声がする。
「誰だ、暴発したのは?」「…………」「……一等兵だよ」「…………」
班長の声――「おい、二階の兵隊、何ともないか……」
「はい……。何ともないです」
班長の声、階下で、「バカヤロー。お前、上に向けて暴発するヤツがあるか。もう少しで、お前、初年兵のケツをぶち抜くところだったぞ」

暴発をやらかした兵隊は、日頃から少しぼんやりしている男であるらしかった。銃の手入れ中にやってしまったらしい。それにしても危ないところであった。屋根瓦にあいた穴と――二階の床はワラが敷いてあるため、はっきりしないのだが――階下のテーブルの位置から推し測ってみると、弾丸は私のすぐそばを通ったらしい。もう少しのところで、ほんとに「ケツをブチ抜かれ」ていたかもしれない。

白と青の四角が横に並んでいる標識を上衣の左胸につけた。輜重十三連隊、新村《しんむら》部隊の標識である。

毎日、雲一つない空から太陽が熱線を降りそそいできた。二階の窓から見下ろしても、カンカンと照りつけられている通りが眼に入るばかりで、人っ子一人通らない。屋根は焼けている。木々も木の葉をたれている。こんなにひと気がないのは、本隊が出払って留守部隊になっているせいなのだろうか。私は熱い空気のなかであえいだ。けだるい日中であった。アブの羽音が睡気をさそう。

朝、通りに出て点呼を受ける。集合地点は町の中心に寄った方であった。その辺では、通りの両側に家が並んでいる。点呼が終わると、その日の任務に応じて、それぞれ分哨勤務、馬屋当番、炊事当番、連絡（出勤）などに分かれていく。私たち初年兵には、はじめの間、教育の日課があった。

教育は、鞍の装着とか、荷物の梱包とかが中心の科目で、かなり御座なりなもの、といえた。しかしこのような状況と環境のもとでは、それも致し方なかったであろう。むしろ実際の任務がよい教育になった。

連絡は、安陸や東橋鎮、それから東橋鎮の手前にあるらしい孫橋鎮というところに、ときどき出ていった。これは古参兵たちの任務であったらしく、私たちがそれに加わったことは一度もない。

それらの町がどんなところにあって、どんな部隊がいて、どういう状況になっているか、などということは一度も聞かせてくれなかった。ただ、そういう名前がひんぱんに古参兵たちの話に出てくることから、そこに「わが軍」の何かが駐屯しているらしい、と察していただけのことである。

私たちの班は、町外れ、応城寄りの分哨と、町の東側に出る分哨、それから三角山の頂上にある「山の上」分哨に出た。

馬屋当番は古参兵と二人組でなった。初年兵の仕事は「押し切り」でワラや草を切り刻むこと、ワラと大麦と水を混ぜてカイバをつくること、クソカキ、そして川から水を運ぶことなど。

川から水をくみ上げて、天秤棒でかつぎ、川につき出ている細い「渡り板」を渡って帰るとき、よく足をすべらして片足を水中につっ込んだ。靴の中が水でガフガフし、気持ちわるく、歩きづらく、泣きたくなってくる。

天秤棒でかつぐと両方の水桶がそれぞれ勝手にゆれるばかりか、足元の「渡り板」までが全く独自のゆれ方をする。それらの振動のなかで、どのようにして自身のバランスを保っていくか……これが、私が人知れず「学習」に苦心したポイントであった。最後に私がつかんだコツは、天秤棒の下で身体をゆるめ、膝をまげてバネを利かす……腰をつかって、踊るように足を運ぶ……こうして桶のリズム、渡り板のリズムに身体のリズムを合わせる——ということである。これで、どうやら人なみに水運びができるようになった。つまり、天秤棒をかついで、ドジョウスクイを踊る、ということなのだ。

当番小屋は蚊がいっぱいで、寝苦しい。

馬勒《ろく》がみな古くなって、弱りきっている。馬勒《ろく》がすり切れてしまったため、首に縄をまわしてあるだけ、というのもあるくらいだから、夜のあいだに必ず何匹かが放馬した。朝になって、それを一匹一匹つれもどすのが一仕事であった。

馬たちは、うす汚い、蚊やブヨがブンブン飛びまわっている小屋を飛び出し、綱を引きずりながら川原の草やカヤを食っている。風はひんやりしている。

(その気持ちは分かるよ……分からないではないが……われわれ兵隊の立場も分かってくれ……な、そんなにすげなくソッポを向いて、逃げていったりしないで……オーラ、オーラ、麦だぞ……オーラ、オーラ……な、おとなしく一緒に帰ってくれよ……な)

それから草刈り。教育期間中の作業としても、よくやった。これは、しかし、最後まで田舎出の兵隊に太刀打できなかった。

「ほれ、こういうふうに手首を振るのだ」と教えられても、なかなか、鎌を持つ手が、いわれたようには動かない。鎌の切れが初めからちがうのではないか、と思いたくなるほどである。また刈っているうちにナマってくる刃を、連中のようにサッサと研ぐことができない。

連中がカヤ——馬小屋の屋根ふきにする——や草を、かかえ切れないほど刈って、馬体が見えなくなるほどの大きな荷にして鞍につけているとき、こちらは流れ落ちる汗が眼鏡にたまって、まるで何も見えなくなりながら、ようやく一かかえぐらいしか刈り終えていない、という有様だった。情けないことだった。

それにあんなに大きく、重くなった荷をかつぎ上げて鞍にとりつける、というような力が、とても出ない——これにはコツもあったのだろうが、力がなくてはコツも利かないであろう。

「ワガ軍ハ五月〇日、ナツメ陽ノ敵〇〇師ヲ撃破セルノチ、引キツヅキ西南方ニ敵軍ヲ圧迫シアリ……」

錦織班長は、毎朝非番の班員に「宜昌作戦」の戦況報告を読んで聞かせた。聞いていても、どの辺で、どんな具合に戦闘が進んでいるのか分からない。「ナツメ陽」というのは「棗陽《ソウヨウ》」であろう。読んで聞かせるには、たしかに「ナツメ」の方が分かり易い……あれは「三国志」で見た名前だろうか……どの辺にある町だろう？

だが、作戦がどうなろうと、「初年兵」にとってはどうでもよいことであった。

夜、食事が終わると、古兵の話が始まる。

「新村部隊は、輜重隊だけどよ、歩兵部隊と同じなんだよ……」

「？……」

「武漢作戦でも、ちゃんと歩兵と同じように戦闘したんだぜ。だから、みんな『新村輜重』じゃなくて『新村歩兵』だといって恐ろしがったもんだ。歩兵よりもスゴイぐらいだよ……遠くまでいって徴発するしな……。こんどの作戦でも、その前に新村部隊はこの前の方（と北の方を指す）——へ出動して掃蕩したんだ」

（へえ、この前の方……あんな平穏な村や平地に、そんな敵がいるのだろうか？……そのもっと向こうの山の方かな？）

「新村部隊」のこの輜重兵たちは、自分らの方が「歩兵よりスゴイ」と自慢しているわけだが、またその歩兵どもも自分たちがみな「十三師団」であることを一番の誇りに思ってもいるようであった。

「十三師団といやあ、お前、米とミソさえくれておけば、どこまでもガンバッていく兵隊だ、なんていわれてるんだぜ……」

そんなことが、自慢なのだ。

「十三師団はつまり第二師団なんだよ。知ってるだろ、満州で馬占山をやっつけた多門師団……あれが第二師団さ……」

「ああ、多門将軍なら知ってます」

「十三師団は上海戦からやって来たんだぜ。……上海戦、南京攻略……それから徐州会戦……ほら『徐州徐州と人馬は進む、徐州居よいか住みよいか』……あれだよ。それから大別山越え……越えてる途中で一個大隊ごっそり行方不明になったんだからな……どこに消えてしまったのか、いくら捜しても、今もって分からない……」

(そんなことが、ほんとに起こるのかしらん。一個大隊といえば千人だろ。千人がみな消えてしまうなんて。そんなに深い山なのだろうか……)

「すごかったよ。それで武漢攻略だろ……。お前、師団長、荻州立平閣下を知ってるか」

「いや……。知りません」

「それから冬季攻勢だ。……ひでえもんだったよ……。こう、城壁にいるだろう。向こうの方でチャルメラみたいなラッパが鳴るんだ……。すると、何だかワケの分からないことをワメいて、チュンコピン（中国兵）が押しよせてくる……。追っぱらっても、追っぱらっても、後から後から攻め上がってくる……。手榴弾が飛んでくる。破裂しないうちに拾って投げる……。向こうも同じだ……こっちで投げたやつを、また投げてくる……。竹の梯子でワッサワッサ城壁に上ってくるのだ。それを上からつき落とす……もうメチャメチャさ。第一、あの頃はエンガイ（掩蓋壕）なんて誰もつくりもしてなかったんだから、全くヒデエもんだよ……」

私たちの班の二軒隣に通信班の家があった。そこで交換手の一等兵が電話機のハンドルを廻して通話している。

私はそこにいっては、古雑誌を見せてもらった。かれは何冊か小説本も持っていた。トルストイなども読んでいる。なかなかの読書家なのだ。

「おい君、おれはエスペランチストなんだよ」

ある晩かれは急に声をひそめていった。つられて私も声をひそめた。

「そうか。で、だいじょうぶなのか?」

「やつら、それをカギつけたものだから、おれにこんなことしかやらせないのだ……」

たしかに、交換手という仕事はつまらなそうであった。それにくらべたら、蚊にくわれても、ブヨに刺されても、馬屋にいってクソをいじくっている方が、ずっとマシである。

「敵襲、テキシューッ、て声がかかるだろ。非常呼集だよな……」

一見、学校の先生風、あるいは善良な田舎の文学青年。頬はこけて、剃り切れないヒゲがいっぱい残っている。細い鉄ブチの眼鏡の奥で、正直そうな眼が和んでいる。少し甲高い声だ。

「来たか……っていうわけだ……地下タビをはく。巻脚半をまく。帯革をしめて鉄帽を被る。銃を手にして集合だ。それから言葉少なに夜露を踏んでヒタヒタと行く……あのときの緊張感……あのヒタヒタというときが、実に何ともいえない気持ちだね……。もう各自の部署は決まっているのだ。まなじりを決して、真剣の鯉口《こいぐち》を切って、決闘の場に臨むような気持ちなのだよ……」

昼間、町の入口で衛兵に立つことは、退屈であった。東の方に拡がる平地と、その右手にこちらから伸びていっている低い台地とを眺めて暮らす「仕事」である。人の出入りはほとんどない。応城からの自動車道路が、その台地の先に白く顔をのぞかせ、ずっと台地の基部にそって、ここまで通じている。ときどき——ひょっこりと、トラックが台地の鼻に小さく姿をあらわす。それから砂ボコリを長くひきずりながら、ノロノロとこちらに向かってやってくる。

カンカン照りだ。トラックはほんとにゆっくりしている。あの中に日本からの便りがある。応城から持ってきた何かよいもの、甘いもの、がある……ほんとに『あこがれの郵便馬車』の歌そのままだ。

南の丘をはるばると　郵便馬車がやってくる
うれしい便りをのせて……

トラックが姿を見せないときは、『あこがれの郵便馬車』のメロディーを頭のなかで回転させながら、空ろな野原と丘と、明るすぎる陽の光とを見て時をすごす。

町の東側に出る分哨の仮眠所は、町並みの一軒の家にあった。夜の立哨に当った組は、そこで一晩過ごすのだが、勤務割をする上等兵はいちばんきつい深夜の立哨に初年兵を割りふるのであった。

軍装のままの仮眠だからきゅうくつなのだが、それでもとにかく、ぐっすり寝込んでいるところをゆり起こされるのは、ほんとうにイヤで、つらいことであった。

起こし役は二人交代で不寝番をしている分哨長とその代理であったから、それもたいへんきつい役目なのであった。

初めての夜は、分哨長が私を立哨地点まで誘導してくれた。

胡弓

真っ暗であった。さぐり足で進まないと、溝に転がり落ちそうな気がする。草むらにけつまづいた。人がこうして動いているのに、草の中の虫は鳴くことを止めようとしない。

まわりまわって、上がったり下がったりしているうちに、夜空のなかに、ひときわ黒く立っているものが見えてきた。

それは両足を大きくふんばって、着剣した銃を両手で横ざまに構えて立っていた。エンガイの上である。私たちは壕を伝ってエンガイのところにたどりつき、それからエンガイの上に登った。

「おい、立哨交代だ」

「ごくろうさん、目下のところ異状なし」

押し殺した声で簡単な応答がすむと、下番の兵隊は分哨長と一緒に引き上げていった。(あれは古兵だから、あんなに勝手な恰好をしていたのだろう。本当なら着剣した銃を右腕にかい込むようにして横に構え、左手を銃身の上に置くのではなかったかな。それにあんなに姿勢を高くしてつっ立っててよいのかしら……。でも、いいや。せっかく「古兵どの」がそうやって来たのだから――たしかにその方が楽そうだから――こちらもそのようにやるとしよう)

分哨長は、この分哨の関係位置のこともいわなかったし、敵状もいわなかったし、警戒方向もいわなかったし、敵襲の場合の連絡方法もいわなかった……学校の教練で、頭の悪い私さえもが覚えこまされたほどの、分哨勤務の重要事項を、この分哨長は何一つ実行しなかった。「あっちの村の方を気をつけてろ」といっただけであった。

「あっちの村」は闇のなかに消えている。足元にあるらしい草むらまで、闇のなかに沈んでいる。星は――出ていることは出ているが……何の星だろう。ぼやけている。

何の物音もない。虫の声だけ。何虫だろう。やたらに鳴いている。

エンガイの前はどうなっているのだろう。

ここに「後から後から、攻めよせて」来られたりしたら一たまりもない。

そのときはエンガイに入って撃つのだろうか。入ってしまったら、何も見えないだろう。エンガイの上で撃ってる方が気がセイセイしそうだ。

遠くの方で犬が吠える。あれは人が動いている、ということか。ほんとに人が動いているのだろうか？　兵隊？　まさか。急病人？　お産かな？　闇。ヒタ、と耳をふさぐような闇。眼をいっぱいに開いても何も見えない闇。犬はもう吠えない。

敵の斥候兵がいざり寄ってきたら？　何も音がしないものだろうか？　まず誰何するものだろうか、その時は？　ものも言わずに格闘……お前格闘できるか？……それとも先に一発ブッ放すのか？


壕の方からかすかな足音が聞こえてくる。巡察将校がきたのだ。

「誰カ」

「巡察ダ」

「ハイ。第一分哨、立哨中異状アリマセン」

「ウム。ゴ苦労」

ああやって巡って歩く巡察というのもたいへんな仕事ではある。

闇のなかで、時間が無言でまわっていく。

山の上の分哨で夜の立哨に当たったときは、日暮れどきに裏の川の板橋を渡って、三角山に上っていく。高さは二百メートルというところだろうか。麓の木立をぬけると、上は潅木がまばらに生えている岩山で、三角錐を横に倒したような恰好になっている。町に向かってはその底面が出ているわけだ。そぎ落としたような潅木まじりの絶壁である。

頂上から裏の方にゆるく傾斜して下っていく稜線をたどっていくと、その先、木立の向こうにちょっとした田圃があり、その向こうに農家が群がっていた。その農家のにぎやかなこと。

何軒かつながっているようなその家に、人と子供と、犬とニワトリとブタが一緒くたに入りこんでいるような騒ぎである。赤ん坊の泣き声。子供の声。それを叱るお母ちゃんの声。何だか、誰かを大声で呼んでるような声……。犬が鳴く。犬がかけ回っているのであろう。鶏が歩きまわっているらしい気配。

二、三軒の家から、もう明かりが見える。

分かった。町にいた人間が、そっくりこの農家の側に移ってきたのだ。だから町に人がいなくなったのだ。この三角山の表と裏では、何という大きな違いがあることだろう。

町民を追い出して、そのあとに軍隊が入りこんでいる「表」は——死の世界だ。人のいない世界、音が消えてしまった世界。すべての神経が「敵」にたいする警戒に向けられて、なかの方は「からっぽ」に——生活が全くなくなってしまった世界だ。

「裏」では——死の世界から追い払われた人間たちと生き物が全部逃げ込んできて、泣き、わめき、笑い、けんかし、こずき合い、はいずり廻り……ゴチャゴチャになって——生きている。

私はしばしば頂上に立ったまま、数軒の農家のなかに「生きている」世界を見下ろしていた。

その「裏側」に面した三角山の基部には、鹿砦《ろくさい》がめぐらしてある。攻め上がってくる「敵」を、まずそこで食い止めようというのであろう。しかしこの——地面から湧き上がってくる「生」を、頂上にいる「死」はどうして食い止めることができようか？

頂上から少し下がった稜線に半地下壕ができている。これも廉砦と鉄条網で囲んである。たれ幕をあけて中に入り、寝床に被布《ひふ》（携行天幕）を敷いて横になる。

猛烈な暑さと煙に、息がつまりそうになって表に首をつき出す。蚊いぶしに松葉を燃やしていたのだ。これでは、蚊よりも先に、人間の方がいぶされてしまうよ……。

分哨長もいぶし出されている。

二人だまって夜気に当っている。耳もとを蚊がとびまわる。

「杉山、煙も少なくなったから、早く入って寝ろ……」

裏の農家もすっかり寝静まった。

こうして頂上に立つと、どうしてもわれわれのいる町の方を向いてしまうが、本来は裏手の農家の方を見ているべきだろう。あの農家の中に、今だって中国兵が混り込んでいるかもしれないのだ。

そっち側から上がってくるのは簡単だ。今でも来ようと思えば、すぐそこまで来てしまえる。防ぎようがない。そして手榴弾をワッとぶち込まれたら……。

しかしおれは「助けてくれ」などとは絶対にいわないぞ。

ガケからとび降りるか……。途中で木に引っかかるだろう……大したことはない。来たときの山道づたいでは、とてもダメだ。

暑い、けだるい、ものうい日がつづいた。

太陽はいつも真上から、真っ白な熱線を放射しつづける。

人影は蒸発した。

空洞だ。カンカンに明るく、太陽に向かって立っている空洞。

アブの羽音が、ねむ気をさそう。アブだけがこの光った空洞のなかで生きている。

アブの羽音……。

町の方から子供が一人、破けた大きな、うす汚れた麦ワラ帽をかぶって歩いてくる。

トボトボと。着ているのは、ほとんどボロだ。布靴も足には大きすぎる。破けている。

胡弓を弾いている。

盲人だ。

白熱の空洞の中を、空ろな眼が宙を見上げて、無心に糸を弾く。

その胡弓の調べは、私の胸の中から私の知らなかった悲しみを、止めどなく引き出していく……。

私は無人の通りに立って、白熱の空洞のなかで、盲目の胡弓弾きの少年と一緒に、大空に向かって号泣したくなった。


盲目の少年の胡弓の調べは、まだ——四十年も経った今も——私の耳に残っている。

私が口ずさむその調べを聞いた中国の友人は、やおら首を横にふって言った——。

「それは中国の調べではありません。どこか外国の調べではありませんか」

あの少年は一体どこから、私のなかに宇宙の悲しみとでもいいたいものをかき立てた、あの調べをとってきたのであろう。

食べ合わせが悪かったのかもしれない。腹の調子がひどくおかしくなってしまった。吐いた。ひどい下痢であった。胃の中から硫化水素のゲップが出た。フラフラになった。幸い二日ほど勤務がなかったので、その間、横になっていた。

町の東の分哨がまわってきた——休むか？　出ることにした。何とか歩く力は残っている。何とか勤まるだろう……。

仮眠所に入ったときも、胃の中には硫化水素がたまっていた。たまらなく気持ちが悪い。みんなには黙っていた。立哨の番になった。このごろはいつも一人で出かけていくのである。

胃が重く、足元がふらついた。私は銃を引きずるようにして、闇の中を泳いでいった。

空気が重い。まるで風呂屋にいったようだ。水蒸気で飽和している。私はあえいだ。

エンガイに近づくと、草のにおいが、それこそ襲いかかってきた。強烈なにおいであった。今までこんなにおいが、こんなに立ちこめているのに出会ったことがない——もう何回もここの勤務をやってきたのに……。

それは何か気持ちをすがすがしくする薬草のようなにおいである。私は思わず口を大きくあけて、このにおいを腹のなかに「飲みこんだ」——よい気持ちであった。

何回も口をあけて、「そのにおい」を飲みこんだ……。

不思議。「におい」が腹の中に入っていくにつれて、胃の中の硫化水素が溶けていくではないか。

やがて硫化水素は全く消えてしまって、胃の中がすっかり軽くなってしまった。

その夜、私はエンガイの上で、かぐわしい名も知らぬ草のいきれに包まれて過ごした。私は力をとりもどした。

あすこであの夜、あの飽和状態の空気の中で芳香を放ったのは、何という草だったのだろう？

＊

私が京山にいた約一ヶ月のあいだに、名古屋の三師団、広島の三十九師団、そして仙台の十三師団その他、第十一軍（呂集団）の諸部隊は、漢水の上流一帯を掃蕩したのち、宜昌に殺到した。

十三師団が六月十二日、宜昌を完全に占領。十六日には宜昌の町を焼き払って撤退し始めていたところ、軍の方針が変わったために、廃墟にしてしまった宜昌に引き返して、そこに駐留することになった。

ヨーロッパではドイツ軍がパリに入城していた。

＊

京山にいた初年兵は応城に帰ることになった。錦織班長がいった。

「お前たち、歩兵部隊の配属になるらしいぞ」

宋河鎮

また応城の真っ暗なワラの上で一晩過ごした。

翌日、トラックで一時間ほどゆられて、ホコリをかぶって、うすらねむくなってきたころ、ひょっこりと城壁のある町が現れた。城門の外の広場にいっぱいマキが積んである……もう冬の仕度をしているのであろうか。マキの山のわきで車が止まった。前に城壁、左手に川が見える。

宋河鎮であった。

兵隊ばかりでなく、中国人の姿も見える。マキの広場で働いている。川の方では洗濯をしているらしい女たちの姿も見える。

私たちは廃墟のような町に入った。大きな寺のような建物の前に出た。全員そこに入った。私たちは何人いたのだろう？　五十人？

宋河鎮という町は、ほとんどガランドウになっている、といってよかった。通りのならびに兵舎になっている家があったり、酒保があったりするぐらいなもので、大部分は瓦礫の原っぱであった。表から見るとまともに残っている家も、内に入ってみると、裏が瓦の山になっている。歩く足下で、薄い瓦がバリバリと割れる。

町の西側に中国人の「難民部落」があった。森金千秋氏の『華中戦記』にのっている「宋河城略図」では、「華人街」が南側の城壁までいっぱいつまっているようになっているが、当時は——ほとんど気にもしなかったけれど——その「華人街」の南半分あたりはほとんど原っぱに近い状態だったように記憶する。

白い三階建ての家があった。三階に上がれば川が見わたせたであろう。それが宋河鎮の警備隊長——百十六連隊八中隊の中隊長——と中隊指揮班の宿舎であった。私たちはその家の前のちょっとした広場で、隊長の訓話を聞いたりした。まともな家といえたのは、その建物ぐらいなものではなかっただろうか。

私たちが下車したのは、宋河鎮の南門の前であった。いま一つ西側にも門があって、そこから爪先下がりに下っていくと、すぐ前を流れる大富水——当時の私たちにとっては、単純に「川」であった——に渡した細い板橋にかかる。夏だったせいか水が落ちて、濁っていた。

町はすっかり城壁に囲まれている。

ここは、応城から西北に走って六十キロぐらいのところ。いままでいた京山から見ると、山一つ越して、その東北に位置することになる。応城から来る途中に田店、羅店、そして賈店という町があり、宋河鎮からさらに二十五キロさきには三陽店という——おそらく部落のような——町がある。そこがこの方面の第一線であったらしく、そこではわが軍が「敵と目と鼻の距離でにらみ合い、撃ち合いをしている」という話であった。

ここを警備していたのは、十三師団の歩兵第百十六連隊、その第二大隊八中隊の兵隊であった。

当時は部隊名をせんさくしようなどと考えるゆとりもなく、ただ送り込まれ、その警備に参加し、そして食べ、寝ることでいっぱいだったわけであるが、今考えてみると、この八中隊は宜昌作戦に出動した二大隊の残留部隊だったのであろう。そこへ、私たちが二大隊の——あるいは連隊の——大小行李要員として送り込まれてきたのであろう。胸の部隊マークを、青と黄の四角が横に並んだ「村井部隊」つまり百十六連隊のマークにつけ代えた。

大小行李だけ一緒に、古寺のなかで寝起きしていたので、歩兵と接触する機会はあまりなかった——衛兵勤務のときか、城外に警戒のため出ていくとき、などのほかには。

三度の食事は、宿舎のそばの小さな共同食堂でとった。狭く、風通しが悪く、うす暗い食堂であった。椅子がなく、雑なテーブルを前にして、みな押し合うような形で、立ったまま食べた。

その混雑ぶり、その暑さ、息苦しさ、そしてそのときの「みそ汁」のものすごさ……。それは「固形みそ」を溶かして造った黒茶色の「液体」で、なんとも形容のしようがないキツい味と、いやなにおいを発散していた。悪夢のような食事であった。今でもそれを思い出す。頭がクラクラしそうな暑苦しさと奇っ怪な「みそ汁」を。

しかし五、六十人もの集団となると、中にはいろいろな人間が入ってくるものである。

じい様じい様した顔の兵隊がいた。口のきき方が古今亭志ん生そっくりである——少し鼻づまり声だが。東北出身なのかもしれないが、もう東京っ子——江戸っ子だ。いい年して兵隊にとられて……。この老兵が、私たちの宿舎の前に何かを建て増しすることになって、そのために足場を組む、という段になったとき、目覚しい活躍をした。

柱に上がる動作の早いこと、手なれたものである。それに、こういうときになると生き生きと動きだす何人かの兵隊を指図して——それも志ん生調で堂に入ったものである——足場を組み上げていくあざやかさ。

私はほかの何人かと一緒に、感心して、一同の働きぶりを見上げていた。あの志ん生おやじは、きっと鳶《とび》の親方だったに違いない。

私たち西門の衛兵は、門のとば口に近いところに椅子を持ち出して腰かけていた。衛兵司令はどこかすぐそばの家の中にいるのであろう。その司令のことも、また当然門のところに立って住民の出入りを警戒しているはずの衛兵たちのことも、私の記憶から脱け落ちている。

隊長がいつか話したことが頭にこびりついている。

——この辺の土匪《どひ》には十分警戒しなければならん。いつぞや、夜中に西門のところで「シーさん、シーさん、ポコ、ポコ」という者が居たので、きっと土匪の情報を持って報告にきたのだろうと思って——（ポコ、ポコというのは「報告」のことかな）——衛兵が門を開けた。トタンに良民に化けた土匪四、五人が束にした手榴弾を門内に放り込んで逃げていった。衛兵は即死、門はズタズタだ。

——難民街のマンジューを買い食いしてチブスになった兵隊がいる。

だから夜間は西も南も門を閉ざして、外部とは完全に遮断することになっている。それにしても、そんなに悪いやつが、その辺にうろついているのだろうか？

私たちが背にしている家の暗い窓から、カタン、カタンという軽く、乾いた音が絶え間なく聞こえてくる。何をしているのだろう。脇には小さな店がタバコや、白ゴマをつけた乾パンみたいなものや、うず巻きの乾パンみたいなものや、油で揚げたカリントウみたいなものを売っている。あれを食うとチブスだかコレラだかになるのか……。

家々の柱にも、梁にも、どこにも、油のにおいがしみ込んでいる。

大人たちは、何となく私たちを避けるようにして、また私たちから眼をそらして通っていく。子供たちが近よってくる……子供たちも兵隊も退屈している……。

「コラッ、ショーハイ（小孩＝中国語で子どもの意）。こっち来い……なんてきたない手してるんだ、こいつ」

南門の衛兵は、敬礼がたいへんである。どういうわけか、ここは京山とちがって、将校の出入り、そして使役に出たり帰ってきたりの兵隊、連絡か何かで行き来する下士官が多かった。それがみな南門を通る。

下士官には、上体を曲げて敬礼しなければならない。将校が来たら捧げ銃《つつ》だ。そういわれているのだが、さてここに立って見ると、す早く見極めるのが、とても難しい。将校の階級章は上下に金筋がある。下士官にはそれがない。その階級章が小さくてよく見えないのである。

捧げ銃をやるべきときに敬礼ですませたり、下士官に棒げ銃をやったり……あとで気がついたことだけでも二、三回はあったから、実際はもっとヘマをやらかしていたであろう。

それに、いちいちそうやって、おじぎをしたり捧げ銃をやったり——しかもそれをマジメに——していることがバカらしくなってくる。といってスッポラかすわけにもいかない。

とにかく、しかし、このようにいい加減な衛兵に文句をいう将校や下士官は一人もいなかった。幸運であった。

夜は城壁の上を動哨した。東側の動哨と、西側の動哨があった……と思う。東側の山手の方には、城壁の上にホコラのようなところがあった。そして東側の壁は、地面からハシゴをかけて簡単に登ってこれそうな高さであった。

城壁にもたれて闇をすかしてみる。何もない。物音一つしない。城壁の根方に身をひそめていれば、こちらには全く気づかれないだろう。おれがあっちに行っている間に、そっと登って来たら……やはり全く分からない。向こうから戻ってきたとき、ここにそいつがいたら……。はじめはやはり物も言わずに銃剣でヤルことになるか……誰何《すいか》の声が出るかしら?……それとも構わずにブッ殺すか……。

川が光るときは、板橋が黒く一筋に見えた。西門にきて「ポコ、ポコ」と叫ぶために、それを渡ってくるような人影は……なかった。犬の声さえ聞こえずに、夜は更けていく。

「サソリ」が大きく、高くかかっている。

(なつかしいな……ここにも来ていたか……変わらない……いつ見てもだまっている)

しかし京都の「サソリ」よりもずっと光っている。あんなに高く見えるのは、ここがそれだけ南にあるせいか……。

「サソリ」の見える城壁に銃をのせて、壁にひじをついて、「サソリ」と話す——話すこともないのだ……眺めている……それができる夜の動哨は好きであった。

しかし、宋河鎮で「サソリ」と対面している私が、京都の頃の私と、まるで違った人間になっていた、ということを、宋河鎮の私は気づいていただろうか?

気づいていなかった。……何をするのもイヤで、何をすればよいか分からなくて、何もしないで、空想に明けくれていた私から、することが決まっていて、それを疑いもせずに、キチンとやっていく私に……怠惰な書生から忠実な兵隊に……変わってしまっていたということを。仙台に入営してからたった三ヶ月で……。

宋河鎮のあと、「サソリ」と中国で対面する機会は二度と訪れてこなかった。しかし「サソリ」はずっと見ていたに違いない……あと幾つかの夏の夜ごとに、「戦争」がさらにどこまで私を「兵隊」にしていったかを……。

三陽店との連絡に出るトラックを警護するため、歩兵にくっついて出発する。一個分隊ぐらいの一隊だ。軽機（軽機関銃）が一丁ついている。

何もない自動車道路をテクテク歩く。日が高くなって、ジリジリ照りつけてくる。六、七キロぐらいのところで、道路を左にはずれ、木の一本もないハゲ山をよじ登る。一番の高みに腰を下ろして、メシを食う。

斜め下、かなり離れて自動車道路が走っている。うしろを向くと、裾野の先は田圃で、その向こうに森、森の手前に白壁の農家が数軒。そのような農家が点在している一帯である。

道路の両側に、いま私たちが立っているような山がつらなっているが、三陽店の方に向かって、山はどんどん高くなっていくようであった。

頭上から、真昼の太陽がモロに照りつける。草山の上、どこにも身をかくす場所がない。あまりの暑さにあえぐ。水気が身体からぬけていく。

何もかも動きを止めている。水筒の水——飲みほしてはいけない……あとに残しておかないと。ああ、どこかに物陰でもあれば……。

農家の前に人影が動いた。青い長袍のスソを蹴るようにして、大股に、足早に歩いている。背が高い。農民——ではない。

「伏せ……」

全員、道路側の斜面に身を伏せる。軽機手が、そちらに向けてあった軽機の銃床を肩に当てる。……五百メートルはあるだろう……。

「うつか?」

軽機手が分隊長を見上げる。——しばらくして分隊長がいった。

「まあ、止めとけ」

人影は消えた。

しかし、あれは本当に何者だったのだろう。あれが「便衣隊《べんいたい》」なのだろうか——「ポコ、ポコ」といって手榴弾をぶち込む連中なのだろうか？

道路を、米河鎮の方から、トラックが二台走ってきた。軽くほこりを巻き上げて、ゆっくり、傾斜を上がっていく。トラックはゆっくりと視野から消えていった……。

「さあ、帰ろうぜ」

分隊長がいった。

追尾

南の方には糧秣輸送とか、その護衛とかで出かけた。どこまで行ったのであろう？　売店だろうか……しかしわれわれ兵隊には、どうでもよいことであった。とにかく暑かった。

帰る途中、よく農家で休んだ。風通しのよい玄関口の石ダタミに、裸の背中をつけて横になる。日中の行動でほてり切った身体から熱が吸い出されていく。眼をつぶっていると極楽へいったような気持ちになる——いつまでもこのままで……もう動きたくない……。

その日もおそろしく暑かった。南へ往復して、帰りついてから水を張ったドラムカンにつかった。身体が冷えていく快感。ほてりがすっかりぬけて、さっぱりした気分になった。

その夜、寝ているうちに、身体がふるえだした。どうにも押さえることのできないふるえである。私は歯をくいしばり、身体をエビのように曲げる……ふるえは止まらない。マラリアになってしまったのだ。

発熱がつづいた。「練兵休」になって、みんなが出払った宿舎に一人で横になっている。便所に行こうとする。足腰が立たない。柱や壁につかまりながら足を運ぶ。屋根や床石や柱が大きく左右に傾き、ゆれる。薬は「塩基錠」――塩酸ストリキニーネ――だけ。

「練兵休」は一週間もつづいただろうか。終わりのころは、所在がなくて、酒保に「ゆであずき」を食べにいったりした。町に兵隊の姿はない。町に残っている連中は、連日の猛暑にのびてしまって、眠りほうけているのであろう。

酒保の中はさすがにひんやりとしていた。酒保といっても軍人がやっている店ではなくて、部隊についてまわる「地方人」の店である。若い――決して年寄りではない――おかみがやっている。

「紅《べに》の雲、黄金《きん》に輝く港、広東……」

ここは、いつ来ても『広東の花売り娘』だ。そのキンキンした調子が、どうも好きになれない……。


川の方で「ドーン」という音がした。それで眼がさめた。

何だろう、あの音……手榴弾?「迫」(迫撃砲弾)?

「非常呼集」だ。「敵襲」なのだ。まわりが急にガタガタしだす。私も急いで服を着る。仕度をする。

「おいお前、練兵休だろ。いいから、そのまま寝てろ」

「いや、もうだいじょうぶ。練兵休じゃない……」

とはいって出てきたものの、鉄帽をかぶったとき、首の根がすわらない――鉄帽もろとも首がぐらりと右に左に傾きそうになる――ということに驚いていたのであった。鉄帽を、こんなに重く感じたことはなかった。

私たちの班は、ホコラのある城壁に向かった。

(このザマ……。どうも「おっとり刀で、言葉少なに夜露をふんでヒタヒタといく」のとは似ても似つかないな……)

私は頭をグラグラさせ、左右によろけるようにして、城壁にたどりついた。

爆音はあのときの一発だけ。

宋河鎮の城外は静まり返っていた。


宋河鎮の部隊は、宜昌にいる本隊に追尾する、という噂が聞こえてきた。七月の終わりか、八月初めの頃である。

宜昌作戦中に師団輜重がどこかで大休止していたとき、両側の山からはさみ打ちの急襲を食って全滅した、というような話も伝わってきた。

私たちはまた応城にもどった。


応城で二、三日泊まった。

宋河鎮の隊長が私たちの梯団の総隊長になった。私は大小行李の組の組長みたいな形になった。

行軍が始まった。

第一日は応城から皂市の少し先まで。皂市ではきれいな川に仮橋がかかっていて、兵隊でゴタゴタしていた。

第二日は皂市の先から、どこだか知らないところまで。今の地図で瓦廟とある町のあたりであろう。

第三日は、そこから楊家澤というあたりまで。

第四日、楊家澤から漢水を舟橋で渡って沙洋鎮郊外へ。

第五日は、沙洋鎮から后港のあたりまで。町にはどこも兵隊がいるので、梯団はどこでも町を横目に見て通りすぎ、いやになるくらい歩いて、遠くはずれた田舎の農家に入るのが常であった。

第六日は、后港から十里舗まで。

第七日は、十里舗から河溶鎮。河溶鎮でもきれいな川を渡った。地図でみると沮漳河という川らしい。ちなみに通過した町の名前は、通りすがりに見る警備隊の表札で知るか、その辺の兵隊に聞くかして分かった。河溶鎮に近づく頃から、前方に山波が見えてくる。

第八日は、河溶鎮から当陽。当陽はかなり山のなかである。着いたときは暗くて、手もともよく見えないほどになっていた。やはり町はずれであろう。川原で炊さんした。当陽に近づいたとき、どこかで馬が死んでいるらしく、もの凄い死臭をかがされた。はじめてのことである。臭いのひどさは「もの凄い」としかいいようがない。生体がうじ虫の大集団の一斉攻撃に遭って、バサバサと解体していく、その臭いだ。

九日目に当陽から鴉雀嶺についた。目的地である。公路から左にそれて、ダラダラ下りになったところから町が始まる、という感じのところであった。


一日平均三十キロの行軍であったが、道幅はだいたい十五、六メートルはあったであろうか。山にかかると、だいぶ狭くなったが、とにかく坦々たる自動車道路であった——舗装こそしてないが。聞くところによると、この道は国府が鉄道を敷設する目的でつくったものらしい。その後財政不如意になるかどうかして、未完のまま現在に至っている、というようなことである。

兵隊はこの公路の右端と左端を、一列につらなって歩く。四十五分歩いては十五分の小休止。昼は大休止で、道に程近い農家にいって食事をしたり、家の前にハス池でもあれば入って蓮根を取ったり、眠ったり——日中の行軍はたいへんなので、暑いさかりは、かなり長い時間眠った。昼食は、前の夜飯盒に造っておいた飯の残りを食べる。

私は学生のときから、歩くことが好きでもあり、自信もあったので、このような行軍は——暑くてたいへんではあったけれど――たいして苦にならなかった。

皂市を出はずれてから、沙洋鎮をへて河溶鎮のあたりまで、道はなだらかに起伏する丘陵を横ざまに切り通して、真っすぐに走る。

道がようやく丘の高みに上ったところで後をふり返る。鉄砲をかついだ二筋の人間の列が低いところまで下がっていき、それからさらに後の高みにまで、切れることなくつながっている。前を見ても同様の列だ。

烈日のもと、一望無限の平野のなかで、ただこの部分だけ、人間が長く長くつながってノロノロと動いている……。それはハーディの『ディナスト』にあった情景である――ナポレオン戦争当時の。私はしかし、列のなかにあって、汁だくで、背中の荷物をゆすり上げているばかりであった。

この辺は、三国志ゆかりの土地。英雄豪傑が疾駆したところ、その軍勢の矢音、刃音、雄叫びでとどろいたところである。しかし、そこを「行軍」していた私には、そんなことに気がつく余裕はなかった。

一日歩いて、もうそろそろ休みになりそうなものなのに……と思う。なかなか止まらない。兵隊がたむろしているにぎやかそうな町はとっくに通り過ぎて、あたりには、まともな家も眼に入らない……でもまだ歩いている。

やがて先頭が右に曲がって、アゼ道をたどり始める。左に入っていく組もある。やれやれ着いた。

アゼ道をたどるのも結構長くかかる。もうどこの家の前庭にも兵隊がいて、炊さんの仕度を始めている……。後から来たやつほど奥へ、遠くにいかねばならない。

ソダ、ワラ、家具のぶっこわれ……何でも燃えるものを集めてきて火をおこす。前の池で――みんなは池のことをクリークといっている――米をといできて、そこに自分の飯盒を掛けさせてもらう。お菜は、汁は――。たしか近くの部隊が造って運んできてくれたものを、当番が道路までいって分けてもらって来る、というようにしていた。

この辺の農家は、通過する部隊にいつもこのように使われていたことであろうから、たいへん迷惑していたに違いない……が、しょうがない。ワラ山からワラをどんどん引っぱり出してきて、土間に敷いて、寝るのだ。

その前に、飯盒の表面についたススを、クリークでよく洗い落としておかないと、背負い袋が真っ黒になってしまう。

行軍の宿泊中、不寝番に立ったかどうか。立ったような気もするし、立たなかったようでもあるし……。

朝、暗いうちに起こされる。涼しいうちに少しでも長く歩いておこう、というわけである。だが暗くてアゼ道が分からない。足ずりをするようにして進む。ときどき田圃のなかに足がすべり落ちる。これから一日の行軍が始まろうというときに、靴に水が入るのは、実にイヤである。

公路に出ると、隊列がそろうのを待つ間、地べたに引っくり返る。耳もとで、先頭の位置につくため進んでいくものの足音がつづく。

こうして、また一日の行軍が始まるのであった。

河溶鎮に着いたとき、私の組の一人が、途中どこかで帯剣を落としてしまった、と泣き顔でやってきた。

どうして帯剣が落ちる、などということが起こるのだろう……。しかし不思議がっていても始まらない。二人で落ちたらしいところまで捜しにもどって見た。もう暗くなっていたし、第一どこで落としたか、本人がはっきりと知っているわけはないし、結局わけが分からずで戻ってきた。

その兵隊と一緒に部隊長のところにいってあやまった。ただあやまるしかない。

兵隊はそのまま、鴉雀鎮まで丸腰で歩いたはずである。

第四章

鴉雀嶺

石畳の狭い路が、細く曲がりくねっていた。その両側に煉瓦の壁で仕切った平屋がびっしりと並んでいた。その平屋はどこも窓に白い障子紙をはってある。兵隊が住んでいるのである。

町のその通りは、大体南北に走っている。東側の家々の後ろにちょっとした空地がある。その先が谷に落ち込んで川になっている。西側の家々の後ろは原っぱであった。町の通りの両側ばかりでなく、その原っぱの方にも、いろいろな部隊がいるようであった。(図Ⅱ参照)

私たちが追尾して、やっと到着した鴉雀嶺という町は、そのとき、百十六連隊の連隊本部の所在地になっていた。しかし着いたときも、それから後になっても、そのようなことは、誰も私たちに教えてくれなかった。私たち四、五人の新兵は、「ここだ」といわれた家に入っただけである。

そこは公路寄りではあるが、町の中程に近いところで、通りの東側の家であった。あるいは大隊の大行李の一つの班であったのだろう。

家の中は例によって、とばくちの右側にアンペラ敷きの寝床、左手奥に鞍置き場や銃架、奥が食堂、台所となって、土間は裏口にぬけていた。

裏口から外に出ると、風呂場、つまり煉瓦のカマドの上に置いたドラムカン、そして便所、つまりクソだめのカメを地面に埋め込んで、その上に丸太を二本渡したところがある。それから少し下って馬屋があって、その先が土堤、そして川原という具合になっていた。

アンペラ敷の真ん中にいろりが切ってある。越後の兵隊は、自分たちの住居にいろりを切らないうちは、どうしても落ち着けないのだそうである。それからいま一つ、かれらの生活に欠かさすことができないものは、みそ、だという。

私たちの南隣が将校室の炊事場であった。私と同じとき特務兵に取られたらしい兵隊が、そこにいた。東京で板前だったらしく、そのため、そこの勤務にまわされたらしい。

その板前の新兵に炊事場につれ込まれて、将校方のおかずの余りを食わせてもらった。おかずというものが、こんなにしっとりと、まろやかな味になりうるものである、ということを、あらためて教えられたような、それは御馳走であった。それに比べると班の食事は、いくら食べても、古くなった大根みたいに胃の中に「ス」(すき間、空洞)ができる。

四月一日に仙台で入営してから四ヶ月目で、鴉雀嶺での生活が始まった。

あの時は、輜重二連隊の営門が「三途の川」で、営舎の中は、赤鬼、青鬼のいる「地獄の一丁目」だと思った……。が、四ヶ月「地獄」で生活してきた現在、私は「シャバ」のことを思い出しもしなくなっている。

私は「地獄」に同化してしまったらしい。今思えば、「こちら」の方に、私にとっての「生きた社会」があるのであって、「三途の川」の向こう側——「シャバ」の方は、何だかスカみたいな生活だった……。

班長は小心そうな、大人しい男であった。代貸《だいがし》し格の上等兵は、吹けば飛ぶような痩せた小兵で、ひねこびた、意地悪そうな口をきいた。

古参の兵隊のなかには、越後のどこかの町で番頭でもやっていたような——あるいは店員ぐらいかもしれない——男がいた。かれが『相川音頭』を踊ったとき、その手ぶり足さばきのやさしさと見事さに見とれてしまった。

かれはまた

向こう横丁のタバコ屋の　可愛い看板娘、
年は十八、番茶も出花　いとしじゃないか……

を歌った。

おれは村中で一番、　モボだといわれた男……

もかれのお得意であった。相当の芸達者だといってよいだろう。私はこの「先輩」について、こうした歌を教わった。『相川音頭』を教わるヒマはなかった。

それから仙台なまりの漁夫がいた。色の黒い、ガッシリした、典型的な東北人であった。眼が細く、歯が白くそろって、鼻筋がしっかり通って、カラリとした男であった。

寄り目のテキヤもいた。

その目と、鼻の下の八字ヒゲのために、近寄るのがこわかった。身体つきはそれほど大きくもなく、痩せぎすであるのに、しわがれ声が腹の下から出てきた。

「ものはお前、気合で売るもんだ……」

こういって、かれは白い寄り目で私たちをにらみ回す。

その「実演」を見せてもらったことがあるが、たしかに、かれの口上の「気合」で、こちらの手は「買おう」と動き出しそうになる。しかし、その眼とヒゲを見ると、その手も引っ込んでしまうのだった。かれは、そこをまた「気合」で引き戻すことができるのであろうか……。

仲間の初年兵には、床屋がいた。陽気な、会津なまりの若者である。

のっそりした、大柄な越後の百姓がいた。少し年をくっているように見える。いろいろな作業をする手つきはゆっくりしていたが、そのくせ仕上がりは早くて確実、という調子であった。先輩、同輩を問わず、人々の話の仲間には入らなかった。あるとき、この農民兵は馬に鞍をのせながら、こんなことを私にいった——

「百姓仕事は、ほんにきついです。それにくらべたら兵隊の方がなんぼ楽だか……」

それから流しの土方をやっていたらしい男もいた。かれも年をくっていた。額がもうハゲ上がって、頭の頂点がとがっている。丸い額の下にカナツボ眼《まなこ》が沈んで、不敵な光を放っていた。少しヤブニラミ気味であった。大きな口で、丈夫そうな歯であった。ナデ肩ではあるが全身筋肉の固まりという身体つき。喧嘩上手であることは、まんざらかれのホラともいえないようであった。初年兵でありながら、古兵の存在を頭から無視している。かれも竹を割ったような気性であった。しかし仙台の漁夫が単純、素朴に「竹を割って」いるのにたいして、かれ、豊岡二三男の「竹の割り方」には、荒い渡世を笑って生きる、というふうな、したたかな凄さがあった。

私はこの男といちばん親しくなった。といっても、いつも豊岡と一緒にいた、というようなことではない。……まあ、よくかれの話相手になっていた、という位のことである。

初年兵の教育係は松田見習士官であった。すぐ少尉になった。東京外語学校のスペイン語科を出て、どこか貿易会社に勤めていた、という人である。私より二つ三つぐらい年上、というところであろうか。

松田少尉からどのような「教育」を受けたか、すっかり忘れてしまった。ただそのとき、私たちの直属上官の名前を教わったことは、よく覚えている。

私たちの最高の司令官は、別名「呂集団」という支那派遣軍第十一軍の司令官、陸軍中将園部和一郎閣下である。つぎに偉いのが、その第十一軍のなかの第十三師団の師団長、田中静一中将である。

十三師団には第二十六旅団と第百三旅団があるが、われわれの部隊は、第二十六旅団長、陸軍少将奈良晃閣下の指揮下にある。

第二十六旅団には五十八《ゴハチ》連隊（高田）と、百十六連隊（新発田）が入っているが、この「ヒャクジューロク」がわれわれの連隊であり、連隊長は陸軍大佐村井権次郎殿である。（第百三旅団には会津若松の六十五《ロクゴ》連隊と、仙台の百四連隊が入っている）

われわれは、だから中支戦線の田中部隊、村井部隊の兵隊だ、ということになる。部隊番号は「鏡第六八〇六部隊」――「鏡」はつまり十三師団ということで、「六八〇六」が百十六連隊に当たる。

「これをしっかり覚えておくんだぞ」といわれたので、この年になるまで、以上のことはよく覚えているわけだ。

宜昌作戦が終わったばかり、という昭和十五年（一九四〇年）八月の頃には、中支前線の各師団の配置は、だいたい次のようになっていた。

宜昌地区＝十三師団（仙台編成）
当陽地区＝独立混成十八旅団
荊門地区＝三十九師団（広島編成）
応城地区＝四師団（大阪）
応山地区＝三師団（名古屋）
岳州地区＝六師団（熊本）

そして第十一軍の司令部が漢口にあった、というわけである。

四師団は宜昌作戦の最中に満州から南下してきて第十一軍の麾下《きか》に入った、とされている。私が鴉雀嶺で四師団を見たのは、九月頃だったろうか。

糧秣輸送か何かで公路に出たときだった。当陽の方から新ピカの装備の輸送隊がぞくぞくとやってくるのを見て、眼を丸くした。私たちのが革は黒ずんでクタクタになっているし、器具や兵器は至るところはげ、へこみ、傷だらけになっているというのに、やつらのは、革はピンとして黄褐色の新品の色、器具も兵器も、何もかもシャンとして新式みたい……。

「おい、お前らどこの部隊だ？」

「わいら、四師団や……」

「え、四師団？　そりゃなつかしいな」

「わいら、ノモンハン」

「ノモンハン？　それはどうも……」

ノモンハンといわれて出鼻をくじかれた。それにしても、どうして四師団がこんなところまでやって来たのだろう？　近くで作戦をやっている、と聞いたが、それと関係があるのだろうか？

「……おれも大阪にいたんだけれど……」

「え、あんたも大阪か。大阪はどこや？」

「西区の……靭《うつぼ》というところだけど……」

「靭？……聞いたことないな」

これで一巻の終わりだ。どうも、大阪でも靭という町を知っている人は少ないらしい……。口をきき合ったトタンに「ノモンハン」をぶちまかして来るあたり、やはり大阪人らしいハッタリがあるようだ、という気もしたが、まあ、それを誰かれかまわず吹聴したい気持ちはあったのであろう。

ここで大休止でもするつもりなのか、私たちの見ている前で、馬の装具を下ろしにかかった。兵隊にそれを命令したり、何かと注意を与えたりしている班長の声は、ドスが利いていて、こわそうであった。

（あれは、丁稚をキリキリ舞させるイケズな番頭の声だ。仲仕の頭の声だ……）

大阪商人、そして大阪人のド根性というのがある。四師団には、そんなものが入っていたのかもしれない……だとすると大阪の部隊は噂とは逆に、案外強いのかもしれないぞ……などと、その場の有様を見ながら、そんなことを考えていた。
（そういえば、豊岡も大阪なまりでしゃべる。かれはずっとあっちの方でやっていたのかもしれない……）

勤務は、もっぱら糧秣輸送と馬屋当番、それに炊事当番であった。

糧秣輸送は、いつも北の方へ行った。たしか双蓮寺とか何とか、そのような名前のところによくいった。川を渡っていった先に、山の中に大きなお寺があった。そこに部隊の倉庫があったのだろう。あの辺に何の部隊がいたのだろうか？

帰りは空になった鞍にまたがる。王城寺でも京山でも、兵隊が駄馬の鞍にまたがることはイケない、と教わったように思うが、ここでは誰がいうことを聞くものか。どうせもう鞍傷ができてしまっている馬だ。帰りだけ空にしてみても、今さらどうということもない。

汗水たらして来た道を、ゆらりと鞍にまたがって、「高いところから」景色を眺めながら行くのは、全く気持ちのよいものであった。十数頭の駄馬隊の先頭を、班長が長靴《ちょうか》をはいて、騎銃を背負って、サーベルも下げて、馬上ゆたかに（というほどでもないが）進んでいく。私たちは「馬丁」だから帯剣だけの手ぶら姿——気楽なものである。

川原で一休み。馬を「ハダカ」にして水浴びさせる。

馬は背中と腹をしめつけていた重く、汗くさく、血うみのしみついている鞍下毛布や、腹帯や、鞍から開放され、水際につれていかれると、首をのばして水をかぐ。前足はもう冷たい川のなかに入っている。それから首を高くふり上げて、天を仰いで、気持ちよさそうに笑う……。

馬が笑う。これは発見であった。

馬は上下の歯をかみ合わせたまま、上唇をめくって鼻の方によせ、下唇も手前に引きよせ、こうして歯を全部むき出して、鼻から大きく息を吸い込む。しばらくの間、そうした「笑い」がつづく……その間、馬は息を止めているようである。

兵隊はこれを見て、「馬がテンホテンホしている」という。「テンホ」というのは、とても好い、という意味の兵隊中国語である。本来は中国語で「頂好《ティンハオ》」といったのであろう。

それから水を飲む。草を食べる。草原に転がり、四足を宙にふり動かして、鞍傷のあたりを草で引っ掻こうとする。

私の持馬は、「勝亮」という名前の、黒いめす馬であった。スラリとして姿はよいのだが、カンが強い。

馬屋当番で馬小屋に寝ていると、一晩中聞こえてくるのが、この「勝亮」が出すグー、グーという声なのである。いびきではない。自分の小間の前に渡した「戸締め」の横木をカンの高ぶりにまかせて噛む、そのときに咽喉の奥から出てくる音なのだ。

テキヤの古兵と一緒に当番になった朝は、テキヤがよく「勝亮」を裸馬で乗りまわした。ほかの兵隊には、ちょっとできない芸当である。テキヤがこれにまたがって、両足をのばし、寄り眼で地平の一角をにらみ、手綱をにぎった腕を大きく振って、「ハッ」と「気合」をかけると、「勝亮」は従順に早足で駆け出していく。

たしかに、テキヤと「勝亮」は、どちらもカンが強くて、だから妙に気が合うのかもしれなかった。

ここでも馬屋当番の朝は、放馬を連れ戻すので、いつも苦労した。

その日も逃げた馬をようやく連れ戻そうとしていた。馬の手綱をとって、土堤の上を歩いているときであった。土堤と家々の裏手との間のちょっとした広場で、朝の点呼が始まっていた。

突然、馬が駆けだした。

こういうときは、馬の顔の横に出て手綱を真横から強く引き、馬の首をムリヤリこちらの方に曲げさせれば、馬はだいたい大人しくなってしまうものである。ところがそのときは、足場が悪かった。土堤の上だから、馬の横に出て首を引張るわけにいかない……あっという間に馬体が私をすりぬけて前に出てしまった。後から手綱を引いたのでは、どんなに力を入れても、馬の首は曲がるものでない。馬は真っすぐ前を向いてどんどん進んでいく。懸命に引き戻そうとする私の足は、土堤の草むらに引っかかり、私は転んでしまった。手綱を放してしまおうか、と思った。しかし行李の連中が点呼で並んでいる前である。放すわけにいかない。

私は「衆人環視のなかで」、土堤の上を馬に引きずられていく醜体をさらしてしまった。いつの間にか眼鏡がふっとんでいた。

顔に幾個所か切り傷をつけて、眼鏡屋にいった。部隊がたくさんいる町だったので眼鏡屋もあったのが幸いだった。眼鏡屋のおやじがいった——。「あんたみたいに強い度の眼鏡をかけてる兵隊さん、ほかにいませんぜ」

馬の世話をし、馬と一緒に仕事をするのが私の任務であるのだから、この三、四ヶ月の間に、かなり馬には馴れてきた。それでも、馬がほんとに可愛い、などと思うことはなかった……何かというと放馬する……やっかいなやつ、というのが、馬に対する私のいつわらざる気持ちであった。

ただ、生まれたての、そして生まれてから一、二ヶ月の子馬だけは、文句なく可愛い。そんな子馬と一緒にいるためなら……そのためだけに、馬の牧場で暮らしてもいい、と思うほどである。

子馬の、まだ長く伸び切っていない丸まっこい、やわらかい毛に包まれた顔。長い眉毛が眼をおおいかくして、いつも眼をつぶっているように、いつも夢を見ているように見えるその顔は、「純」そして「無垢」をそのまま形に現したようである。

短すぎる胴からのびている長すぎるほどのひょろひょろの足をもつれさせながら、ひし、と母馬にくっつききりになっているその姿……一言も声を立てず、始終無言で母親に甘えかかっている様子は、自然の、ういういしく、ひよわな生命力そのものを見せているようだ。

兵隊たちもみな可愛い、と思うのであろう。子馬を四つ足たばねて抱きかかえてやったりしている。私もできたら抱いてやりたい、とどんなに思ったことだろう……。それだけは、しかし、馴れないので、抱きしめてやるところまでいかなかった。

馬の子は鳴かないが、牛の子は鳴く。

牛の子も可愛い。牛の子は馬の子よりもずっと活発で、母親べったりになどなっていない。好奇心の固まりだ。何かしら珍しいものを見ると、矢庭にそっちの方にスタコラ駆け出していく。そしてしばらくそれを眺めて、またまっしぐらに母牛のところに駆け戻っていく。

その可愛げな牛の子が、私の顔を見ながら、突然、全く子供らしくない、太い声で、親牛と同じように鳴き出すのだ。これにはびっくりしてしまう。

顔に似合わぬ太い声で鳴くのは、この子牛と、そしてロバである……ロバの親である。

ロバの鳴く音に起こされて　窓を開ければ朝の星……

というが、ロバの声は、たしかに、中国農村の点景になりうる。

牛や馬とちがって、ロバの鳴声は長くつづく。英語でいう「ブレイ」という調子の太い、低い叫びが、何回もくり返され、しだいにノコギリで金属を引くような音に変わっていって、最後にハタと止まる。

ロバは実際、何を鳴いて——泣いているのだろうか。ロバの顔を、どんなに穴のあくほど眺めても、その顔には何も書いてない。

暑い日も寒い日も、頭を落として、眼を伏せて、一時間でも二時間でもそのままになっている。軽く尻にムチを当てると、眼を伏せたまま、小さな蹄がチョコチョコ動き出して、いつまでも動きつづける。

ロバは絶対の無表情と、機械のような無意志によって、私たちには推し測りようのない、深い悲しみを表しているのだ。西洋のおとぎ話が、ロバを魔女の手で変身させられた王子さま、としているのは、まことにうなずけることである。あの無表情は、たしかにロバの前世の悲しい運命を物語っているようだ……それよりも、この現象世界で、生命であること自体の悲哀を語ってもいるようだ。

ロバと一緒にいると、その人間までが単純、お人好し、そして痴鈍に見えてくる……これもロバにまつわる不思議な現象である。

炊事当番の心得は、前の晩に何とかして日本の婦人雑誌を一冊確保して置くことである。そうしないと、かまどの火を燃やしつけるのにヒマを食ってしまって、めしが間に合わなくなる、という重大な失態を引き起こす。

ショーハイが川でといできた米を大きな支那ナベにあける。苦力《クリー》が担いできて、大きな水ガメに張っておいた水を、大きなヒョウタンをタテ割にしたヒシャクでくんで、その上に注ぎ込む——米の上に掌をおき、腕を立てて、クルブシの下まで来たところで止める。

たきつけが、ぶっこわした家の梁《はり》や、たたき破った茶ダンス、椅子、机などであれば文句なし。しかし、生木の小枝や生乾きの薪になると困ってしまう。「婦人倶楽部」を半分も使って、まだ燃えつかない、などというときは泣きたくなる。

みそ汁もつくらなければならない。経理室から配給されるみそが切れてしまえば、仕方がないから塩じゃけの塩をとかして「汁物」にする。生ぐさく、えぐいようなおかしな塩味の「汁」になる。お菜は……共同の炊事場からもらって来た。

班は十二、三歳の少年——ショーハイ——と、大人の苦力《クリー》——ニー公ともいった——を使っていた。ショーハイの仕事は雑用、マキ割り、ときには水くみ……。ニー公の仕事はもっぱら水くみ。

この二人と話をする必要が起こるのは、炊事当番に当たったときである。呼びつけるときは、「おい、おい」で大体通じるし、「おい、ショーハイ」でも分かるし、「おい、ニー公」、「おいニーや」でも……まあたいていのいい方で通用する。お菜とりなどはショーハイにやらせていた。

しかし私は、ひそかに、できるだけ兵隊中国語を使わないでやっていこうと決心していた。――せっかく中国に来ているのだから。誰かが放り出したままにしておいたガリ版の『兵用速成中国語教本』を自分のものにして、独習を始めた。

ある日、私はニー公を手招きした。うちのニー公はいつも黒い木綿の長袍を着ていた。丸坊主で、眉が薄く、眼は大きかったが心持ちつり上がっている。特徴は鼻筋が通って大きく、唇が大きく厚いことであった。脂ぎった顔をしている。色は浅黒い。

ニー公に紙切れを見せた。そこに、『長恨歌』のなかで私の憶えているただ一つのくだり――三行を書きつけておいたのである――

　春寒賜浴華清池
　温泉水滑洗凝脂
　侍児扶起嬌無力

ニー公はそれを眺め、そして私の顔を見る。それを声を出して読んでくれ、といいたいのだ――何ともどかしいことだろう。手まねでやる。ようやくかれものみ込めたらしい……太い声で読み出した。それをカナで筆記した。

　ツゥエンハン　ツーイー　ホワチンツー
　ウェンチュエン　スイフォ　シーイーツー
　スーアルフーチ　チャオ　ウーリ

私のねらいは、何でもいいからニー公の口ぶりそっくりに真似してしまおう、ということだった。しかしなかなかニー公のような音が出ない……でも構わず口のなかで転がしつづけた。また『兵用速成中国語教本』の例文も読んでもらって、真似をした。かれが教えてくれたのは、湖北なまりの中国語だったようであるが、とにかくこのようにして、私の中国語学習が始まったのであった。

考えてみると、ニー公は苦力として水くみをやる男にしては、学がありすぎる、といわねばならなかった。白楽天の詩は、中国では人口に膾炙《かいしゃ》しているのかも知れないが、それにしても、かれは一目見ただけで、すらすらとそれを読み下していったのだ。

笑うと、その大きな唇が割れて、白い健康そうな歯がいっぱいに現れ、眼が光った……そういえば、あの長袍姿は農民のものではない、という気もする。そして占領軍の苦力でありながら、悠々と振舞っていた。

ひょっとすると、ニー公は苦力として日本軍の駐屯地にもぐり込んでいたスパイ——の組長?——だったかもしれない。ふだん、かれはほとんど口をきかなかった。しかしあの町でかれのように仕事をしていれば、そしてほかの班の苦力たちと連絡していれば——ショーハイだって結構その目的で使えるわけだ——鴉雀嶺部隊の動静は手にとるように分かったであろう。

物を読んだりする時間は、昼間、一人になるときしかなかった——炊事当番のときである。夜はゴマ油に灯心を入れて火をともす灯明しかないので、とても読めない。蠟燭は、班長や古参兵たちしか使えない。それもケチケチと使うのである。これは、当時、中国の田舎にいれば、どこでもそうだったであろう。

日が沈むと、もう外も家の中も、ほんとに夜である。班内でひとしきりドタバタがつづく。

夜はまた、酒盛りの時間であった。ときどき経理室から酒が出まわってくる。手なれの者が肴をつくる。そして酒盛りになる。

酒がまわってくれば古参も新参もなくなってしまう。そして歌になる。『相川音頭』の踊りもそうしたときに見たものであった。

いろいろな歌が出た。

『佐渡おけさ』の上手な歌い手がいた。『八木節』も出れば『会津磐梯山』も出る。しかし結局、みんなが歌うものは民謡よりもむしろ「軍歌」であった。それも、例の「徐州徐州と人馬は進む……」の『麦と兵隊』で、これがみんなにいちばん受けている歌、といってよかった。

ほかの「軍歌」――『露営の歌』とか、『愛国行進曲』とか、『暁に祈る』とか――元気のよい、士気を鼓舞するようなものはあまり出てこない。それらが出てくるのは、みな相当に酩酊してしまって、ただ一緒に「がなる」ような段階になったときである。

一方、『別れのブルース』とか、『上海の花売り娘』とか、『雨のブルース』とか……ああいう「高級な」ものはさっぱり人気がなかった。

朝の軍歌練習を兵隊たちが喜んでいるはずがなかった。

朝、点呼がすむと、伍長が音頭とりになって「号令調声」というのが始まる。号令の練習ではなくて、円陣をつくって歩きながら、軍歌を大声でどなるのである。

そのときには古兵の姿は消えている。伍長が始める――

「それ、いくぞ……あーあ、あの顔で、あの声で……ハイッ」

みんなが『暁に祈る』を歌いだす。私は最初の一、二節をみんなと一緒にやったあと、口だけをパクパクさせて、一緒に歩く。歩きながら頭の中で独り言する。

〈ほんとに、どうして伍長はこの歌ばかりやらせるのだろう……イヤな歌だ……「あの顔で、あの声で」だって……これは、よくないことをいういい方じゃないのか？「あの顔で、よくまあ、あんなキレイ言がいえたもんだ」とか……それを出征する兵士にいわせたのは、作者の皮肉かな……「ああ堂々の輸送船」だって……そんなのがあったら、乗せてもらいたいもんだ……ああ、イヤだ、イヤだ……こりゃ兵隊の歌じゃない……どうして日露戦争のときは――〈ここはお国を何百里〉なんて――いい歌ができたのに、こんどはまるでできないんだろ……日露戦争ってのは、みんなの戦争だったんだな、きっと……だからみんなの心のこもった歌ができたんだ……こんどのは、みんなの戦争じゃない……誰かの戦争なんだ……資本家の戦争だ……財閥だ……財閥の商業主義だ……商品になった歌だ……みんな調子が上ずってる……「勝ってくるぞと勇ましく」だって……誰がそんなこといって出てくるヤツがいるものか……いまの軍歌はみんなウソだ……だから高っ調子になっていく……何かこう……地面をドシンドシンと踏みつけるような歌がないかな……何か……こう……地面の底から……低い声でわき上がってくるような……何か……こう……下の方からデングリ返していくような……）

「おいっ、声が低いぞ。もっと元気だせ」

伍長の気合がとんでくる。私はまた歌に加わる――。

ああ大君の　おんために

死ぬは兵士の　本分と……

豊岡

豊岡は、ここでみんながいう「たれかもん」であった。正確にはどういう意味だか分からないが、それが使われる前後のつながりから察すると、「上を手こずらせる奴」、「上のいうことをきかない奴」、「無法者」……ということになる。

豊岡は、命令に逆らったりしたことは一度もない。使役に出たときも、いろいろな作業も、私たちと一緒によくやっていた。

しかし古参兵たちがかれを煙たがっていることは、はっきり見てとれた。かれは第一、年をくっている。それもただの年とりではない。かれの眼中に「古参」とか「先輩」とかいうものはない——そのように古参兵は感じとっている……。古兵たちは、かげで、かれを「たれかもん」呼ばわりしていた。

カゼで気分が悪い、という豊岡を班に残して、私たち初年兵は使役に出た。

帰ってきたら、豊岡が一人でアンペラ敷の上に大アグラをかいている。

「おい、どうだ、具合は……。よくなったか?」

「ああ……きょうはケンカや」

「ケンカ? やつらとケンカしたのか?」

「そや、ケンカしたった……」

豊岡が大きな歯を見せて笑っている。コブをでかしている様子はない。

一人で班に残っていた豊岡に向かって、「代貸し」の西上等兵が何か仕事をいいつけた。

「気分が悪いからできない」と豊岡がことわった——そこからコトは始まったらしい。

「このやろう。命令にそむく気か?」

「命令や? 気分が悪いのに、しよがないやないか」

「ヤロウ、大きな顔しやがって。生意気だぞ」

漁師の佐藤が豊岡のまえに出てきた。日頃、豊岡の態度を見てムシャクシャしていたのだろう。成行きを見て、とうとう我慢がならず飛び出してきた。

「佐藤もええ男や。漁師やから力もあるわ。しかしケンカを知らん……」

「それで、佐藤とやったのか?」

「ああ、パカパカッとな」

大きな笑い顔になる。

漁師の佐藤一等兵と「たれかもん」の豊岡二等兵と、ひとしきり立ち回りがあって、佐藤が一息ついた。

「そしたら、脇から西のチビが青い顔してなぐりかかってきよったわ」

「へえ、あいつケンカなんかやれるのか?」

「そやな……あんなヒョロ腕、ちょいと取って、チョイチョイのチョイ、や。こうねじり上げたら、もう身動きもでけん……それで西の奴をこうやって佐藤のまえにつき出したった。そしたら、佐藤のやつ、出るに出られず、動くに動けずや……青い顔してフーフーいっとったわ」

誰かが中に入って、「まあ、まあ」ということになった。

それで、豊岡はアグラをかいて、笑っている。カナツボマナコの瞳が、穏やかに光っている。古兵たちは、奥の方で何かしている。

豊岡という男はスゴイ奴だ、と思った。よほど鉄火場をふんできたのでなかったら、とてもこうはやれないであろう。いまはニコニコ笑っているが、佐藤と「パカパカッと」やっていたときは、このカナツボマナコが恐ろしい形相を呈していたにちがいない。

そのあと、豊岡は毎日あぐらをかいて過ごした。「代貸し」がかれを勤務につけなかったのである。班に帰ってみると、かれが毛布をかぶってあぐらをかいているようになった。室内がうすら寒く感じるころになっていたのだ。

「おい杉山、ちょっと来てみい」

豊岡のそばにいくと、かれは膝の間から空きカンを出してみせた。

どこからか拾ってきた少し大きい目の空きカンに、ポツポツと穴が開けてある。底に灰を入れ、そこにのせた炊事場のオキで、カンがあたたかくなっていた——ちっちゃなコタツである。

「どや。ホンワカ、ホンワカ、テンホデナー、や……ええ考えやろ」

「ほんと……考えたな……」

新考案の「ポケットこたつ」と、その考案で、ニコニコしている豊岡を見ながら、この一日、カナツボマナコをこらして、わき目もふらずにコタツの製作に打ち込んでいただろうかれの姿を想像していた。あの「パカパカッ」とやるかれの腕とゲンコツは、こういうことになると、きっとまた小まめに、器用に動くのだ。

国にいたときも、そうだったに違いない。いろんなことを思いついては、その細工に我を忘れて打ち込んでいた……打ち込むタチなのだこの男は……。

このような人間が、このように知恵を働かし、工夫をこらしている、ということに、私は感動した。

結局、日本の国は、こうした名もない無数の人たちの、無数の知恵と工夫と、その細工、そして労働のうえに成り立っているのではないか。

やがて豊岡は私たちの班から消えていった。どこかよその部隊に転属になった、と聞かされた。明らかに、班の古参兵たちが、「たれかもん」豊岡を追放したのである。

*

私が鴉雀嶺にいる間に、米英両国が防衛協定を結んでいる。八月のことであった。連合国の体制ができ始めたのである。

九月には、ドイツ空軍がロンドン爆撃をくり返していた。ドイツ軍の英本土上陸は阻まれていた。

九月二十三日、日本軍が北部仏印に進駐した。

つづいて二十七日、ベルリンで「日独伊三国軍事同盟」が調印された。

十月上旬、日本国内では、大政翼賛会の結成、という動きがあり、

十一月十日、紀元二六〇〇年の記念式典が挙行された。

これは、今、当時の年表を引っくり返しながら作成してみた諸事件のリストなのであって、鵶雀嶺の杉山二等兵はこのような世界の動き、日本の動静、そして宜昌前線の形勢など、何も知ることなく、糧秣輸送と、馬屋当番、炊事当番……の毎日に明け暮れていたのであった。

*

鵶雀嶺の兵隊たちが、道路をびっしりと埋めていた。

ある一軒の家の――おそらく、そこが警備隊の司令部だったのだろう――石段に立って、えらそうな軍人――警備隊長だったのだろう――が演説していた。

このようなことは、以前には全くなかったから、その日は何か大切な日、祝祭日だったのだ。多分、十一月十日の「紀元二六〇〇年」の記念式をそこでやったのであろう。

私が覚えているのは、そこに、そうやって兵隊がいっぱい集まったこと、そして隊長が長い演説のなかで「わが軍はさらに重慶、そしてインドまでのしていくのである」といったことであった。

本気でそういってるのかい、と思った。

せっかく宜昌まで来ているのだから、もう一足のばして重慶まで……という気持ちは分かる。とても、とても大変だと思うけれど。実はこの少し前に宜昌まで行く機会があって、そこでいろいろなことを考えさせられて来たので、「重慶まで」という言葉も簡単にはいただきかねる心境になっていたのだが……。

ま、重慶まではよし、としよう。しかし、「インドまで」とは――頭の中に、南アジアの地図を思い浮かべてみるだけでも明らかじゃないか――どうしてそんなトホウもない妄想を、部隊全員の前で演説する気になるのだろう。

――以上が、演説を聞きながらトッサに思ったことである。以下は現在のコメント――。

警備隊長は何もご存知なかったのであろう。きっと部隊長宛の部内報かなんかに、大本営あたりの誰かがしゃべったタワ言が記載してあったのだろう。警備隊長はそれをオウム返しにしゃべったのに違いない。

ビルマルートの閉鎖が全然実現していないので、日本軍部の憎しみの対象は、重慶からビルマ、そしてインドへと無限に伸び広がりつつあったのだ。一方、盟邦ドイツはヨーロッパで絶対有利な戦いを進めているし、日本はドイツに加えてイタリアという同盟を得たし……。

宜昌

私が宜昌出張を命じられたのは、経理室の曹長が連絡の用事で宜昌にいくことになったとき、その従兵というか衛兵というか、そんなものに、私を指名したからであった。

秋もたけて、夜は火にあたりたくなる、という季節であった。

曹長は宜昌にいったついでに、西稜山という「古戦場」まで足をのばし、宜昌作戦の最終段階に、そこで起こった激戦中戦死した二大隊の大隊長石川武夫少佐の戦死の跡を拝んできたい、といっていた。曹長は少佐と同郷だったのだろう。

私は雑嚢に飯盒を入れ、水筒をかけ、実弾を十発ぐらい持ったか……そして騎兵銃を借りて、曹長に従った。騎兵銃は短くて、こんなときの持ち歩きに便利である。

鴉雀嶺からトラックに乗れば、宜昌までは一時間とかからない。わけも分からずあたりの景色を見ているうちに、宜昌の町に入ってしまった。

通りが鴉雀嶺みたいに一本だけでなく、縦にも横にも走っている、という点で、宜昌はやはり町であった。しかし、家は低く、みすぼらしく、全く何のとりえもない……川の岸に白い洋風の家がならんでいた。

宜昌に入って、すぐ眼を引くのが、左手、家々の頭越しに、高く、大きくそびえて見える三角山である。京山では三角山が一つだったが、ここではもっとずっとデカく、気味悪げなのが三つも四つも並んでいる。

家がと切れたところからのぞくと、宋河鎮と同じように、だいぶ低いところまで岸が下がった先に、あの褐色の水——呉淞から南京、漢口まで毎日毎日眺めさせられたあの水——が、たっぷりと、そしてグングンという勢いで流れていた。漢口では、流れはこんなに早くなかった。

川幅は五百メートルではきかないだろう。その激しく流れる大量の褐色のドロ水の向こうに——もう岸などなしに、絶壁みたいになって——三角山がそそり立ち、それがゾロゾロと並んでいるのであった。

こんなに昼も夜もグングン流れている川のそばで暮らしていると、落ちつけないのではなかろうか。いや——人のことではない……自分だったのだ——落ちつけないのは。宜昌に入ったときから何となく落ち着かない気持ちになっていたのは、しかしこの川と三角山のせいだけではなかった。

眼を放つと、三角山のずっと奥に、視界いっぱい、奥地の山々がひしめいていた。

異様なシルエットである。山々がみんな「騒いで」いる。

山頂がみんな、鋭く刻まれ、それが北向きに傾いている。一斉蜂起して、喚声をあげて——そうだ、北の方に押し出そうとしている。

日本の山は、私の知るかぎり、みな裾野を広くかまえて、静かに座っていた——どんなに鋭い峰峰も。宜昌の山はどうだ——ザワザワしている。何か不平を抱いているようだ。怒っている。叫んでいる。

何に怒っているのだろう。まさか日本軍がこんなところにまで来たことに怒っているのではなかろうが……。しかし、いつ何時、かれらの怒りがわれわれに向けられるかも分からない……あのとがった峰峰をわれわれの方に差し向けて、こちらに殺到してくるかも分からない。

川は音もなく押し流れている。

山々は——音もない。いくら眺めていても、シルエットしか見せていない。

しかし眺めていると、山々の叫び声が伝わって来るような気になる。峰峰はジッと動かない。しかし眺めていると峰峰は全部、落ち着きなく動いている。騒いでいる……。

その騒ぎ立つ峰峰の中に、ひときわ高く、鉛筆を真っすぐに立てたような峰があった。

恐ろしいところだ、と思った。

宜昌からさらに先に押し出していくのは——あの山々のなかに分け入り、あの「怒り騒ぐ」峰峰と対面させられるのは——御免こうむりたい。


西稜山というから、どんな山かと思っていたが、来てみたら、そこは畑が木立にかこまれている小さな「高み」であった。宜昌の町の北はずれになっているらしい。村のような、ちょっとした田舎家の集まっている間を通りぬけたら、そこに畑があった……という感じのところである。

畑の先は、ガケのような急傾斜になって川に落ち込んでいた。

川は、地図によると西河という名前で、畑の下を通って揚子江に流れ込んでいるのだが、畑に立っているかぎり、前に川があることには気がつかない。畑は、川の向こう側に盛り上がっている山の方にそのままつづいていくようにさえ思われる有様だ。木がいっぱい繁っていて、土地の凹凸をおおい隠しているのである。

たしかに、ここは宜昌防衛のカナメであろう、と思われた。

ここを国府軍に押さえられている限り、宜昌占領は完結したことにならないだろう。十三師団にしてみれば、たとえ市街地を全部押さえても、この高地から国府軍ににらまれていたら、一刻も安穏としてなんかいられるものでない。三十六連隊の石川少佐が二大隊を引きつれ、まなじりを決して西稜山奪取に突進した状況は、よく理解できる、と思った。

ここにいた国府軍にしてみれば、南から攻め上がってきた日本軍に市街地を取られてしまったあと、もうこれ以上は引くにも引けないところに来ている……ここから一歩でも退けば、全軍ナダレを打ってうしろの川に落ち込む以外にない――背水の陣だ。

静かである。

この小さな畑地で、わずか数ヶ月まえに、二つの国の軍隊が火と鉄をぶつけ合って激突し、血みどろの戦いをくりひろげた、などとはとても考えられないほどである。

両軍は、ほとんど銃口をつき合わせるほどにして撃ち合い、押し落とし、押し返し、白兵戦をくり返し、取っ組み合いでこの高地を争ったにちがいない。

曹長は、石川大隊長が敵味方入り乱れての激闘、乱闘のなかで倒れたであろう地点に、長い間合掌した。それから私をつれて町に引き返した。(石川少佐が戦死したのは昭和十五年七月四日であった)

その後、国府軍は西稜山から退いて、その先の――川を渡った向こうの――高地に陣を構えた、という。そこからときどき迫撃砲を市街にも、また町の東にある小さな滑走路にも撃ち込んでくる、ということであった。日本軍は宜昌を占領したけれども、飛行場を使うことはできない、という情況だった。

宜昌の町をおびやかしていたのは、北の――西稜山の向こうの――国府軍陣地だけではなかった。揚子江の対岸――西の三角山の裏の方からも砲弾が飛んできた、という。

だから、宜昌から揚子江を渡って三角山に取りついて、その一帯に陣地を構えていた国府軍を、ずっと奥の方に押し込めてしまう、という作戦も、宜昌を確保するために欠かすことのできない大仕事になったわけである。

町の中の川岸に大きな木の柱が立っていた。墨黒々と、「田中部隊揚子江渡河作戦発動地点」という意味のことが書きつけてある。

渡河部隊は、ここから船に乗り込んで、三角山に突っ込んでいったのであろう。この急流と、向こうのまがまがしい山相を見るにつけても、そのときの戦闘が容易ならぬものであったことが思いやられる。

これが、おそらく中支作戦中はじめての揚子江渡河戦となったのではなかろうか。木の柱の文字から、その困難な任務を遂行し、「最初の」揚子江渡河という栄誉を担った人たちの気負いを見てとることができるように思った。

いま、三角山の奥の方では「五八」が敵とにらみ合っている、という。五十八連隊も御苦労なことだ。毎日、撃ち合いがあり、ときにはそこから川を越えて町に砲弾が撃ち込まれることもある、という。

私はもう一度、田中部隊の揚子江渡河を誇示する柱をふり仰いだ。

渡河作戦は成功した。渡河部隊は大仕事をやりおえた。それが大きな木の柱に、はっきりと書き記されている。この文字は、これから後、ここを通りかかるであろう無数の「無知な人たち」に、この部隊の輝かしい戦績を告げ、それを永久に銘記するよう呼びかけつづけることであろう。

柱の後ろでは褐色の幅広い水が、声も立てずに、上流から押し流れて来、下流へと押し流れ去っている。この水は何万年も前からそのように動いてきたのだろうし、これから先また幾万年も、そのように流れつづけることだろう。何ものも、それを押しとどめることができない。

その流れつづける川の向こうには、眼の前、南から北まで、いっぱいにもり上がって、凶悪な形相の山々が騒ぎ立てている。この山々は、天地が形をなしたその初めての日に、自分たちの領域が無残に切断されたことを、今もなお怒っている。この山々は、この天地が続くかぎり、未来永劫にわたって、抗議しつづけ、反逆しつづけ、蜂起しつづけるであろう。

流れつづけ、一切を押し流しつづけ、怒り、騒ぎ、抗議しつづける途方もなく大きな山々と川のあいだに、一本押し立てられたこの木の柱は、いつまで持ちこたえていられるだろうか。


その夜は、宜昌の南、広漠とした野原のなかにあった兵站の宿舎に泊めてもらった。

土間にたき火がもえさかっていた。

「どこから来た？……ああ、鴉雀嶺か。ずっと寄れや、冷えるから」

………

炎が薪をなめるようにして踊るのを見ながら、ぬくもりが身体にしみ通っていくのを感じることは楽しかった。こうやって、じっとしているだけでいい……もう何もいうことはない。

「……撤退だ、というんだろ。きれいな、いい町だったのにな……柱に綱つけてエッサエッサ引き倒して……さ、わざわざブッ壊して、火いっつけて……さ。だって、そうしろ、っていうんだから、しょがあんめえ……ボンボン、ボンボン燃えるところをよ、もう顔が熱くてたまらんぐらいだ……どんどん、どんどん戻ってきたら……ありゃ、どの辺まで来たところだろ……止まれ、っていって来たわ。それから、宜昌に引き返せだとさ。なにやってやがんだ、あの馬鹿たれ……。引き返すんだったら、最初から燃やしたりしなけりゃいいじゃないか……ほんにあんつらもの何考えてやがる……それからまたエッサエッサ、もと来た道をもどって……もう焼け跡じゃないか……全くバカな話さ……」

まどろみそうになる私の脇で、兵隊たちのグチ話はつづいた。

第五章

小沖口

鵐雀嶺部隊が全部動いた。

百十六の連隊本部が、南の紫金嶺に移った。私たちは帰還する予定の古参兵を残して、馬もろとも鵐雀嶺を離れた。十二月半ば頃であっただろう。紫金嶺までは十キロもなかった。（図Ⅱ参照）

そこを通り過ぎ、太和場と呼ばれている高台から丘の切通しに向かって真っすぐ下りると、広い浅い谷間があった。谷間をつっ切った向こうの低い山すそに、小沖口という部落があった。目的地である。百十六の二大隊の駐屯地である。

私たちは、この小沖口に、昭和十五年（一九四〇年）十二月の中旬から、昭和十七年（一九四三年）の一月末まで、一年ちょっと駐屯した。その間に、昭和十六年（一九四一年）八月から十月まで、長沙作戦があった。

私は百十六の二大隊大行李の兵隊として小沖口に落ち着いた。「大行李」は糧秣輸送に当たる部隊である。弾薬輸送は「小行李」がやる。着いて間もない頃、つまり昭和十六年はじめの頃の部隊指導者は、つぎのような顔ぶれに変わっていた。

第十一軍司令官　阿南惟幾中将
第十三師団長　内山英太郎中将
第二十六旅団長　早渕四郎少将
第百十六連隊長　村井権二郎大佐
第二大隊長　横沢三郎少佐

この顔ぶれで、長沙作戦をやったのである。内山師団長は、たぶん着任後間もなく指揮下諸部隊の巡視を行ったのであろう。私たちはある日、小沖口の外れに全員整列して、将軍を迎えた。

「かしら右」をした眼に映ったのは、バカに大きな馬にまたがった大柄な「ヒゲ」であった。軍帽の下にある顔が、半分以上、左右に長くピンと張り出したヒゲに隠れていた。

*

小沖口駐屯の一年間は、私たちの部隊にとって「長沙作戦参加」という一つの激動の時期に当たっていたのであるが、国際関係でも大激動が続発した。

昭和十六年（一九四一年）四月十三日、日ソ中立条約が調印された。

その二ヶ月後、六月二十三日、独ソ開戦。

七月七日、関東軍は「関特演」（関東軍特別大演習）という名目で、ソ連国境に対ソ進攻用の兵力を集結した。

七月二十八日、日本軍は南部佛印に進駐する。

八月——十月、中支戦線で第十一軍が長沙進攻作戦を実施。

九月末——十月上旬、十三師団、三十九師団の前面の国府軍が、宜昌奪還の反攻に出る。

十二月八日、日本海軍のハワイ真珠湾奇襲攻撃。日米開戦。

日本軍、香港攻撃を開始。同時に再び長沙進攻作戦。

*

小沖口は、宜昌の南南東三十キロばかりのところ、揚子江左岸の低い丘陵地帯にある。宜昌で、ほとんど真南に流れる揚子江は、宜都というかなり大きな町のあたりで、小さく北向に湾曲、そのあとまた南流したのち、枝城、洋渓のあたりで再び大きく湾曲して北に向かう。それから董市で大体東向きの流れになる。この第一の湾曲部の前後が、二大隊の警備地区になっていた。

連隊本部のある紫金嶺から、その南の太和場、さらに南に向かって第二の大きな湾曲部まで、ずっと丘陵地帯が続いている。他方、宜昌の東側から、揚子江の左岸沿いに第一湾曲部の突端まで、やはり低い丘陵地帯がつづいている。

二つの丘陵にはさまれた広い、浅い、そして長い低地が「大沖」と呼ばれ、それが揚子江に接するところに白洋という小さな美しい町がある。中国語の「沖」は、日本語の「澤」に当たるようである。大沖には川床があるが、ふだんは枯れている。大沖の中程に、西に入っていく小さな澤がある。「小沖」である。その「小沖」のとば口に当たるところが小沖口、というわけだ。

二大隊には、五、六、七、八の四つの中隊と機関銃中隊があるが、五中隊は揚子江がまだ南流している途中の、雲池という小さな町にいた。第一の湾曲部の突端に近い沙湾という村のような町に六中隊、そして対岸の宜都にほとんど向かい合うように位置している白洋には、八中隊が入っていた。七中隊は、紫金嶺の連隊本部とともにいたはずである。

白洋の江岸に出て宜都に双眼鏡を向けると、びっしりと立てこんだ古風な家々や、反り返った甍《いらか》がよく見えた。その右手の清江の川口には「ジャンク」――民船がいっぱい群がっている。揚子江の左岸に日本軍、右岸に国府軍という形でにらみ合う状態になったため、船はみな「出るに出られず」で、そうしたところにしばりつけられてしまったのである。

川越しの撃ち合いは、ほとんどなかったようである。しかし堤防を歩くと、対岸から狙撃された。こちら側も、向こうの堤防に人影が動けば狙撃した。

雲池の北には古老背《コロハイ》というちょっとした町があったが、そこはもうよその警備地区に入っていた。太和場から董市にかけて、あの一帯にどのような部隊がいたのか、よく分からない。

小沖口では山すその農家に各部隊が入っていた。

小沖口の「入口」から澤の北側にかけて、山砲隊、機関銃隊などの諸隊や「ピー屋」(慰安所)。「入口」の南側は、大沖に向かって大行李の各班があり、それから澤の南側を奥に入って小行李、大隊本部、経理室などが入っていた。一番奥に「治安維持会」があった。大行李が入っていた家の前庭に出ると、大沖の深い草原の彼方に、白洋の町の白壁が浮かんで見えた。

兵隊の入っていない家には住民がそのまま暮らしていた――部隊に「徴発」された家の住民もそこにもぐり込んでいただろう。だから小沖口では部隊と住民が「並存」していたことになる。

この警備地区は、南流する揚子江の右岸から国府軍の小部隊が渡河して、日本軍の背後に潜入する「通路」に当たっていた。とくに、古老背と雲池の中間が、警備地区の境界で手薄になっていることを、中国側はよく知っていたらしく、ここがよく狙われた。雲池と沙湾の中間もそうであった。

潜入した中国兵は北上して、鴉雀嶺＝土門埡公路を横切り、龍泉舗の方にぬけるらしかった。大沖の澤に潜入することは、長沙作戦が始まるまでは、まずなかったといってよい。

とにかく、この潜入ルートが国府軍の手で強化され、確保されてしまうと、日本軍の宜昌＝当陽連絡線は切断され、宜昌は孤立してしまう。このことが、長沙作戦中に実際に起こった。宜昌の生命は、そのとき「風前の燈」になった。

英語

大行李の仕事は、連隊本部から大隊本部へ、また大隊経理室から白洋などへの糧秣輸送。それからいつも通りの日常の勤務、使役であった。日は単調に過ぎていった。

班長も班員も、鵶雀嶺のときのような「面白いやつ」はいなかった。

ある日、私は大隊副官に呼び出された。副官室には、そのとき、ほかにも誰か——松田少尉——がいたようにも思うが、はっきりした記憶がない。副官は、どこかの大学だか専門学校を出ている、いいところのお坊っちゃんだと聞いていた。

副官は話した。——最近通達があって、各部隊からロシア語学習要員を募ることになった。これに志願すれば、戦地勤務を離れて、東京だかどこかで何年間だか専門にロシア語を勉強することになる。

「どうだ杉山。お前が適任だと思うのだが、一つ志願しないか。そうすれば、すぐ東京に帰れるぞ……」

兵隊生活におさらばして東京に帰る、というチャンスが眼の前にぶら下がってきた。しかしそのことで少しも心が弾んでこない。……われながら不思議な心境であった。ロシア語を勉強するということも、あまり魅力に感じられない。結局、軍のロシア語通訳になることじゃないか……。

私は、副官の話を聞いてから、考え考え、答えた。

向こうは怒るかもしれない。しかし、とにかく自分の考えは言っておかなければ。

「その、自分は大学で英語をやっております。自分は……その、これからも英語でやっていこうと思っています。ですから、今からあらためてロシア語を勉強しよう、というつもりはありません」

「英語だって、ずっと続けていってもいいんだぜ」

「はあ、でも、とにかく英語でやっていこうと思っているものですから」

「そうか、じゃ今のまま兵隊でやっていっていいのか?」

「はい、いいです」

「そうか……それじゃしょうがないな」

この言葉を、たしか副官はそばにいた松田少尉に向かって言ったように思うのだが——そんなことは、しかし、どうでもよいことだ。とにかく、副官が私の示した拒否的な——しかも「敵性語」である英語に固執するという許しがたい——態度に怒らないで、提案を引っ込めてくれた、ということは、本当に有り難いことであった。

副官は、学校出のインテリとして、私の気持ちを理解してくれたのかもしれない。温厚で冷静な人柄であるように思われた。お坊っちゃんだったせいかもしれない。しかし、やはり人柄であろう。それに、その頃はまだ、軍隊に全体として精神的なゆとりがあって、私のような者にも寛容でありえたのであろう。

日本軍は、こうしてロシア語の通訳を一人失った。もし私があのとき、募集に応じていたら、私のその後は、今と全く違ったものになっていたはずである。

(おれは英語を抱いて、兵隊のなかに留まる。「アルゾー　ベガン　ツァラトゥストラウス　ウンターガング——こうして、ツァラトゥストラの没落は始まった」だ)

この調子で、何かというと『ツァラトゥストラ』の書き出しをつぶやくようになっていた。「没落」——おれもツァラトゥストラのように十年の孤独と沈思を棄てて、山奥の洞穴を後にし、人里へと「没落」しよう……。

私は日本からレクラム版の『ツァラトゥストラはかく語りき』ただ一冊を、私物のなかにひそめて持ってきていた。それを読み返す時間はなかったが。

班長が私を呼びつけた。

「杉山、お前政務班勤務になったぞ」

「は？……」

「政務班だよ。治安維持会のところだよ。早く装具をまとめて、本部にいって、松田少尉殿に申告してこい」

聞いたことのない部署であった。

松田少尉のところに行ったら、治安維持会のなかに前田伍長というのがいるから、そこにいけば分かる、という。

政務班というのは、以前、宣撫《せんぶ》班といっていたところだという。

中国人を「宣撫」する？「政務」？ 一体全体、どんな仕事なのだろう。

大隊本部の、入口が二つも三つもあるような、白壁塗りの、横に長い平屋の正面を通り過ぎる。少し行くと、似たような大きな構えの家がある。経理室である。この家のなかに倉庫があって、そこに米や麦のカマスを運び込んだり、そこから担ぎ出して馬に着けたりした。ここまでは何回も来たことがある。

低い丘を背にして、その平屋があり、平屋の前は小さな広場になっている。そこで麦打ちをしたり、モミを干したり、いろいろな作業をしていたのであろう。その先に池。広場と池の境にはこんもりと繁った大きな木が何本か立っていた。そこに、よく馬をつないだものである。

経理室を通り越してさらに先。山すそに沿って曲りくねった幅一メートルぐらいの道をいくと、また同じような家があった。広場を低い土塀が囲んでいる。塀は家の後ろの山の上まではい登り、家の向こうの端にはい降り――そこだけで小さな「城」を形造っていた。

「白洋地区治安維持会」の白木の表札がかかっている。黒木綿の土布《どふ》でつくった国府軍式の制服制帽、巻脚半、布靴というういで立ちの「保安隊」の兵士が、古くさい中国式らしい見なれない小銃を持って、入口に立っている。

「ははあ、ここか」

と思って、黒い石のカマチの門をくぐった。思いもかけなかった「新しい軍隊生活」の第一歩であった。

政務班

時期は十二月の末近くであっただろうか。

入口の高い敷居をまたぐと、中は薄暗く、土間は冷え冷えしていた。右手に二、三本柱があって、カウンターみたいにしつらえてある。奥の方にもずっと部屋があるようだった。（図Ⅵ参照）

正面にも柱が立っていて、その向こうが一段低く石畳を敷きつめた四角い空っぽの池になっている。その上は屋根がなく、空が見えた。左手にも部屋がある。

右手の事務室みたいなところから青い長袍を着た中国人が一人出てきた。

袖がピッチリと腕に巻きついていて、いやに細長い。事務室を離れるときは、両腕を前で輪のようにつなげていた。右手を左の袖口に、そして左手を右の袖口に入れていたのだ。寒いからだろう。私に近づいて両手をぬくと、おそろしく長い腕になった。袖口がそれぞれの手を包み込むほど長いのだ。

丸顔で五分刈りの頭であった。細形、中背、まだ若いであろう。

「……」

何を言っているか分からないが、たぶん、（先生はどなたに御用ですか）ぐらいのことを聞いているのだろう。こちらは日本語でいくしかない。

「あの、前田伍長殿に……」

「アー、チェンティエン　パンザン……」

そのあと何かペチャクチャいって、左手の方の部屋を指す。「あ、前田班長さんですか、あっちです。どうぞあちらへ」というようなことだろう。

「パンザン……」

中国人が声高にそういうと、部屋の中から「ああ」と軽い細い声がして、「その人」がひょいと入口から出てきた。茶色の細いロイド眼鏡を、高く通った鼻筋にかけている。濃い厚い眉毛。額は小さいが、しまった顔つき、頭のよさそうな眼をしている。ラシャのツメ襟の軍服を着ている。襟布《えりふ》が真っ白で、全く汚れが見えない。襟布は、応急の止血に使う三角巾を折りたたんで、カラーの代用にしたもの。ズボンもラシャで、普通の形、裾をしばってない。いい営内靴をつっかけている。下士官クラスのおしゃれのトップをいっている……。

「気ヲツケ」の姿勢になって、前田伍長に敬礼し、「杉山二等兵、政務班勤務を命ゼラレ……」と形どおり申告をしようとしたら、伍長はにが笑いして、手をふりながら、すぼめたような口でいった——軽い細い声である。

「いいよ、いいよ、そんなこと……。で、あんたが松田少尉のいってた杉山君なんだな。あっちに荷物を置いて休んでなさいよ。もうすぐめしだし……」

この一言で、軍隊式の格式ばった挙動を一気に武装解除されてしまった。

いつの間にか、どこからか、十二、三歳の少年が出てきて、私を引っ張って、小さな囲いのところに連れていく。歩きながら、笛を吹くような甲高い声で、しきりにピーチクしゃべるのだが、もちろんこちらに分かるはずがない。少年の言葉で「ピエコ」という音がしきりに出てきた。何だろう「ピエコ」というのは……と、それをしきりに考えていた。いかにも少年の声にふさわしい言葉である。

ここだ、と案内されたのは、柱と柱の間を煉瓦で仕切って、しっかりと囲み込んである部屋ではなかった。何かそうした普通の部屋部屋からハミ出したようになって、当座しのぎに造ったような寝床であった。太い竹ヒゴを荒く編んでつくった長方形の竹のワクに紙を張って、それを四方に立てまわした囲いである。同じような竹のワクを二台の長い低い脚立の上にのせてつくった寝台がある。その上に薄いふとんが敷いてある。ペラペラの、何だかあまり暖かくなさそうな「毛布」が一枚……。

そこに寝ることは、何だかあまりにも無防備であるような気がした——誰でも、いつでも、その軽い一枚の竹ヒゴの戸を開けて入ってこられる。別に取られるものもないのだが、何だか素っ裸になって野原に寝るような感じだ。

少年がピーチク言い続ける。装具類をしかるべき所に置き、ぶら下げれば、もう、あと何もすることがない……どうも少年の話は、この「部屋」に、もと別の人がいた——「ピエコ」というのは「ほかの人」、「別の人」ということなのだ。とてもいい人だった。その人は行ってしまった。その人もあんたみたいに「イェンジル」をかけていた——どうやら眼鏡をかけていた、ということらしい。

「ニー　チャオ　ショオンマ　ミンズ」（お前は何という名前か?）

と覚えている限りの中国語を駆使して少年の名前を聞いたら、

「オー　チャオ　リシェンウェン」（ぼくはリシェンウェン）

と言った。それ以上のことは、今もって分からない。かれの名前に漢字を当てるとすれば、「李先文」ということにもなろうか。普通の場合、ここでは名前など呼ばず、いつも「おいショーハイ」で事がすむのであった。

伍長、私の「寝室」をのぞく。

「どうだ、お前さん、落ち着いたかい。めしだよ。めしのとき皆に紹介するからな」

「お前さん」ときた——随分くだけた伍長だ。それにみんなお互い仲間うちみたいな口をきいている。

部屋から出てきた「パンチン」といわれている男を見たら、太って、大きなお腹をしていて、上着のボタンもよくかからないのではないか、と思うほどである。鼻の下にコールマンひげを生やしている。ノロノロとしゃべっているうちに、顔の方が待ちきれなくなってニタニタと崩れだす。

ショーハイが一同の飯盛り役で、食事とカマドの間をしきりに往復している。みんな大きな声で、遠慮なくショーハイに「めし」をいいつけている。おかずつくりは年とった中国人であった。始終無口でカマドのところにいる。素焼きの小鉢に大根の千六本を煮込んだものを出してくれた。大根のほかにも何かが入っていたのだろう。うまかった。戦地にきて、こんなに美味しいものを食ったことがない、と思った。これは本当にいいところに来た、と、このとき初めて、政務班に来たことを感謝する気持ちになった。

伍長が食事のはじめの頃に、私を紹介した。みんなは、ろくすっぽ、そんなことを聞いていないように見えた。私が立ち上がって皆に頭を下げても、うなずいてくれた兵隊は一人か二人だ。みんなアクビが出るくらい戦地暮らしをしてきた連中であろうから、初年兵が一人加わったことなど、ハエが止まったぐらいにしか感じなかったのかもしれない。

それでも一人の上等兵は――これも身なりが整っていて、やはりおしゃれ組であるらしい――「来る前は東京にいたのか」と聞いた。……少ししゃがれ声で。声の大きな、陽気そうないま一人の上等兵は「ま、一つよろしくやろうや」といった。そういった口の端から、もう私のことなど忘れてしまったかのように、班長の方に首を伸ばしてしゃべり出す。

「今朝はさ、連機（連隊機関銃中隊）のとこ……ピー屋じゃねい……うるさいな……真面目な任務だよ……あすこの分哨で、おおぜい土民が引っかかっているのよ。何かと思ったら、分哨のやつ、こいつらは良民かどうか分からんっていってやがる。しかし、それもそうなんだよな。あれじゃ全く、良民証だかボロ切れだかわからないよ。もうヨレヨレになってるんだな。あれ、なんとかならんもんかな」

伍長が茶碗の上にかがみ込んだままでいう。

「今さらジタバタするな、ってことよ。どうせおれたちゃ、おさらばさ。あとのことは、あとのやつにやってもらうさ」

伍長たちの話にお構いなく、パンチンがどなる。

「オーイ、ショーハイ。めしナーライ（もってこい）。それからツァイ（おかず）だ……ナーライ」

みんな黙って、めしをかき込む。

痩せて背の高い中国人が近づいて来た。青い長袍を着ている。イガ栗頭で細おもて、額が秀でて鼻が高い。そして眼がはっきりしていて、よく動く。キョトキョト眼ではない、肝心なとき、肝心なところを見据える眼である。

みんなの方に笑顔をふりまく……。

「アイヤ……パンチン先生。メシメシ　タータデ、トゥズ（お腹）タータ―デロー」

パンチンに向かって腹を抱える身振り。パンチンが苦笑いする。

それから中国人は笑顔を落として真面目な顔に変わる。伍長のそばに寄り、小声で何か耳うちする。伍長は「フム、フム」と聞きながら、眼鏡の奥の眼を大きく開いて、考えている様子。それからしばし、二人は顔を見合わせる。伍長が何か小声で言う。中国人はそれを聞くと、こごめていた背を大きく伸ばして立ち去っていく。

この中国人が、小沖口の治安維持会会長、楊介軒であった。若いが、やり手――四十にまでなっているかどうか。

良民証のことをしゃべった上等兵は、部屋にもどるとき、大きな、いい声で、「花摘む野辺に日は落ちて」と歌いだした。すると二、三人が加わって「維持会」の屋根をゆるがす大合唱になった。

花摘む野辺に日は落ちて、
みんなで肩を組みながら、
歌を歌った帰り道、
幼なじみのあの友、この友、
ああ、誰か故郷を思わざる

ここは、どうやら「歌に明け、歌に暮れ」ているところであるらしい。

小林という一等兵が「維持会」のなかを案内してくれた。

ここには、兵隊は、めかしやで男前の川島《チャンタオ》上等兵、歌のうまい、陽気で活発な阿部上等兵、そして無口でおとなしい本田一等兵がいる。みな古い兵隊である。新しい方で「パンチン」と呼ばれていた太った大食いの坂井一等兵、今私を案内してくれている第二機関銃（中隊）から来た小林《シャオリン》一等兵がいて、こんど私がそれに加わった。

私を除く五人は班員の部屋――相部屋で寝ている。

「ほかに通訳さんがいるんだよ」

「へえ、でも、さっきはいなかったと思うけど……」

「ああ、おおかた会長と一緒に食ってたんだろ。別格だものな。支那浪人だよ、つまり」

「浪人」の部屋が別にあって、私はその部屋の前、浮島のような具合に竹スノコで囲ったなかに寝る、というわけであった。

入口から入って右側が事務室になっていてその奥で中国人の書記たちが寝起きしている。左側に「維持会」の会長、副会長、そして前田伍長の個室がある。

伍長の部屋の前を、隣りの棟にくぐっていくと、そこは保安隊の宿舎であった。私たちの姿を見ると、寝床にゴロゴロしていた隊員たちが、いっせいに起立した。

「ああ、シャオシ（稍息＝休メ）。こんどシンライデ（新来的）先生だ。名前は杉山――なんというのだっけ、中国語で……めんどくさい、エンジルにしとけ。エンジル先生だ」

小林は私を勝手に「眼鏡の先生」にして紹介してしまった。ほかにも伍長と阿部上等兵だって眼鏡をかけているのに。

保安隊員は、その場には十人ぐらいしかいなかったが、全員そろえば二十人ぐらいになるらしい。

炊事の水はショーハイが前の田圃のなかにある井戸から、毎日天秤棒でかつぎ込んだ。ショーハイは水運び、カマドの燃やしつけ、それから兵隊さんの給仕、会長たちへのお茶運びをやり、雑用にも使われていた。たいへんよく働く子だった。

ちっちゃくて、黒くて、丸々していたので、兵隊たちはこの子を「熊公」とも呼んだ。私たちの感覚では「熊公」というと、「小熊のコロちゃん」のような、かわいらしいペットが連想されるのだが、中国人にとっては、そうではないらしい。あとで楊介軒会長がいっていたが、中国人は「熊公」というと、京劇に出てくる黒い長いヒゲをいっぱいにたらしたおそろしげな人物――中国の熊坂長範というところであろうか――を考えるのだそうである。日本では熊坂長範だって、柄ほどもなく義経にやられてしまう強盗の頭目にすぎないのだが。

兵隊は政務班の仕事と、交代で立つ不寝番以外に、何もしないですんだ。だまって食事につけば、御飯もおかずも運ばれてくる。全く極楽みたいな生活……と思えた。

ここに来たその日から、大行李のことは、きれいさっぱり忘れてしまった。大行李では私みたいな兵隊は使いものにならないのだ。

賭け

政務班の「高級な」活動は、松田少尉、前田伍長、会長の楊介軒、それに「支那浪人」の四人の間でやっているらしかった。

政務班の班長は八中隊の中隊長である甲斐中尉で、この人が地区内の治安維持や住民の「宣撫」など、「政務班」

プロパーの活動の全般の責任者であったようだ。一方、松田少尉は大隊の情報将校として、「政務班」による情報蒐集や諜報工作などをとりしきっていたようである。大隊の将校たちのなかでも「知性派」だった、といってよいのだろう。

「こんなに中国人に取り巻かれているのだから、わが方の情報は七〇パーセント敵側に知られている、と考えていいよ。問題はわが方から敵の情報を三〇パーセント取れるかどうかだよ」

と、少尉はあとになって、薄い、血の気のない唇をふるわせながら私にいった——興奮して、ではない、そういうクセなのである。私は聞いていて、全くもっともだ、と思った。

この土地に青幇《チンパン》という組織がある、ということを教えてくれたのも、少尉である。わが方の情報工作は、この青幇の線でも進めているらしかった。

そういう情報工作者として見ると、前田伍長はうってつけの人物であるように思われた。中国語はペラペラのようである。上等兵たち相手の冗談口を聞いていると、マージャンは打つは、適当に女遊びもするは、おしゃれだし、口の利き方もシャラシャラしているし、根っからの遊び人と見えた。

会長の楊介軒とも意気投合しているようである。会長や副会長と一緒にアヘンを吸ったりすることもあるらしい。しかし、伍長は「放蕩無頼」でやっているが、口元はしまっている。パンチンのようにはゆるんでいない。カンドコロはちゃんと締めているのだ。伍長はときどき、私に「沈んだ」——何かを考えているような——横顔を見せることがあった。

あれはしかし、情報工作のことで考えに「沈んで」いるのではない——何かほかのこと、日本でのこと、ではなかろうか——そんなふうに私は感じた。

会長の楊介軒は——これも人物だ、と思った。前田伍長といいコンビである。まるで一人の人間を日中の二つにタテ割りにしたようである。

甲斐中尉や松田少尉が来ると、恭《うやうや》しく、かつ親しげに応対した。前田パンザンやパンチンやシャオリンには、それぞれに応じたレベルの中国語で冗談口をたたき、からかい、ふざけた。

しかし中国人——維持会の職員や、保長、甲長、そして「ラオパイシン」（百姓、庶民）に対しては、おそらく「切れ者」のボスであった。

元はやはり土地の地主で、かたわら、いろいろな商売でもやっていたのであろう。維持会のなかでも、身内のものが役員（財務部長）になっている。その人は田圃をへだてて向こうの丘の麓にある「合作社」（雑貨店）の主任でもある。今でも商売をやっているわけで、会長の手下が米、塩、油、反物、雑貨の買い付けに、たえず出張していた。アヘンの取引もやっていた。主な財源になっていたのであろう。

会長は日本軍との協力に「賭け」ていた。川向こうの国府側では会長のことを「漢奸」呼ばわりしていたが、そんなことを屁とも思わないフテブテしさを、会長は身辺にただよわせていた。

会長は、前田伍長や松田少尉と一緒のとき、「日本軍がここから引き揚げるときは、私を見棄てないで、せめて武漢まではつれていって下さいよ」と、冗談まじりにいっていた。会長は、だから、日本軍の「不敗」を信じてはいなかったわけである。

会長が「賭け」ていたのは、「不敗の」日本軍にではない。見たところ、南京の汪兆銘政府でもない。会長は「自分の」土地にふみ留まって、暫しここを占領している日本軍に協力しながら、「自分の」土地と、そこで生きてきた住民たちを守る——そのことに「賭け」ていたのだ。そしてその辺の呼吸は、前田伍長にも通じていたにちがいない。

いま一人、「切れ者」の会長がいた。

雲池の治安維持会の会長をやっている楊継震という人物である。白面長身の美男子。年は三十そこそこか。前田伍長とバカ騒ぎをしたり、マージャンをしたり、アヘンを吸ったり、冗談口をたたいたりする小沖口の会長とはまるで反対――真面目一本、謹厳精励に身を持している国民党の「改革派」タイプ、と私は見た。

維持会のなかも、ムダなく清潔に片付けられている。会長は自分の清廉主義で、維持会の一切をキチンと掌握しているようだった。この人は、日本軍の何に「賭け」ていたのであろうか。

小沖口の副会長は、年寄りであった。皮膚がカサカサになって、肉がすっかり落ちて、短く刈った髪の毛は白くなっていた。年が幾つぐらいなのか、よく分からない。

このような痩せ方は、アヘン中毒の人の特徴なのだそうである。実際は五十才ぐらいなのだろうか……ずっとふけて見えた。普段はシワだらけで、こわそうな顔をしていたが、私がいくと、人のよさそうなニコニコ顔に変った。そして、しわがれ声を張り上げて、

「ツァスイ　ナーライ　ホジャ」

とどなる。「坊主、お茶をもってこい」というところであろう。

この人は維持会でどんな仕事をしているのか、よく分からない。はっきりしていたのは、よくアヘンを吸っていたことである。

壁に寄せた幅広い寝床に、頭を壁の側にして横向きに寝ている。横になった顔の前に小さなゴマ油のランプがともっている。老人はマッチ箱のような黒いアヘンの固まりから一つまみ指の先でもぎ取って、針金の先にそれをねりつける。アヘンのくっついた針金の先を、豆ランプのホヤの上にかざす。アヘンの固まりはジージーと音を立て、アワを出す。その「煮だった」アヘンを、針金ごと、細い尺八のような竹の筒の先に突きさす。筒の先には球形の玉《ぎょく》がついていて、筒と直角の向きに小さな穴が開いている。その穴はもちろん筒に通じているわけで、老人のアヘンはその穴にさし込まれたのである。針金をぬく。老人は筒の反対側の吸口――やはり玉《ぎょく》でできている――を口にくわえ、針金をとって細い穴が残っているアヘンを、またホヤの上にもっていく……さっきよりは少し遠く離して。アヘンがまたジージーと沸き立つ。老人はアヘンの煙を大きくあえぐようにして吸い込む……。女が一緒ならば、女は

老人と向かい合うようにして横になり、吸い込むまえまでの準備作業をすませてから、吸口を老人に向けて渡してやる。老人は幾口か吸ったのち、吸口を女に向け、女に渡してやる。

この動作が、人を陶酔境に誘い込むものがあるらしい。

私が入っていくと、老人は吸口を私に向けて、「どうです、一口……」というふうに、私に竹の筒をさし出す。煙を吸ってしまえばきっとよい気持ちになるのかもしれなかったが、その境地に行きつくまでの、煙のにおいが、たまらなかった。

私は首の前で両手の握りこぶしを合わせ、軽く前後にふって「有り難う。まあ結構です」というふうにする。

アヘンを吸ったあとは、日本製のみかんのカン詰めが、口ならしにいいものらしかった。小沖口の合作社には、みかんのカン詰めがたくさんあった。

「支那浪人」は、何をして過していたのか、よく分からない。維持会で姿を見かけるときは、会長や前田伍長らとマージャン。松田少尉と一緒にやって来たときは、少尉と会長の懇談の通訳。そうでないときは、本部の将校室かどこかでブラブラしていたのであろう。

「浪人」先生から、中国について何事かを教わったことは、ほとんどない……。

とにかく「浪人」先生が人に教えることのできるドグマは、「中国人てのは、しょうがない奴らですよ……」ということただ一つなのだから。

「浪人」先生が日本側の通訳だったのにたいして、中国側の会長や副会長たちの通訳になっていた「文雄」という少年がいた。部隊が上海あたりで「拾って」きた子だという。日本の兵隊と一緒にいる間に日本語を覚えたのであろう。一応通訳の役には立った。色白の、眉毛の薄い、唇の厚い子であった。

通行証

保安隊員は毎朝、点呼のあと、班長の号令で駆け足をした。

保安隊には隊長が一人、班長が一人いるのだが、隊長はほとんど何もせず、日常の隊務は、もっぱら班長が取り仕切っているようだった。

「休メ」、「気ヲツケ」、「右向ケ右」、「止レ」などと中国語の号令がかかると、やはり日本の兵隊と同じような動作をする。それを見ているのが面白かった。ただ、足の運び方、手の動かし方などが、日本の場合と少し違っている。

隊員はみな、二十歳前後の農村の若者とみえた。かれらは、政務班員や会長が出張するとき護衛になった。政務班員の中で、パンチンやシャオリンが「保安隊係」ということになっていたが、これは名誉職みたいなもので、実際は二人は保安隊員に雑用をいいつける「ボス」だったといってよかろう。

保安隊には、水くみや炊事などの雑用をしている「石松」という青年もいた。やはり部隊が上海あたりで「拾って」きた青年であるらしい。色が黒く、出っ歯で――だから「石松」になったのであろう。日本の兵隊はどういうわけか、出っ歯の男に「石松」というアダ名をつけるクセがある。

「杉山君、あんた通行証係やってくれませんか」

「はあ……どんなことですか、それ?」

「なあに、土民がよそに用足しにいくとき、それを見せて歩哨線を通過するわけ。簡単なんだけど、もうボクはバイバイだからね。面倒くさいから」

私は政務班の「通行証発給係」になった。

私の「事務所」は中国側の書記たちの「事務所」の奥。

よそに出掛けようとする者は、まず維持会の「中国側事務所」に行って書類をつくってもらう。それをもって「日本側事務所」にくる。そこで、政務班員杉山二等兵が、中国側の書類に基づいて「小沖口警備隊政務班」の「通行証」を発給する。

申請人は、日に五人ぐらいだったか――十人も来たことは、ほとんどなかったであろう。ヒマな仕事であった。隣りの「中国側事務所」では、鮑《パオ》という書記――最初に私を迎えてくれた若い中国人――が、半日、ほとんどマルマル、大きな声で節をつけながら「三国志」を読んでいた。そうでないときは、土地の数え歌や、ひなびた歌をうたっていた。

維持会には、会長、副会長、それに保安隊長のほかに、民政課長、財政部長、会計主任、教育課長など何人かの「役員」がいたが、実際に仕事をし、動いていたのは、会長と「教育課長」の肩書きをもった鮑書記だけである。その鮑書記が、毎日「三国志」を朗読し、民謡を歌っている……。

「杉山先生《サンサンシエンセイ》、一人来たよ」とか
「杉山先生、通行証やってくれ」

と鮑書記がどなって、その辺をブラブラしている私を呼ぶ。

あるときは、事務所で読み物――こんどは時間がたっぷりできた――をしているところに、

「……ニャル……タイジン……」

とつぶやきながら、「土民」（現地の住民）が敷居をまたいで入ってきて、私の机の前に立つ。「ニャル」というのは、何か語尾につける敬称らしい。肩に白い土布の袋をかけている。手に長いキセルを持っている。カゴと天秤棒は事務所の外に置いてある。

「良民証……看看」

「ユーデ　ユーデ　タイジン……」

内ポケットみたいなところから、どうしてわざわざこんなにきたなくしとくのだろう、と思うほど汚れ切った「良民証」が出てくる。うす黒く汚れ切って、クタクタになり、シワクチャになった布地の「良民証」である――姓名、男女別、年齢、住所――宜昌県白洋郷大沖（あるいは小沖、沙湾……）、警備隊、司令官、判子……ほとんど判読不明になっているのもある。これでは「ニセ良民証」なんて、いくらでもできるだろう。

当初「警備隊司令官」は、これを「良民」の胸に縫いつけさせたのであろう――兵隊の「認識票」みたいに……それが半年あまりのうちに、こんなにもみじめな有様になってしまったのだ。

私はそれを見て、本人が当地区の「良民」であることを「確認」したことにして、あとは鮑書記の記載に従って「通行証」に書き込むだけである。この過程で、簡単な「実用会話」をかなり覚えることができた。

「名前は?」、「年は?」、「どこへ行くのか」（宜昌、古老背、董市……）、「何をしにいくのか?」（親戚の家へ、米、塩、布地、葉煙草、種モミ、マッチ……を買いに。米を持っていって塩と交換に。祝い事で……）、「家はどこだ」、「家族は?」

「コンチクショウ」とか「バカヤロー」などに当たるののしり語は、ほとんどすべてこの期間に覚えた。

星

「通行証」のほかに「密偵証」も発行した。これはもちろん鮑書記などを通さないで、会長あるいは班長じきじきの指示でつくるのであった。

タテ三センチ、ヨコ五センチぐらいの美濃紙に、「右の者、当部隊派遣の密偵につき、歩哨線通過の際、御便宜御取図らい相成度」というようなことを、カーボン紙を入れて複写をとりながら書き、細い棒のように巻き込んで、袖のどこかに入れたり、マッチ箱にしまい込んだりする。

「密偵」たちは、やはり商人をよそおった。そして大きな町にいって何かするのであろう。ひょっとすると川を渡って対岸にもいくのかもしれない。

ひょっとしたら「密偵」はアヘンの運び屋であったのかもしれない……。いずれにしても、それは兵隊の計り知らぬことであった。

私は竹のスノコの「浮島」の寝床を引き払って、「自分の事務所」の奥に「私室」をつくった。

会長、政務班員、保安隊という顔ぶれで、ときには甲斐中尉に警護の兵隊数人も加わって、地区内の治安維持にかんする連絡のために、いろいろな町に出掛けた。雲池、白洋、そして董市にも……。

太和場に町があったという記憶はないのだが、どこかの家に甲長や保長を集めて、楊介軒会長が演説した。つづいて甲斐中尉が演説した。治安維持と皇軍への協力を呼びかける演説であった。私がその「通訳」に当たった——もちろんかなり後になっての話である。私は大胆にもその任務を引き受けた。

こういう場合に楊介軒が使う言葉は、だいたい決まっている——「トゥフェイ」(土匪)である……「テーぺート」(特別多い)である……「シェーリ」(協力)である……こういう言葉をちりばめていけば、たいていの演説は、適当に「構成」することができる。

私は中尉の演説の「主旨にそって」、楊介軒語を随所に入れながら、「私の」演説をやった。在席する誰にも、私の「通訳」のインチキ性はわかりっこない。

私は演説しながら、ときどき「どうだ、分かるか?」とみんなに聞いてみる。みんなは「分かる、分かる……」といってくれる。……あれはお世辞だったのだろうか？

ひどい中国語だったに違いないけれども、「私の使える中国語」で、できるだけカミ砕いて、中尉の大演説の基本線を伝えたつもりであった。

町を訪問して、用件が済めば宴会である。すばらしい御馳走が出た。それがひそかな楽しみであった。

白洋では揚子江を眼下に見下ろす楼で会食した。悠々と押し流れる水の向こうに、宜都の町が平和そうに静まり返っていた。

どういう用件で董市にいったのか、全く思い出せないが、董市は大きな町であった。田舎の町でなく、どっしりとした商家が軒を並べている町であった。私たちを迎えた同地の維持会の役員たちも、みな裕福そうな商家の旦那、商工会の顔役といったタイプである。

政務班のいま一つの仕事は、苦力の調達である。経理室から、糧秣の運び出しなどという仕事で、苦力何人、という注文がくる。保安隊がそこらの家に散らばっていって、必要な頭数を「絞り出し」てくる。保安隊と一緒に苦力を経理室につれていき、監督するのが、パンチンたちの役目であった。

あとになって、前田伍長らが帰国したあと、政務班の新顔として木下という補助衛生兵が加わってからは、病人の診察、施薬が、政務班の重要な活動の一つになった。木下は班員の間ばかりでなく、中国人からも「ヤク」というあだなで呼ばれ、親しまれた。

夜は、班員交代で戸外に立哨した。保安隊員も、自分たちの戸口で立哨していた。

静かに、事もなく、立哨の夜が過ぎていく。私は退屈まぎれに、着剣した銃をふり廻して銃剣術のマネをしてみたりした。京山や宋河鎮の頃のような緊張感はなくなっていた。私は「あの頃」――京山時代のことを――そして鴉雀嶺のことさえも――ほとんど忘れそうになっていた。あれからまだ一年と経ってもいないのに……。

大行李時代には想像もできなかったような、のんきな毎日であった。何よりも上の兵隊が威張らないことがよかった。お互いが大体対等につき合えて、全体として「知的な」仕事になっているところがよかった。

朝の点呼を忘れてしまった。伍長は朝、伍員の何人かと顔を合わすと、「行ってくるぜ、異常ないな」といって、軍服に軍帽という一応の姿で本部に出かけていく。それが政務班の「点呼」なのであった。本部で、前田伍長は松田少尉の部屋にいき、「政務班、異常ありません」と報告するのであろう。

政務班は、軍隊にはめ込まれていた「地方」（ふつうの社会）なのであった。

よく歌をうたった。酒が出まわってくれれば、飲み会をやって、みんなでうたった。酒がないときも、ヒマがあればうたった。単純、勇壮な軍歌は歌わない。やわらかい歌をみんなは好んだ。

歌に乗ってこなかったのは、無口な本田一等兵とパンチングらいなものであっただろう。パンチンは、もっぱら「食いかつ飲む」方であった。シャオリンが豪快に飲み、歌った——。

「おい、エンジル、飲めてば……しょんぼりしてるぞ、こら」

「飲んでるよ、ほら」

……一人の姉が嫁ぐ夜に……

……小川の岸で淋しさに……

……泣いた涙の懐かしさ……

シャオリンが顔を寄せてくる。人の好きそうな、頑丈な顔。眼は笑っているが、笑いの向こうに何かがある。

「やっぱり日本はいいところだよ、な。そう思わんか、エンジル。お前なんか、帰ったらえらい学士様だろ……」

「そんなことないってば。帰れば……失業者だよ」

「おれだって、村では模範の青年団だったよ。来る前はな……一生懸命、まじめにやったものだよ」

……あアアア、誰か故郷をオオ思わアアざアアアるウ……

「国へ帰れば、おれはしがないドン百姓……さあ、飲め、飲め……エンジル……こら、そんな……一日中エンジルかけて、一日中ご本を読んで……こら、飲め、飲め」

ある晩、竹のスノコで囲ってある風呂場で声がするので、のぞいて見た。

無口の本田一等兵が、手放しで泣いている。

「どうしたんですか。本田さん……」

答えがない。こんな人が、こんなふうに泣くなんて、ほんとうに、何があったのだろう。

「このザマで……帰れない……こんなに長くいて……まだ星二つ……」

本田先生、上等兵になりそこなったのだ。誰も寄りつかないわけだ。慰めようがないのだもの……。だが、たった星一つのことで、どうして大の男がおおぎょうな愁嘆場を演ずることがあるのだろう。

いや……軍隊というところは、星一つで大の男を泣かせたり、笑わせたりするところなのだ。「醜《しこ》の御楯《みたて》」(卑しい身ながら、天皇を守る盾となる者)なんて……そんなキレイゴトじゃない。「地方」と同じ。会社だ、軍隊もやっぱり。星一つでも多くして、「出世」しなければならない会社員なのだ、兵隊というやつは。

かわいそうに……星二つで出迎えの村人たちの前に立たなければならない「戦地帰り」の本田一等兵。

第六章

長谷川少尉

私が政務班勤務を始めてしばらくすると――年が明けて春頃であっただろうか――「長谷川少尉事件」が起こった。

百十六連隊の情報係将校だった長谷川少尉が、董市の近くらしいところで、中国の土匪《どひ》に拉致されたのである。長谷川少尉は連隊の政務班長でもあったから、それまでに何回かその風貌に接していた。やはり松田少尉の同輩であったのだろう。少壮気鋭という感じであった。精悍な面もちの青年将校であった。

一般の兵隊はどこまで知っていたか……。しかし私たち政務班員にとっては、ショッキングな大事件であることに間違いなかった。

「少尉殿、いったいどうしたんですか?」

松田少尉は例によって、黒いロイドぶちの奥で眼を光らせ、角ばった顎と、薄い、ぬれた唇をふるわせて話してくれた。

「お前知ってるだろ、いま師団でも連隊でも土匪帰順工作をやってるの……長谷川少尉はずっとその工作をやっていたんだよ。それで、ようやく両者が面談して最後の決着をつけよう、というところにこぎつけたんだな……」

「どんな人物なのですか、相手は?」

「それがよくわからないのだよ……」

「どの辺りですか、場所は?」

「それもはっきりしないんだよ。まあ問題の性質上、われわれにも余りしゃべれなかっただろうがな……太和場のどこからしいんだ……。それで、どういうことになったんだか……。両者の話が食い違ったんだか……向こうのワナだったんだか……少尉が家の中で相手と交渉している最中に、ワッと取り囲んで縛っちゃったらしいんだ。そのまま、少尉をスノコ巻きにして川を渡っちゃった、という話だ……」

「へえ、スノコ巻きにして……」

恐ろしいことが起きるものだ、と思った。

しかし敵にしてみれば、長谷川少尉は重要人物であろうから、いくら「スノコ巻き」にしても、そのまま川にほうり込んだり、川向こうで少尉を殺してしまったりすることはないだろう。

案外、向こうに行ってしまうと、白洋や董市で維持会の顔役たちが私たちをもてなしてくれたように、中国式に盛大な御馳走攻めで少尉をもてなすかもしれない……いや大いにそうなりそうな気がする。

それ以上のことは、中国にいる間は全く分からずじまいであった。

終戦後、鹿地亘氏などの話から、少尉のその後の消息が少し伝わってきた。重慶につれていかれて、それから、そこで旧日本軍人の反戦同盟で活躍をしていたらしい。

さて、「そのとき」長谷川少尉の身辺で、どのようなことが起こっていたのか——最近氏の「手記」を読ませていただく機会があった。

氏のお許しをいただいたので、次にそれを紹介したいと思う。

手記

私が（昭和十五年冬）主任——一一六Ｒ（百十六連隊）本部政務主任——に就任してから、望月軍曹、坂井軍曹、それに下士官もう一人（失念）、兵約二十名の政務班を指揮して、村井部隊占領区内で、徹底的に徴発、掠奪を禁じる活動をしました。

巡察班をつくって、管内を乗馬隊でまわり、上級者であろうと組織的であろうと、個人的掠奪を犯す違反者をビシビシ断圧しました。

大隊長の指揮する馬糧徴発部隊を、手厳しく本部に連行し、高級副官の前で裁いたこともあります。上級者から煙たがられていました。

部隊内の粛正と同時に、難民区に相当な国民党軍の情報者がいることも発見しました。

鴉雀嶺、土門埡の難民区と、当時宜昌城内にも難民区がありました。新任の憲兵隊長（少佐）が、上等兵に武装させ、護衛させながら、その難民区で暗殺され、その上、上等兵が行方不明となる事件がありました。

師団は漢口の十一軍司令部に戦病死の報告をしてゴマカシましたが、私は中国の農民服の下に拳銃をかくした便衣姿で難民区にもぐり込んで調査しました。真相がすぐ判りました。

少佐憲兵隊長は、私の警告を無視して（私の方は危険区と指定した）、ほんとは中国人娼婦を買いに行ったのです。ベッドの上で頭を後ろから拳銃で撃たれて死んだのです。しかも裸体のままで。憲兵に買われた中国の娼婦は、その夜のうちに逃亡しています。護衛の上等兵も逃亡しています。

私はその秘密の娼家と関係者多数を徹底的に調査した結果、十三師団警備全地域の国民党軍の情報網を探知しました。そして誠にヤッカイな組織的遊撃隊を発見しました。またこの隊の出先の網もわかりました。

その部隊は、鄂西遊撃隊。司令、韓江陵です。

以上の真相を、師団参謀部、辻本中佐（情報主任参謀）に報告し、指示を仰ぎました。辻本参謀は目を丸くして驚いていました。

以後、私は村井部隊長の指揮ではなく、電話で全て辻本中佐参謀の指揮によって行動することになりました。

韓江陵司令の鄂西遊撃隊は、兵約三千、半分は私服の便衣隊。副司令、張（名を忘れた）、参謀長、李（名を忘れた）です。

宜昌南岸の岩に張りついたように十三師団の一部が占領（六五R、五八R、一一六Rの三大隊）している南岸から、対岸長江、宜都、董市にかけて別動隊（司令、廖友三）と共に北岸に遊撃し、農民から税金を徴収し、長江の川中の小島に逃げこんでいました。

調査の結果によれば、彼等は新四軍系の進歩的な部隊でなく、先祖以来土着の、任侠の封建色つよい集団でした。

当時、師団正面配備は、国府軍第六十一戦区、司令長官は陳誠。南に下って湖南省は第九戦区、薛岳司令。陳誠司令部は湖北省、四川省境の恩施。長江に沿って正規軍は約五個軍団、二十個師団が展開していた。

宜昌南岸（宜西地区）に、敵正規軍主力が山岳に重々と布陣して、日軍の進撃を制していた。

年を越して旧正月近くになると、重要な情報をつかんだ。

遊撃隊参謀長、李某の妻の実家が、長江の曲部、白洋区と馬家店地区にあり、毎年の例として、李参謀長は旧正月の休暇に妻を訪ねて、農民に化けて密かに休養するということです。

私は特別攻撃隊を編成し、長谷川少尉、坂井軍曹、望月軍曹、孫通訳、青木一等兵、兵長（名を忘れた）、上等兵（これも忘れた）で、乗馬（全員）軍装。便衣は長谷川、孫、兵長の三人、拳銃のみ。

制服軍装の二軍曹と青木は、襲撃目標農家の表門と裏門で、軽機と手榴弾で攻撃待機、逃亡者を殺害する任務。

深夜灯火の消えた時、長谷川と便衣組が戸を叩きこわして、家の寝室に拳銃を発砲しながら侵入。孫が懐中電灯を照らすと、参謀長はあきらめて手をあげたので、乗馬にくくりつけ、紫金嶺の長谷川公館めざして一目散にとばしました。捕獲は成功しました。

司令部の辻本参謀に報告したら、とても誉められました。この件は辻本中佐の命で、村井部隊長に報告しなかったのです。

参謀長は公館の一室に閉じこめ、大優待して、山海の料理を酒でもてなし、遊撃区の拠点と移動範囲をきいたところ、今まで不審なところが全部わかりました。

彼等も対岸の正規軍にねらわれていたのでした。日本軍からもねらわれていたうえに、第六戦区司令長官部からは、北岸に移動して正規軍の指揮に入れと迫られていた。彼等は移動すれば生まれ故郷の長江流域の民衆から離され、税金も入らなくなる。困り切っていたのです。

つまり祖先伝来の土地を日本軍に占領され、正規軍からはにらまれて、進退に苦慮していたわけです。

辻本中佐のところに馬をとばして司令部を訪れ、くわしく報告し、指揮を仰いだところ、「参謀長を人質にして、韓江陵司令との会見を実現して、日軍の要求を呑ませよ。蔣介石直属軍と決別させよ」との命令でした。

しかし、この命令を直属上官である村井部隊長に報告しないわけにはいかず、ただ近日中に韓司令と会見して、鄂西遊撃隊を丸ごと抱きこむつもり、とだけ話しておきました。村井大佐は「そんなことが出来るか。もう少しお前は命を大切にしろ」といわれました。

結局、韓司令との会見は成功したのです。第一回は、江陵附近の移動司令部内です。

我軍の要求――

「遊撃隊は全軍降伏する。生命と現地位は保証する。保安隊に改組する。これに反対なら、北岸から南岸に移動して、北岸全域を日軍に明け渡す。参謀長は釈放する」韓は協議して回答するといいました。次回は黄竜平にて会見することになりました。

第二回の会見でも、「遊撃隊は参謀長の釈放を実現しなければ、日軍に回答出来ない」とのことでした。

この会見では、表向きは和気藹々と互いに土産物を交換して、酒を飲んだり、料理を食べたりしながら話したのです。

三回目は、副司令が是非参謀長を返せというので、辻本氏に指示を求めたら、「参謀長は返すな。司令にきかれたら逃亡したといえ」との命令でした。

しかし私は全く独断で、孫通訳に韓司令宛の懇篤な信書を書かせ、三月の中旬頃だと思うが、私が馬一頭と、食料と、金を持たせて、紫金嶺の郊外まで見送って釈放しました。

この参謀長は私の手を握って、馬上から目礼し、全力で走り去った。その後ろ姿を、私は四十三年後の今でもありありと覚えています。
三十五、六歳位の、若々しい李参謀長は、茶色の皮ジャンパーをひるがえして、私の寄贈した馬で駆け去ったのが印象的でした。
約によって、三月二十五日早朝、坂井軍曹、青木一等兵、孫通訳、全員完全武装、乗馬、正服着用。軍使であることを示すために、先頭の馬上の青木一等兵の小銃の先に白いハンカチを結び、長江に向かって進行。黄竜平の移動陣地に到着したのは夕方です。

そこは連絡兵だけが居って、司令は江岸近くに待っている、とのことで、その兵の案内で更に深く侵入した。司令、副司令は部隊をひきいて待っていました。

すぐに宴会になり、彼等は参謀長を釈放したことに感謝をくり返していましたが、不思議なことに参謀長は姿を見せませんでした。互いに要求をくり返しながらも、友好的に会談しました。

明朝丁重に護衛をつけて送りますから、今夜はゆっくり飲んでお休み下さい、とのことで、我々は武装を解いて傍らの寝台に横になった頃、少し眠りかけたとき、外部に銃声がして、機関銃の射撃音がきこえました。私は毛布をけって拳銃に手を出した。そのときおそらく副司令が五十名位の兵を指揮して、我々を全員しばりあげてしまいました。そのまま対岸に船で移動を始めたのです。

この最後の場所が、どうしても地図になく、今でも分からないのです。

副司令はしばりあげた私に、

「日本軍が夜襲をかけて来たので、もう貴下等を帰すことは出来ない。正規軍も我が隊の中にいるのでね」

これは、私はウソだと感じたのです。

彼等は六戦区司令長官部にたいし、私等を土産にして、江南での安息を求めた、と直感しました。中国人は中国人同士だ。侵略軍のわれわれを信用するはずはない、と直感しました。

山を越え、湖を渡り、常徳に行軍して、我々は正規軍に渡されたのです。

既に、重慶軍事委軍零部より、「長谷川少尉を中央に厳重に護送せよ」との命電が来ていることを、第六戦区の前線師長が私に告げました。

司令長官邸の閉居室で、我々四人は豪雨に乗じて、一人しか居ない衛兵を石でなぐって、それがひるんだすきに脱走を決行するのですが、又捕まって重慶に護送され、軍令部の監獄で「後方に潜入せる敵の特務人員の犯行」という罪名で、軍法処が裁くことになりました。

「正服、正規の、しかも軍使の日軍の将校が、どうして『後方に潜入せる』になるのか。六戦区司令陳誠将軍始め、前線師長と遊撃隊司令を証人に喚問せよ」

と私が反論したので、法廷は成立せず。

その重慶の監獄に一年近く居たあと、私は自ら志願して、貴州省鎮遠県の軍政部第二俘虜収容所に行って、反戦同盟にお目にかかることになります。

—以上—

長谷川少尉の青春の燃焼が、目に見えるようである。

襲撃

小沖口の維持会を出て、向こう側、つまり北側の山に入り、ずっと北にたどっていくと、善渓窟《サンチャオ》という山の中の小さな町にぶつかる。

名前から察すると、そのあたりで、昔は陶器か何かをつくっていたのかもしれない。今はただ、いくつかの家が固まっているだけで、町というよりも集落といった方がよいくらいである。

ここは雲池の警備隊の管轄で、五中隊から不定期に四、五人の兵隊が善渓窟の治安維持会に「連絡」にきていた。

当時の私は、この地区の地図を調べたことなどなかったし、この町の関係位置を知ろうとしたことさえもなかった。——いわれたことだけをやる、あとは寝ている、という兵隊精神に徹していたわけである。だから、このような山奥に、どうしてわざわざ雲池から兵隊が出ていったりせねばならないのか、それを不可解なことと思いながら、それ以上センサクすることはしなかった。

図Ⅱを見れば分かかるとおり、古老背と雲池の中間で日本軍の前線をすりぬけた「敵」は、この善渓窟を通って大沖にぬけるか、すぐ北に転じて土門埡の東方に向かうか、することになる。
もしここを日本軍がしっかりと押さえ、「治安維持会」を固めてしまったならば、「敵」にとっては、たいへん都合の悪い情況になってしまうはずであった。

ある日、私たちは善溪窟の治安維持会長に招かれて、楊介軒会長や松田少尉らともども、その山道をたどっていた。六月ごろだっただろう、暑かった。

しかし私は至極快適であった。例の平川の言葉ではないが、「テンホテンホ」であった……カゴにのって、人びとの肩の上にゆられながら、山道を進んでいたのである。

この土地の人たちは、高さが三十センチぐらいしかないような——だから、しゃがみ込むようにして腰かける——小さな椅子を、よく使う。背もたれはちゃんとついている。多くは竹製である。

この小椅子に細工をして、両側に太い長い竹ザオを固着する。

私が竹ザオをまたいで、小椅子に腰かけると、二本の竹ザオは私のヒジ掛けになる。前と後ろで二人の男が、竹ザオに渡した横木に肩を入れ、「ヨイショ」とかつぎ上げると、私は腰かけたまま、ゆらりと中空に浮かび上がる……。

だから正確には、これは「カゴ」ではなくて……中国のいい方では挑子《ティヤオズ》である。「かつぎ椅子」というふうな名前——土地の人は「タオズ」といっていた。

『満州姉妹』の歌詞の「花のマーチョにゆられてる」ではないが、「タオズ」にゆられていくことは、全く悪くなかった。道が沢をめぐって鋭く湾曲したところにさしかかると、私は沢の両側にいる男たちの中間に支えられて、沢の上空に浮かぶことになる。

椅子の上から見ると、谷は、歩きながら見るよりもずっと深くなる。終始、人びとを「見下し」て行ける、というのも珍しく、面白いことだった。

何よりも気持ちがよかったのは、「私のために」二人の男がウンウンいいながら働いていること——それを実感できるこのゆれ方であった。……そして男たちのシャツの背中をべったり濡らしているその汗であった。

私と「奴隷」の関係は、その時、生々しく、直接的である。誰かが、どこかで造ってきたものを、今、私が利用している——のではない。私は「奴隷」たちの肩にのって、ふんぞり返っているのだ。

この気持ちは、自動車や汽車に乗っていては到底味わうことができないだろう。

そしてこの気持ちを味わうために——生殺与奪の権をにぎって「人の上に乗っかる」という快感を味わいたいために、古来どんなに多くの人間が争い、戦い、血を流してきたことだろう。

今、現に、日本軍とその後から乗り込んできた無数の日本人が、満州から中国全域にわたって、「そのために」戦い、そして「それ」を味わっている。今日は、たまたま、私にも「その」一端を味わう機会が与えられた、という次第なのであった。

善溪窟の維持会では、たいへんな御馳走が出た。しかしとても暑かった。

その暑さのせいもあったのだろうか。宴会の最中にマラリアが出てきた。

私は毛布にくるみ込まれ、ガタガタ震えながら、もうろうとした状態で小沖口にかつぎ下ろされた。

その善溪窟の維持会が、敵襲を食った。

そこに来ていた兵隊五人のうち、一人を残して全員がやられてしまった。

五人は、いつものように雲池から連絡にきていたのである。暑いときであったから、全員装具をとって、一息ついていた……そのスキを突かれた。

中国兵は前夜のうちに渡河して、近くにひそんでいたのであろう。気がついたときは、維持会はすっかり包囲されていた。そして一斉射撃……。応戦のいとまもなく、日本兵は倒れていく。

一人が盲滅法に飛び出した。両手をふり回して、かれを狙っていた銃口めがけて突進した。イチかバチか、である。しかし結局、それがよかった。

かれを狙っていた「敵」は、ものすごい形相で自分の方につっかかってくる日本兵の姿に動揺したのであろう。弾丸はかれを外れた……。

かれだけが、こうして包囲線を突破し、生還した。

そのとき中国人の役員たちはどうしていたのだろう。会長たちは現場にいなかったかもしれない。書記のような者は……物陰にかくれて小さくなっていたであろう。いずれにしても、そのときの中国人たちの動静については、そのあと何も聞かされなかった。

敵兵はその後、大沖にぬけた、という情報があって、大隊は大沖一帯を掃蕩した。何も出てこなかった。

よく夜間の緊急出動があった。雲池や沙湾から情報が入るのであろう。

出動の命令が出ると、政務班からは二、三人が保安隊四、五人をつれて本部の前に駆けつける。

保安隊二、三人に政務班の兵隊が一人か二人ついて道案内に立つ。残りは大隊指揮班の隊列に入る。

そうしたとき、私はいつもモーゼル拳銃をもって参加した。私がもらったのは、銃身が十センチぐらいのもので、遠距離では役に立たないかもしれなかった。しかしとにかく、ズシリとしたその銃が自分の帯革についていることは、心強い。ただ弾丸が五発しかない……。いつか、何かの機会に、弾丸をしこたま手に入れてやろう。そして弾倉いっぱいにつめ込んでやろう、と思っていた。

指揮班にくっついているとと、どこに向かっているのか、いまどこを通っているのか、さっぱり分からない。ただ、やみくもに歩くだけである。ときどき立ち止まる。いつまでとも知らず立ち止まっている。

戸を閉め切った農家の前を通る。家の者は寝ているのだろうか……どうも私のカンではその扉の内側で、誰かがピッタリと耳を押しつけて、私たちの足音をうかがっているような気がする——家全体が息を殺している……。

そのころ、どこかであった作戦中のことらしいが、松田少尉の話によると、作戦部隊は中国軍の地雷戦に悩まされたらしい。

「……小休止になったんで、地べたに腰を下ろしたんだそうだ。ふと尻に手をやってみたら、何かの板の端に尻をついていることが分かったんだな……その板の向こうの方は少しもち上がっている、というんだ……。そのもち上がっているところに撃針の先が出ているわけだよ……少しのところで、やつの尻はモロに地雷の上に落ちていたところなんだな……やつ、思わずキャーッて飛び上がったそうだ……。ケツの下から吹き上げられたんじゃ、たまったものでないからな……」

そういう話を聞かしてくれた松田少尉の唇はピクピクふるえていた——そういうクセなのである。

その話が妙に私の頭にこびりついていて、まさかここいらではそんなことはあるまい、と思いながらも、つい、道傍に尻を下ろすのがためらわれる。……それにうっかりすると、誰かが立小便したあとであるかもしれない。

そんなふうに、深夜、雲池一帯の山の中を歩きまわって、平穏のうちに出動は終わるのであった。

ある晩は、江岸にある敵軍の「連絡所」を急襲した。保安隊によれば、それは土匪のねぐらなんだそうである。

例によって真っ暗な山道を歩きまわった。さんざん歩いた末に、急に視界がひらけて、はるか足下に揚子江の水面をうかがうことができた。

「ほら、あすこ、この下の方……」と保安隊は指さす。

何も見えない。ただ真っ黒である。

それから、「土匪の家」がある、というところに向かって、急斜面を下っていった。

この夜、本部、政務班のほかに、どの部隊が参加していたのか知らない。相当な人数であることは確かだった。それがいっせいに斜面をかけ下りていく。

敵の意表をつく隠密行動でなければならないのに、これはまた何としたことであろう。

足下は鋭い砕石の傾斜である。少し油断すると足がすべって、ガラガラと石が崩れ落ちていく。

二十メートルぐらいの斜面を、転ばないように踏みしめて降りていくことに精いっぱいで、大きな音が立つことなど、もう構っていられなくなった。数十人がそうやって下りていったのだから、たいへんな騒音になって響いたことであろう。ようやくたどり着いたときには、「その家」は、もぬけのカラになっていた。

手術

前田伍長、阿部上等兵、それから男泣きに泣いた本田一等兵が帰還していった。五月か六月のころであった。

政務班の古顔は、チャンタオ（川島上等兵）、シャオリン（小林一等兵）、パンチン（坂井一等兵）、エンジル（杉山一等兵）になった。

新人が入ってきた。馬島という禅寺のお坊さん、白山という情熱家、それに小行李から補助衛生兵になったヤク（木下）。

新しい班長として、八中隊から柏木伍長がきた。松田少尉が引きつづいて政務班と情報工作を統括した。「政務班」が平凡なものになってしまった。

もとの班長がいたときに「政務班」が発散していたあの異常な「非軍隊性」が消えてしまって、歩兵中隊の延長みたいになってしまった。新しく来た兵隊は、それぞれに、みな面白い人間ではあったけれど……。

坊さんは政務班に入ってきたその晩に、みんなに六中隊の江岸の分哨が敵兵に襲撃された話をして聞かせた。身ぶり手ぶりの熱演で、まるで御本人がそこでやっていたかのような話しぶりだ。

何でも（坊さんではない、かれの仲間の兵隊だ）――そのかれが分哨にいて、夜中、小便をしに外へ出た。すると闇のなかで、眼の前を分哨に近づいていく人影があるではないか。かれはそこで、矢庭にその男に組みついていった――のではなかった。「気をつけろ」とか、「敵だぞ」とか、とにかく大声でどなった。中で仮眠していた仲間が、これで飛び起きたからよかった。さもなければ、みんな寝ているところに手榴弾をぶち込まれて、その分哨は全員スラスラ（死了死了）になっていたところである。それにしても、かれが夜中、小便に起きたからよかった。

それから内と外で手榴弾の投げ合い。見れば少し先の川岸に船が一艘ついている。それにも銃撃を浴びせ、どうにかこうにか、その晩の敵の企画をつぶすことができた……という話。

かれが話しだすと、面白いものだから、ついつり込まれて最後まで聞いてしまう。かれは「しゃべる」ことを「べらくる」といったが、かれの話はまさに「べらくる」であった。さすが、坊さんはこうやって信者たちを話に引き込むのか、と感心した。

しかし全くガラの悪い坊さんであった。丸顔で、ふとりじしで、丸顔の真ん中に団子鼻がついていることはよい。しかし、維持会の前に、使役に狩り出された苦力たちがおおぜい集まっているところへ、何も越中フンドシの丸裸で、営内靴をつっかけて出ていかなくてもよいではないか……。

そして、少し猪首になって、「おい、ニーデ、チャカ、ブッシンか」などと、わざわざいわなくたっていいではないか……。

日本人が裸を好むことは承知している。「大阪の陣」の屏風絵を見ても、雑兵どもはみなフンドシ一本になって刀を振り回しているから、それは日本の兵隊の伝統だ、といってもよいだろう。しかし、中国人の前でフンドシ姿になって、それほどたくましくもない毛ズネを見せてやることはないではないか……。

私は坊さんのフンドシ姿を見るたびに、部屋の中に引っ込んで、一人で舌打ちし、むくれ、いきまくのであった。白山という熱血漢の兵隊は、来る早々、維持会の前の田圃が放置されているのを見て、「もったいないよ。おれが野菜畑にしてやる。毎日新鮮な野菜がワツワツ食えるからな」といい、すぐ畑つくりに取りかかった。

パンチンが畑づくりの相棒になった。

二人の畑に、「ここに立入るべからず、政務班」という意味のことを書きつけた制札が立った。

私は制札のあとに、「農学博士　坂井一等兵」と書き加えた。

それを見て会長が大笑いした。パンチンに向かって、

「アイヤ、パンチン。ニース　ノンシュエポースヨ」（わーい、坂井さん。あんたが農学博士だって……）

と手を打ってはやし立てる。

パンチンは気がいいから、そういわれてもニコニコと相好をくずして、「アーアー、ウォス　ノンシュエポース」

と威張って見せたりしていた。


そのうちに、実際、その畑で小カブができた。白山は野菜つくりの名人なのかもしれない。見事なできばえであった。朝の食卓にカブ漬が出た。おいしそうにつややかに輝いている――。

「しかし……おい高野、これだいじょうぶか……生で食っても。虫がわくんじゃないか……」

言下に白山のハッパが返ってきた――。

「いいや……食わんけりゃ、却って虫がわく……」

そういいながら、自分でパクパク食ってみせる。白いきれいな歯並びを見せて笑う……。「そうか」ということで、私もカブ漬に飛びついた。ほんとに久しぶり。生野菜の歯ごたえ、それこそワツワツ食った。

それから何日たったであろう。朝、便所にしゃがんでいて、びっくりした。太い、長い、いかにも血色のよい回虫が尻の穴からぶら下がっている。

ヤクから「サントニン」をもらって、回虫が眼をまわすぐらい飲み下した。……出た。出てきた。丈夫そうな回虫。ゾロゾロと。大便は出なくて虫ばかり。クソだめに回虫の山ができるほど……。

白山は虫がわかなかったのだろうか？　かれは口をにごして答えなかった。

とにかく私は白山のカブを食べることを止めた。

それからは唐竹を割るような、威勢のよい言葉は半分ぐらい割り引きして聞くことにした。

ヤクは底ぬけに人がよい。まるで施療のために生まれてきたような人間だ。

特務兵だから、私と同じに背が低い。ガニ股で、少し前こごみになって歩くクセがある。

だから、風采は全く上がらない方であるのに、このヤクが、政務班のなかでは、中国人のあいだで一番の人気者になってしまった。みんながヤクを追っかける——具合が悪いから、ちょっと見てくれ……指を切ってしまった、薬をつけてくれ……注射をしてくれ……というわけ。

それをまた、ヤクは気軽に、どこででも見てやる。

「ほら、ちょっとベロ出して見せろ……ベロだよ……セートウだよ。ありゃ、おめえ、ゆうべ何か、へんなもの食ったんでねえか」

そんなことをいいながら、胃散をくれてやる。

「ほんとに、何も薬がねえんだもんな。あるのはマーキロと胃散と、塩基錠だよ……」などと甲高い声でボヤきながら、それでもいろいろ工夫して手当てをしてやる。

そこが——その底ぬけの親切心が——中国の人たちにとってはうれしいことなのであろう。

ヤクが来てはじめて、政務班は中国の「ラオバイシン」(老百姓＝庶民)にとって身近な存在になってきた——そういっても決して過言でない、と思う。今まで近寄りもしなかった女たちが、ヤクを尋ねて、政務班にやってくるようになった。

ヤクのところに、ある日、土気色になった少年がかつぎ込まれてきた。

どこかの隊の苦力をしている少年なのだが、そこの兵隊が小銃の手入れをしているうちに暴発してしまった。弾丸が、また運悪くそこを通りかかった少年に当たってしまった。腹部貫通銃創である。

こればかりは、いくら親切なヤクにも手に余る……。

軍医が飛んできた。

少年のお袋らしいおばさんも駆けつけた。

どういう診断の結果か知らないが、開腹手術をして、腸に開いている穴をふさぐ、ということになった。

少年を維持会の土間に横たえたままである。

それほど周到な滅菌の処理をやったようにも思えない……。

私は少年の両脚を押える役になった。

どれほどの麻酔をかけたのであろう……。

眼の前で腹部が切り開かれる……血が流れた。

少年は意識があるのかないのか。脚をケイレンさせる。懸命に押さえ込む。

軍医が小腸を引き出した。腸を手でかき回すと、クチャクチャという音がする。案に相違して、腸というものは、全部ぞろりとこぼれ出るものではなくて、薄い膜みたいなものでつながっているものであった。

軍医は一部分ずつ腸をたぐり出しては、傷口をさがし、穴があいているところをしばっていた。そのたびに少年の腸は軽くクチャクチャと音を立てる。

軍医の指はどこまで滅菌してあるのだろう……。

クチャクチャという音がつづく。なま温かい、むーんとするような――これが「はらわた」のにおいなのだろうか――湯気のようなにおいが鼻にまつわりつく。

クチャクチャ……はらわたのにおい……クチャクチャ……私は眼の前が暗くなり、気持ちが悪くなって、手を放してしまった。こっちが引っくり返りそうだ……。

手を放しても、少年はもう足を動かさなかった。

少年は保安隊の部屋に移され、母親につきそわれて一晩生きていた。それから「水を飲みたい」といった。（飲ましてはいけないのだそうである……）お母さんに水を飲ましてもらって、それから息を引きとった。

思わぬ事故で子供をなくした母親は、遺体につきそって、黙って帰っていったのであろう。それ以上の話は、どこからも聞こえてこなかった。

杜英傑

出発したのは夜中の三時であった。

保安隊ほとんど全員。会長は便衣のズボンの帯に銃身の長いモーゼル拳銃をさしている。つば広のパナマ帽をかぶり、小柄な支那馬にまたがって、保安隊に引かせていた。班長も乗馬ではり切っている。政務班員も、私を入れて二、三人加わった。私は例の「自分の」モーゼルを持って、今日は一つ弾丸をたくさんせしめたいものだと思っていた。

万一乱戦になったら、中国服でまぎらわしい恰好だと具合が悪いかもしれない……と考えて、軍服姿でいくことにした。よく考えてみると、あまり筋の通った理屈になっていないのだが。

私の知らない中国人が五、六人、便衣姿で加わっている。会長の手下なのであろう。今まで、どこで何をしていた男たちであろうか。

前の晩、会長から聞いた話では、今日の目的はこの土地の土匪の親玉、杜英傑をつかまえることである。杜英傑は中国軍とたえず連絡を保ち、アヘンの取引をやっている。今日はかれが何人目かの妾をつくったその祝言がある、というので、それをねらって襲撃するのだ、という。

杜英傑はきっと楊会長の有力なライバルなのであろう。今日は中国人同士の「出入り」だ。「皇軍」は――ドタドタと足音ばかり大きくて、行動のノロい日本兵は――今日の決闘から排除された。

政務班が「随行を許された」のは、何かの拍子に「皇軍」と出会った場合、楊会長のこの一隊が「土匪」ではなくて「皇軍」の味方である、ということを証明して見せる、いわば護符としての役割があるからだったのだ。

暗闇のなかを、ひたすら歩いた。トウモロコシ畑がつづく。

雲池に着いた。雲池の保安隊が頑丈な木のサクを開いて、私たちを町に入れてくれた。まだ真っ暗である。町は寝静まっている。

保安隊員と一緒に、一軒の家の台所に入って、焼きトウモロコシを食べた。

おかみさんがカマドの中にワラを入れて起こした火のなかに、トウモロコシをほうり込む。たちまち、香ばしいにおいが流れてくる。

「パオク　ハオプハオ」

「トウモロコシ、もういいかな」というつもりでしゃべった中国語だった。当時の私の中国語の水準は、大体そんなところだったのである。

これを聞いて、張という副班長をしている大柄な農村青年が、私の中国語を直してくれた。こういうときは、

「パオク　ホンパーラ　メテ」

というのだそうである。「トウモロコシはやわらかくなったか」ということになる。なるほど、本物の言葉は、全く音がなめらかにつながるものだな、と感心した。いらい四十年間、この言葉がずっと頭の中に生きている。

私たちは前進をつづけた。相変わらずトウモロコシ畑のなかである……「パオク　ホンパーラ　メテ」……。

雲池をすぎて、古老背に近づいている。

「着いた」と聞かされたとき、トウモロコシ畑は切れていた。開けた土地の中程に、しっかりした造りの家が一軒

建っている。広場の周り、そして広場のあちこちに、太い幹の木が幾本も立っていた。

夜はしらじらと明けはじめている。

政務班員と便衣隊員は、それぞれ木の幹のかげに身をかくした。

家の中から、ざわめきが伝わってくる。マージャンでもやっているのだろうか。……今頃……夜通しやっていたのだろうか。

帯革の革ケースからモーゼルを引き出す。遊底を引いて挿弾する。安全装置は外したまま。

胸が少しドキドキする。ほかに物音はない。

保安隊員が進んでいった。

家の中で激しい撃ち合いが始まる。何人かが外にとび出してくる……幹に依託して射撃。弾丸が左右に飛んでくる……という場面が、すぐにでも出現する、と思った。固く身構えて、家の戸口を注視する。

保安隊が扉を押し開けて突入した。

ワーッと叫び声が上がった。女のわめき声も聞こえる。ワイワイという混乱した声がしばしつづく。

声が消えた……銃声はしない。家は静まり返っている。

戸口に現れたのは、杜英傑の一味ではなくて、保安隊員だった。こちらを向いて、両手を左右に拡げている。「いない……」「逃げた……」という身振りである。

私たちは戸口に走った。

中は……保安隊に踏み込まれ、あわてて総立ちになった様子が歴然としている。女たち、男どもが一室に押し込められている。

机の引出し、戸棚、あらゆるところを開けて見たが、私がお目当ての「モーゼルの弾丸」はなかった。がっかりした。弾丸は、どうやら保安隊が男どもを武装解除したとき、残らず召し上げてしまったらしい。

杜英傑は、今しがたまでいたのに、保安隊員が突入したとき、裏の脱け穴から脱出したということである。

唯一の「捕り物」は、杜英傑の新しい嫁さんであった。

その嫁さんを一目見たいと思ったが、とうとう見ることができなかった。

楊介軒も、ぬき身のモーゼルを手にして、しわがれ声で保安隊員に指図していた。背が高いものだから、会長の声は私の頭ごしに流れていく……。会長と眼が合ったとき、その眼は落胆の色を浮かべて、笑っていた。

一行は、「捕虜」の嫁さんを花カゴに乗せて帰途についた。

こんどは、長い、くたびれる道行きであった。

嫁さんは「人質」として、保安隊の部屋に「監禁」された。なかなかの美人だ、という見てきたやつの話だったが、私はもう見にいかなかった。

この「人質」をめぐって、楊介軒と杜英傑の交渉がつづいたのであろう。

私に「ホンパーラ　メテ」を教えてくれた副班長が、ある晩、我慢できなくなって「保護監禁」中の嫁さんを犯してしまった。どんな具合だったか、聞き出すだけの語学力がなかったことが残念である。

副班長は、しかし、その結果猛烈な淋病になってしまった。「痛い痛い」と毎晩泣いていたそうであるが、ヤクは薬を与えたかどうか……。


交渉は妥結したのであろう。いつの間にか嫁さんの姿は消えていた。

副班長の淋病もおさまったらしい。ヤクの薬が効いたのであろう……。

抗戦歌

松田少尉に呼ばれて本部にいったとき、そこに置いてある連隊や師団の通報を見ることが楽しみであった。作戦中に日本の兵隊が引っかかった敵の手榴弾の仕掛けについて、図解入りの報告があった。

——土民の家に徴発にいって、扉を開けると、扉にヒモがつながっていて手榴弾が爆発する。

——同様な仕掛けが、戸棚、食卓、椅子——日本兵が手を出しそうなところにすべて仕掛けてある。

——「皇軍のバカヤロ」とか、日本兵が怒り出しそうなハリ紙……それを引きちぎると爆発する。

——死体が転がっている。それをほかの場所に転がすと爆発する。

中国兵のその知恵に感心した。徴発などにいって、うっかりその辺のものに手を出すのは考えものだぞ、と思った。

「……少尉じゃないが、一つ軍旗を奉持して、アリゾナの砂漠をデッデッデッと進軍するか」

若い将校たちの雑談が耳に入ってきたのは、そうしたときであった。何とか、という仲間の少尉は、きっと予備士官学校の学生だったころ、そのように「大言壮語」して、評判になっていたのであろう。

アリゾナの砂漠とは、また壮大にふっかけたものだ。そんなことがある、と本気で考えているのだろうか。

「日米開戦必至」というキナ臭い風が、その頃すでに、中国のこの辺りにまで流れてきていたのである。

それにしても、デッデッデッとは……。鴉雀嶺までの行軍を見ても、非常呼集の出動のときを考えても、……まあ、ノロノロ、ゴソゴソというところではないだろうか……。

兵隊に「没落」してみて、さて将校たちの方を、と眺めてみると、この若い人たちはほんとうにお坊ちゃんであり、学生さんであり……「われわれ」とは別種の人間である、と思わざるをえなくなってくる。

会食のときに出る歌が違う。

兵隊どもの猥雑、単純、浪花節的な歌は、ここでは完全に無縁である。といって、シューベルトの『セレナーデ』が出たり、『未完成交響楽』が出たり、『ウインナ・ワルツ』が出たりするものでもない。その中間――「涙ぐんでる上海の　夢の四馬路の街の灯よ……」であり、「窓をあければ　港が見える……」であり、「支那の夜、支那の夜よ……」であり、「紅いランタン　ほのかにゆれて……」である。

それも全員がうたい、わめく、という兵隊式の酒盛りではなくて、芸達者な人や、ノド自慢の人たちが、「座興」に、芸居気たっぷりに声を聞かせる、という具合になってくる。

露骨なワイ談は影をひそめ、香り高いコーヒーの話、仲間の将校の噂話……少し「知的な」話が主流になっていく。

おそらく、「地方」の会社員たちのクラス会や同窓会も、似たような雰囲気のものになるのであろう。いや、若い将校たちの集まりそれ自体が、もう「クラス会」であった。

ところが、このような「会社員」が連隊や大隊の幹部になる、あるいは中隊長になる――。するとどういうカラクリなのであろうか、そこに「中支の精強十三師団」が動き出す、ということになっていく……。

小沖口の小学生に日本語を教えよう、ということになった。先生……ということになると、どうしても「学士様」のエンジル先生に白羽の矢が立つことになる。

エンジル先生は、例によって軽々しく乗ってしまうタチであるから、割りに簡単に「やってみましょう」ということになった――昔はあんなに先生になることを毛嫌いしていたのに。実はその話が出たときから、先生の胸の中では野心的な抱負が頭をもたげ始めていたのである。日本語教育を「いろは」とか、定まりきった語形の暗記とかいった、退屈きわまりないつめ込みの課程から解放しよう。現物に則して、実際の動きを見ながら、日本語を身につけるようにさせよう。教科書を使わず、先生と生徒がジカにぶつかることを通じて、日本語を伝えてやろう……。

教室は、どこか沙湾の方に入っていったあたりにあった。二十人ばかりの子供の顔が、ぜんぶこちらを向いて並んでいた。

「革命的な」授業だった、といってもよいであろう。

「礼」が終わるやいなや、先生はものもいわずに黒板に山を描く。生徒はそれで「ヤマ」を覚える。机を描く――「ツクエ」を覚える。そういう調子で授業が始まった。

「ハールガキータ、ハールガキータ」の歌を教える。生徒はうたえるようになった。

しかし、先のことをあまり深く考えないで授業に突入したきらいが、ないでもなかった。

ものの名前を覚えさせることはよい。では質問のしかたはどうするか。挨拶はどうするか……。

しかし、そうした本当にむずかしい「日本語の教授」という問題に取り組まねばならなくなるまえに、意外な早さで破綻がやってきた。

先生は顔を描き、眼や鼻や口を描き入れた。「カオ」、「アタマ」、「マユ」、「メ」、「ハナ」、「クチ」……。生徒はよく覚えていった。

頭部が終われば、手足に進まなければならない。手足を覚えたら、つぎは胴体だ……。

このように進んでくれば、もう途中で方向転換するわけにいかない――船は谷川の真ん中に出てしまって、櫓が利かなくなってしまった――その先にいくと、川は滝になって、絶壁を落下していく……。生徒の方も、「その先」

を期待しはじめているようである……止まるわけにいかない……。

「カタ」、「ムネ」、「チチ」……つぎは「ハラ」、そして「ヘソ」……生徒の眼は、期待で光りだしている……先生は進むしかない……えい、墜落だ。胴体の下端にぶら下がるものを描く。生徒がこらえ切れなくなって、クスクス笑いはじめる……もう止まらない。先生はいわなければならない——それを指す——「キンタマ」。みんなが一斉に大きな声で「キンターマ」と復唱し、吹き出した。

生徒たちは「キンターマ」という日本語が大いに気に入ったようであった。かれらはしばらくの間——学校の外でも——「キンターマ」を叫んでいた。

エンジル先生の大胆にして「革命的な」教育実践はそこで行きづまり、日本語の授業は短命に終わった。

エンジル先生と学校の関係は、しかしその後もつづいた。

学校が運動会をやった。会場は、やはり沙湾の方の広場であった。

甲斐中尉だったか、松田少尉か、どちらかが政務班を代表して、維持会の会長たちと一緒に「来賓」席についた。

エンジル先生も末席につらなった。

といっても天幕の屋根があるわけではない。野原の片側に並んだ椅子に腰かけた、というだけのことである。運動場に高く柱が立ち、そこから万国旗が八方に流れた、というわけでもない。何もない、ただの原っぱであった。

しかし数十人の生徒たちがいた。

カンカン照りの暑い日であった。

楽隊——ラッパと太鼓と笛——が、
ぼーくは軍人だいすきよ、いまに大きくなったなら、
クンショウつーけて剣下げて、お馬に乗ってハイシードー
の曲をやり出したので、びっくりした。

どうして中国の連中がこの曲を知っているのだろう。日本人から教わったのだろうか。まさか……。あれはそもそも、日本人もどこかから借りてきた外国の曲だったのだろうか。

「キンターマ」の好きな子供らが、元気に手を振って入場してきた。

番組は進んで、徒競争になった。

「キンターマ」を、あたり構わず大声でわめき散らしていたいちばん生意気なチビが、スタートラインについている。用意ドンで走り出した。チビが眼をむいて突進してくる。……走り方がキタナイ。手をわざと横にふって、両隣の子供たちの邪魔をしている。でも眼をむき、歯をくいしばって走ってくる……。

私は、そのチビの姿を見ているうちに、胸が一杯になり、涙があふれそうになってきた。

日本軍の占領下にありながら、それを吹きとばすように、精一杯、キタナク……一番になろうとして走ってくる中国の子供……。

走れ、眼をむいて、キタナク走れ……中国の子供よ。そして一等になれ……。

ドサ廻りの芝居が、沙湾にかかる。

「特等席」——といっても座席は最前列、維持会の役員と私のための四つぐらいが並べてあるだけで、あとはみな立ったままなのだが——に座って、儲備券（汪兆銘政権の国民政府中央銀行、中央儲備銀行発行の通貨）五元だか十元だかを座頭に届けさせる。舞台の上に男が出てきて、「政務班　杉山『班長』から金十元也」というようなことを書きつけた紙を、お客一同に見せる。

丸太で高く組み上げた舞台は初めから開いている。正面奥の薄水色無地の幕は、それがつまり背景であるらしく、また楽屋の仕切りでもあるらしい。中途半端な着付けのままの役者が、出たり入ったり舞台を横切ったりする。

楽師は右手の袖にいて、二胡や小さなニョウハチ（ドラとシンバル）で、鋭い音をかき立てている。うるさい、痛い、としかいいようのない音……。

生まれて初めてみる中国の芝居は――セリフも何もまるで分からないのだが――むしょうに悲しく思えた。髪飾りをたくさんつけて、眼をつり上げて、長い裳裾《もすそ》を引きずるようにして、少し前かがみになって、身体を斜に構えて舞台を動きまわる女――何千年来中国の女につきまとってきた悲しみがそこにある……。

女の甲高いセリフや、引き裂くような唱《チャン》は、苦しい運命の嘆きを身体のなかからしぼり出しているようである。女の鋭い顔立ちは、笑いを知らぬもののようである。「ぬくもり」をふりまく余裕もないかのようだ。女はいつの日か、男に向かって微笑みかけることがあるのだろうか……その顔が明るく輝く日が来るのであろうか。

この一座は、これからまた広漠たる荒野を横切って、遠くの貧しい町外れに流れていくのであろう。歩く途中も、女は舞台と同じように、唇を引きしめて、痛恨を運びつづけていくにちがいない……。

「皇軍」がいようがいなかろうが、それが「国府軍」であろうがなかろうが、貧しい旅芸人の一団はどこからかやってきて、またどこかに去っていく……。かれらは「維持会」の顔役たちに渡りをつけて、何がしかの金をもらって、町外れの野原に舞台を組む。村人が集ってくる。子供たちと犬が、人びとのあいだを駆けまわる。

旅芸人たちがその身にまとっているうらぶれの衣は、日本も中国も変わるところがない。それでもかれらは、うらぶれの放浪を止めようとしない。かれらの行く先には、必ずうらぶれた人たちが三々五々、風に吹きさらされて待っている……。


舞台では男と女が文盲一掃運動のことを話し合っている。

男がこんな字を覚えたという。女が、あれ、そんな字はとっくに知ってるわ、という。男が、じゃこの字知ってるか、という。女が、知ってるよ、という……。

男＝じゃどうだ。おれが恰好をつくるから、お前、分かるならいってみな。お前なんかに分かるはずないもん。

女＝ああ、いいよ。やってごらん。

男＝（足をふんばり、両手を握って横に伸ばす）

女＝なによ、それ。あんたは何してるの？

男＝それみろ。お前みたいに学のない奴に分かってたまるか。これは「大」という字なんだよ、よく覚えておけ。

女＝あらお前さん、それで字を知ってるつもりなの。それ「大」じゃないよ。

男＝なにお。……じゃ何だというのだ？

女＝それ「太」という字なの。分かる？

男＝なんだって……。こいつ……。

女＝こんどは、あたいがするから。……どうせお前さんなんかには分からないだろうけどね。

男＝生意気な口きくな。ああいいとも、やってみろ。一発で当ててみせるから……。

女＝（同じく足をふんばる。頭に扇子をのせる。両手を握って横に伸ばす）

男＝ええと……、「大」……ではないし、ええと……。

女＝それごらん、ダメじゃないか。これは「天」という字なの。よく憶えておおき。

男＝「天」だって？　ああそうか。……いやちがう。「天」じゃない。

女＝「天」じゃない？　あんた何いってるの？　じゃ何だっていうの？

男＝そりゃ……「呑」の字だよ。どうだ参ったか。

女＝あれま、この人。（男を打とうとする）

二人の言葉はほとんど聞きとれなかったが、私は完全に理解できた。私は手をたたいて大笑いした。いける、いける。その調子、その調子でやってくれ。その調子で笑いとばして、やっていけ、老百姓《ラオパイシン》＝名もなき中国の民衆よ！

保安隊は、朝、庭で行進するとき歌をうたった。私たちが「号令調声」のとき歌わされた「ああ、あの顔で、あの声で……」よりもずっと調子の高い、力強い歌である。

私は何回かそれを聞いているうちに、すっかりそれが気に入ってしまった。保安隊の班長に、それを教えてくれ、といった。

班長はしばらくためらっていたが、「そりゃ、教えてあげるけれど、ほかの先生たちには秘密ですよ」という——。

同胞よ　前進だ　前進だ　われらの血と肉を引き換えに　敵の首を取って来よう
最後の最後まで　犠牲を惜しまず戦おう
最後の最後まで　犠牲を惜しまず戦おう
亡国の条件は絶対にのめない。中国の領土は一寸たりとも　失えない。
(あとに一、二、三、四……がつづく)

「分かりましたか。『最後の関頭』という抗戦歌ですよ……」

(へえ……ここで、抗戦歌をうたっていたのか……)

班長が教えてくれた抗戦歌はまだあった。

ヘンヤ　ハイホー　ハイホー　ホーハイ、
ヘンヤ　ホーハイ　ハンホー　ハイハン、
みんな一緒に血と汗を流せ　ホー　ホーハイ、
生きるためなら　日焼けくたびれ　かまっちゃいられぬ、ホー　ハイハン、
力を合わせて引っぱれよ　力をぬくなよ　ホー　ホーハイ、
一つ心に団結だ　ローラーが山のように重くても　たじろぐな　ホー　ハイハン、
みんな頑張れ　みんなで進もう　みんな頑張れ　みんなで進もう

道のデコボコ　ならしてしまえ　行く手の困難　押しつぶせ
われらは火線　退くな　前へ　前へ　進むんだ
みんな頑張れ　一緒に戦おう　みんな頑張れ　一緒に戦おう

重荷を背負って　前進だ　自由の道は　すぐ出来上がる！
ヘンヤ　ハイホ　ハイ　ハイ　ホーハイ
ヘンヤ　ホーハイ　ハン　ホー　ハイハン
ヘンヤ　ハイホー　ハイ　ハイ　ホーハイ
ヘンヤ　ホーハイ……ハン

「これは『大路歌《タールーコ》』というんです。そういう映画があってね……」

宜昌に突入し、そこを占領した「皇軍」の鼻の先で、そして「皇軍」に協力しているはずの保安隊が、こんなにすごい「抗戦歌」をうたっていたのだ。

『最後の関頭』の方は言葉だけが走っているキライがあるが……しかし日本の兵隊がうたわされている「商業主義的軍歌」の数々よりは、どれほどマシだか……。

『大路歌』の方は、当時知らなかったが、共産党の聶耳《ニエアル》という作曲家が作曲した歌である。共産党員のつくった歌を小沖口の保安隊が毎朝うたっていた、と知ってたら……隊長さん方、とび上がってびっくりしたことだろう。

当時、政務班員が漢口に出張して買ってきたレコードのなかには、たしか李香蘭が歌っていたと思うが、『何日君再来』（いつの日、君帰る）があった。

『香檳酒気満場飛』（シャンペンの香りがいっぱい）という中国語歌の入ったダンス音楽があった。

硬いところでは、

大地から湧き上がる呼び声　万里の大行進を引きおこす

東亜民族　団結せよ　東亜復興の使命を担おう……

という「東亜新秩序」をうたったような歌があった。しかし維持会の役員たちでも、この歌に唱和するものはいなかった。言葉がイヤだったのであろう。またメロディーも、中国人の好みに合わなかったのであろう。

とにかく、日本側の歌は、どれを取っても——束にしても——、かれらの「抗戦歌」一つに対抗できない……と思った。

軍事的にはともかく、歌の面では、中国が日本を完全に圧倒していた、というべきである。——軍事の一員である杉山一等兵をすっかりとりこにしてしまうほどの魅力と、気魄と、力強さを、かれらの歌はもっていたのだから。

芸者たちの慰問団が来たときであった。

時は初夏。所はだだっ広い揚子江岸の農村。観衆は小沖口の兵隊、隊長、維持会の会長以下の役員、住民若干名。

慰問団が披露して見せてくれたのは、結局芸者のお座敷ダンスのいくつかであった。「クワを鉄砲に持ち代えて……」という踊りがあった。

モンペ姿に身をやつさねばならなかったとはいえ、身についた日本舞踊の芸で、精いっぱい、戦地の兵隊さんを慰めてくれよう、という団の人たちの気持ちは、ほんとうに痛いほどよく分かった。

しかし状況があまりにもそぐわない……。相手は、「芸」については無知に近い兵隊——もちろん私をふくめて——と中国の農民である。自身は「モンペ姿」という、そうした「芸」にはもっとも具合の悪いいで立ちである。所は、お座敷でなくて、だだっ広く、ほこりっぽい田舎の原っぱである。伴奏は一人、二人の三味線、お囃子、ポータブルの蓄音機である。

この環境のなかで、彼女たちの演技は、あまりにもひ弱く、貧しく……かわいそうなぐらいであった。

終わって、私たちが維持会に引き揚げてきたとき、楊介軒会長は私のまえで、見てきたばかりの彼女たちの踊りをマネて見せた。

会長は両手を伸ばしてヒラヒラさせ、腰をくねらせ、全身で、ヘラヘラと動いて、そうした調子の音をハミングして笑った。

私は、顔をおおって、逃げ出したかった。

恥ずかしい……。日本人のくせに日本の文化を恥じるなんて、非国民である……という声も、頭の片隅で小さく聞こえたが、しかし恥ずかしかった。

あんなものしか会長に見せてやることができなかった日本の文化を恥じた。

会長をたたきのめし、感動のあまり、ものもいえなくさせてしまう——そうした、何かスゴイ芸術作品を見せ、聞かせてやることができなかったことを、ほんとうに歯がゆく、残念に思った。

すっかり夏になっていた。

ここに着いたときは、どこもかしこも放ったらかしになっているように見えた。その荒廃した土地が、今では立派な田圃になってあっちでも、こっちでも稲が青々と伸びている。

ここの百姓たちは、いつの間に、どうやって、こんな水を張ってしまったのであろうか。

私は楊介軒先生と酒を飲んだあと、一人で裏山にさまよい出た。ふらつく足で歩いていた。

中国の百姓は働いている。もう何千年も働いてきた。ここで……この土地で。

この、いまおれが踏んでいる土の下に、何千年にもわたって生きてきた何百万人もの百姓の汗と血……そして骨が埋まっている。この土に染み込んでいる。

——この土地に多数の軍事将兵の貴い血が流れた——と将軍方はおっしゃる。

そう……貴い血が流された……。で、一体何人ぐらいの血が流れたんでしょう。

宜昌地区……数万人も戦死しましたか……。何千人というところでしょう、せいぜい。……それもたった一年間。

その貴い血を、ずっと……この土地の上にならしてみる……どれほどの厚さになるだろう。とても、まんべんなくならすどころではないのではなかろうか……。

ならしてみる土台の土層——数十メートルの土層には、何千年にわたる何百万人もの百姓の血が染み込んでいるのだよ……。

ならして一ミクロンの厚さになるかならないか、という皇軍の貴い血と、数十メートルの厚さの中国の老百姓《ラオパイシン》の血と……。

わが皇軍は頑張ったよ……。今でも頑張っているよ……。しかし、結局、地面の上っつらをかすっているだけじゃないか……。

この——おれがつかんだら折れそうになったヒョロヒョロの若木ほども、根を張ってなんかいないのだ。

「支那四億」の一万年だよ……相手は……。

八月の太陽がジリジリと照りつけていた。アゼ道ですべって、思わず手をつっ込んだ田圃の水は、お湯のようだった。

私はそのまま、しばらく眼をつぶっていることにした。

第七章

行軍

長沙作戦が始まるらしいという話が、兵隊の口から口に伝わりだした。根拠は……別にない。ただ「軍司令官が代わると、新作戦が始まる……」ということが、もっともらしい理由として、さきの話につづくのであった。兵隊は、「新任の司令官は、やはり早く手柄を立てようと思うだろうからな……」と考えて、その「理由」を納得するのであった。

昭和十六年（一九四一年）八月に入っていた。

もう、はっきりと作戦出動の準備が始まっていた。政務班からは坂井、小林、杉山、そして「浪人」の四人が出動することになった。保安隊から「文雄」、「石松」を入れて隊員が四、五人、そして「浪人」の乗馬になる小さな支那馬。これが、二大隊本部指揮班に入って、岸本軍曹のもとに「情報分隊」をつくる。

……しかし長沙は、私にとってあまり気持ちのいい名前ではなかった。当時の私の、おぼろげな知識にもとづく漠然とした印象では、長沙という町は、日本軍が以前にも攻めている。そして結局は負けたような恰好で引き揚げている。よほど手強い敵が、そこにいるのではなかろうか……。

日中戦争のなかで、長沙にまつわる因縁を簡単にふり返ってみると、以下のようになる――。

昭和十三年（一九三八年）十月。日本軍が武漢三鎮を占領した直後、国府は長沙にいて、ここを抗戦の司令部にしようとした。しかし、日本軍の一部が岳陽まで進出したので、国府軍は大恐慌をきたし、日本軍の長沙進出を必至と見て、急遽主力を衡陽にまで引き下げ、長沙を焼き払った。有名な長沙の大火である。長沙はガラ空きになっていた。

しかし日本軍は長沙に入らず、武漢で足ぶみした。それは国府が武漢の失陥で動揺し、部内で対日和平論が台頭してくるにちがいない、と期待したからである。

昭和十四年（一九三九年）九月、汪兆銘《おうちょうめい》が対日和平に動き出した。しかし汪の動きは大勢を制するまでに発展せず、国府の抗日態度はゆるがなかった。この情勢にあせった日本軍は、蔣介石に圧力をかけるため、十月六日、「第一次長沙作戦」を発動した。作戦は、長沙防衛の国府軍を少しつついただけで引き揚げてくる、という形に終わったようである。

国府軍の「しっぺ返し」が、同年十二月の「冬季攻勢」という形で武漢周辺の日本軍を襲い、日本軍を動転させた。昭和十五年（一九四〇年）一月、日本軍は国府軍に報復の打撃を加えるため、宜昌作戦を計画、五月一日、これを発動した。はじめの計画では宜昌周辺の国府軍を「たたいて」帰ってくるはずだったのに、結局ここの占領を続けることになった——来るべき「重慶作戦」を考えての措置でもあったのだろう。

昭和十六年（一九四一年）四月、「日ソ中立条約」が締結されて、ソ連との戦争を考える必要がなくなったのを機会に、大本営は大兵力をソ満国境から華北、華中に移して「重慶進撃作戦」を行う計画を立てた。

それによれば、日本軍は揚子江流域および西安方面の二方面から重慶をつくことになる。揚子江流域からの作戦では、長沙を確保することがカナメになる。

この計画は、六月二十二日、独ソ戦が勃発したために「中止」になった。情勢によってはドイツと呼応してソ連に攻め込むことも考えねばならず、「重慶向け」に兵力を集中するわけにいかなくなったからである。

独ソ戦は、しかし、日本軍部が期待したほど、ドイツにとって有利な具合に、急進展を見せることがなかった。軍部は対ソ戦用に増強した関東軍の一部兵力を南に向けて、七月二十八日、南部仏印に進駐した。

その終局的な目標は、重慶への支援物資の流れを遮断して、蒋介石を屈服に追い込むことにあった、とみられる。

一方、「重慶進撃作戦計画」を「中止」したとはいえ、軍部は重慶攻撃に強い未練があったわけで、それが、八月からの「第二次長沙作戦」という形で表われてきた。

その「しっぺ返し」が、同じ時期に重慶側が発動した「宜昌奪還」の反撃であった。

中支第十一軍の「長沙作戦」部隊は、あわてて長沙から撤退した。

それから、同年十二月十二日から二十五日まで行われた「香港攻略作戦」に呼応して、また「第三次長沙作戦」が行われた。

このような行動は、長沙とさらには重慶にたいする日本軍部の未練から出たものといわなくて、一体何であろう。これもパッとしない結果で終わってしまった。

昭和十七年（一九四二年）九月、大本営はまた「重慶作戦」計画を立てた。昭和十八年三月に行動を起こす、五個師団が漢口から長沙、衡陽、貴陽を経て重慶をつく、二個師団が宜昌から西進して重慶に向かう、さらに三個師団が洛陽、西安を経て重慶に向け南進する、というものである。

しかしこの計画は、しかし十一月末、新任の第十一軍司令官、塚田攻中将が大別山上空で墜落死、作戦計画が重慶側に洩れた、と考えられたことと、ガタルカナル情勢が重大化してきたために、また「中止」になった。

長沙にたいする日本軍の未練は、昭和十九年（一九四四年）五月から始まった「湘桂作戦」中、六月十九日に長沙攻略が成功したことで、ようやく晴らされたことになる。

しかし、このときはもう、情勢は重慶攻略どころではなくなっていた。

中国奥地に出現した堅固な米空軍基地網をつぶすことが、日本軍にとって焦眉の急になってきたのである。米軍機が日本軍の頭上を飛びまわって、作戦部隊をたたき、輸送をズタズタに破壊し、日本軍の駐屯する都市を爆撃し、日本にまで飛んできて、各地に爆弾の雨を降らしている……。

湘桂作戦は、こうして、米空軍基地をつぶす作戦として発動された。それはまた、南方の海上交通が米海軍の妨害で危険になってきたため、中国大陸を北から南に「打通《だつう》」して、物資や兵員を南方に陸路輸送できるようにするための作戦でもあった。

この作戦に動いた兵力は全部で五十二万、行動した距離は全長二千キロに及ぶといわれる。日本軍建軍いらい空前の大規模な作戦となったのであるが、実情は、アメリカの空軍基地をつぶす前に地上の日本軍がやられ、輸送が破壊されてしまって、兵隊はカッパライをしながら前進しなければならなくなる有様。中国軍の抵抗も頑強であった。

湘桂作戦は、日本軍の断末魔のあがきを露呈する「大作戦」となったのである。

そのような情況のなかで、長沙の占領という日本軍の「宿願」がやっと実ったのだが、その生命ははかないものであった——それからわずか一年ちょっとで、日本軍は全面降伏に追いこまれる——。すべてが夢となって消えてしまうのだ……。

森金千秋氏の『湘桂作戦』によれば、この作戦に参加した十三師団は、広西省（現在は壮族自治区）の柳州を経て、貴州省に入り、独山まで北上したという。昭和十九年も十二月二日になっていた。

そのまま北上を続けるならば、あと一三〇キロで貴州につき、さらに二〇〇キロで四川省に入り、それから八〇キロで「夢にまでみた」重慶に到達できる。岳陽を出てから、長沙、衡陽、そして全州まで歩いた、それと同じくらいの距離である。

こんなことは、もちろん作戦計画にはなかったことである。しかし日本軍が力尽きてガックリと膝をつくその瞬間まで重慶を目指し、北に向かって突進していた、という十三師団の姿に、日本軍部の「執念」を見ることができるであろう。

十三師団は独山から反転したあと、翌年八月十五日の終戦のときには、上海、南京方面に撤退集結する途上で、「長沙附近を北上中」だった、といわれる。……奇しき因縁というほかない。

このような因縁つきの長沙に――その「第二次長沙作戦」の段階で――私は引き込まれていったのであった。

昭和十六年（一九四一年）八月、国府軍第九戦区（司令、薛岳《せつがく》）の三十一個師団が新墻河の線から長沙まで、奥行深く布陣して、岳陽から武昌まで、粤漢線沿いに配置されていた日本軍の前線とにらみ合っていた。

国府軍の一個師団は日本軍の一個連隊ぐらいの兵力だ、ともいわれているので、その勘定でいくと、長沙前面の国府軍は、日本軍の十個師団に相当する。人数にして十万人となろうか。

これにたいして武漢の第十一軍は、「長沙作戦」用に三師団（名古屋）、四師団（大阪）、六師団（熊本）、十三師団（仙台）、四十師団（善通寺）を動員し、各師団から合わせて歩兵四十個大隊をぬき出した。約四万の歩兵である。それに加えて、砲兵、工兵、輜重などの諸部隊、総勢十五万といわれた。

日本軍の作戦諸部隊は、九月半ば、岳陽から東に向かって、十三師団、四師団、三師団、六師団、四十師団という順に並び、「スタートライン」についた。（図Ⅰ参照）

＊

十三師団からこの作戦に参加したのは、第二十六旅団の早渕四郎少将を長とする「早渕支隊」、七七一一名、馬二九六四頭である。

早渕支隊の主力は私たちが所属した百十六連隊で、それに五十八連隊の一個大隊、山砲十九連隊（一個大隊欠）、工兵中隊、輜重兵二個中隊が加わった。

「百十六」の主力は、八月十八日紫金嶺に集結したのち、孝感に向かって十数日にわたる行軍をはじめた。

一年前、応城から輜重の新兵として歩いてきた道を、こんどは逆にたどっていくのである。夜行軍が多かった。

「浪人」先生は「チャン馬」に乗って、大小行李に混ざって行軍した。それに「石松」や保安隊がつき、パンチンやシャオリンも、ときどきそれと一緒に歩いた。私と文雄は終始、二大隊本部の指揮班と一緒に歩いた。夜の宿泊のときは政務班の全員が一緒になって、指揮班のなかで割り当てられた一室に寝る、というふうにした。

パンチンやシャオリンには小銃がついて廻るが、私には小銃の「インズー」がない。こういうときになってみると、それは有難いことであった。だから、私の帯革には、モーゼル拳銃と、そのほかに手榴弾が一つくっつけてあるだけで、重い小銃弾の「薬盒」をつけなくてすむ。

これが歩兵だと、薬盒を左右二つつけた上に、ときには背中にもつけなければならず、背嚢のなかに、さらに余分の小銃弾や、擲弾筒《てきだんとう》用の榴弾などを入れさせられることがある。円ピ（小型のスコップ）をつけるときもある。ガスマスクも携行しなければならない……。全く、正直にやっていれば重くなってたまったものではないのだ。

そのような重い荷物をできる限り外すように気をつけても、手榴弾一つ、着換えのジュハン、コシタに軍隊靴下数足、カンメンポー（乾麺麭＝乾ぱん）三袋、「牛カン」一つだか二つだったか——それに「ツァラトゥストラ」一冊——の入った私の背嚢は、やはりかなりの重さになった。

というのは、背嚢の上に、軍隊靴下につめこんだ一升の白米がしばりつけてあるからである。余分の白米がやはり一升ぐらい靴下づめにして背嚢の中に入っている。両側には携帯天幕と雨衣《うい》をしばりつけてある。米は重みがあった。しかし弾薬よりは頼もしい……少なくとも私にとって。それから、背嚢の外側に飯盒をベルトで固着し、その上に鉄帽をかぶせる。背負えば、前かがみになる重さであった。両肩と背中の皮がすりむけた。

ゴボウ剣と手榴弾と拳銃のぶら下がった帯革を腹に巻きつけ、背嚢を「うんこらしょ」と背負って、その「引っかけ金具」を帯革の前部に引っかける。そうすると、反袖開襟の夏衣姿で、竹ヒゴで編んだザルを緑色の布で包んだような「防暑帽子」をかぶって歩き出しても、たちまち全身汗だくになってしまうのであった。

出発前の軍装検査のときは、雑嚢と水筒を型どおり十文字にかけて、その上に帯革をまわしてあるのだが、やがて、水筒をはずし、ヒモを短くつめて、頭陀袋《ずだぶくろ》のように首にかけるようになる。こうすると、いつでも水筒を外して水を飲むことができるし、いい水があれば、すぐそれを掬んでおくこともできる。何よりも胸をしめつけるものが一つなくなることが有り難い。最後には雑嚢も丸めて背嚢にくくりつけてしまう。あとはシャツのボタンを全部はずし、できるだけ風を入れるようにして歩く。

「小休止」という声が伝わってくると、その場でものもいわずに引っくり返る。背嚢につけた鉄帽や腰の装具が地面にぶつかって音を立てる。鉄帽がついているために、背嚢が具合のよい傾斜で落ち着いてくれる。背中を少しずり下げると、上にしばりつけてある米袋が、うまく枕のようになって、うなじを支えてくれる……。

「前進だぞ、こら」という声で目が覚める。起き上がって、隣のまだ眠っているやつを起こす。歩きが始まる。

夜行軍は、涼しいけれども、ものうい、単調な労働であった。頭がカラッポになっている時間である。足だけが機械のように動きつづける。

低い声で、誰かが『戦友』をうたい出す

　ここは御国を何百里　離れて遠き満州の

　赤い夕日に照らされて　友は野末の石の下

唱和する声が、低く拡がっていく。不思議に、夜行軍の歩調に合う歌だ……。

　軍律きびしい中なれど　これが見捨てて置かりょうか……

…………

あとに心は残れども　残しちゃならぬこの体……

…………

戦いすんで日が暮れて　さがしにもどる心では……

…………

時計ばかりがコチコチと　動いているも情けなや……
日露戦争の単純で素朴な兵隊の悲しみ――情けなや、という嘆息――が、私の胸のなかに深い共鳴を呼び起こす……。歩きながら、暗闇のなかで、不覚にもこみ上げてくるものを押さえ切れなくなったりする。

白夜の行軍では、背嚢の肩あてに両手をかけて、地面を見つめて歩く。左、右、と足が絶え間なく出ていく。額から汗が落ちていく。すっかり日に焼けた肘に、汗がふき出す。ふき出した汗が、乾いて、毛穴と皮膚のシワにそって、白い塩を残している。なめてみる。ショッパイ。一面に塩をふき出しているオレの肘。あとから出てくる汗が、その塩を流してミミズのような跡をつくる。肘が塩をつけて光っている。オレは若い……、と思った。自分の肘から「若さの力」がふき出しているように思った。

この前は気づかなかった……。こんどは西から近づいているせいであろうか。広漠たる地平のなか、なだらかに横たわる丘陵の稜線に、鎮が乗っかっていることが分かった。どの鎮もそうである。遠くから見ると、稜線はつまり鎮の高低ふぞろいな瓦屋根のシルエットなのであった。

遠くからそのシルエットが見えてくる。私たちの道は、それに向かって起伏をくり返しながら、真っすぐに伸びていく。一つの高みから、つぎの高みにと進むたびに、シルエットは大きくなり、はっきりと見分けられるようになってくる。

私はツバを飲みこみ、ほとんど舌なめずりする思いで、デコボコに並ぶ屋根を一つ一つ見分けていった。屋根の下の黒い板戸を見分けていった。そのなかに集って、よりそって暮らしているだろう人たちを思い、その体温を思い……、そこに山のように集っているであろう何か夢のように美しく香しいものを思った……。何だかとほうもない豊かさがそこにある……。

政務班が保安隊をつれて来たのはよいことだった。

夕食の支度時になると、パンチンが保安隊員に「命令」して、近くからいろいろと材料を調達してこさせる。調理もさせる。配給物受領の「使役」にも保安隊にいかせる。その間、私たちは農家の土間に引っくり返っていられるのだった。


毎日、「行軍序列」が変わった。今日、五中隊が先兵中隊になって行軍したとすれば、明日は後衛になって、梯隊の最後尾にまわる。そういう具合に輪番でやっていくのである。隊列が伸びてしまったような時には、先頭が小休止で寝転がっているときも、後尾のものは追いつくために歩きづめでいなければならない。後衛になることは、いちばん「アゴが出る」役割なのである。

大隊支部はいつも先兵中隊のつぎを進んだから、「アゴを出す」ような後衛にまわることはなかった。

夜中、まだまっくらなうちに、私たちはアゼ道を足ずりするようにたどっていって、軍公路にたどりつく。アゼ道の切れ目、ヘコミなどにぶつかると、「穴」と後続の者にいい伝えていく。それでも、一回か二回は水を張った田圃に足をすべらせてしまうのであった。

公路に出ると、そこで引っくり返って、「眠り」をつづける。先兵の位置に急ぐ兵隊の足が耳のそばをかすめていく。

ビンタ

孝感に着いたのは、八月も末近くになっていた頃であったろう。政務班全員が保安隊員ともども一軒の農家に落ち着いた。庭に出ると、田圃の向こうはるかに孝感の駅が見えた。

ここに十日間ぐらいいた。

大隊の経理室に呼び出された。――こんな用件である。

――隊長殿は、こんどの作戦では副食物の補給がゆきとどかないおそれもあるので、兵員各自、油ミソを用意して、いざという場合、それをなめながら腹ごしらえをせよ、と言っておられる。そこで政務班は町にいって、太い孟宗竹をたくさん買いつけてきてほしい。それを半分に割って、中に油ミソをつめさせるようにするから……。

あきれて……しかし引き受けて引き下がってくるほかなかった。……第一ここに「孟宗竹」なんてあるのだろうか。そもそも竹があるのだろうか。

私が文雄と保安隊を三人ばかりつれて、孝感の町にいってみることになった。四人には何とか買いつけの用件をのみ込ませた。

孝感の町は、かなり離れたところにあった。着いて見ると、そこは思いがけなく大きな、繁盛した町であった。大通りには堂々たる二階建ての商家が軒を並べている。通りいっぱいの人である。いろいろな商いが出ている。あまりにも意外なにぎやかさで、どの一つにも眼の焦点が合わせかねる、といった気持ちだった。

保安隊員たちも、すっかりうれしくなり、始めて見る「町」の文明に、興奮しきっているようだった。

意外にも、この町に竹屋があった。大きな堂々とした店であった。

「こんな竹がほしいのだが……」

といって、私は自分の記憶――孟宗竹のタケノコを食べた記憶――にあるあの太さを両手の指で再現して見せた
……親指と人差指で輪をつくって。

「そんなに太いのはありませんよ」

とそこの恰幅のよい主人はいう。

「とにかくいちばん太いのを見せてほしい」

ということで、案内された奥の方は、天井が高くヒンヤリとしていた。竹は大体、直径五、六センチから、せいぜい太くて七、八センチぐらいのものであった。

(それしかない、となれば、それを買うしかないだろう。一本の竹に節が十あるとして、両方の節を残した「筒」が五つ取れる。それを「タテ割り」にして十個。結局、一本から十個だ。千人分として百本もあればいいだろう……)

「できるだけ太い竹を、百本……」

といったら、主人が眼を丸くした。

「皇軍が必要としているのだ。経理室まで運んでいけば、そこで代金は払ってくれるはずだから」

と押しかぶせた。交渉は、こちらがシドロモドロの「中国語」と日本語でいうのを、文雄が通訳し、そして主人とかけ合ってくれる、という形で何とか進行した。

何といっても、こちらは「皇軍」である。主人は承諾した。そして、主人の指図で、たちまちどこからか数人の苦力が出てきて、あっという間に、竹の束をかついだ「輸送隊」が編成されてしまった。

文雄がそれを引率して、経理室に戻っていった。

(さあ、これでお役目は果たした……と。経理室は竹が細い、とか何とか文句をいうだろう。……知ったことか。それしかないからしょうがないではないか……。あとは折角の機会だから、保安隊に町で遊ばせてやろう。せめてもの保養だ……)

点呼に間に合うよう——何時だったであろう——それまでに現在地点に集合する、ということにして、保安隊員に自由行動を許した。二人が大喜びで人ごみのなかに飛び込んでいった。私は残る一人をつれて、町を見物した。

町は、歩き廻ってみると、はじめにびっくりしたほど大きくはなかった。

町はずれの道傍《みちばた》に手相見の老人がいた。

「タイジン、見ないか」

という。

老人は私の手を見て、こんなことをいった。

「あんたは年をとってから大病を患う。年をとってからは金に不自由しないだろう」

(へえ……年とってから……ということは、年とって病気するまで生きている、ということだな。すると、こんどの戦争では、オレは死なない、ということだな……)


生命の保証を得たことはよかったのだが、保安隊がなかなか戻ってこないことには、すっかりヤキモキさせられた。大隊本部に帰りついたときには、すでに点呼が始まっていた。私は保安隊員を先に帰して、そっと指揮班の隊列の尻尾に並んだ。もう覚悟は決まっていた。仕方がない、処分を受けるまでだ。

「おいっ、杉山、どうして点呼に遅れた」

平べったい大きな顔の、少しアバタのある、ゴツイつくりの森本曹長が迫ってきた。

「ハイッ、公用で孝感鎮に出張中、保安隊の集合が遅れました……」

「ナニッ、それはいいわけか」

「ハイッ、……遅刻は自分の責任であります。処分を受けます」

「処分を受けるだと?　このやろう。なまいきなことぬかしやがって……眼鏡をとれ」

眼鏡をとった。ゲンコツが飛んできた。よろめいた。つづけさまに飛んできた。私は後に並んでいる指揮班の連中にぶつかりそうになった。指揮班の誰かが後から支えてくれた。ゲンコツがさらに追っかけてきた。私は家の壁に押しつけられそうになった。

鴉雀嶺で『ああ堂々の輸送船』ばかり歌わされていたあの軍曹がとんできた。私の両肩をゆさぶるようにして、顔を近づけていう――。

「おい、杉山、……いいから、いいから。……え、あやまれ。あやまってしまえ……」

私は歯をくいしばっていた。

(クソッ、あやまるものか。何をあやまることがあるんだ……。ちゃんと処分を受ける、といってるじゃないか……。処分すりゃいいじゃないか)

曹長もこうなっては、やめるわけにいかなかったのかもしれない。ゲンコツはなお飛んでくる。痛みなど全く感じない。ただ身体を立てていることができない……左右にグラついてしまう。それでも「クソッ」と思って頑張った……軍歌の軍曹がこんどは曹長の方をなだめている……。

政務班の仲間は、私が戻ってきたとき、黙って席を外した。私は戸口に置いてある涼み台に腰を下ろす。頭の中がカッカとしているようでもあり、ボーッとしているようでもある。

そのうちにわけも分からず口惜しさが腹の底からこみ上げてきて、顔をおおったまま、「ウッウッ」とむせぶように泣き出してしまった。嗚咽が、あとからあとから湧き上がってきて、どうにも止まらない。

(処分を受ける、といったら、なぜ生意気なのだろう……きまりに背いたから、そういうのは当然のことではないか……。おれの何がいけないのだろう。曹長はおれの何に、あんなに腹を立てたのだろう……。曹長がああいってきたとき、悪うございました。といって恐れおののけばいい、というのか……。バカバカしい……。ちゃんと、悪かったから処分でも何でもしてくれ、といったじゃないか……そういうスジを通したいい方がよくないという……。一体軍隊というところは……。)

ビンタの痛みはすぐ消えてしまう。「時」はビンタを流し去る。

しかし私の痛恨は残った。森本曹長に怒っているのではない。曹長はそのあと、作戦が始まる直前だかに、指を鉄砲で撃ちぬくかどうかして、戦線から外れていった……曹長には曹長の悩みがあったのだろう。

私が怒っているのは、曹長をビンタに駆り立てた軍隊だ――軍隊を軍隊にしている非合理の精神だ。

指揮班の設営隊が、集結地点に先発することになった。私が先発隊の一人に指名された。

九月十日頃であっただろう。

孝感の駅の、あの荒涼たる風景は、どこにも残っていない。

立派な待合室ができていた。あのときは、こんなものが見えないようなところで下車したのだろうか。

待合室の真ん中に大きな泉があって、ひじょうな勢いで水を吹き出している。底まで透きとおって見えるきれいな水であった。孝感は水がきれいなことで有名な町だ、と誰かがいった。

このような噴泉は、以前来たときにもあったのだろうか?

漢口で半日ばかり外出の許可が出たので、町に出てみた。

出征のとき源ヶ橋のあたりで感じたのと同じようなものを、ここ、漢口でまた感じさせられた。

町が平和でありすぎる……。のんびりとしていすぎる……。戦争なんて、まるでないみたい……。「敵」などどこにもいないみたい……。

「最前線」からやって来た私を、全くクダラナイことに血道をあげている別世界人であるかのような「自己卑下」につき落してしまった大都市、漢口。

漢口の通りを、田舎者のように歩き、映画館に入って『暖流』を見た。そのストーリー、画面に動く美しくもやわらかな男たち、女たち……。何もかも夢のようであった。

その翌朝、船に乗って武昌に渡り、それから武昌の大通りを歩いた。道路の下をくぐるようなところがあり、それをさらに進んでいくと、町が終わって、草ばかり生い茂った原っぱに出た。

原っぱのなかで汽車が待っていた。私は進行方向に向かって左側の座席に就いた。東京から静岡の先ぐらいの距離。四時間も乗っていただろうか。

汽車はノロノロと進む。今、地図でみると約二百キロの行程である。

駅に停まったとき、ホームに下りて——この中国のホームがバカに低くできていることが珍しかった——、われわれを引っぱっている機関車を見にいった。古くさい、汚れた機関車であった……。

そこに中国人の機関士がのっている。よごれ切った作業服を着て、無精ヒゲをいっぱいに生やした中年の男であった。少し若い助手もいたようである。帽子もかぶらず、ボサボサの髪の毛で、窓に肘をつき、片方の手でレバーを握っている。

無表情であった。「そういわれたから動かしているのさ」と、その身体つきが語っている。機械を動かしている中国人——初めて見る中国の労働者であった。

沿線の村は、京山の三角山の裏みたいに、人でいっぱいだった。——男、女、女の子、男の子、てん足の小さな足でヨチヨチ歩きのおばあさん、赤ん坊をあやしているおかみさん、泣いている子、駆け出している子、黒いブタ、犬……、ゴタマゼになった家財道具……。生きものが全部そこに掻き寄せられて、そこで生きている。

駅々で見かける兵隊は、胸に赤いマークをつけていた。どこの部隊であろう……。

よくみると、そのマークは古い詰襟の軍服につける歩兵の赤い襟章——上下の尖端が不ぞろいになるよう鋭い切れ込みを入れてある、あれ——あれを縦にして、尖端を下に向けたものであった。それこそ廃棄物利用——うまく考えたものだ、と感心した。

（あとで知ったが、この辺にいたそのマークの部隊は六師団なのであった）

列車は夕方、「城陵磯」と書いてあるホームに停まって、そのまま動かなくなった。ホームがあるだけで、ほかに何もない。

全員そこで下車した。

中国の機関士は窓から上半身を乗り出したまま、われわれの方を見ようともしない。レバーを握って前方を凝視している。もう汽車はそれ以上前進する必要がない、というのに。そしてときどき、思い出したようにシリンダーから大きく蒸気を吹き出させている。

女や子供たちが、珍しそうに集ってきた。


私たちの「宿舎」から、窪地になった田圃の向こうに、さっきのホームと、堤防のように高くなっている鉄道線路が真正面に見える。私たちを運んできた列車は、まだそこに停まっている。

私はワラを部屋部屋に敷いたりして「設営」した。

(それにしても「城陵磯」とは奇妙な名前だ。何か意味があるのだろうか)

私はすぐこの先が有名な岳州――岳陽であるということを、少しも知らなかった。


本隊は、つぎの日に着いた。

何かと忙しくなってきた。

「ここから向こうは日本軍の警備区域外だから、あまり遠くに徴発になど行かないように」という注意がまわってきた。

「各人、出発までに油ミソをつくっておけ」という指令も来た。

「あの竹の容器」はみんなに渡ったのであろうか。政務班にはこなかったようだが……。

私たちは飯盒の中子《なかご》に油ミソをつめた。

進撃

早渕支隊は九月十五日、岳州東方に集結を完了した。

早渕支隊の進撃コースは、大体粤漢線に沿っていた。その左縦隊は百十六連隊本部、一大隊、それにおそらく旅団司令部、五十八連隊の一大隊、山砲隊、工兵隊、衛生隊などがついたのであろう。東側を進む四師団にいちばん近いコースである。

中縦隊は私たちの百十六連隊二大隊で、山砲一九連隊がついた。

右縦隊は百十六連隊の三大隊、平射砲、歩兵砲がついた。

岳州の前線から長沙までいく間に、北から数えて、新墻河、汨《べき》水、捞刀河、瀏陽河の四本の川がある。鉄道路線の西側は洞庭湖。そして「戦場」の東には幕阜山がそびえている。(図I参照)

九月十八日、私たちは動きだした。

今までのふつうの行軍と別に変わるところはない。

「浪人」や「文雄」は、ときどき前の方に呼び出されていった。私たちには用がない。パンチン、シャオリンと一緒に、保安隊をつれて、指揮班のあとを歩く。

前進が止まるときは、先頭が敵にぶつかったときである。前の方の部隊が抵抗を排除するために戦闘しているあいだ、後続のわれわれは引っくり返って休んでいればよい。そういう意味では、敵が横の方に廻り込んできたりして、こちらにもタマが飛んでくるようなことにでもならない限り、戦闘中の行軍はふだんの行軍よりもずっと楽であった。

新墻河は何事もなく渡った。川の南岸は低い台地になっていたが、敵はそこではたいして抵抗しなかったようである。

それから、少しずつ戦闘がはげしくなっていった。

休んでいる間も、前方や東側の方でしきりに銃声が聞こえた。流れ弾の音の流れを気にしながら、なるべく物陰へと休み場所を移したりすることもよくあった。

大小行李と一緒に林の中で休んでいるところに、急に銃声が迫ってきて、騒然とすることがあった。

兵隊があわただしく動く。

目の前に火柱が立って、兵隊の立ち姿がシルエットになって浮かぶ――その兵隊はおそらく負傷したか、戦死したかであろう。

暗闇にまぎれて迫ってきた敵兵が、擲弾銃をブッ放したのだろう、という。手榴弾を小銃でブッ放す仕掛けだそうである。

戦闘で動きが止まったまま日が暮れる。

敵も味方も申し合わせたように、「戦い」よりも「めし」の方が気になってくるのか、いつとはなしに銃声も静まって、木立のあちこちで「めしたき」の薄煙が立ち始める。

このようなとき――飯盒を下げて、米とぎに水をさがしにいったり、小枝を集めて火を吹いたりするとき――の気分は、まさに『戦いすんで日は暮れて……』である。

腹ごしらえができて、あたりがすっかり暗くなったころ、私たちはそこで寝込んでしまわないで、ガサゴソと動き出す。そこにまだひそんでいるはずの敵を残したままで、部隊は先を急ぐ……。

その敵は、後続の山砲とその護衛の中隊が何とか片づける……か、またすりぬけるか、してくることであろう。

九月二十日、鉄道線路のわきに、忘れ去られたような低いホームがあった。ホームには「黄沙街」の表示板が立っていた。

汨水をまえにして高地に立ったとき、東の方に一面の平地が展開した。その先に薄くかすんで高い山がみえる。そこから、われわれの行く手を包み込むように、山並みがずっとつながっている。

平地のずっと向こうで町から黒煙が上がっているのが見える。煙はゆるく北に傾いて動かない。街道でつながっていると見られるほかの町からも、同じように煙が立ち上がっていた。

音もなく黒煙を立ち上がらせているひとつながりの町——異様な眺めであった。「兵火」という文字が頭に浮かんでくる。戦争がなければ起こりえない火事の姿だ……。

煙は、あそこを通って、あそこまで日本軍が進撃した、ということを語っている。そこに殺りくがあり、破壊があり、そのときに逃げる国府軍が放ったか、追いかける日本軍がつけたか……。人びとの平和な生活を一挙にたたきこわした戦争の証明として、音もなく三本……四本の煙が立ち上がっている。

ちょっとした町で、昼ごろ大休止になった。私とパンチン、シャオリン、文雄とほかに保安隊員も一人か二人いただろうか。とある家の納屋のようなところで、飯のあと、ワラの上に寝ころがった。

文雄の声だったろうか。気がついてハネ起きたとき、その町にはもう兵隊の姿はなかった。私たちがうっかり寝入ってしまったあいだに、本隊は私たちのことを忘れて出発してしまったのだ。

日頃ニヤニヤしている大食いのパンチンもさすがに青ざめた顔になっていた。動作も早かった。部隊が行ってしまうと、待ちかねていたように人びとが通りに出てくる。今までみんな、どこにひそんでいたか、と思うほどである。通りの店はもう商いをはじめている。

納屋を大急ぎで飛び出したら、すぐ小さな橋があった。私たちの血相は変わっていたであろう。行く手をぶらつく町民どもをハネ飛ばしたいほどの気持ちで、人ごみをかき分けながら足早に「追尾」した。

町民だけならまだいい……もし敵兵がこの中に入ってきていたら……。

町からは何事もなく飛び出した――ヤレヤレだ……。さらに追っかけた。しばらく追っかけていったら、本隊の兵隊がバカみたいにのんびりと道傍に腰を下ろして休んでいた。

敵のチェコ〈軽機関銃〉がしきりに音を立てている。私たちは小さな山蔭に固まってひそんでいた。前は百メートルばかり、開けた平地がつづいて、その先にまた小山がある。

どうして、わざわざ、こんなに開けっぴろげのところを走らなきゃならないんだろう、と思う。も少し左手によって、山地の木立のなかを（向こうから見えないように）走る方法がないものだろうか。

チェコは右手の高みから撃ってきている……。「パン　パン　パン」という澄んだ音の三点連射がつづく。誰か、その右手にまわって、チェコをたたきつぶせばよいのに……。

左から岸本軍曹、指揮班の軍曹づきの兵隊、そして私。十メートルぐらいの間隔に広がって飛び出した。

走る――走ろうと心がはやる。が、思うように足が早く動かない。

背嚢が背中でバカみたいに上下に踊る。鉄帽が踊る。踊って眼をおおいそうにズリ落ちてくる。鉄帽を押さえながら走らなければならない……。水筒が踊る。

眼の前で土がハネ上がった。タマが空気を切っていく……。イカン……伏せだ。

伏せる。息が切れそうで、背嚢をおし上げるようにして息を吸いこまないと、たまらない。

背嚢の上にとび出している飯盒が、雑草の上に頭をのぞかせて、敵から見えるのではないか、と心配になる。一センチでもいいから深く、土のなかにもぐりたい……。

ジッとしているわけにいかない。ジッとしていると、チェコの射手はジッとしているおれをよくよくねらって、引き金を引くだろう……。

起き上がる。走り出す。思うように足が回転しない。切れた――背嚢だ。背嚢の引っかけ金具をつるしている細い革バンドが切れた。マズイ……こんなときに。背嚢の肩あてを引っ張り下ろすようにしながら走る。

チェコのやつから見たら、おれはイザっているようだろうな……。

タマが来た。空気を切っていく。土をハネ上げる。伏せなければ……。

タマがハジける音。

左手で軍曹の兵隊が叫んだ。

「軍曹どの……。大丈夫ですか……」

首をまわして見る。草ばかり。

起き上がる。走る。あえぐ。もうどうなったっていいや。

「おい、岸本軍曹どのが負傷したよ」

おどろいて軍曹のところにいざり寄った。

軍曹はシャツをぬいで、胸に包帯を巻いてもらっている。さすがに青ざめた顔の色だ。

「軽傷だよ。ちょうどまた、うまい具合に背嚢と背中のあいだを通っていったんだな……」

軍曹の右に伏せていた兵隊は、飯盒に穴をあけられた。私のところでは、飯盒の少し上をかすめていたことになる。

後続の兵隊が、かみつきそうな形相で走り込んできた。

私たちはふだん歩くとき、無意識のうちに、身につけたもの——カバンのつり革、ベルト、背嚢の肩かけ、金具つりの革バンド、水筒、剣ざし……をいたわり、それらに無理がかからないように気づかいしながら、自分の身体の方を遠慮させさせ足を運んでいるのであった。

それがチェコの前を走る段になると、その「気づかい」と「いたわり」が、全部フッとんでしまう。それでなくても連日の汗と、こすれ、それから乾燥で、くたびれきっている装具だ。

そこで、いちばん大切な瞬間に——できるだけ早く走らなければならないとき、素早く身を起こして移動しなければならないとき——その肝心かなめの瞬間に切れる。破ける。破綻して私の行動を邪魔することになってしまうのだ……。

鉄帽も問題だ。タマが鉄帽に飛び込んだ。だがゆるく被っていたので、タマは鉄帽の内側をグルグルまわって止まってしまった……という話をきく。(ゆるく被っていたセイだろうか……)そういう話を聞くと、やはりゆるく被っていこう、という気になる。ところが、それでこんどみたいに走り出してみると、帽子が踊って、踊るだけならいいが、前の方にずれてきて、眼をおおってしまう。

しかし、ゆるく被っている方が楽で、まだ気持ちがよい、ということも事実である。

ふだん戦闘帽をかぶっていれば、その上に鉄帽をのせて、ヒモでゆるくしばるのもよい。

しかし防暑帽は、それを脱いで首の前にぶら下げるか、背嚢の上にほうり上げるかして、鉄帽をかぶり直さなければならない。鉄帽は頭にジカにかぶさる。あまりゆるいと、たしかに具合が悪いのだ。

「死なない」ための仕掛けは、とかく面倒なものである。そして結局、きつくかぶろうが、ゆるくしておこうが、タマが当たればそれで一巻のおわり……。

敵の弾幕を死ぬ思いでくぐりぬけて来ても、通りぬけてしまえば、トタンにすっかり忘れてしまう。そして性こりもなく、つぎの危険界にノコノコと入りこんでいく……兵隊とは何と楽天的にできている人間であろう。

戦場に入って何日間かを過ごすうちに、おぼろげながら分かってきたことがある。

それは、戦場での兵隊の生活とは日々「死」に直面し、「死」と対決し、きわどい駆け引きをくり返す……などというふうなドラマチックな、冒険的な、そして哲学的なものでは全くない、ということであった。

兵隊にとって「死」が第一の関心事なのではない——。一番の問題は「食う」こと——かっぱらってでも……。そして「眠る」こと、そして「はぐれない」こと……。そうやっているうちに、運が悪いと、「タマ」に当たって、「迫」にやられて、「地雷」をふんで、等々の「事故」で「死んで」しまう……。

「死」はつねに兵隊の考慮の外に置かれた「偶然」として、兵隊の身辺にうろついているだけのことだ。

もしある兵隊が「死」を第一に考えたりするようになったら、その瞬間にその兵隊は本当に「死んで」しまうにちがいない。

密岩山

道はゆるくうねって、山あいを伸びていく。しかしどの山蔭に入っても、その後ろから背伸びするようにのぞき込んでくる高い、大きな山があった。イヤな山である。

九月二十三日になっていた。

前進が止まる。

道傍《みちばた》の木の陰に腰を下ろす。なるべく「その山」から見えないよう、山蔭の斜面をさがして休むのだが、「その山」はヌッと伸び上がって、モロに私たちを見下してくる。

先兵は早くもどこかで敵にぶつかっているのであろう。銃声がしだいに激しくなってきた。

敵は山の上にいる。そして明らかに、山麓の木立のなかにうずくまっているわれわれを見て、そこを目がけて撃ち下してきている……。

「パン……トン」という銃声。「パン」というのは、超音速で飛んでくるタマが私の近くで空気のカベを破る破裂音。「トン」は敵が山の上で発射したときの発射音——超音速のタマの後から伝わって来るのである。だから「パン」と「トン」の間隔が長いほど、敵は遠くにいるということになる。

ときどきタマが固まってきて、頭上で「バチバチッ」とはげしく音を立てることがある。これは危ない。至近弾だ。頭上の木の枝がタマにたたかれ、折れて落ちてくる。

「パチッ」と鋭く、硬く音を立てるときもある。あの音を立てる金属が、おれの肉につきささって、肉のなかであの音でハジケたら、ほんとに「イテエ」だろうな、と思う。思わず伏せて、また、一センチでもいい……少しでも深く地中にもぐりたくなる……。

「ビューン」と空気をふるわせていくのは流れ弾。

もう私の周りは、もの陰を求めてズリ寄ってきた兵隊と苦力でいっぱいだ。これ以上人が入りこんでくるスキ間はない。若い苦力がいる。年よりがいる。子供までいる。背嚢を背負わされているもの、背嚢と何か徴発してきたらしいものを大秤棒でかつがされてきたもの。みな、うずくまっている。大きな背嚢を背負わされている子供が、平気な顔で、みんなと一緒にうずくまっているのには——大胆なのか、こわさを知らないのか——舌を巻いた。

山の上の射手は、ときどき思い出したように、タマの雨を降らせてくる。気まぐれで撃っているのであろうか。遠いタマ、近いタマ……それが群がって、周りの木々を打つ。

「パン……トン」、「バチバチッ」、「バチッ」、「パシッ」、「バチバチッ」、「ビューン」……また「パチパチッ」……。

ひたすら伏せて、それらが通りすぎるのを待つ。

前の方から、何だかただごとでない、切迫した動きが伝わってくる。あわただしい気配……。「衛生兵、前へ」と呼ぶ声がする。今のタマで誰か兵隊がやられたのだ。衛生兵が急いでズリ寄っていく気配。


「パシッ」という音で、あわてて首をすくめても、実は無意味なのだ。当たるヤツには、首をすくめる前に、タマが身体の中に入っているのである。

管制高地に陣をかまえる、ということは大した威力を発揮するものである。そこに立てこもって、小銃をブッ放しているだけで——まだ敵はチェコを使っていない、迫撃砲ももち出していない——、これだけの部隊をここにクギづけにしてしまえるのだ。

その後、人から聞いた話や、いくつか見た文献で、この「いやな山」が日本軍のあいだでは「密岩山」で通っていることを知った。「ダルマ山」と呼ばれているのもこの山であろう。中国で発行されている地図では、大体、新市と青山市との中間あたりになりそうである。（図I参照）

私は指揮班と一緒に、密岩山を真正面に見上げる開いた高みに移ってきて、そこで伏せていた。今まで私たちがかくれていた低い山と森が右手に見える。部隊はその右手の山のなかに、密岩山をとり囲むようにして展開しているのであろう。

こんど私たちが伏せたのは、ゆるい斜面の上であった。一面にジャリのような砕石でおおわれている。眼の前で村井連隊長と、横沢大隊長が並んで密岩山を眺めていた——双眼鏡で。

はじめて見る連隊長は鼻の大きな人、温厚そうな老人であった。

「横沢。どうやらこれが主線陣地だぞ」

「そうですな……」

大隊長が、うなずいている。

連隊長は、まるで身内のものに話かけているようだ。大隊長がまるで自分の息子であるかのような、大隊長をいとおしんでいるような……話しぶりである。

しかし「主線陣地」という言葉は知らなかった。

しかも不思議なことに、連隊長が「主線陣地」というと、この言葉がはずみ出す……いや連隊長自身がはずんでいるのだった。

眼の前に、視界をふさぐように立ちはだかって、私たちの上に、ときどき思いついたようにタマを降らせてくる「イヤな山」……それを見上げて「主線陣地」の攻略を語り合っている二人の、親子のような軍人……。

すぐにでも始まるであろうこの「主線陣地」との戦いを思って、私は武者ぶるいした。

村井老人は、このような戦闘の場にのぞむと、周りの者にまで、その奮い立つ心を伝染させずには置かないような、根っからの武人なのだ……。あの好々爺のような穏やかな顔つきのどこに、そのような「武」がひそんでいるのであろうか。

二人は立って山を見ている。私たちはその足下に伏せて、二人を見上げている。静寂の瞬間……。

空中で破裂音が固まり、二人の足元で、砕石がハジけ飛んだ。

「危ない」――敵は山の上で、二人の姿を見つけたのだ……また砕石が飛び散る。

「配置はすんだか」

「ハイ、終わりました」

「そうか。では黒竜三点で攻撃開始だぞ」

「ハイ、分かりました」

「一時だぞ。いいな」

連隊長はああやって、こっちに来ては「横沢」の二大隊を手配し、あっちに戻っては、配下の一大隊やその他の諸兵を配置し、あの「いやな山」をたたきつぶす仕掛け人として、心を弾ませて飛びまわっている。それに引っかえ、私は地面に伏せて、一センチでもいいから深く地中にもぐりたい、などと考えている。任務が違うのだから、といえばそれまでだが、私がもし連隊長だったら……この「いやな山」を前にして、あんなに心を弾ませて飛びまわるだろうか。


信号弾が上がった。たしかに黒い煙が三つ流れている。いよいよ「密岩山攻撃」の戦闘開始だ。しかし、その途端に重機がうなり出し、砲撃が始まる、というふうでもなかった。案に相違して、それは「静かな」戦闘であった。

私たちは寝転んで待った。ときどき重機の音も交じって、はげしい銃声の交錯があった。

日が暮れかかるころ、私たちは「出発」した。……戦闘は終わったのだ。「いやな山」は夕闇のなかで沈黙していた。

私たちは上り坂をどこまでもたどっていった。道傍に、機関銃座の跡らしい壕がみえる。

私たちをこんなにも長い間クギづけにし、虫ケラみたいに地中にもぐり込みたい、などと考えさせたこの「いやな山」の全貌を、この眼で確かめたかった。

かれらの銃座から見下したとき、私たちの伏せていたところはどのように見えるのか、この眼でそれを確かめたい——この日の戦いのあとをこの眼で見たい、とどんなに思ったことだろう。

しかし部隊はどんどん進んでいく。見たところ、周囲には「主線陣地」といわれるに価するような「山岳要塞」らしいモノモノしさがなにもない……不思議なことであった。

日は急速に薄れていく。周りに見えるものは人っ子一人いない山地の農家ばかりであった。

私たちが寝転んで待っていた間に、しかし戦闘部隊は勇敢に戦っていた。

ある小隊長は、敵の猛烈な射撃のなか、最後の陣地に肉迫していった。いよいよ、「そのとき」がきた。小隊長は腰の軍刀を抜き放った。仁王立ちになって「突撃」を絶叫した。あとは無我夢中……。敵陣に突入して、そこにいた敵兵を一掃して……気がついたら、自分の手に抜き身の軍刀があるばかり。刀の鞘も、図嚢《ずのう》も、きれいさっぱり身辺から消えていた。

ある分隊は、一つ一つ敵陣をぬいて山頂に迫っていった。最後の総攻撃になった。分隊長が「まっさき駆けて突進し」、その勢いで真っ先に山頂を極めた。山頂につっ立って、大きくバンザイをした。つづく兵隊も山頂に駆け登ってきた。かれは「日の丸」をもっていた。素早くそれを自分の銃にしばりつけると、分隊長のわきで、「日の丸」のついた銃を、大きく左右にふり動かした。

連隊長は山麓で、歩兵の果敢な戦闘ぶりを見守っていた。

わが方の重機関銃の的確な掩護のもとに、攻撃隊が敵の銃座を一つ一つつぶしていく。わが方は、ジリジリと頂上に向かって攻め登っていく。歩兵が山頂目ざして突撃した。連隊長の双眼鏡に、山頂で大きく「日の丸」を振る兵隊の姿が入ってきた。

「あの兵隊は誰か?」連隊長が聞く。その兵隊の名前が記録された。かれは密岩山の戦闘における果敢な行動が認められて、「殊勲甲」のほうびをもらった。

「一番乗り」の「実績」よりも、それを「誇示」する「日の丸」の方が評価される……。兵隊のあいだでは、「密岩山の戦闘」というと、きまってこの話が出てくるのであった。

密岩山を抜いてから捞刀河畔まで、そして捞刀河を渡ってから瀏湯河まで……九月二十四日から二十七日まで、戦闘がつづいた。

私たちは夜になると天幕をかぶって、道傍で寝た。起きると、味方の飛行機がブルブルとプロペラを廻しながら低空飛行でやってきて小型の爆弾を落としたり、機銃掃射をやったりするのを見た。そして、敵の弾幕をくぐりぬけて走っていた……。

この頃には「情報分隊」はほとんどバラバラになっていた。私は多くの場合「文雄」と一緒だった。ほかの仲間は大小行李の方に混っていたのであろう。

情況はかなり混戦状態になっていて、私たちが前進する道に、敵兵がまぎれ込んでいるようなことがあった。そのような具合で捕虜になった敵兵から、敵情を聞きだした——といっても、その兵隊も、ほとんど何も知っていないのだ。部隊名、部隊長の名前ぐらいがせいぜいである。しかしかれは部隊長の名前を書くことさえできない。

またクリーク（水路）の土堤の上を走らなければならない……。ほんとに、どうしてもっと隠蔽《いんぺい》した道をえらぶことができなかったのだろう。

しかも一人ひとり走っていかなければならないのだ。一人ひとり、運だめしをやらされるようなものだ。一人ひとり代わりばんこに出ていって、敵さんの狙撃の標的になってやるようなものだ……ほんとに、どうかしている。

飛び出す順がしだいに廻ってくる。

敵はどこか真横の方から、チェコを撃ちまくっている。

いよいよ番がきた。飛び出す構えで身を沈める。

「パンパンパン……」

三点連射がつづく。三点連射、三点連射……。リズムがある。連射と息つぎの交錯がある。チェコの射手はノベツ幕なしに撃ってるのではないのだ。

また連射……。息をつめて待つ……。息つぎ、その瞬間に飛びだす。

細い土手の上の一本道。行く手に土煙り、左手の水面にすごい勢いでシブキが上がる。土がはね飛ぶ。シブキがまた二つ、三つ……イカン……もうこれ以上は……ここで伏せようか。

敵はオレをねらっている。土手の上をヨロヨロと走るオレの姿を……。

いや……伏せてはダメだ……伏せては……。完全に露出している……。土煙、シブキ……もういいや。もう息がつづかない……このままとにかく走って……当たればそれでおしまいにしよう……当たればそれまで……当たれば……。

本部と一緒に歩いているときもあった。先兵中隊と一緒に、土民をつれて、文雄と道案内のようにして歩いているときもあった。

その頃、「もっと早く歩け」と土民にいうとき、文雄が「クヮイシェ　ツオ」（快些走）といっているのを聞いて、そのいい方を憶えた。

長沙

田圃には水がなかった。ショウガ畑が至るところにあった。しかし私がそれを知っていたわけではない。私には、どれがショウガなのだか見分けがつかないのだ。ほかの兵隊がそういっているのを聞いて、そうかな、と思ったばかりである。

例のミソが残っている間、ショウガを一抱えも取ってきた兵隊から少し分けてもらって、ミソにつけて、それをおかずにした。ミソがなくなってからは、ショウガだけをかじって、冷たくなった飯盒の飯をかき込んだ。

撈刀河での抵抗は頑強であった。私は畑に展開したまま動かなくなった部隊の後ろで、「日の丸」をつけた飛行機が上空を乱舞するのを見ていた。そのとき、飛行機は、もちろん敵軍に攻撃を加えていたのであろうけれど、後で聞いた話では、味方の兵隊にも爆弾の雨を降らせたらしい。

私はたしかに、兵隊たちが畑の上に「味方」であることを示す対空標識の布をひろげるのを見ていた……。飛行機からでは、そのようなものは眼に入らないのであろうか。

このため、味方に、かなりの死傷者が出た、ということである。

夕方、銃声は消えた。

戦闘部隊は川を渡って突進していったのであろう。私たちは川の手前で宿営——野宿した。

このときの戦闘で小隊長が戦死している。その少尉は、私も見覚えがある。快活な、元気そうな青年将校であった。

その少尉が、こわれた人形みたいになって、積み上げられた家具、マキ、ソダの上に置かれている――片手を頭上に伸ばしたまま。兵隊がその身体を半分転がすと、その腕はぎこちなく動いて、ぶら下がった。快活な、眼の輝いていた顔は、空ろに口をあけて虚空を見上げる面《めん》に変わっていた……。

ギリシア人は「死は醜い」といったそうだが、ほんとに、生命を失った肉体は醜悪だ、と思った。「死は美しい」という人がいれば、それは死人の生前――死ぬ瞬間までの英雄的な、あるいは美しい姿――を覚えていて、その方を指していっている言葉であろう。ナキガラは醜いと知るべきである。その醜くかるべきものを美しく支えていた生命――魂――の貴さ、美しさを知るべきである。全くプラトンのいい分ではないが……。

少尉の死体は、そのことを私に教えてくれた。やがてマキに火がついた。見る見るうちに少尉の身体は宙天に立ち上っていく壮大な火焔の中に埋まっていった。どこかに小銃弾か手榴弾でもまぎれ込んでいたのであろうか、火焔が突然爆発し、夜空に高く、また四方八方に、一面の火の粉を吹き上げ、まき散らした。

拐刀河には、梁や戸板のイカダをつなぎ合わせてつくった橋が浮かんでいた。私たちはそれを踏んで南岸に渡った。いつの間にか、工兵隊がこのような作業をしていた……。あの、銃砲声が交錯しているさなかに、こんな仕事をやってのけたのであろうか?

戦場はもうずっと南の方に移っている。この「戦いの跡」では、太陽ばかりがギラギラ照りつけて、一切が空虚であった。

農家の前に人間が転がっている。

五、六人の農民。男や女。仰向け、うつ伏せ……。

その手や足が、ふつうならば考えられないような角度に曲っている……人形の腕や脚をゴムがついたまま引きぬいて、いい加減にひん曲げて、そこに放り出した……かのようである。

一人の男の、空を見上げる眼は、まだ生きていた……。私は男に近づいて聞いた――。

「オ前タチ……爆弾デヤラレタノカ？」

男の眼が力なくうなづいた。

私は何もしてやれない。言葉――今さら何の言葉であろう――をかけてやることさえできない。

何が何だか分からないうちに空から降ってきた悪魔の手で、モミクチャにされ、引きちぎられてほうり出されてしまったこの人たち……。

私はだまって、この死体の群れを置き去りにした。


私はしだいに「徴発術」を身につけていった。

扉を蹴とばして開ける。中を見まわす。「大切なもの」がどの辺にかくされているか、大体の見当がつく。めし炊きをするときは、戸棚や家具類をもち出し、それをたたき割り、ふみ破る……乾いていて、油気が染み込んでいて、最良の燃料である。衣類や茶碗類には用はない。

鶏を追っかける。鶏は一羽に眼をつけたらそれを徹底して追いかけなければならない。最後にその鶏は逃げ場を失い、豚小舎のサクに首をつっ込むか、物置の隅に入るかして、あきらめて動かなくなってしまう。つかまえたら、頸をつかんで思いきりひねる。頸がねじ切れる。逆さにして、切れ口から血をしたたり落とす。切れ口から骨がつき出してくる。それから、切れ口に指をつっ込んで、ギュウギュウ皮をむいていく。きれいな赤い身が出てくる。

豚は、一人ではとても手にあまる。やはり「組んで」やってから、相応の配分にあずかるのを待たなければならない。

その家は、すでに前の兵隊たちが荒らしていった後であった。何ものこっていない……。しかし……あった。ここまでは誰も気がつかなかったのであろう。

カマドの上に、天井から豚肉がつるしてあるではないか。……真っ黒にススケきっている。燻製になっていた——脂身の燻製である。

私はそれにかぶりつき、そのスゴイ脂身を全部平らげてしまった。美味しかった。私は脂に餓えていたのだ。餓え切っていた。

瀏陽河も、戸板のイカダ橋のすき間を、静かに流れていた。水が澄み切っていた。

私たちが長沙の町に入ったのは、九月二十八日だったであろう。暮れ方であった。

早い方の部隊は、とっくに町に入っていたらしい。通りの両側の家々に、設営作業で動きまわっている兵隊の姿があった。

狭い通り。両側の家は、門口に黒褐になった高い戸板を立て並べて閉め切ってある。開いている家には兵隊の姿が見える。戸板に、そして仕切りのレンガの壁に、「打倒日本……」とか、「徹底抗戦」とか、「死守祖国」などという抗戦の文句が、チョークやペンキや、ハリ紙で、やたらに書きつけてある。

抗戦意識の強い町だ……。

通りは、長沙に殺到してきた部隊でいっぱい。うっかりしていると、よその隊列にまぎれ込んでしまいそうである。

こんな状態になった町に、まだ女たちが残っている。逃げおくれたのであろうか。

黒い薄手の生地でつくったズボンを短か目にはいている。前を重ね合わせるようになった女物の上衣——白いのや黒いの——を着て、腕に小さな荷物の包みを引っかけている。

ここの女たちは、みな断髪にしている。小沖口では全く見かけなかった。……何だか先進的、そして戦闘的にさえ見える姿だ。小沖口の女たちはみんな、髪を後で束ね、額を四角に剃り上げて——西太后みたいな顔になっている。

そして小沖口ではみんなてん足だ。……ここは？　分からない……。兵隊がいっぱいつまっていて、女たちの足元を見ることができない。

（長沙という町は、そして湖南という地方は、ひょっとすると、日本軍にとって恐ろしいところになるのではなかろうか……。この女たちだ……。この抗戦意識だ……）

そんなことを考えながら、前の者に遅れないよう、一生懸命、兵隊の流れをぬって歩いていた。

「軍医殿……こんな女がいました……」

兵隊が、若い断髪の女をつかまえて、私たちのわきを馬で乗りすすめていた軍医に見せている。

「何？　そいつ、女兵《ニューピン》じゃないのか？」

馬上の軍医の唇は、思いなしかぬれているようである。もっとも、ふだんから軍医の唇はぬれ気味なのであるが。

「杉山、ちょっと調べてみろ」

「ハイ」

もみ合うようにして通っていく兵隊の流れのなかで、私の訊問が始まった——。

「オ前ハドウシテコンナトコロニイルノカ？」

「田舎の親戚のところにいるお母さんを訪ねていこうと思って……」

女は若く、小柄で、キリッとして、頭のよさそうな顔だった。

「女の持ち物を調べてみろ」

軍医が馬上から声をかける。

「オ前ハ何ヲシテイルノカ？」

「私は小学校の……」

「エ？　小学校ノ先生カ？」

「ええ……」

私はそのときまだ、先生を意味する老師《ラオス》という中国語を知らなかった。しかし若い女ははっきりと「小学校」といった。私は日本式に「先生」という言葉をつかって尋ねた。それでも意味は通じたのだ。

よかった……。学校の先生なのだ。

「軍医殿、この女は小学校の先生です」

「何だ……先生か。女兵じゃないのか……」


せっかくのウマそうな獲物をミスミス手放さねばならなくなった無念のうめき……と、軍医のその言葉を聞いたのは、こちらのヒガミだったろうか？

とにかく、絶対多数の日本人の間で、学校の先生にたいする尊敬の心が——形ばかりにせよ——残っていた、ということは有り難いことであった。

私は彼女にいった——。

「サア早クイケ。コンナトコロニグズグズシテナイデ、早ク、兵隊ノイナイトコロニ……。兵隊ニツカマルヨ……」

しかし、そのときの私のシドロモドロの中国語が、どこまで女先生に通じたことやら……。

女は後も見ずに、人の流れの向こうに姿を消していった。

私は腹の中で叫んでいた——。

「ザマアミロ」


その晩、政務班の一同が落ち合って、本部の兵隊と一緒に泊まったのは、広い通りから右に少し入ったところにあるコンクリート造り、二階建て、白壁の、大きな四角い窓が並んでいる——たぶん学校の二階だった。コンクリートの土間であった。そこには、たしか校庭らしい広場もあった。私はそこに倒れ込んで眠ってしまった。

反転

翌朝、私たちは長沙を後にして、もと来た道を引き返した。瀏陽河の板橋を渡った。撈刀河も渡った。なぜこんなに早々と長沙を離れるのか、わけが分からない。戦争して、苦労して、何人もが死んだり、何人も殺したりして、やっとたどりついたこの町だというのに……。

記録によれば、早渕支隊は九月二十七日、長沙に入城したことになっている。それはきっと歩兵の戦闘部隊と、村井連隊長らが突入していった日なのであろう。

私たち早渕支隊の非戦闘部隊が長沙入りしたのは、その翌日、九月二十八日ということになる。そして私たちは長沙に「一泊」しただけで、九月二十九日には、もう長沙から引き揚げているのだ。

同じ記録——『防衛庁防衛研修所刊、戦史叢書、大東亜戦争公刊戦史、第四七巻』——によれば、早渕支隊が長沙を撤退したのは、九月三十日の夜、ということになっている。これは早渕支隊の後衛が撤退し終わった時期をいっているのであろう。

先兵中隊と非戦闘部隊——本部指揮班の若手部分や大小行李など——をまず行かせ、ついで工兵、砲兵、衛生兵などの補助部隊を立去らせ、最後に後衛を引き受けた百十六連隊の一大隊、二大隊の諸中隊が「撤退作戦」を戦った、ということになる。

その作戦がどんなに苦しいものであったか……。

十月一日、後衛部隊は捞刀河北岸で、国府軍の九八師団と遭遇し、百十六連隊の一大隊長、川崎進少佐が戦死。翌二日には、同じく二大隊の大隊長、横沢三郎少佐が戦死。

つまり、後衛の諸部隊は九月三十日夜、長沙を後にし、捞刀河を渡ったところで、待ち構えていた九八師団に包囲されたのであろう。大隊長が二人も戦死した、ということは、この包囲と、それに対する「反包囲」の戦闘が、どんなにはげしいものであったかを物語っている。

この戦闘のときだったのだ——。私たちはかなり長い間行軍を止めて、後続の到着を待っていた。やっとシャオリンやパンチンたちが、保安隊と「チャン馬」（支那馬）をつれて追いついてきた。

そのとき、シャオリンはへこんだ眼をしょぼつかせて、

「いやはや……行李の馬の真ん中に、敵の『迫』がボンボン落ちてくるんだからな。たいへんだったよ」

といっていた。

思えば、そのとき大小行李の中に「迫」をブチ込んでいた敵の部隊は、行李のさらに後ろを前進中だった百十六連隊の後衛部隊をビッシリと包囲していたのであった。

国府軍は、日本軍が長沙から引き揚げるのを見越して、それを追撃、包囲する作戦に出ていたのである。四師団も六師団も、みんなこれでひどい目に遭っている。

六師団は長沙のさらに南にある株州まで進出したと聞いていたから、その苦労はたいへんなものであっただろう。それにくらべると十三師団の早渕支隊は、実質が歩兵一個連隊余り、砲兵一個連隊弱という身軽さだったから機敏に行動できたし、長沙に「す早く入って、早いところ脱け出した」ので、損害はまだ比較的軽く済んだのだと思われる。

早渕支隊で参戦した私たちは、運がよかったというべきである。

あとになって八中隊から政務班に入ってきた後藤という一等兵から聞いた話では、八中隊は長沙にいる間、夜なかに、湘江の川岸で、どこかに撤退していこうとしていた敵の部隊にぶつかり、暗闇のなかで敵味方入り乱れての大混戦になったという。

後藤一等兵はちょうど甲斐中隊長のそばにいたので、中隊長に襲いかかろうとしていた中国兵を、後から羽交締めにすることができた。かれは大男で、柔道ができる。敵兵はそれで身動きできなくなってしまった……さもなければ、中隊長はどうなっていたか分からないところであった。

そのようなはげしい戦闘が、あのとき――私が学校の二階で眠りこけていたとき、そしてその前後に――長沙の町の中でも、長沙の周辺でもつづいていた、ということなのである。

＊

日本軍にはそのとき、長沙に「長居できない」事情があった――とくに十三師団には。

九月二十三日、私たちがあの「いやな山」蜜岩山を攻めていたとき、蒋介石は中支の各戦区、とくに宜昌にいる十三師団と、荊門、沙市地区を守っていた三十九師団に対峙していた第五戦区と第六戦区の司令にたいして、全面的反攻に出ることを命令していた。

私たち二大隊指揮班の一隊が長沙入りをした九月二十八日には、宜昌、荊門、沙市で、国府軍が総攻撃を始めている。宜昌の東北部では、国府軍が十三師団の「百四」と「六五」の警備地区境界線を突破して、警備地区内になだれ込んでいた。

撈刀河の北岸で、早渕支隊の「百十六」一大隊長、二大隊長が戦死した十月一、二日には、沙洋鎮と十里舗間の軍公路が、国府軍のために寸断されていた。

森金千秋氏の『華中戦記』によれば、漢口の第十一軍司令部は、十月十日の「双十節」に国府軍が、反攻に出るものと予想していたそうである。それで十月四日に、荊門、沙市地区の三十九師団が「先手を打って」、国府軍に攻勢をかける手はずだった、ということだ。

この十一軍の規定でいくならば、九月三十日に長沙から反転した早渕支隊は、三十九師団が荊門と沙市で「敵を押さえて」いるあいだに宜昌地区にすべり込む——そうなれば十三師団の総力でもって「双十節の攻勢」に対抗することも可能となったであろう。

国府軍の第五、第六戦区は、実際には九月二十八日に総攻撃を発動した。宜昌、荊門、沙市地区の日本軍は大混乱に陥り、空前の危機に追い込められてしまった。

十一軍の想定は、これで根本から引っくり返されてしまったことになる。

十月三日、四日ごろには「私たちの地区」——古老背、鴉雀嶺、そして太保場の一帯——は、国府軍第五師、第七七師、第六師などが自由に往来できる地域になっていた。宜昌の北東方面からも、国府軍の一三九師とか一四一師などといった部隊が、日本軍の警戒線を破って南下していた。

ねらいは、宜昌—当陽道路を切断して、宜昌を完全包囲下に孤立させてしまうことである。

十月八日ごろには、宜昌は実際「命、旦夕《たんせき》に迫る」という状態に追いつめられていた。

十三師団司令部の全員が——内山師団長以下衛生兵に至るまで、宜昌の東側にある「東山寺高地」に立てこもり、押し寄せてくる国府軍と「最後の一戦」を交える覚悟をきめていた、といわれる。

十月八日から十日にかけて、同様に国府軍の攻勢にさらされて苦戦していた三十九師団から救援部隊が宜昌の「東山寺高地」に駆けつけ、つづいて「おっとり刀」で反転してきた早渕支隊も、澄田三十九師団長の指揮する同師団二三三連隊などと一緒に宜昌に到着した。

これでようやく国府軍の大攻勢をくい止めることができた、という次第である。

長沙を後にして北上していた私たちは、しかし、そんな重大な危機が宜昌や小沖口に迫っている、などとは露ほども知らなかった。

ただ、やみくもに急がされた。目的地は、菅田というところだという。

私たちはもう馬と一緒であった。保安隊が「浪人」先生の押収品――布地とか衣類などらしい――を積んだ「チャン馬」を引いていた。シャオリンはまだ大丈夫だったが、パンチンが「アゴ」を出した――へばったのである。パンチンの背嚢を「チャン馬」に載せ、パンチンの銃を私がかついだ。

＊

撈刀河で一戦があったのちは、もうほとんど敵にぶつかることはなかった。……ただ、その直後に、「大隊長殿、戦死」が口伝えに聞こえてきたときは、さすがにショックであった。澄んだきれいな川を渡って長沙に入り、そこで一晩を過ごし、翌朝そこを発って、また川を渡って歩いている……という私の経験ではカバーしきれないところで、私の想像を越えたはげしい衝突が――大隊長を戦死させるほどの激突が――つづいているらしい……そう痛感させられたショックなのであった。

「敵だ……敗残兵だ……」と誰かが叫んだ。私たちは峡谷の右側、山腹の道を進んでいた。

「ほら、あすこ……」と指す方を眺めると、たしかに……いる。

谷を越した向こう側の山腹、木立のなかに、黄色い服が二人ばかり見えかくれしている。

「ヤロウ。やれ……やれ」と指揮班の兵隊が叫んだ……。「撃て……大隊長の弔い合戦だ」という。

たった二人の……それも見たところ銃も持っていない……たしかに「敗残兵」というか、本隊にはぐれた兵隊か、と見られるが……そんなしがない兵隊を相手に……「弔い合戦」とはチト大袈裟ではないか……。しかし「大隊長殿、戦死」のショックがつづいていた。「理性の言葉」が傾聴される雰囲気ではなかった。

三、四人が銃を構えて、斜面の二人にタマを撃ち込みはじめた。

二人のわめき声が聞こえてくる。

「ブター、ブター、タイジン……ブシン……」（撃つな、撃たないで……大人……だめだ……）

二人はほとんど泣きわめいているようである。斜面をすべり落ちていくようである。そしてそのまま声はとだえた。

休みなし、といってもよいほどの行軍であった。私は馬に乗って兵隊を見くだしているヤツを憎んだ。

私はどこかで見たことがある「階級」という文字をつかって、考えていた。

（ヤツとおれは別の「階級」だ……馬に乗る「階級」と乗らない「階級」……うまいものを食って命令して、人をコキつかう「階級」……「階級的憎悪」……）

歩きながら、本能的に両側の地形を偵察している自分に気づく。

（あの左前の稜線……危ないぞ、あそこは……ああいうところに敵がいるんだ……あそこから撃ってきたら……マズイ……。隠れ場所がない……。道からとび出して……そこの溝に伏せなきゃ……）

菅田は小さな船着場であった。それだけ……。「港町」などというものではない。岸辺に家が少し固まっているだけ……。一面の葦原……。

岸壁に小さな汽船が泊まっていて、あたりに兵隊が散らばっていて、休んでいるもの……、積み込みの作業をしているらしいもの……。

まず馬を積込むことになった。

「チャン馬」の腹に綱をわたして、背中でまとめる。クレーンのカギをそこに引っ掛ける。そのまま宙づりにして、船倉につるし下ろす。

私は自分でも驚くほどの身軽さで、背嚢の上にパンチンの銃を背負い、甲板からたれ下がっていたロープをよじ上って、「チャン馬」と同時に船に乗り込んでしまった。船倉に下りて、「チャン馬」をつなぎ、飼いばをくれてやった。

それからタラップの脇に場所を見つけて、そこにうずくまった。パンチンやシャオリンが乗り込んできた。保安隊もきた。「チャン馬」は船に乗ったが、「浪人」先生の方はどこに、どうしているのだろう……。

いつの間にか船は動きだしている。何もない葦の平面みたいな岸辺の眺め……それが動くともなく後方に下がっていく。

眠くなる……ただもう眠りたい……。

何時間乗っていたのだろう。眼が覚めると、下に降りていって、「チャン馬」に飼いばや水をやった。馬でギュウ詰めになった船倉である。馬もくたびれ切っているのであろう。おとなしかった。

何かの拍子にけつまずいて、タラップの角に右の向こうズネをぶつけた。思わずそこを押さえてとび上がったほど痛かった。

船はどこを通っているのだろう……。

右隣のやつも、左の男も眠っている。ひたすら眠りつづける。

あの日は——十月四日だったろうか……五日だったろうか。長沙を後にした朝以来……一体何日経っているのか、考えもしなかった。……そしていま船の上にいる、それだけがはっきりしている。船は動いている……ようでもあり、止まっている……ようでもある。……どうでもいい……眠る……。

どこで下船したのだろう。

漢陽だったろうか……漢口だったろうか。

漢口の兵站にいた……それは確かだ……。

それから……？

菅田から応城の近くに来るまで、この間が空白になっている。くたびれ切って眠っているうちに記憶のその部分が消されてしまった……いや記憶そのものが、私の脳細胞に刻みつけられなかった……のかもしれない。

ただ一つ、漢口で感じたことが、はっきりと残っている——。

(警備地区はなんと不自由なところだろう……)

兵站に入ってしまうとイケナイ、イケナイずくめ、右にいくことも、左にいくのもままならない……。何かハコ詰めになったようである。

それにくらべて、「あの世界」——勝手なときに、構わず、どこでも人の家に押し入って、ほしいものをカッパラッて、それを自分の好きなようにできる——自由の世界——戦地の、あの無法の世界。今になってみると、「あそこ」がなんだか無性になつかしく思われてくる。

何日か行軍がつづいて、ある日の夕方、私は応城の近くの農家の庭にいた……。

どういうわけか、私はゴマ穀などを集めてきて、一人で飯盒を燃やしつけていた。

静かな夕方であった。

近くの川に水浴びにいった。黄色っぽい水。

中年の農夫が、やはり水浴びに来ている。

私は農夫に呼びかけて、自分で水浴びの動作をして見せ、

「コレヲ何トイウノカ?」

と中国語で聞いてみた。

農民は
「リャンフィ　シーザオ」

といった。

なるほど、風呂にはいることは「シーザオ」だから、すると「リャンフィ」というのは涼水のことか。ここでは水のことを「フィ」というのか……。

そんなことを考えていた。

兵隊が二、三人、馬を洗いにきた。馬の背中に大きな鞍傷ができている。傷口が痛そうに光っていた。

馬に水をかけてやっている。ほとんど全身を水中につけてしまった馬もいる。


翌朝、右のスネの例の打身のところがうずきだした。少しハレている。

その日の行軍はつらかった。こんなに足が重く感じたことは、これまで絶えてなかったことである。

歩くにつれて、足がますます重くなってきた。引きずるようにして歩く。とうとう、足が、どうにも持ち上がらなくなってしまった。足がどうしようもなくウズく。道傍にしゃがみ込む。次から次と、隊伍が脇を通りすぎていく。

軍医殿が通りかかった。

「杉山じゃないか……どうしたんだ?」

「とっても足が痛んで、歩けないのです」

「どれ見せろ……」

軍医がわざわざ馬から下りてきた。


ゲートルをとって、ズボンをたくし上げた。まくり上げるのが一苦労であった。軍医は一目見て、

「こりゃイカン、すぐ入院だ」

という。自分も見てびっくりしたほどスネが青ずんでふくれ上がっていた。

軍医に聞かれて、船の中でキズをつくったことを話した。

そういえば、昨日、馬と一緒に——それこそ「リャンフィ　シーザオ」した——あれがイケなかったのだ。あの鞍傷のバイキンが、そっくりこのスネにとりついたのだ……。

トラックが拾い上げてくれた。皀市のあたりであっただろう。軍医が一緒について来てくれた。

入院

沙洋鎮の民家が、そのまま病室になっている。細い曲がりくねった石畳の道の両側に、白い障子紙を窓や戸口に張った平屋が並んでいる。それがつまり「沙洋鎮野戦予備病院」の病室なのであった。

その一軒に入れられた。「軍隊手牒」によれば、十月十二日のことである。

私は病室に落ち着くと、足の下に枕を当てがって、眠った。

歩兵部隊は、いつ、どのようにして漢口に着いたのであろう。

かれらはたぶん孝感までいって、そこからトラックに乗って――たいへんな数であったに違いない――宜昌に急行したのであろう。

あとになって聞いた話では、軍公路が破壊されていたので、そんなところは畑の中をつっ切って飛ばしていった、ということである。こうして、とにかく当陽あたりまでバク進したらしい。

私が入院したとき、早渕支隊の歩兵はもう宜昌に入っていたはずである。


そんなことは知らずに、私は眠りつづけた。

軍医は化膿した部分をえぐり取った。

はれ上がった右のスネに、井戸のように深い穴があいた。そこにつめたガーゼは、手品師のハンカチーフのように、ゾロゾロとつながって出てきた。


同室の患者は、四師団と六師団の兵隊であった。

四師団の兵隊は、私より二日ほど遅く入室してきた。当座は口もきかず無愛想にしていたのが、

「お前、どこの部隊だ?」

「四師団や」

「そうか、四師団か……で、長沙はどうだった」

と聞いたトタンに、セキが切れたように饒舌に変わった――。

「ほらもう……メチャメチャや。もう……えらい目に会うてもたわ……。わいらが撤退するやろ……そのわいらのケ

ツにピッタリくっついて来よるねん……」

四師団は、私たちのように、素早くすり脱けて出る、というふうにやらなかったのだろうから、待ち構えている国府軍にビッシリ取り巻かれてしまったのだ。どんなに「えらい目」に遭ったか、想像に余るものがある。

六師団の兵隊は、あまり戦争のことを語らなかった。

馴染んでくると、六師団の兵隊はよく歌をうたった。おとなしい、純朴な青年であった。かれは『熱砂の誓い』をよく歌った。いい声であった。つられて私たちみんな、一日じゅう歌をうたって過ごした。


入院中に、十一軍司令が「薛岳《せつがく》敗れたり」という伝単（宣伝ビラ）をつくって、長沙の上空で飛行機からバラまいた、という話をきいた。もちろん中国語で書いたのだろうが、「敗れたり」という語調は、中国語でどう表したのであろうか。

（止せばいいのに……そんなこと。薛岳（国府軍第九戦区司令官）が敗れたのはではなくて、日本軍じゃないの……敗れたのは……行ってきた兵隊がみんな、そういってるよ。敵軍のなかをすりぬけるようにして……せいぜいのところ、敵軍を押しのけ、かき分け、なぐりつけて……長沙にたどりついて、それからあわてて引き返して……途中で追っかけられたり、取り囲まれたり……たいへんな思いをした、ということじゃなかったの？　長沙のやつらにそんな伝単を見せたら、みんな、いっぺんで、その高調子のごまかしを見ぬいちゃうよ……日本軍が虚勢を張ってることを……。だけど、もう一切すんでしまったことだ。おれたち、歌でもうたって、せめてものつかの間の休みを楽しもうよ……）

その私たちの楽しみを曇らせるような、イヤな話も聞こえてきた——。

沙洋地区の情況は悪い……というのである。

その辺にいつも敵の遊撃隊だか、便衣隊だかが出没している。つい最近も、この地区の司令官が車に乗って巡視中に、敵が仕掛けた地雷に引っかかった。それも先導の車ではなく、まさに司令官の乗っていた車が吹き上げられた。司令官は車の天井に頭をはりつけて死んでいた……。

地雷がお尻の下で爆発し、それに吹き上げられて、頭が車の天井にくっついてしまうというのは、どうにも気持ちのよくない死に方である。……そんな目には、できるだけ遭わないでいたいものだ。

野戦病院には、何かと理由をつくって、いつまでも居座っている「病院ゴロ」みたいな兵隊もいるということを知った。軍医や看護兵ともすっかり馴染みになってしまって、何かと手伝いをしたり、毎日いろいろな薬をせびったりしている。

たしかに病院暮らしは気楽な毎日であるが、ここに居つづけるためには、やはりいろいろと知恵をめぐらさなければならないだろうし……。そんなに苦心して居つづける値打ちがあるものだろうか?

大阪の兵隊は話が面白かった。この兵隊は重機関銃手だったらしい。そして大阪の連隊にいたときの訓練ぶりを話してくれた。たいへんきついシゴキぶりであったらしい。訓練の仕上げが、各分隊ごとに重機をまるごとかついで競争することだったという……。

「お前、連隊から浜寺まで走るんやで……」

「浜寺って……あの海水浴のか」

「せやがな。連隊出てや、上町線をずーっといくのやがな……、キツイで……」

「そりゃスゴイ……、で、途中休まないのか」

「休んでられへんがな。交代はするで、担ぐの。……それからまた連隊まで戻りや、エッサエッサや……キツイで」

「キツイで」としきりにいうのだが、かれの顔をみていると、少しも「キツかった」ように見えないのだから、おかしかった。

六師団の兵隊は、朝鮮鉄道で車掌をしていたらしい。車掌のときの思い出で、ポツリと洩らしたのは、客車を一両独占したえらい軍人がいばり散らした話であった。かれはその車の車掌として、何かイヤな思いをさせられたらしい。

入院患者の兵器類を管理していた看護兵の兵長は、明らかに東京もんであった。かれはこのようなことを教えてくれた——。

「軍隊は万事要領だよ。そうだろ。……気ヲツケ、だって、あれぜんぶキヲツケーといってたんではダメなのだ。気合が入ってない、ということになるからな。だからキヲなんてふっとばしちまって、ツケーっていえば、気合が入ってることになる……。もっといいのは、みんな飛ばしちゃって、ケッというんだ。そうすと、すごく気合がこもってることになるんだ……。これが要領だよ」

私はこの話を聞いて、ホトホト感じ入った。

なるほど「……ケッ」か。英語のアクセントみたいなもんだ。強調部分にエネルギーを凝集させて、あとはすっとばす……、なるほどこれが要領か……。

ただ残念だったのは、今頃になって、ようやく「要領のコツ」を教わったことである。もう遅い——手遅れだ。せめて中学生のころ、これを知っていたら……。私は数多くの屈辱を味わわないですんだろうに。

しかし私は退院のとき、この「要領のいい」兵長と闘争しなければならなかった。

私は入院のとき、身につけていた兵器類——モーゼル拳銃、拳銃弾、ゴボウ剣、手榴弾二発、帯革……を登録して、兵器係であるこの兵長にあずけた。退院のときは、当然それらを返してもらわなければならない。ところが兵長は、モーゼルを返すことを渋っている——あれは軍の制式兵器じゃない、分捕り品だろ……、などといっている。

兵長は、実は、それを自分の私物にしたいのだ、そう私はにらんだ。

返してほしい、制式兵器じゃないからおかしいよ、の押問答がしばらくつづいた。私はいった——。

「じゃ、いいです。自分は部隊に帰ってから、沙洋鎮の病院で、兵長殿に差し押さえられた、と報告します。この拳銃は、中国軍から押収したのち、十三師団百十六連隊の制式兵器として、連隊の兵器係に登録してあるんですよ。員数に入っているんですから……」

私は「十三師団、百十六連隊」を強調した。中支では、何といっても「泣く子もだまる」十三師団である。これをかつぎ出さない手はない……。それから「員数」をチラつかせた……。

さすがの「要領兵長」も、要領の使い場所が見出せなくなったらしい。かれはしぶしぶモーゼル拳銃と、拳銃弾四発をもち出してきた。

私は来たときと同じ「軍装」で、病院を後にした。十一月二十八日であった。

兵站にいって、「原隊復帰」の証明書を見せ、トラックの都合をきく、食堂にいって飯を食べさせてもらう。

そこはつかみどころがないような、だだっ広い野原であった。背の低い家が散らばっている。雲が低くたれこめている。

倉庫や兵舎が集まっている真ん中に、太い白木の柱がそびえ立っていた。柱の上から下までいっぱいに、墨黒々と、書きつけてある——「大日本帝国陸軍永久占領之地」

「薛岳敗れたり」の伝単と同じ発想だ、と思った……。

(こんな文字をおっ立てておけば、中国人がこれを見て、「恐れ入りました。まことに、日本軍が永久に占領なさるのでございます」などという、と思っているのだろうか……。「永久」なのは、この陰鬱な、荒漠たる平原の方じゃないか……)

真珠湾

自動車はやはり早い。私たちがウンウンいって一歩一歩たどってきたところを、あっという間に通りすぎていく。鴉雀嶺までの相乗りがもう一人いた。荷物の上に腰を下ろして、砂塵のなかに後ずさっていくすさんだ平原の光景を、茫然と眺める。

「荊沙分路」と大きな石に刻みつけた文字があった。十里舗である。左に入っていけば、荊州（江陵）や沙市の方にいく、というのであろう。あるいは「北は荊門、西は沙市」という意味であろうか……。

このたれ込めた雲の下、肌寒く感じる初冬の風、そして緑がすでに死に絶えたこのザラついた平原――荊沙という文字は、まさにこのような風土のためにある、と思った。

そして記憶がうすれてしまったが、この辺りは三国志の関羽が長髯《ちょうぜん》をなびかせ、長刀をかいこみ、名馬赤兎馬《せきとめ》を駆って、南に北に転戦した古戦場であるはずだ。

茫々たる往古、そこで怒り、笑い、泣き、楽しみ、そして争い、戦った人間は消え去って、低い空と、平らな土地と、そこを吹き過ぎる風と、この石が残っている……。

休憩時間は終わった。

私は頭をたれて、黙々とトラックによじ上る。

鴉雀嶺からいま一人の兵隊と一緒に歩いた。よく知っている道だ。紫金嶺から太和場……途中ほとんど誰とも出会わなかった。小沖口の大隊本部で副官に原隊復帰を申告したときは、もう薄暗くなっていた。

「鴉雀嶺から一人で帰ってきたのか」

「いえ、も一人道づれがいました」

「そうか……。途中何もなかったか?」

「はあ……。別になにもありませんでした」

つい一ヶ月余り前まで、太和場のあたりには中国兵が多勢行き来していた……などということは、全然知らなかった。知っていなくて、かえってよかったのかもしれない。

「いやもう、お前らの留守中敵がすぐ向こうの合作社のところまで来てさ……」

敵はどうやら、古老背に上って、善渓窟を経由、土門埡=鴉雀嶺公路に向かう途中、一部が小沖口に降りてきて、大隊本部や治安維持会を襲ったらしい。(図Ⅱ参照)

「夜だよ。あそこから迫を撃ちやがった。一発が、ちょうど保安隊の入口のあたりに落ちてな……保安隊が一人、それで死んだよ」

そのとき川島《チャンタオ》上等兵がこの庭で立哨していた。……よくやられなかったものだ。

早速土塀に依って、向こうにいる敵と田圃ごしに、射撃の応酬をやったそうである。敵はそれ以上進んでこなかった、という。老練のチャンタオのことだから、落ち着いて的確に行動したことであろう。

ほかの隊では、そうあっさりとは行かなかったようである。ある隊は馬をみんな持っていかれた……ある隊の兵隊は、敵襲になってドンパチ始まったら、それが終わるまで便所に入っていた。

どうやら、宜昌包囲を目指していた第六戦区の国府軍は、土門埡=鴉雀嶺公路を切断することばかり考えて、途中にある小沖口などという「部落」などには目もくれなかったらしい……有難いことであった。

維持会のまえの田圃は、すっかり水が落ちて、原っぱになっていた。その真ん中に井戸がある。そこで私は、大隊指揮班の勝木というおとなしい兵隊と、よく話をした。やはり相川町の出身だという。「気はやさしくて力持ち」という歌の文句ではないが、勝木上等兵は「気はやさしくて大男」ということになる。身体が大きすぎて、キツい気持ちが行きわたらないのだ。

十二月九日の午前にも、私たち二人はそこで顔を合わせた。

「おい杉山、この戦争どうなると思う?」

勝木が心配そうに尋ねる。眼鏡の向こうで、大きな黒い眼がふるえていた。真珠湾攻撃の発表を、もう聞いていて、その先行きを心配しているのだった。

当時、戦地にいた兵隊で、この発表を聞いて躍り上がってよろこんだ、というような者は、ほとんどいなかったのではなかろうか。少なくとも私の周りでは、みな浮かない顔をしていた。

私の頭のなかには、長沙作戦中のいろいろな事どもが、まだ引っかかっていた。私は言った――。

「これは、ひどいことになるんじゃないかな。中国相手だけでもこれだから……。こんどはそれに、アメリカだからな……」

また長沙作戦があった。六師団が敵に包囲されて、連隊旗を敵にとられてしまって、連隊長はそのために切腹した……という話が伝わってきた。

一体何で、そんなに長沙、長沙と騒がなければならないのだろう? そして何で、ちょっと行ってはすぐ引き返すというへっぴり腰の構えで、いつもやるのだろう、と思った。

それにまた狩り出された六師団の苦戦ぶりが眼に見えるようであった。六師団が軍旗を失ったことが、そんなに重大な過失であるならば、軍司令官かもっと上の責任者が切腹すべきなのだ……。

昭和十七年（一九四二年）になった。

寒い正月であった。楊介軒会長と、たしか財政部長が、お正月のお団子をごちそうしてくれた。

一月三十日、二大隊がどこか宜昌の「あっちの方」に移動する、ということになって、政務班から柏木班長と私と、ほかに誰かが先発することになった。

一年余りに及んだ小沖口時代が、突然打ち切りになってしまった。

第八章

梅子埡《メイズヤ》

私たちはトラックで宜昌につくと、町の東にある小さな飛行場を横切って、小高い丘に上がった。

飛行場は、そう呼ぶのがもったいないような、ただ一本の滑走路にすぎなかった。小型飛行機の発着がせい一杯であろう。そして丘の上には破れ寺があった——というよりは寺があった跡とおぼしいたたずまいで、雑草の生い茂った平地の所々に石畳があり、亭のような、あるいは小さな山門のようなものが残っている、という場所であった。ふり返ると、「飛行場」の向こうに宜昌の家々が広がり、そして「川」の先に三角山が並んでいた。

そのときは知らなかったが、さきの長沙作戦中に、宜昌の留守部隊が国府軍に包囲されてしまったとき、内山師団長は、この丘に立てこもって、「最後の決戦」を覚悟したのであった。

私がこの「東山寺高地」に立ったときには、しかし、そのような激戦があったことを思わせるものは何一つ残っていなかった。

また政務班の白山上等兵の話では、そのもっと前の宜昌作戦のときは、この山に最後の宜昌防衛線を引いていた国府軍と、やはりここで激戦をした、ということである。白山の見ているまえで、幾人もの軽機関銃手が狙撃され、倒れていった。

「東山寺高地」は、今、宜昌の町をはるかに見渡して、ただ静かに眠っている。

丘を越えてさらに東へ、山道をたどった。幅二メートルほどのよい道であった。

十キロぐらいのところであっただろう。山あいに小さな集落があった。石板舗である。ここに二大隊本部がやってくる。その辺は陡山という山地であるらしい。宜昌の東北に当たっているようだった。

一月三十一日に本隊が着いてからは、政務班は本部と反対側の山すそに移った。石畳の道を越して、少し高みに上がったところにある農家の一室に入った。

本部の模様変え、といっても、私たちにはこれといってやることもない。私たちの大部分は日なが一日農家の庭先で日なたぼっこをして過ごした。

農家には若夫婦と老婆がいた。

夫は毎日どこかに稼ぎにいっている。嫁と老婆が庭先で箕《み》をふるったり、つくろいものをしたりしている。どんなことをしでかすか分からない、野獣のような兵隊と同居して、それらがジロジロ見ている前で仕事しなければならないのだ……。女たちにとっては実にいやなことであっただろう。若い亭主にしても、心配で、後ろ髪を引かれる思いで仕事に出ていったことであろう。とくに若い嫁の方は、私たちの視線を敏感に感じていたにちがいない。消え入りたいような様子で、面を伏せて動いている……。きっと新婚間もないのであろう。嫁さんは、そうやって手を動かしたりしていながら、何かの拍子にほんのりと頰に血が上ってきそうになる……。

数日も経たないうちに、私たちの新しい部署がきまって、みんなそれぞれの任地に出発することになった。その農家のお婆さんも、若夫婦も、ほんとに安堵の息をついたことであろう。

*

昭和十七年（一九四二年）二月一日から九ヶ月間。

はじめの二ヶ月は、日本軍が連戦連勝で進んだ時期であった。

マニラを占領した。シンガポール、バタビア（ジャカルタ）、ラングーン、ニューギニアを占領した。フィリピンのバターン半島を制圧した。イギリスの新鋭巡洋艦や空母を撃沈した。

四月十八日、米空母「ホーネット」を発進したジェームス・ドーリトル中佐のB25爆撃隊十六機が、不意に東京、名古屋、神戸などの諸都市を空襲した。

これが戦局の「転換」の始まりになった。

六月五日、ミッドウェー海戦。日本の空母勢力が全滅し、日米の海空勢力が決定的に逆転した。

ガタルカナルの形勢が日に日に悪化していった。

私が宜昌の東北方、梅子埡にいた九ヶ月間は、太平洋の戦局が、日本の連戦連勝、「破竹の進撃」から、連戦連敗、「破滅的な大崩壊」へと、劇的に転換しはじめた時期に当っていた。

しかし、そのような「破局の始まり」は、梅子埡での生活に何の影響も及ぼさなかった。

B25の爆撃を食らって仰天した軍部は、空襲機の着陸予定地になっていた浙江省の衢州飛行場をつぶすため、支那派遣軍に、四月、「浙贛作戦」の発動を命じた。

第十三軍が杭州から西進し、私たちの第十一軍が南昌から東進して、目ざす飛行場を破壊した。

しかしこの作戦は、宜昌地区のはずれにいた私たちには、ほとんど関係がなかった。

私は「浙贛作戦間、裏西地区反攻作戦参加」をやった、と「軍隊手牒」は書いている。が、私自身、この期間に、そんなものに参加したおぼえがない……。

＊

私たち——少なくとも百十六の二大隊——は、宜昌の東北地方で九ヶ月間、「無風状態」のなかにいたのであった。

二大隊は本部を石板舗に置いて、その北、五、六キロのところにある楊家集というところに五中隊、その東方にたしか茶店子、豊宝山場というところに七中隊と八中隊、そして楊家集から西南の方角にある小溪塔のあたり、老狗洞湾に六中隊、という配置になった。七中隊は宜昌の連隊本部のところにいる、というようにも聞いた。

政務班のなかでは、私が小野一等兵と一緒に五中隊のところに「前進」し、中井一等兵が六中隊のところにいくことになった。

私は「最前線に出る」機会が来た、ということでふるい立った。

（よし、この機会に、部隊よりももっと前に出て工作してやろう）

私は小野、中井の二人と一緒に石板舗を後にして、石畳の山道を北にたどった。

石畳が敷いてあるところをみると、この道は昔から、宜昌と北の方の町をつないでいたのに違いない。北の方には分郷場という町がある。そのもっと先は、一体何というところであろうか。

石畳の道は小溪塔の方に通じている。

私たちはその道をはずれて、梅子埡に向かうため、なだらかな峠道にかかった。

右前方に高い山がある。頂上に掩蓋（掩蓋壕）が見える。右にはマスを伏せたような、頂上の平らな山が二つ見える。小さな盆地であった。

しばらく歩いて、その高い山を真下から見上げるようになったとき、案内の中国人が、

「ここがもとの政務班がいたところです」

といった。易《イ》という甲長の家だそうである。そこにひとまず落ち着くことにした。

眼の前の山は、そこから仰いで二百メートルというところであろうか。部隊ではそれを「第四高地」と読んでいた。

「兵隊さんはいつもここにきて、上に向かってヤンコウズーとどなっていましたよ」

と甲長がいう。口の前で両手をラッパにしてどなるまねをしてみせた。中国語でいけば、「ヤンコウズ」は（楊の犬ヤロウ）という意味になる——ずいぶんおかしなことを日本の兵隊はいうものだ……と思ったことであろう。そ

れで「ヤンコウズ」が、甲長の頭にしみついてしまったのだ。
（ヤンコウズーか……なるほどな。百四のやつが四高地とどなれば、全くヤンコウズーになってしまうな……）

私たちは数日間その家を根城にした。そこにいて、新しい私たちの「前進基地」を設営した。

維持会の人は、しきりに「大丈夫ですか」というのだが、私には、別に根拠があるわけでもないのに、どういうわけか自信だけはあった。

とにかく「警戒線の前」といっても、中隊の本部とは低い峰を越して裏腹である。いざ、というときは一走りで、警戒線内にころがり込める。それに「外に出て」しまえば、五中隊とのいろいろなわずらわしい関係を大部分切りすててしまえる……。

政務班主任の松田中尉も、私の前進案を支持してくれている……中尉はいつも「冒険」の方に賭けるタイプなのだ。

五中隊の本部は、陡山の延長で、西河の東側に位置する山地と、その東側の「四高地」がある山とにはさまれた馬の背の南側にあった。（図Ⅲ――石板舗・梅子埡概略図を参照）

西河は宜昌の北、いわゆる「西陵山」の北側で揚子江に合流する。

五中隊本部から見て左手の山には「三一〇高地」があって、陣地ができていたが、ふだんそこには兵隊は出ていないようだった。

「四高地」の山は、中国名は「楊家大包」で、その主峰が「四高地」の掩蓋があるところ。標高は五百メートルぐらいであろうか。日本軍はそれを楊家嶺と呼び、部隊名は「楊家集警備隊」としていた。その北に少し低くなって、しかしあたりからは飛びぬけて高く見えるところに、いま一つ掩蓋ができている。この二つの掩蓋には、常時兵隊がいたようである。

中隊本部から馬の背を越して「四高地」の根方に下っていくと、そこに私たちの前進基地、治安維持会の事務所と政務班の宿舎があった（図Ⅲ上Ⓐのところ）。馬の背には鉄条網が張ってある。維持会への通り道には歩哨が立っているので、たとえば甲長の家から維持会に行こうとする者は、歩哨に「良民証」や「通行許可証」を見せなければならない。

維持会の前は、楊家嶺と「三一〇高地」の山とで包みこまれた形になっている小さな盆地、水田であった。人びとはそこを「梅子埡《メイズヤ》」と呼んでいた。山すそに——それでも十数戸の農家があっただろうか。

「四高地」の南にあるマスを伏せたような山を、部隊では「第一土壘」、「第二土壘」と呼んでいた。第一土壘の方の中国名は、「易家大包」である。

頂上は平らである。その平坦なところに壕が掘ってあったが、これは日本軍が来てから掘ったものであろう。望楼でもあったのだろうか。烽火台ででもあったのだろうか。

二つの土壘のすそには、農家が散在していた。

楊家嶺の東の山はもう八中隊の警備地区で、その辺のどこかに、たしか茶店子といった集落があって、その辺に石丸中尉の八中隊本部があったはずである。

日本軍の陣地がある山地の向こうに、敵の陣地があった。望遠鏡で見ると、向こうの山地のこちら向きの斜面に、二、三段にわたって鹿砦が設けてある。鹿砦の奥に敵の掩蓋や宿舎らしい建物が見えた。鹿砦の内側に立っている兵隊や、掩蓋のあたりを歩いている兵隊の姿が見えるときもあった。

敵味方の掩蓋の中間はどうなっているのだろう……どんなところであろう……。これは結局未知のままで終わってしまった。

きっとそこには、ちょっとした平地、あるいは谷間があって、そこにも両軍にはさまれて、しかししぶとく生きる貧しい農民たちがいたのであろう。

梅子埡の維持会の庭に立って北を向くと、右が楊家嶺の急斜面。左が「三一〇高地」のある低い丘。前方に小高く「敵陣のある山地」そしてその奥に無数に重なり合う峰峰。そしてそのはるか彼方――ひときわぬきん出て、左に鋭く、右にゆるやかに傾斜した大きな山が居座る。巨大な矩形の地塊が、ゆっくりと右に沈みはじめて、途中で止まった――かのようである。いつ見ても、その山はその姿で、その傾きで止まっていた。ある日はカスんで、ある日ははっきりと、いつも私の眼の前にあった。夕方、その急斜面が群山の上で赤く光った。

その山は梅子埡に生きる人たちとはまるで関係なく高い空にそびえ、息づいているようである……そうしながら、遠くから人びとの上に、眼にみえない、かすかな放射線をふりそそいでいるようである。

私は梅子埡の人たちに、「あの山」を指して、名前を聞いた。……人びとは頭を横にふって、「知らない」といった。

楊司爺《ヤンスイェ》

維持会は奥行きが深く、天井の高い建物であった。何かの倉庫ででもあったのだろうか。屋根瓦がムキ出しに並んでいて、その一部がガラス製の瓦になっており、そこから光が射し込んできた。入口に向かって両側に机が壁沿いに二つ、三つずつ並んでいる。それが維持会役員ならびに政務班員の事務机なのであった。

入っていくとつき当りの左手に戸口があって、そこをくぐると左手に寝床、右手が窓。そして奥の方に銃架がある。保安隊用のドイツ国防軍制式小銃が五丁かかっている。ここの保安隊は優秀な装備をもっているのだった。窓の板戸を開けると、「四高地」の斜面が鼻先に立ちふさがった。

以前はこの部屋が保安隊の「兵舎」だったのであろう。これからは、私たち二人がここに寝泊りして、小銃の番をすることになる。保安隊員は「地方」にもどっていた。自宅からここに通勤してくるのである。

梅子埡治安維持会の会長は、やせぎすの、半白の頭を丸刈りにした、ボクトツな、人のよさそうな中年男であった。いつも笑っているように眼を細めている。戦争になるまえは、きっとこの辺の学校の先生か、あるいは校長先生であったに違いない。

例によって、ほかに副会長とか書記とか、何人かの役員がいたわけであるが、この維持会できわ立っていたのは、楊《ヤン》司爺《スイエ》と呼ばれる「書記長」格の人物であった。

引き締まって整った顔つきで、それだけでも「学のある」頭のよい人物であることを印象づける……しかし「学者」にありがちの冷たさがミジンもない。洒脱《しゃだつ》、磊落《らいらく》で、冗談好きで、酸いも甘いも知り尽くしている人のようだ……。年は会長よりも少し上であろう。同じように半白でも、こちらの方が白いものが多かった。やはり短く刈り込んでいる。口ヒゲも白かった。その口ヒゲの片側に、シワが一本刻み込まれている。いつも口をまげて笑っているので、シワが消えなくなってしまったのだ。

昔は何をしていた人物であろう。私のような素人眼にも、その書く文字がたいへん美しい、ということがよく分かった。詩の文句などは、楊司爺が丸を描くように頭をひとふりすると、たちまち湧き出てくるらしかった。野にかくれた詩人でもあったのだろうか。役所の書記だったのだろうか——「司爺」という呼び名がこの人のかつての地位に由来するものだとすると、この人はどこかで「文書課長」のようなことをしていたことになる。

宴会の席でも雑談中でも、何か当意即妙の言葉を出して人びとを笑わせるのは、きまって楊司爺であった……もちろん、私にはその言葉が分かるはずもないのだが、その場の雰囲気で、前後の成り行きで、それはよく分かるのだ。

維持会の前の庭が、梅子埡の女たちの「広場」になっていた——女たちは所在がないとここに集まってくる。てん足のヨチヨチ足で、何となく「広場」を横切ってみたり、知り合いとおしゃべりしたり、布靴の底をかがりながらその辺にちょっと腰を下ろしてみたり……。

若い女が通りかかった。楊司爺が「おいおいちょっと」と呼びとめる。

「なあに?」とおじいちゃんの方に寄っていく。

「ほら、これだ……」といいながら、司爺が女の背中を軽くはたく。

「お前、ワラくずがついてたぞ……どこにいってた?」

「まあ、いやな爺ちゃん」

と女が司爺をたたくまねをして、プンとして逃げていく。「いやな爺ちゃん」は片方の口元のシワをひときわ深くして、おかしそうに女の後姿を見る。

そういった「学者先生」なのだった。


保安隊の隊長は李排長《リーパイザン》といった。排長は小隊長だから「李小隊長」と呼ばれているわけである。隊員は梅子埡かいわいで全部かき集めて来ても十人はいないであろうから、せいぜい「李班長《リーパンザン》」でよいところなのだ。が、まあとくに排長と呼んで、かれを持ち上げているのであろう。

眼のかるくつり上がった、面長の、やさ型の好青年である。女房も子供もいるらしかったが見たことがない。

排長が隊員に号令をかけて、徒歩や駆足の訓練をしているところは一度しか見たことがない。いつも隊員を一人か二人つれて、私の外出に随行するぐらいの仕事であった。しかし、何といってもかれらの肩に乗っているドイツ式の小銃がすばらしかった。

私はそれを手にして、ズシリと重い、しかしガッシリと一分のムダもなく構成されているその機構美に見とれてしまった。これにくらべると「三八銃《さんぱち》」は何とひ弱げで、そして無駄なものがついていることだろう。――たとえば遊底カバー。あれは遊底をはめるとき、厄介でジャマな存在であり、「遊底に砂塵が入り込むのを防ぐ」などといわれる役目を果たしてもいない。それに、銃口に雨が入ると口内がサビてくる。だから、いつも銃口に真鍮製の複雑なつくりのカバーをかぶせておかなければならない。

それにくらべると、ドイツ軍の制式小銃は雨なんか全く平気であるらしい。これはチェコの軽機も同様である。それに、日本軍の軽機は撃っているとすぐ焼きついてしまって、手に負えなくなるのだそうだが、チェコにはその心配がないという。どうやら鉄の質がちがうのだ。

まだある――小沖口の楊介軒会長によると、国府軍のチェコの音は「パンパンパン」と軽く澄んで聞こえるのに、日本軍のは「ガッガッガッ」と聞こえるという。火薬の違いか機構の違いか知らないが、会長に聞こえてくる日本の軽機は、いかにも焼きつきをしでかしそうではないか。

私はドイツの小銃を手にしながら、そこから夢がふくれ上がっていくのを止めることができなかった――この青年たちに、この小銃を持たせて、かれらを鍛え上げ、かれらに、梅子坪地区防衛の一翼を担わせてやろう……。

私は呼びかけた――。

「オ前タチ、コノ小銃ヲモッテ、オ前タチ自身ノ土地ヲ守レ。日本軍ト一緒ニ、梅子坪を守ルノダ……」

李排長と隊員たちの眼が光りだした。

訓練の計画や、防衛配備のプランがあるわけではない。これから何とかつくっていくのだ。松田中尉もきっと賛成してくれるだろう……。

何よりも、隊員たちがはり切って、キビキビと動きだしたことが、うれしく、気持ちよかった。

密偵

梅子埡に落ち着いたとき、最初に接触してきたのは、前の部隊が使っていた密偵たちであった。私たちが小沖口で出していたのと同じような薄紙の「密偵証」を私に見せて、引き続きこの仕事をやらせてほしい、という。密偵たちは、ここで発給した「密偵証」をもって宜昌と「敵地」を往復しながら、彼我の「情報」と同時に、物資を交換してくるのである。それがかれらの「なりわい」なのだった。

松田中尉の方針でもあるので、それらの密偵たちを引きつづき「やとう」ことにした。

はじめに来たのは雷子聞、曹秀堂の二人組である。雷の方は若く、気の弱そうな、あまり「密偵」らしくない密偵であった。曹の方は上まぶたが眼におおいかぶさりそうになっている背の低い太ったおじいさんであった。これも「密偵」というよりは商売人、あるいはブローカー、もっと適切には「カツギ屋」のおやじといったところ……。

こちらの中国語が「弱い」から、せっかく会って話をしても、先方からいろいろな話や「情報」を引き出すことができない。もどかしいことであったが、しかし、もし私が中国語の達人であって、二人と自由自在に話ができたとしても、二人は果たしてどれほどの情報を聞かせてくれたことであろうか。

一週間か十日に一度ぐらい二人は顔を出し、「分郷場には一三九師がいる。師部（師団司令部）は霧渡河にある」などと、分かり切ったようなことを書いた書付を見せてくれる。金はやらない。「密偵証」で往来できること、それで商売できることが報酬になるのである。

今にして思えば、二人が行ってきた町の様子や、途中の話や、人びとの話題などを聞き出すべきであった。もっとも松田中尉も二大隊正面の敵状だけにしか関心を示さなかったから、私の関心もそれを越えることができなかった、という事情もある。

いずれにしても、敵の師団番号などは、何回聞いても、聞いたあとから忘れてしまうし、それを地図上でチェックしてみる努力さえも怠っていた私であるから、情報工作者としては、私は落第だったというべきであろう。

松田中尉は、「梅子埡に湯炳如《タンピンルー》という大物がいるそうだから、そいつに接近しろ」という。青幇《チンパン》の大物だというのである。

中尉によると、青幇というのは揚子江流域に広がっている秘密結社で、情報工作には、これをたぐっていくのがよい、ということであった。

上海の紅幇《ホンパン》というのは聞いたことがある。この辺の青幇はそれとどう違うのであろうか……。

雷、曹の二人に「君タチ湯炳如《タンピンルー》トイウ人間ヲ知ッテイルカ」と聞いたら、二人は「そらもう……。私たちの兄貴分ですから」という。二人は青幇のなかで「五哥《ウーコ》」（＝五番目の兄貴）という地位、湯炳如は「三哥《サンコ》」なのだそうである。

「デハ、私ガゼヒオ会イシタイ、トイッテタ、ト伝エテクレ」

二人は承知して出ていった。

湯炳如に会う日がきた。

何しろ「大物」に会うのである。私は乏しい知恵をしぼって、手土産を用意した——何だったろうか？　カン詰だったろうか？「宣撫物資」を持っていったのだろうか？

雷、曹の二人が案内に立ってくれた。維持会の向こう側の丘を一つ越したところ、少し高みに、丘の懐に抱かれるようにして、その家はあった（図Ⅲ上のⒷ）。横に長く、入口が二つも三つもあるような、黄色い土のレンガがむき出しになっている平屋であった。

坂を上っていく私たちを、湯炳如は庭先、坂の上に立って迎えた。人を射るような眼が微笑んでいた。半白のカイゼルひげであった。やはり頭を短く刈っていた。軽そうな上衣にズボン。まるで下ろしたてのようなきれいな布靴をはいている。

しかるべく口上をのべた。雷、曹が陪席して宴会になった。湯三哥は警備隊に協力する、ということになった。

あらためて湯炳如が五中隊長と政務班主任松田中尉とを招いて、盛大な宴会があった。日本側はこういうとき、経理室から醤油一樽を出させて、それを引き出物にする。中国の人は、それをいちばんよろこぶのである。

こうして、湯炳如とのつき合いが始まった。

さすがに「三哥」というのは相当なものだ、と思った。——ここには「情報」ではなくて、「敵の情報員」がころがり込んでくるのだ……。

一四一師——だったと思うが——の情報係「下士班長《シャスパンザン》」(=伍長の分隊長)がよく来ていた。かれと一緒に湯家で食事したり、酒をのんだりした。向こうも便衣、こちらも便衣である。湯炳如の家にいくときは拳銃ももたない。

かれはたしか河南の生まれだ、といっていた。面長の、笑うと大きな口に白い歯がきれいに並んでいた——。

「ボクの夢はね、……いつか軍隊を辞めて、上海にいって、チャンとネクタイをしめて、こう、ピチッと背広を着ちゃって、それから、こう革のカバンを、こう、前後に振ってさ……会社員になって、サッソウと歩くことなんだ……」

そんなことをいって笑わせる気のいい若者であった。

かれとは軍隊の話はしない。情報の話もしない……ただ酒をのんで、湯炳如の「イータイタイ」(おめかけさん)がつくってくれるおいしい料理をつまんで遊ぶだけだった。

しかしそうして、酒が入ってくると、つい度をすごして、お互いに感情が激してくることがあった。かれは上官にバカみたいなやつがいて、いつもイヤな思いをさせられていることや、上官とケンカしたことなどをかきくどいて、しまいにワーワー手放しで泣き出したりした。

そういうときは、私も鬱積している不満や怒りが、かれにつられて激発し、かれと手をとり合って泣いた——これは自分には覚えがないことである。翌朝になって、イータイタイが話してくれたことに基づく記述である……。

翌朝、国府軍の情報係下士班長と、日本軍の情報係上等兵は、仲よく湯炳如の家で目を覚まし、むっつり黙りこんで、朝食もそこそこ、お互いにお互いから身を隠していくのであった。

黄英《ホワンイン》

私と一等兵は、ふつう、夜は維持会の奥の寝室で寝た。

食事は、田圃をへだてて維持会に向き合っている黄《ホワン》という家で、まかなってもらった（図Ⅲ上の©）。だから二人分として経理室から配給になる米、ミソ、醤油はそっくり黄家に持ち込んだ。

みんな、底抜けによい人たちであった。

おじいさんがいた。頭のてっぺんまで、顔と同じに日に焼けて、赤茶けて、光っている。ギョロリとした眼である。いつも大きな声で「サンサンパンザン（杉山班長さん）——私はここではレッキとした「班長」だ——行水していきな……おーい、タライとお湯もってこい」とどなったり、「パンザンは、もうタイタイ（おかみさん）いるんだろ」と聞いたり、……なかなか私を放してくれない。にぎやかなおじいさんであった。

黄家では、みんなと同じものを食べさせてもらった。箸にかからないパラパラの御飯……最後に汁をかけて口のなかに流し込むのである。たいてい菜っ葉のおかずで、豆腐乳《トウフルー》（豆腐を発酵させ、塩漬けにした食品）があって——

これがほんとにおいしい。どこの家もそれぞれ自慢の腐乳《フルー》があるのだ——たまに干魚みたいなものがあったりして……何も御馳走らしい御馳走はないのだが、そうやって家の人がつくってくれるものがいちばんおいしい、と思った。

おじいさんのほかに、「ヤオポポ」とみんなから呼ばれているおばあさんがいた。どうも、おじいさんの連れ合いではなさそう……「末のおばあちゃん」という意味だから、おじいさんの連れ合いはもう亡くなっていて、それの妹か何かに当たる人なのだろう。品のよい、やさしい、親切なおばあさんであった。

私に向かって、特別に口をきくことは少なかったが、何かと気をつかってくれた。「国に父さんや母さんがいるのかい……そうかい、そうかい……」というような調子。私をまるで大きな孫みたいに思うのであろうか……。

それから若いタイタイ（奥さん）がいた。おじいさんの娘で、その亭主はここの入り婿になったのだろう、がっしりとしたいい働き手と見えた。気立てのよさそうな男であったが、出掛けていることが多く、あまり顔を合わせることはなかった。この若いタイタイが無類の美人。ヤオポポもきれいなお婆さんであるから、この家は美人の家系なのだ。

どうして、この土地に移って来てから、やたらに美人に出会うのであろう。美人の産地なのだろうか。

色が白く、やさしく、田舎には珍しく何か憂いをふくんでいるようにさえ見える、吸いこまれていきそうなその横顔——少し病身ではあるらしい……。以前は梅子埡で評判の美少女だったそうだが、全くそうだろうと思う。

ここの男たちは、みんなこの美少女に言い寄ったという……全くそうだろうと思う。あの「密偵」の曹秀堂のじいさんまで——あのじいさんが若者だったことがあるのだろうか——彼女の前にひざまずいてプロポーズした……。

これを聞いたときは、思わずふき出してしまった。あの上まぶたのたれ下がった、そして身体中の肉がたるんでいるじいさんが、いくら若かったといっても……この美女のまえで求愛の踊りのステップをふんで見せたとは……。

曹秀堂のプロポーズというこの「情報」は相棒の雷子聞から入手したものである。私は「軍事情報」はダメであるが、こんな「情報」なら……それでも結構入ってくるのであった。

若いタイタイも、私を親切に、あたたかくもてなしてくれた。みんなが私を身内のように思ってくれる——ほんとに有り難く、うれしいことであった。

私はみんなにすすめられるままに、そこで食事し、行水し、低い木の椅子に尻を落して真っ暗になった庭でおしゃべりし、はては、そのまま泊まり込んだりした。

私はタイタイなんかいないこと、大学の途中で兵隊にとられて来たこと、家に両親がいて、弟が二人いて、妹が一人いること、日本では電車や自動車が走っていること……いろんな話をした。

タイタイに二人の子供がいた。黄英《ホワンイン》という十一、二歳の女の子と、快児《クワイル》という六、七歳の男の子である。お母さんの子だけあって、どちらもみめよしであった。とくに黄英がきれいであった——お母さんが若いときも、きっとこの子のようだったのだろう。

その頃、「政務班」が「連絡班」と改称したり、むかし式に「宣撫班」になったり、名称がひんぱんに変わった。結局また「政務班」にもどったように思うが……。で、私が軍服のとき「連絡班」の腕章をつけていたのを見たのであろう、黄英は私を見ると涼しげな声で、「レンノーパン」と呼びかける——その声が、いまだに私の耳に残っている。

黄英と同じ年頃で易小児《イーシアル》という女の子がいた。楊家大包の麓で少し北に寄ったところに家がある。黄英の家よりはずっと貧しそうな家であった。易小児も可愛い子であったが、ずっと活発で、声も太く、陽気であった。二人は仲よし、いつも一緒に遊んでいた。それで私も二人と一緒に遊んだ。

私が易小児の顔をみながら、自分の頬を人差指で二、三回かるく引っ掻く。そして顔をしかめ、口をとがらせて「プヤオネン、プヤオネン……」という。「プヤオネン」は「恥知らず」の意味である。これは相手をバカにしたことになるので、相手は怒って私をつかまえようと追っかけてくる。私は逃げまわりながら「プヤオネン」をくり返す……。こんなことを三人でよくやった。

易小児の家で遊んでいるうちに大雨が降ってきて、帰れなくなってしまった。雨が上がるのを待った。それから私は農民風にクーズ（ズボン）を膝の上までまくり上げ、布靴をぬいで手に持ち、黄英をおんぶして、ぬかるみの道を一歩一歩踏みしめて家路をたどった。踏みしめるたびに、親指と人差指のあいだのすき間から、やわらかい茶色の土が細い棒になってニョロリと伸び上がってくる。気持ちのよい足の裏の土の感触である。そうやってアゼ道を渡り、湯炳如の丘を越えたりしていくうちに、背中におぶっているのが大阪の妹であるような気持ちがしてきた。私はずっと黄英と遊んでいながら、大阪の妹と遊んでいるつもりになっていたのかもしれない……。

弟の快児も可愛い子であった。乳歯の前歯がぜんぶ抜け落ちてしまって、舌っ足らずの口をきいた。この子も大きくなれば美男子になることだろう。私はよく快児に口うつしでビスケットなど食べさせてやった。

快児と同じ年ぐらいの男の子が、黄家の北どなりの閻孝伯《エンシャオパイ》の家にいた。ビリケンのお人形（頭がとがり眉がつりあがった顔で裸の福の神の人形）のような顔で、ハイパーズ（ちんころ＝狆。小さく毛の長い愛玩犬）という名前であった。

二人の男の子が遊び仲間で、私はこの子たちともよく遊んだ。

公用で宜昌に出たとき、月餅を買ってきた。それを持って閻《エン》の家にいった。

閻孝伯は家の戸口に小間物類をならべて、村の小さな雑貨屋になっている。鼻と唇の大きな、眉毛の薄い、典型的な中国の顔つきをしたおやじである。やはり湯炳如たちの仲間であるらしかったが、あまり深いつき合いはないようであった。戦争で宜昌の町から避難してきたのかもしれない……。

ハイパーズが黄家と地つづきの広場で遊んでいる。私は呼んだ――。

「ハイパーズ、ライライ……ケイニチェイゴ……」（ハイパーズ、おいで、これあげる……）

ハイパーズは私がさし出している月餅を見る……顔が輝いた。全身が喜びになって、こちらに転がってくる。子供が月餅でこんなによろこぶとは思いもかけないことだった。そうと知っていたら、もっともっとたくさん買い込んでくるのだった。

ニコニコして月餅をかかえ込んでいるハイパーズを、私は思い切りだきしめてやりたかった――だきつぶしてしまうくらい……。

梅子埡生活も終わりに近づいていた頃だっただろう。例によって黄英の一家と庭先でおしゃべりしていたら、快児がみんなに向かって、舌足らずの口でこんなことをいった――

「……杉山是中国人変了的……」（杉山のおじさんは、中国人が日本人に化けたのだ……）

みんなは一瞬口をつぐんで、それから「まあこの子は何をいうんだろう……」というような笑い声になってしまった。

私は、しかし、快児がそういってくれたことがうれしかった。私が快児のイメージにある日本人とは違う――横柄で、何でもカッパラっていって、すぐバッキャローといって、それからスラスラだぞ（ぶち殺すぞ）という――そういう日本の兵隊と違う、といっている。……同じ中国人のように相手になってくれる、といっているのだ。

「杉山は日本人らしくない、中国人だ」などといわれてヤニ下がっていることは、日本人としての矜持に欠けるところがある、売国奴だ、といわれそうだが、そうではないのだ。ヤニ下がる、という意味でなく、日頃ひそかに期していたことが、とうとう快児に認められた――そのことがうれしかったのである。

いつの頃からであろうか――鴉雀嶺の頃だったかもしれない。中国人と接触するようになったときから、私は中国の人間を自分と同等の人間として接する、という決心を固めていた。私なりの「反チャンコロ宣言」である。私はしかし、それを自分一人で実行するのが精いっぱいであった。他人にそれをやらせる、などというところまではとてもいけなかった……。

用心棒

政務班の仕事の一つに、「嫁入りの用心棒」になることがあった。

嫁入りは二、三回あった。

お嫁入りの日になると、むこ殿の家のまえがにぎやかになる。門前の木陰や、道のわきに飛び出している大石など、ちょっとしたとっかかりに、何となく人だまりができて、いつやってくるのか分からない——しかしきっとやってくる——花嫁行列を待ちながら、おしゃべりで時を過ごす。

ところてん屋が天秤棒でかついできた荷を下ろして、その場で店開きをする。おしんこ屋も来る。子供たちがはしゃいで、人むれをぬって走りまわる。

若者が、デコボコのラッパをもち出して来て、大石の上に立って、国府軍の栄誉礼ラッパを吹き鳴らす。それは少し淋しい、しかし澄んだ調子で、小沖口時代にも保安隊員が吹き鳴らすのを聞いたことがある。記憶をたどってつくってもらった音譜は、図Ⅷのとおりである。

一方、家の方は宴会の仕度でたいへんである。

家の裏手で、近所の女たちが総出で、豚肉の煮込みや料理つくりをやっている。

家の中の正面は祭壇になっていて、そこでむこ殿と花嫁が並んでひざまずいてお辞儀をするのだが、そのほかの空間はぜんぶ宴会用のテーブルだ。一テーブルごとに八人分の杯、箸、小皿を置いてまわる。貴賓——顔役たち、それに隊長さんたち——用にはキャタツでなくて、木の背もたれのある椅子を置かねばならない。

政務班の二人は、軍服を着用し、左腕に「政務班」と大書きした白い腕章をつけ、挑子《タオズ》——かつぎ椅子——にのって、花嫁カゴのうしろにつく。
ここでは『満州姑娘《まんしゅうクーニャン》』の
ドラや太鼓に送られながら、
花の馬車《マーチョ》にゆられてる
ではなくて、
ドラや太鼓に送られながら、
花の轎子《チャオズ》にゆられてる
である。
こんなときは必ず、退屈まぎれの物見高い兵隊どもが、行列に割り込んできて、「花の轎子」の垂れ幕をまくり上げ、のぞき込もうとする。花嫁にとって最大の冒瀆であることはいうまでもない。
そのとき、政務班長が、かつぎ椅子の上から身をのり出してドナリつける——
「コラッ、手を出すんでないッ。宣撫工作の邪魔をするな」
兵隊は私を見上げ、恐れ入って引き下がる。
花嫁一行は無事、むこ殿の家に御到着。爆竹がハジケ、ラッパが鳴る。
五中隊の川上軍曹に連絡してあって、それほどの「大物」の場合でなければ、下士官クラスの「貴賓」の来臨ですませてしまう。下士官たちは「チャンチュウ」（中国の酒）が飲めて、ごちそうが食べられて御満悦。嫁取りの方も万事順調に進んでめでたし、めでたし。「宣撫工作」は成功裏に完了する。
大阪から来た父、衡斎の手紙は、私が中国で劉備玄徳や、関羽、張飛みたいに、毎日大盡《だいじん》（富豪）の邸で豪快に酒を飲んでいる状景を想像している、などと書いていた。父は少し空想をふくらませすぎていたようである……。が、父の空想をかき立てたタネは、湯炳如の家のことや、嫁入りの話などを書き送った私の手紙が提供していたのであった。

中隊から兵器係の川上軍曹がやって来て、保安隊が持っているドイツの小銃を全部、部隊に引き渡せ、という。軍曹は私たちに好意的な大人しい人なのだが、「上の方」からの命令であったようだから、何とも致し方なかったのであろう。

「私の夢」は松田中尉には話してあったのだが……万事休す。李排長も、苦笑して両手を広げるばかりであった。保安隊は丸腰になった。維持会の用事で駆けまわったり、中隊で必要になった苦力の呼び出しに家々をまわって歩く「お使い」になってしまった。

飢餓

維持会の若い書記の家は、易小児の家のもっと先にあった。

山ぞいの道をたどっていくと、右手に粘土の煉瓦をつみ上げた家がある。「ここです」と書記がいった。この辺はどの家も同じようなつくりである。

入口をくぐる。瓦や「焼いた煉瓦」で四方と底を固めた雨水受けのたまりがある。この部分は天井がぬけていて、この家全体の明かりの取り入口にもなっている。

ここはまた、家の下水溜めでもあって、さまざまな汚物が、年を経て、腐って、その上にまた新しいゴミがたまって、一種異様な、すえたにおいを放っていた。

両側にそれぞれ三つばかり小さな戸口がある。それが、それぞれ一戸の出入口になっているらしかった。入口のあたりには枯れ枝やこわれた木の家具やいろいろな恰好をした壷や、……それぞれの家の生活につながり、そしてそこからハミ出したものが群がっている。

茶碗をたたくような音、そして怪しげな祈禱の声が聞こえてくる。一つの入口から聞えてくる……。そこが書記の家であった。

家の中は昼間だというのにうす暗い。すえたようなにおいがただよっている。

入った正面、高いところに一つ窓が開いているだけ。そのわきの片隅に、木の寝台が置いてある。長年の手垢でよごれ切った木綿の蚊帳《かや》が、寝台の四隅に立てた細い竹の柱から釣り下げてある。正面の垂れ幕を両側にハネ上げて、そこにハチ巻きをした老婆が横たわっていた。

書記のお母さんなのだ。具合がわるいのだ。面倒を見ている妹か誰かは、外出でもしているのだろうか……。見まわしたところ、家具といっては、けんどん式（上下左右の溝で戸をはめはずしができるようにした箱）のうす黒くなった戸棚が一つ。同様にうす黒い四角なテーブル。小さなキャタツなど。煮たきも片隅でしているらしい。

長沙へいく途中の農家も、そういえば似たようなつくりであった。やはりすえたにおいがしていた。

巫女は、隣から来たかと思うような、ただの婆さんで、何か頭にかぶっていたようでもある。テーブルの上に位牌みたいなものが置いてあって、その前に水を入れた御飯茶碗があって、……線香がもえていただろうか？　灯明か何か、ともっていただろうか？　お婆さんはたえず何かおまじないみたいなものをつぶやきながら、茶碗の水に指をひたして、しずくをまき散らしたり、茶碗をたたいたりしていた。

それから茶碗のカケラを手にして、病気の老婆のところに来ると、その破片で老婆のコメカミやノドのあたりを強くこすって、内出血を起させた。

書記も巫女にたのんでノド仏に赤い斑点をつくってもらっている。

ここでは病気にかかったら、巫女にたのむよりほかに手がない。痛みと苦しみをただ耐え忍んで、ジリジリとやってくる死を待つばかりなのだ。

途中通りかかった家では、表で男の子が一人で遊んでいた。ほとんどハダカである。垢で黒ずんだお腹ばかりが妊婦のようにふくれている。手足は骨の上に皮をかぶせただけのようである。

「あの子の家は食べ物がなくなったので、ビワの木の皮をはがして、粉にひいて、食べさせたんです。するとあんなお腹になってしまう……」

そういう書記は、もうそのような痛ましい光景に麻痺してしまったような、あきらめ切ったような顔をしていた。

そう……こんなに二つの軍隊がにらみ合っていて、田作りや畑仕事どころではなく、よそから何かを持ってこようにも、動くこともままならない、とあっては、蓄えのないものはジワジワと飢え死にしていくいがいに、一体どんな道があるだろうか。

「コンナニ食ベモノノナイ家ハ、ホカニモタクサンアルノダロウカ?」

「ええ……今年は日照りですからね。雨が少ない……。みんなは、日本軍が来てるんだから、日照りになるのだっていってますよ。……何しろ『日《ひ》』の『本《もと》』なんですからね」

やがて稲の取り入れにもなるだろうが、この猫の額のような山地では、たとえ豊作になったとしても、タカが知れていよう。

米が手に入らないものは、どうなるのだろう。

そのとき、もし初歩の初歩でもいいから、私に経済学の知識があったなら、……といわないまでも、せめて百姓が当然知っているはずのことがら――地主とか、水呑み百姓とか、作柄とか――を知っていたならば、私は梅子埡の住民を脅かしていた事態を、もっとよく理解できたにちがいない。

私は湯炳如の家で何不自由なく飲み食いできるし、また黄英の家にいけば毎日間違いなく食べさせてもらえるということで、安心しきっていた……。占領軍とか支配者とかいうものは、どん底に生きる住民のことなど、全く分からなくなってしまうものなのだ。

梅子埡 —— そしてたぶん小溪塔も —— は、宜昌と国府方面とのあいだの主要な情報ルートになっていたらしい。私たちが「二大隊正面の敵情」をさぐってゴソゴソやっていたとき、師団や軍の方は、もっと大きな「工作」を、ここを通じてやっていたのかもしれない。私たちの知らない間に、いろいろな「工作員」が、ここを通って行ったり来たりしていたのであろう。

私たちのところには、二度ばかり、宜昌から憲兵が来た。

一見したところ、少し身体つきがガッシリしているが、まるで中国人である。何をやっているか分からないが、金まわりは悪くなさそうに見える中国人、といういで立ちである。

私はこの男を湯炳如のところに案内した。そこで両者のあいだに、どんな話があったか、私は知らない。そのあと、簡単な酒席が設けられて、私もそれにつらなった。

憲兵に連れ立って石板舗にもどった。その晩、憲兵からきいた話は、びっくりすることだらけであった。

憲兵 —— というよりは、憲兵である軍の特殊工作員といった方がよいのかもしれない。

かれは南京のあたりで十数人の便衣隊を指揮して、いろいろな謀略活動をやっていたらしい。まるでスパイ映画を地でいくようなスリリングな場面がいくつもあって、敵の便衣隊に追いつめられたり、間一髪のドタン場でドンデン返しになって、敵の隊員十数名を全部捕虜にしたり……。

そんなキワドイ場をいくつも踏んできたというこの憲兵の顔を、つくづく眺めてしまった。何の変哲もない、ただの男である。髪の毛が、そういえば丸刈りではなくて、少し伸ばしてスソ刈りにしている。上海の紅幇青幇などという連中は、やはりこんな頭をしているのかもしれない……。

憲兵隊の特殊な活動は —— その資金は、ぜんぶアヘンの密売でまかなわれている、ということであった。

小沖口の副会長が吸っていたアヘンも、もとは憲兵隊が動かしていたものだったのだ。

ひょっとすると、今度の湯炳如との「談合」も、アヘンのことだったのかもしれない……。

私たちの知らないところで、こんな連中が、こんな「秘密の戦争」をやっている —— 私はうなってしまった。

豚と水牛

湯炳如の家には、タイタイ（正妻）とイータイタイ（妾）が同居している。

湯炳如と常時一緒に暮らしているのはイータイタイの方であって、タイタイは、その家の三つほどある入口の一つに、姿を見せていた。つまり同じ家ではあるが、別の部屋で寝起きしているのである。

もう、お婆ちゃんお婆ちゃんしていた。かなりシワもあって、着物もみすぼらしくて。いつもその入口で縫い物をしたり、何か雑用をしている。私の姿を見かけると、人のよさそうな、淋しい笑顔を見せた。

湯炳如の一家をきりまわし、いろいろなところから集ってくるさまざまな人間を、それぞれ然るべくさばいているのは、イータイタイである。この家はイータイタイがいなければ、いくら湯炳如が青幇の三哥だといっても、とても今あるような状態には維持していけないであろう。

湯炳如というのは、割合口数の少ないおやじである。対座して、話のつぎ穂がなくてモジモジしていると、必ずイータイタイがお茶とか、ちょっとしたつまみものとか、何かしらをもって、テン足をチョコチョコと刻みながら台所から出てくる。そして空気をほぐし、私の話題を引き出してくれる。

中ぶとりの、眉毛の薄い、ふくよかなおばちゃんであった。年はやはりタイタイよりもずっと若いのであろう。頭がよく廻って、くだけていて、酸いも甘いも知っているようで……。亭主と話しているときも、ほかのお客と話しているときも、口ぐせのように「コブス……」といった。「そうなのよ……」とか、「だから、そういったでしょ」とかいうようなときに、この言葉が出てきた。

人びとはイータイタイを「大嫂子《ターサオズ》」（＝大姉御）と呼んでいた。湯炳如は秋頃に三哥から大哥《ターコ》へと出世するのだが、イータイタイの方は亭主が三哥のときからすでに「大嫂子」であった。

イータイタイは料理がうまかった。おおぎょうな料理ではなくて、酒の肴にちょっと造ってくるつまみものの類が、とてもおいしい。

このような田舎に、このようにゆったりと構えて、人びとを自由に出入りさせているのだから、よほどの物持ちなのだろう。地主なのだろうか。ときどき、亭主がどこかから来た男のまえで、法幣（国民党の紙幣）の束を数えているのを見た……何か大きなものを「あっち側」との間で動かしていたのである。

用人は何人かいたようである。子供は……ついぞ見かけなかった。それをイータイタイに聞いてみるきっかけも見つからなかった。


湯炳如の誕生祝いで大盤振る舞いをすることになった。

梅子塸があげてその仕度に動員されたか、と思うような騒ぎになってきた。

まず豚殺しである。これは、ほかの家の嫁とりなどのときにもやっていたので、こんど見るのが初めてというわけではなかった。

まず豚を――キーキー騒ぎ立てるのを――三人がかりでムリヤリ押さえつけ、前後の足をしばる。

しばられた足を前後にはね動かし、世界の終わりみたいに泣き喚く豚を、太い木の枝に逆さにつるす。なおもキーキー叫んでいる豚の鼻先をつかみ、思いきり反らして、一人の男がそのノド笛を一刀でカキ切る。キーキーのわめきと一緒に切り口から身体中の血がアワを吹いて流れ落ちる。

男は素早くとび離れ、その身には一滴の血もはねかからない。

豚はすっかりコト切れて、シワくちゃな顔の上で観念の眼を閉じている。

二人がかりで、豚を地面に横たえる。手足の縄をほどく。後足のヒズメの上に切り口をつける。

一人がその口に真鍮の管をさし込む。さし込むところは、皮と身のあいだである。さし込みながら、管の先を力まかせに左右にふって、皮と身のすき間をひろげていく。

一応管が入ったところで、さし込んだ口をしっかりしばりつける。一人が精いっぱいの力で、管に息を吹き込む。いま一人が棍棒で豚の足から胴体へと力まかせに叩いていく。

豚の皮と身の間に、ムリヤリ息を吹き込んでいく仕事は相当キツイものであろうと想像する。しかし、見たところ、「吹き込み」係は平気で吹き込みつづけている。

棍棒で叩くにつれて、豚の足、腹、背中、他方の足、向こう側の足、という具合に息が入っていって、豚の身体は風船みたいにふくれ上がっていく。

誰の知恵か知らないが、ほんとにうまく考えたものだ、と感心してしまう。

豚はやがてポンポンにふくれ上がり、二倍にも太くなった四足をピンと四方に張り出して地面に引っくり返っている。

一方で、おかみさんたちが沸かして置いた煮えたぎるお湯を、大きな木のタライに張る。そこにポンポンにふくれた豚をつける。豚はもちろん全身が入り切るわけがないので、湯につからない部分には、ヒョウタンをタテ割りにした大ビシャクで、熱湯をくんではかけ、くんではかけする。

二、三人がかりで、鉄のヘラで熱湯につかった黒い毛を力まかせにこすり落としていく。手がヤケドしそうで、たいへんだろうと思う……。毛は面白いように抜け落ちていって、うす桃色に光ったツルツルのきれいな皮膚があらわれてくる。

キーキーわめいて暴れていたシワクチャ顔の、腹のたるんだ黒豚が、たちまちのうちに、丸々と太った白い、うす桃色の、かわいらしい、おいしそうな豚に変わって、そこに横たわる。

しばりつけてあった足の切口のヒモをほどいて息をぬき、そのため、またヤセてしまった、しかし白いおいしそうな豚を、もう一度鉄カギで逆さにつるす。

師匠が出てくる。ドキドキ光る太くて重そうな包丁を振るって、観念した豚の首を切り落とし、刃をスッと豚の身にさし入れて、豚を正確にタテ半分に割ってしまう。割られて落ちてくる半身を、助手が待ち受けていて、肩にかつぎ受ける。

女たちがタライの周りに集って、長い長い腸をお湯につけて丁寧に洗い、しごいていく。

この一連の作業は、息もつがせぬ面白さで終始する。豚もはじめの間こそ、キーキーと大騒ぎしているが、こんなに面白く、鮮やかに処理されてしまうならば、案外文句もないのではなかろうか。

あとは、当家で必要な分の肉をとり、それから皆の注文に応じて、一斤、二斤と切り売りしていく。村人たちは皮と脂と赤身のついた一切れをワラヒモでぶら下げて、めいめいの家路をたどる。今晩は、どこでも久しぶりに豚肉のおかずにありつける、というわけだ。

ブタ殺しを書いたついでに、水牛のタマぬきのことも書いておく。

「今日はサンユーを見にいきませんか」と誘われた。「サンユー」とは何のことだろうと思ったのだが、書いて見せてくれた字は「善牛」であった。はて、何か牛に関係することらしいが、「善い」牛とは一体なんであろう……。実際に何をすることなのかは、その場で教えてもらったが、「善」の字をたよりに字引をさぐっていたら、「騸」という字があった。「善」と同じ音である。

湖北では「ニュー」が「ユー」になるから、「サンユー」はつまり「騸牛」、牛のタマぬき。実際に見たのは水牛のタマぬきであった。

雄の水牛はタマぬきをしておかないと、発情期には暴れまわって手におえなくなるのだそうである。だから、この地方の雄の水牛は、かわいそうにも、みなタマぬきの苦しみを味わされる運命にある。

第一土壘の方であった。ちょっとした空地に、その運命の水牛が、のんびりとつながれている。大きなズータイである。あんな大きなやつのタマを、一体どうやって「ぬく」のであろうか……。

作業は、何の「儀式」もなしに始まった。

数人がかりの大仕事である。その数人が、やにわに牛の足にとびついた。

牛もおどろいたであろう。

牛はまったく、見ていてじれったくなるほど反応がのろい。おどろいただろうくせに、まだゆっくりと反すうなんかやっている。かまわないから、そのときパッと飛び上がって、グルッと身体を一まわりさせて、飛びかかってきたやつをハネ飛ばしちまえばよいのに……。

何といっても、しかし、水牛の力はすごい。四本の足にとびついた四人は、前足と後足をそれぞれ太い麻縄でしばり上げるのに、大汗をかかねばならなかった。

ああ、水牛というやつは、何とかわいそうにも力ばかりあって、気のやさしすぎる動物であることよ。人間のそんな乱暴——けだものにも劣る野蛮さを、むざむざと許しているではないか……。

四本の足をそれぞれの位置に置いて、ふんばっていてこその水牛であり、その力である。これをそれぞれ一まとめにされて、重心の位置を狂わされてしまっては、さしもの水牛も全く「立つ瀬」がない。

ああ、人間というやつは、何と悪知恵にたけた動物であろう。

足をしばり上げると、人間どもは凱歌をあげて、水牛の片側に集合し、「よいしょ」とばかりに水牛を押し倒す。足をしばられていては、さしもの水牛もひとたまりもない。地響きを立てて、何か重そうなものがいっぱいつまった太い、丸い胴体が地面に落下する。

小人の国の悪魔みたいな人間は、すかさずチョコマカ動きまわって、水牛の前足（二本）と後足（二本）を力いっぱい引き離す。水牛が両足を自分の好みの姿勢にもって来ようとする……その前に、眼の色変えて、足をしばった縄を、近くの太い木の根方にギリギリと巻きつけてしまう。前後の足は思いきりひらいたままに固定される。

牛は鼻の穴をいっぱいに広げて、フーフー息をはいている。ほんとにびっくりしているのであろう——しかし、もう遅いよ。今となってはジタバタもできないではないか。なぜ早いとこ、こうならないうちに暴れなかったんだい……。

「タマぬき」の師匠が登場してきた。師匠といっても、その辺の在の土百姓のいでたちだ。細身の、しかしとてもよくきれそうな小刀を手にしている。無雑作に水牛の下腹に近づいて、ぶら下がっている大きな、重そうな睾丸を手にすると、無雑作にそれをスーッと切った。

それから、ワラを焼いた黒い灰を手にまぶして、その切口から無雑作に手を入れていく。手だけではない。腕が入っていく……一体どこまで入れていくつもりだろう。それだけ深く腕を入れていって、牛の腹のなかで何かを引きちぎっているようである。痛いだろう、これは。

水牛は、その大きくむき出した眼を、文字通り白黒させている。

水牛が「痛い……たまらない……止めてくれ」という言葉を語る術を知らないことが、本当にかわいそうである。泣きわめいて騒ぎ立てる術さえも自然から与えられてないとは、何と不公平なことであろう。

同じようにして、いま一つのタマも、それにつながる腹のなかの何かと一緒に、ぬかれてしまった。

人間どもは、水牛のその痛々しい傷口に灰をぬった。それで終わり。
足をしばっていた縄がほどかれた。水牛はものもいわずに立ち上がった。
水牛よ。痛いのだろう。傷口がズキンズキン、焼けつくように痛むのではないか。どうして何もいわないのだ。
どうして人間どもの、この神をおそれぬ、自然にたいする冒瀆に怒らないのだ。

誕生祝い

豚を殺して、「腑分け」が終わったら、いよいよ近所の女たちが集ってきて、総出で料理つくりが始まる。なかでも豚の肉を皮や脂をつけたままで二、三日かけて煮上げ、脂をホロホロにしてしまう料理が手間がかかるようであった。手間を食うだけに、これはとても美味しい。

湯炳如の家は東西に細長く建っていて、主人とイータイタイが常時寝起きしている部屋は東向きに出入り口が開いていた。そこに軒も張り出していて、ベランダ風になっていた。

タイタイの部屋は、主人たちの部屋の西にあって、南向きに入口が開いている。その西にもう一つ入口があったが、そこは下男部屋か物置小屋であっただろう。

家の東と南は、平坦な庭を置いて、どちらも田圃に落ち込んでいる。西と北——とくに西側は後ろに山が迫っていた。「三二〇高地」につづく山地である。

この家へは、田圃を渡って、南側から丘に登るようにして近づくのであった。

女たちの料理つくりは、家の北側でやっていた。家の東南の庭に、家に近く寄せるようにして十卓ばかり食卓が用意される。ベランダの部分には、順番を待つ人たちのために、長いキャタツが幾脚か。そして室内は、「えらいお客」のために、四、五卓。

その年、湯炳如は何歳になったのだろうか――それを聞くのを忘れたとは、全くウカツであった。たぶん五十歳ちかくであっただろう。

誕生祝いの「本番」には、どこかから、偉い大哥（一番目の兄貴）みたいのが来て、奥まった部屋で、おおぎょうな挨拶の儀式があるのだ、という。維持会の若い書記の話である。

そのとき書記が――こんな具合にやるらしい――といってマネして見せてくれた型には、太極拳の動作に似た形が入っていた。そう聞くと、その一世一代の儀式が見たくて、矢も盾もたまらなくなる……湯炳如に頼みこんだ。湯炳如は笑って首を横にふるばかり――。

「こればかりはダメです……別にたいしたものじゃありませんよ」

当日はカンカン照りの、暑い日であった。どこから出てくるのか、と思うほど、お客がどんどんつめかけてくる。おやじ格の男たちは黒いコウモリ傘を日傘代わりにさして、黒い扇子で風を入れながら、庭に上がってくる。

主人らしい人物、そのタイタイだかイータイタイ、それにお付きが一人、二人。着くと女たちは女たちのグループに入り、男は男でそれぞれ仲間ごとに集まる。

湯三哥への誕生祝いの挨拶を家の中で済まして、外に出れば、あとは食べそして飲むばかりだ。

私は見よう見まねで、湯炳如の前に出て「揖《ゆう》」の礼をして、誕生を祝った。胸の前で手を合わせて上下にふる――あれである。当日、私はいつになく正式の軍装で、腕に「政務班」の腕章をつけて出た。松田中尉はその日は臨席していなかった。たぶん、当日は中国人の仲間うちの祝い、ということにして、中隊長や松田中尉など、警備隊の御偉方は翌日、正式に招く、ということにしてあったのだろうと思う。私としては、正式のお祝い日でもあるし、嫁入りのときの「用心棒」役の例もあるから、と思って、「三装の軍衣」を着用した次第であった。

内でも外でも、しばらく控えの席で四方山話などをしているうちに、三哥の手下とおぼしき若者が立ち現れて「どうぞ皆さん方、お席へ」とアナウンスする。

お互い長幼の序が分かっているのであろう……それでも少し互いにゆずり合ったりしたのち、たいした混乱もなく「第一ラウンド」の客たちが着席する。四角いテーブルの一辺に二人ずつ、だから一卓に八人だ。十卓で八十人。それが少なくとも第二ラウンド、第三ラウンドまでもいくのだから、接待側もたいへんである。

第二、第三の順番に当ったお客は、扇子や団扇で風を入れながら、辛抱強く、呼び出しを待っている。給仕の女たち、男どもがいそがしく行き交う。

酒でメートルの上がった卓では、大声で拳がはじまる。二人が向かい合って立ち上がり、それぞれ零から五までの数を右手の指を立てて示しながら、両方の合計の数を叫ぶ。……当れば勝。両方当たらなければ「あいこ」でやり直し。一方が当って他方が外れれば、負けた方は「罰杯」を飲まされる。庭は急速に熱気を帯びてくる。

数を叫ぶときは、一は「一定高昇《イーティンカオセン》」(出世は必定)、三は「桃園三傑《タオユエンサンチエ》」(三国志の劉備玄徳、関羽、張飛の会合)、などといって、縁起のよい文句や、景気のよい故事で、その数を表すのであった。

室内の貴賓席は、もちろん最上の料理が出るわけで、その席に招かれた私はそれをパクつきながら、役得の致すところ、と喜んでいた次第である。

食事が終われば、あとは好き者同士でマージャンや中国式のカルタである。

私は「ベランダ」に出て、まだつづいている表の宴席のにぎやかさを眺めていた。外は頭がクラクラするほど陽射しが強く、暑い。そんなところで御馳走をいただく方もたいへんだ……。

突然、目の前の卓で、二人の男が同時に立ち上がるや、はげしい見幕でなぐり合いを始めた。一方の男は相手のエリをつかんで片腕を振り上げているのだが、興奮の余りか、思うようにそのコブシが相手の頭に命中しない……身体が緊張でふるえ、やっとコブシが頭に届いたときには、せっかくのエネルギーがどこかに発散したあと……というような有様だった。だから立ち合いの気迫のすさまじさほどには、殴り合いそのものは激しくなかった。そういう席であるから、すぐ人が間に入ってきて引き離そうとする。しかし、お互い、なかなか相手を放そうとしない。よほど遺恨が重なっているのだろう。私は騒ぎがもっとひどくなったら、おどかしにブッ放してやろうと思って、腰の拳銃に手をかけていた。

話によれば、二人は前から賭けの金だか何かの売り買いの金だかを、返した返さないでもめていたということである。この卓で顔が合ったのが運のツキであった。

騒ぎは、しかし、それだけでは終わらなかった。

宴会もひとわたり済んで、めいめい、カルタ、マージャン、雑談にと、くつろぎ始めたときだった。家の南にある山の上で突然はげしい軽機関銃の射撃が始まった。

五中隊の本部から「三一〇高地」の方にいく山の上である。タマが家の上空を、風を切って飛び過ぎていく。

満座は騒然となった。湯炳如が家の中から飛び出してきた。

二、三回の連射で射撃はおさまったが、お客のなかにはシラケてしまって、あるいはおびえて、帰り仕度にかかるものも出てきた。

「これはきっと兵隊さんが御馳走に招かれないので、腹いせにブッ放したのだろう」という結論になった。私が中隊長のところに釈明にいくことになった。

「今日の誕生祝いは、まず中国人同士、内輪で、ということなので……隊長殿その他の方々は、あらためて明日お招きしたい、ということですから……」といったら、色白の美男子である山田中隊長はおうように笑って、招待を受け、「さっきのはただ、ちょっとした演習だよ。他意ないよ……」といった。

漢流

維持会で、これからちょっと宜昌に出張してくる、といっていたら、来合わせていた校長さんタイプの老先生が、それでしたら御一緒願えませんか、という。

どんな用事で宜昌まで行こうとしているのか分からない。二人はだまりこくって歩いた。石板舗を過ぎた。広い山腹の道を、しだいに宜昌に近づいていく。突然先生が口を切った。

「班長さんは、大学卒業なのだそうですね」

「イヤ……卒業ハシテナイデス……マダ大学生デス」

「日本では大学生も兵隊になるのですか」

「エエ……ソノ……ソウナンデス」

「それだから、日本は強いのですな……中国をごらんなさい。兵隊になるのは、みんな人間のクズですよ……強くなるハズがないではありませんか……」

日本は少し買いかぶられている、と思った。しかし、それをはっきりさせるための複雑な話は、私の中国語ではとてもやれない……。

老先生は話しているうちに、だんだん調子が高くなってくる。中国も当然大学生だってどんどん兵隊に取って、差別をなくすようにしなければダメだ、という先生の意見に、私も賛成させられてしまった。

先生はつぎに鉾先を「漢流《ハンリュウ》」に向けた。漢流は、紅青幇の総称である。

「漢流は、中国社会の害虫です……あの連中は何一ついいことをしていない……」

私は黙って聞いているほかなかった。「三哥」の家で御馳走をくらい、酒を飲んでいる身にとって、これはちょっと耳の痛い話題である。

「ああいうものは、古い社会の腐った遺物ですよ。漢流なぞというものは、一掃してしまわなければいけないのだ……」

梅子埡では湯炳如が青幇の「大物」で幅をきかしている、と思っていたのに、他方では、同じ梅子埡にこのような硬骨の「反青幇」派がいた、ということは、私にとって一つの発見であった。

この宜昌の北の、山奥の片隅に、このような憂国の士がひそんでいる。国民党にたいしてさえも批判をためらわない正義派がここにいる。こうして一緒に歩いている……。

しかし、私は老先生と一緒に「打倒漢流」に起ち上がるわけにはいかないのだ。それができない事情があるのである。それは、老先生には分かってもらえないだろう。

湯炳如のところから若い者が私を呼びにくる。

行ってみると、湯先生、じきじき私を居間につれていって、私の眼を見据えながらいい出した。

「今、向こうから一人逃亡兵が来ているのですが、会ってみますか?」

会おう、ということになって、待っていると、奥の方から黄色い服の兵隊が出てきた。上等兵らしい。

私を見て敬礼する。こちらは平民のナリをしているのに……。

「まあ掛けたまえ」ということになる。

バクチをして、賭け金のことで上官とケンカになった……。もう軍隊がイヤになって飛び出してきた……という。

兵器は?——みんな置いて、身一つで逃げてきた。

どこから来たのか、途中どのようにして見とがめられないで来られたのか……、いろいろ聞きたいことがあるのだが、うまく言えなくて、もどかしい限りだ。

希望は?――宜昌につれていってほしい。そこで平民にもどれれば満足である……。

「分カッタ。上ノ方ニ連絡スルカラ、湯三哥ノ家デマッテロ。デキルダケ希望ヲカナエルヨウニ努力スル……」

くわしいことは、松田中尉が聞けばよいだろう。石板舗までつれていけば、こっちの仕事は終わりだ。

しかし石板舗では、中尉の訊問の通訳をさせられて冷汗をかいてしまった。

中尉は「予備四師」、「六師」、「一三師」などの動向を気にしているようだった。「予備四師」をしきりに口にした。

そしてこの兵隊は? どうやら「六師」のものらしい……。

「ふむ……六師が大隊の正面に移動して来ているのかな」

などとつぶやきながら、首をひねっている。

とにかく、この兵隊を宜昌につれていってやれ、ということになった。

翌日……だったであろうか、私は逃亡兵と一緒に宜昌に向かった。指揮班から、護衛の兵隊が一人ついてきた。

「今マデドコニイタノカ?」と聞いても、こちらの不勉強で、向こうのいう地名が聞きとれない。また聞きとれても、地図の上でどの辺に当たるのか、さっぱりカンがはたらかない。

昨日の訊問でも、たしか「遠安」という地名が出ていた。その「遠安」というところに、師団本部だか軍司令部があったのだろう。「遠安」が出たあとで、中尉は朱徳、毛沢東はどこにいる、と聞いていた。

この名前は、私もどこかで耳にしたことがある。兵隊は、かれらは「エンアン」にいます、という。その「遠安」か?――いや、その「遠安」ではなくて、ずっと遠いところ――「延安」というところなのです、と兵隊はいっていた。字に書いてみると違うが、聞いているだけでは、どう違うのか分からない。

もう一山越せば、いよいよ宜昌だというところで、「六師」の兵隊は足を止めた。

私たちが見ているところで、上衣のボタンが外れていないか自分で点検し、服のシワをのばし、帽子をきっちりとかぶり直し、ズボンやゲートル、布靴のチリをはらった。

宜昌入りに当たって、精いっぱいの身づくろいをしているのだ。

見ていて、この兵隊の痛々しい努力に胸を打たれた。……今まで何年間、山の中で寝起きを重ねてきたことだろう。そしていまや、夢にまで見た「大都市」宜昌に入ろうとしている。

かれの感激は、以前私が行軍中に遠くの稜線上に浮かび出た小さな鎮のシルエットを見て胸をおどらせたあの感激に通じるものがあろう。あのとき私がその「鎮」に寄せた夢よりも、はるかに多彩で、輝いて、すばらしい夢がかれの胸をふくらませているにちがいない。


われわれの訊問に応じた敵の情報員もいた。これも湯炳如の手引きである。

そうした連中の話を総合してみると、どうも、正面の敵はしだいに兵力を集中しつつあるようであった。

もとからいた第三二軍の一三九師、一四一師に加えて、その東にいた第七五軍の——松田中尉の口ぐせになっている——「予備四師」、「六師」、「一三師」というのが、西の方に寄ってきている……。

この情報員も、どうやら新しく正面に出てきた部隊のために、わが方の情況をさぐりにやって来たらしい。どうやら、もとはこのあたりの者だったらしい。

「オ前ハ以前ドコニイタノカ?」

「羅漢包に住んでいたのですが、日本軍が来て、もといた家が焼かれてしまって、それでチータンプロに入って……」

「おい杉山、チータンプロとは何だ?」

「さあ……何ですか……チータンプロ……」

チータンというのは、私の乏しい中国語の語彙では鶏卵である。かれの言ってることは何か卵と関係があるのだろうか?……プロとは何だろう。風呂……というのは日本語だし……。

「いや——……わかりません……」

私はカブトをぬいでしまった。

そのあと、だいぶたってから、何かの連絡の用事があって、東の方、茶店子の先にある龍泉舗にいった。そこの警備隊で、以前近くに「集団部落」があった……という話がでた。

私は思わず膝をたたいて、飛び上がりそうになった——。

「それだ——集団部落、それがチータンプロだ。分かった、分かったぞ……」

あの情報員は、「チータンプロ」の生活に耐えられなくなって、そこを逃げ出し、国府軍に走って、その情報員になったのだ。

日本軍はベトナム戦争よりも二十五、六年も前に、アメリカ軍やそのカイライ軍が実施した「戦略村」の住民隔離政策を、中支戦略でやっていたのである。

招待

湯炳如を通じて、いろいろなものが入ってきた。

例の私の「飲み仲間」、一四一師の下士班長は、かれの部隊であろうか——とにかくその筋の方の手紙をもってきた。名宛は私になっている。

「われわれが貴下について伝えられることを総合した結果、われわれは、貴下が日本軍のもとで勤務を強いられているわが朝鮮同胞に間違いない、との結論に達した。われわれは貴下が決然として日本軍の強制を脱し、中国の盟友と結んで、われわれ朝鮮人民の独立事業に参加されるようお勧めする。来たれわが陣営へ。われわれは双手をあげて貴下の義挙を歓迎するであろう」

これには恐れ入ってしまった。差出人は、国府軍のなかにあるらしい「朝鮮独立運動」の義勇軍部隊であった。

私は下士班長にいった——。

「オ前ダロ。オレノコトヲシャベッタノハ。オレハ朝鮮ノ独立賛成ダヨ……ダケド、オレハ朝鮮人ジャナイヨ……」

下士班長は長い顔に白い歯を見せて、ニヤニヤ笑っている。

そのあと、湯炳如と三人で酒を飲んだ。大嫂子が湯炳如と下士班長から話を聞きながら、おかしそうに私を見て、しきりに「コブス」……「コブス」……のあいづちを打っていた。

私の「義挙」は流産に終わった。この手紙のことを松田中尉に話したら、中尉はただ「ふむ……」といって、私にはどうとも意味のとれかねる顔をしていた。


私あての手紙は、もう一本あった。こんどは下士班長の上司らしい「白排長《パイパンザン》」(白という姓の小隊長)からである。こんな内容であった——。

「貴下のことは、かねがね下士班長から伺って、敬服している。ついては謹んで貴下をお招きし、一夕酒を酌み交して交遊を深めたい。心からご来駕をお待ちしている……」

この招待には、心が動いた。

面白いじゃないか……日本軍の「政務班長」が敵地に乗り込んで、敵の情報隊長と酒を酌み交す……まるで「三国志」か『水滸伝』か『漢楚軍談』かなんかにありそうな情景ではないか(実際にそんなくだりがあったかどうか、実のところ定かではないが……)。

そうしたら、向こうにいって——どんな男だろう、相手は?——日中双方の陣地の中間地帯を「非戦闘地区」にすることを提案してやろう。住民がそこで何の遠慮もなく自由に耕作できるようにしてやるのだ。お互いにそこは犯さない……とれた米は、耕作した者がそれぞれ自分のところに持って帰る。そのうちに両者の交遊は発展する……対峙する両軍の間で局地的な停戦——不戦の黙約が成立する。住民はこの「不戦地区」で自由に往来できるようになる。希望者には、宜昌にも行かせてやる。商売をさせてやる……。

私の夢はふくらむ一方であった。私はこの日中両軍の情報係の会合というアイディアにすっかり酔ってしまった。

松田中尉に話した。

中尉はマンザラでもなさそうに聞いていて、それから薄い唇をほころばせていった——。

「面白いじゃないか……行ってみろよ」

中尉が賛成したので、私はふるい立った。何を土産に持っていけばよかろう……などと考えはじめた……。

湯炳如のところにいって話した。

向こうの「白排長」に招かれたこと。それに応えて行ってみることに、松田中尉も賛成したこと。行ったら、ひとつ「非戦闘地区」を提案しようと思うこと。

湯炳如は聞き終わって、しばらく黙っていた。それから威儀を正すような様子になって、しゃべりだした——。

「せっかくのお話ですが、私は賛成致しかねます。私は中国の軍隊のことも少しは知っているつもりですが、このようにしていらっしゃった場合、先方があなたを返すという保証はありませんよ……。ま、そうやって行かれるのだから、そして隊長さんも賛成していられるのだから、あなたが向こうでつかまってしまうのも、それでいいかもしれない。……しかし私が困ってしまいます。国民党があなたをつかまえたら、当地の日本軍は、私が手引きしてつかまえさせた、というでしょう。そりゃ困る……。ま、悪いことはいわないから、この際は行かない方がいいですよ……」

せっかくふくらんで、多彩に輝いていた夢がしぼんでしまった。

いわれて見れば、湯炳如のいうとおりではある。「湯炳如の立場」——なるほど、そういうものがあったのだな……

かれの「立場」からすれば、当地の日中両軍のあいだで「現状維持」がつづかなければならない、ということになる――その「現状」のもとで、日中双方から湯炳如を通して、人間や情報やものが往来することが望ましいのだ。それを、杉山なにがしとかいう若僧がウロチョロして、そのために「湯炳如の平和」が破壊される……それは許せない――ということになるのだな……。

私は引っ込んだ。

中尉に、湯炳如から反対されたことを伝えた。中尉は「そうか……」といっただけであった。

私は向こうから受け取った手紙をぜんぶ焼き捨てた。ロクでもないやつに見つかって、騒ぎになってはつまらない。

火力急襲

二大隊の前面に、敵がまるで押しくらまんじゅうをするみたいに密集してきた。

「いやに集まってるじゃないか……」

湯炳如経由の情報、また新しい逃亡兵、みんな敵軍の密集を伝えている。松田中尉の判断は、しかしまだそこのところで止まっているようだった。

八月下旬であった。まだまだ暑かった。

黄英のところで昼をおえて、政務班に戻ってきた。

門口に立って、息をついているところに、男が一人寄ってきた——。

「明朝、国民党が攻めてきます。先生はここにいない方がいいです……」

「あれっ」と思って、その男をよくよく見ようとしたとき、男はもう後姿になっていた。

誰だろう……あの男。湯炳如がよこしたのかな……？

維持会の事務室に入る。会長、楊司爺、若い書記……所在なげにしている。

「……国民党ガ攻メテクルトイウノハ、ホントウダロウカ」

「どうもそういう噂ですが……」

会長たちには、まだよく分かっていないらしい。気配は感じているようだが……。

「明日……」、「襲撃……」これはやはり、中隊に知らせなければいけない。それに松田中尉にも。しかし、本当だろうか……。静かすぎるじゃないか……。しかしわざわざそういってくるのだから……。

今晩は中隊泊まりだ。

役員たちに、告げる——今日はこれまで。明日朝またここで。

小野にそういって、装具をもって、馬の背を越えた。ふり返って眺める梅子埡は、平和そのものであった。小さな田圃が、青々と伸びている。

「政務班の密偵情報によれば、敵は明朝ここを攻撃するそうです」

「ほんとか、おい。信じられんなあ……。でも、そういう情報があるんだから、配置だけはしといた方がいいかも知れんな……」

山田中隊長は半信半疑という顔つきで、それでも兵隊を山に上らせたり、いろいろと手配はしたようである。

私たちは、本部の電話手の部屋に泊めてもらうことにした。松田中尉と連絡するためによくここに来ているので、電話手とは仲好しである。

そうだ、かれがよく歌っていた歌がある——。

山の寂しい湖に　ひとり来たのも　悲しい心

胸の痛みに　たえかねて　昨日の夢と　焚きすてる

古い手紙の　うすけむり……

あれは、ほんとに胸にしみる、やるせない歌であった。きっと電話手にも、何か「悲しい心」があったのかもしれない。それだからあんなに悲しいひびきが、こちらにも伝わってきたのであろう。

松田中尉に敵襲情報を伝えた。

五中隊に引き揚げていることを報告した。

中尉は「それでいいだろう」といった。

鉄板をヤケにたたくようなはげしい鉄砲声で飛び起きた。

夜明け方、まだ薄暗い……。

来たのだ、敵は。ほんとに。

方向は楊家嶺の北の掩蓋のあたり。

鉄砲声はしばらくつづいた。それからピタリと止んだ。

明るくなって、山の上から眺めてみたが、梅子埡の盆地に敵影はなかった。昨日と同じように平和である。

山の上の銃砲声も、ずっととだえている。

朝、私は維持会に下りていった。黄家には寄らなかった。

維持会には会長と楊司爺が出てきていた。

どうも「国民党《グォミンタン》」は梅子埡の中までは入ってきていないようである。楊家大包（楊家嶺）のあたりまで進出しているらしい。

「攻めて来ている間に、稲を刈ってしまおう、という魂胆じゃないでしょうか」と会長はいう。

「モウ刈り取レル時期ナノカ?」

「ええ、そこがねえ……。向こうも食い物がないのでしょう」

突然、上の方で「シューッ、ドーン」と音がした。迫撃砲弾が飛んできて近くに落下した爆発音だ。あたりが震えた。頭上の屋根瓦が割れて、バラバラ落ちてきた。天上から太い光が一直線に射し込んできた。

会長と司爺があわてて机の下に身をひそめる。

（隠れたっておそいよ、今ごろ……。直撃弾じゃないから安心しな……）

もし直撃をくらっていたら、今ごろは三人手をつないで、あの世へ道行きというところだった。

どうやら、「ここ」がねらわれている。

どこから撃ってきたのだろう……。

初弾が維持会を飛び越えて「ヤンコウズ」の山腹に当り、破片が屋根の一部を砕いた――ということだ。

危ない――逃げよう。

仕事は止めにして、三人とも安全地帯に避難することにした。


その朝、まだ暗いうちに、敵は――相当な数であったのだろう――楊家嶺の北の掩蓋を目指して、北東部の斜面をよじ上ってきた。たしかに、その斜面からならば、直接掩蓋に突っ込んで、これを奪取することも可能であろう。

西側（梅子埡寄りの側）や北側は傾斜が急で、取っつきにくいのだ。

ところが、敵が取りついたその斜面こそ、五中隊が「火力急襲」を用意していた陣地の真下にあったのである。

あらかじめ定めておいた目標に照準を合わせて、陣地の銃架をつくっておく。そこに銃や機関銃を置けば、暗闇の中でも、引金さえ引けばタマは正確に、目標地点にたどりついた敵兵に集中していく。

敵の攻撃部隊は、まさにその既定の目標地点にたどりついた――「飛んで火にいる……」だ。陣地で満を持していた全火力が一斉に「そこ」を「急襲」する。

早朝、私たちをたたき起こした猛烈な銃砲声は、そのときの音だったのである。

敵の攻撃企図は、この一撃で粉砕されてしまった。敵は十数個の死体を残して下っていった。

しかし「火力急襲」を運よくのがれたチェコ機関銃の一隊があった。これが山腹にへばりついて、五中隊の掩蓋を悩ました。

山の上の陣地から伍長か兵長の指揮する数人がそれににじり寄っていった。かれらのなかに突入し、格闘して、殺すものは殺し、追い払うものは追い払って、チェコを一丁分捕って帰ってきた。

朝のうちに、そのような戦闘があったのである。

もし「火力急襲」で、よじ上ってきた敵を撃退していなかったならば、少なくとも北の掩蓋は敵の手に落ちていたかもしれない。そうなると、五中隊の諸陣地や梅子埡一帯はそこから丸見えであるから、日本軍にとっては由々しい事態になっていたであろう。

楊家嶺攻撃に失敗した敵は、攻撃目標を「三一〇高地」に移した。

「三一〇高地」の北側の稜線に陣地をつくった。五中隊はあわてて「三一〇高地」の陣地強化を急ぎだした。敵は陣地構築を急ぐ日本兵に妨害の銃弾を浴びせてくる。こうして午後の情況は主に「三一〇高地」の方で起こった。五中隊の兵隊が一人、陣地構築中に、敵陣がハネ飛ばした鋭い岩片を額に受け、額をエグられた。

維持会に落下した迫撃砲弾は、明らかに「三一〇高地」の北方から発射したものである。敵は初弾を放っただけで、第二弾、第三弾を撃ってこなかった。どうしたわけであろう?

初弾で政務班や治安維持会の連中を飛び上がらせ、四散させてしまったので、それだけで十分、とホクソ笑んだのでもあろうか……。

額をエグられた兵隊は、一晩、中隊本部の簡易寝台に横たえられていた。生きていた。しかし、おそらく意識はなくなっていたであろう。ときどき口をモグモグさせている。

「あの兵隊、何かいってるのか?」

私は看護兵に聞いた。

「いや……よく分からないが……お母さんといってるらしいんだ……」

あわれ……。兵隊は、そばにいる者にも聞きとれないような声で、ただ「お母さん」といって死んでいく。ただ死んでいく……。

ワグナーのオペラのような壮大な「死の賛歌」は、この兵隊には鳴りひびかない。ただ音もなく死がこの兵隊をさらっていく。

一つの生命が越後のどこかに生まれた。育った。子供になり、青年になった。そして、この生命をひたむきに抱き、守り、育ててきた母から引き離されて、青年は兵隊にされた。梅子埡まで連れて来られた。そしていま「お母さん」とつぶやきながら死んでいく……。

何という悲しく、あわれな物語であろう。

たくさんの、数知れないたくさんの生命が、このようにして消え――消されていく。こうして消えていく生命のうえに、「死の賛歌」は空ろである。「おおぎみのへにこそ死なめ」は偽善である……。

兵隊は翌朝、腸の内容物を吐き出しながら淋しく死んでいった。

かれの周りは、「三二〇高地」の方に出ていく兵隊や、増援にかけつけてきた三大隊の先遣隊などで、騒々しくあわただしく、一人の「死」にかまっている余裕などないようであった。

敵は「三一〇高地」の北側に腰をすえている。

二大隊の各中隊は、それぞれの陣地にはりついていて、「三一〇高地」の敵を追い払う余力がない。その役目は西陵山から駆けつけた三大隊が引き受ける、というわけである。

午後一杯、五中隊本部のあたりは、三大隊——の二個中隊ぐらいだろうか——の兵隊でゴッタ返していた。

夜、三大隊を主力とする夜襲部隊が「枚《ばい》を銜《ふく》んで」出発した。五中隊の指揮班の一部もこれに加わった。政務班の杉山上等兵も夜襲部隊の一員になった。

私は自分の「夜襲行《こう》」が、国府軍に対する敵愾心よりも、多分に好奇心——もっとはっきりいえば野次馬根性——から出たものであったことを否定しない。

私が政務班員である限り、「夜襲」などというスリリングな戦闘に参加するチャンスは万に一つもないであろう。その「一つの」チャンスが、今、眼の前にぶら下がってきたというわけである。とびつかないでいられるだろうか。

戦闘は大部分、三大隊の兵隊がやってくれるだろう。私自身が暗黒の敵陣で敵兵と格闘するようなことは、それこそ「万に一つ」もないであろう……。

私はいつものようにモーゼル拳銃だけを持った。いよいよとなれば、ゴボウ剣をぬいて敵と渡り合うさ……そんなことになったら、もうおしまいだろうけれど……。

完全な闇ではなかった。どこかに月明かりがあった。

私たちは一列につらなって、山のすそにへばりつくようにして進んでいった。山際にそっていくため、ときには溝のなかを歩かねばならないこともあったが、このときは靴の中に水が入ってくるのも気にならなかったから不思議である。

私はたえず、いまどこを進んでいるのだろう、と考えていた。中隊の陣地だったので、このあたりに足を踏み入れたことがなかった……そのためであろう。「土地カン」がさっぱり利かない。ただやみくもに、音を忍ばせて、前をゆく兵隊の後を追うばかりである。やたらに曲がりくねった行路であった。

どうやら、目的の敵陣の下にたどりついたらしい。みんな、山の斜面にとりついた。

急に、山の上で機関銃がケタタマしく鳴り出した。敵は気づいたのだ。

もう、盲滅法といってもいい、ヤミクモといってもいい、斜面を駆け上がっていく。背の低い雑木である。それを力にしてよじ上り、それをかき分けて駆け上がる。誰も一言も口を利かない。モノなどいっているヒマがない。

すぐ眼の上で機関銃が火を吐いている。火がとだえないで、吹き出しつづけている。タマは頭の上を飛び越えていく……早く駆け上がって「あの火」を押さえなければ。歯をくいしばって駆け上がる。

頂上にたどりつかないうちに、すべての動きがにぶくなってきた。機関銃の火が消えた。音が消えた。

本隊が突っ込んでいって、山の上の敵を追い払うかどうかしたのであろう。それにしても、山の上で白兵戦があったような様子もない。

きっと突撃隊が駆け上がってきたのを見て、敵兵はあわてて引き下がっていったのであろう。

「軽機を取ったぞ」という声が伝わってきた。

「赤筒《あかとう》をたけ……」といっている。クシャミ性だか催涙性だかのガス弾に点火して、後退した敵が逆襲してくるのを防ごう、というのであろう。

私は一度山の上まで上っていって、かれらの陣地と、そこの「戦闘」の跡を見て来たかった。しかし、しょせんこちらは「野次馬」である。ただの「見物」のために、三大隊の諸君が戦闘したあとにノコノコ出かけていくということは気がひけた。山頂からもう一歩、という斜面に立っていた。

下に水田が薄墨色に横たわっている。向こうの山が真っ黒に見える。

「……いかん……風向きが変わったぞ。ガスがこっちに来る……おい、早く下りろ。後退だ……」

（なにしてるんだ……。バカみたいな話……自分でたいたガス弾で、自分の方がいぶし出されてしまってる）

私たちはあわてて田圃に下りた。またぐるぐると山ぞいの道をたどって、中隊本部に帰ってきた。

「さあこれでお仕事は終わったよ……。帰ろ、帰ろ」

三大隊の佐々木大隊長はそういいながら、兵隊をまとめて帰っていった。

山を追い払われた中国兵は、戻ってこなかった。かれらも兵隊をまとめて北の方の、もとの陣地に引き上げていったようである。かれらの「作戦」は終わったのだ。


この戦闘のあと、私は兵長に進級した。「国府軍が明日やってきます」というあの情報が「手柄」になったのであろう。

私は長いあいだ、国府軍の来襲を知らせてくれたのは、かれらに作物を奪われることを恐れた土地の農民たちだ、と思っていた。それもたしかにあったかもしれない。

しかし結局のところ、その情報を「私を通じて警備隊に伝えさせた」のは、湯炳如だった。

湯炳如はそうして警備隊に準備させ……そして日本の警備隊の「火力急襲」という手きびしい手段で、梅子埡に進攻し、「湯炳如の平和」を撹乱しようとした国府軍に「懲罰」を加えた。

私の「進級」は、そのような情報伝達に動いた私に対して、湯炳如が間接に贈ってくれた「ごほうび」だったのではないか？

一方、「わが友」、一四一師の情報員、「下士班長」も「中士班長」（軍曹の分隊長）に進級した。

かれはこの地に一体どんな「手柄」を立てたのであろうか？

かれは湯三哥の家まで来てブラブラしているだけで、五中隊の警備状況を十分に観察することができたであろう
——「三二〇高地」には兵隊が出ていない、ということなど……。ただ「楊家大包」の火力急襲網は、北の方から

「三哥」の家まで歩いて来る途中、下から見上げただけでは、全く発見できなかっただろうし、三哥もそんなことまでは御存知なかったであろう。

「杉山というおかしな兵隊」がいる治安維持会の所在を教えたのは、かれに違いない。

「一発ぶち込んで、あいつを飛び上がらせてやれ」と砲手に耳うちしているかれの顔が見えるような気がする。

進級した二人の情報係は、その後も何回か湯炳如の家で顔を合わせた。もう誰も、こんどの「戦闘」のことは口にしなかった。

平和

「戦闘」の後、川上軍曹に案内されて、北の掩蓋に上ってみた。日本軍の重機のほかに分捕りの「マキシム機関銃」が据えつけてあった。北の方を向いている。

そこからの眺めはすばらしかった。今まで知らなかった谷間が眼下にのび広がっている有様に、眼を奪われた。

「このマキシムはよく当たるぜ」

と兵隊の一人が話し出す。

「あすこらあたりをさ、ばあさんが一人歩いていたのよ。一五〇〇メートルだ……一五〇〇メートルだぜ。これでブッてみたら、一発よ……」

一五〇〇メートルもの距離でねらって、一発で命中するとは、たしかにスゴイ機関銃だといわねばならなかった。

ガッチリした銃架に、水冷式だから、太い黒光りのする筒が長く組み込まれている。

しかし、その「ばあさん」はどこのばあさんだったのだろう。

遠くに見える高い山の上に異国の機関銃の性能を試したい好奇心でいっぱいの兵隊がいて、そいつが自分をねらっているとも知らないでヨチヨチ歩いていたばあさん。……そして、どういうことになっているのかも分からないうちに、一発のタマが一五〇〇メートル向こうの山頂から飛んできて、それに身体をつきぬかれたばあさん……。

「戦地」にいる——ということで、殺人が「殺人」でなくなる。

いや、ひょっとすると「生命」というものは、もともといつでも簡単に抹殺してしまえる、吹けば飛ぶように軽いものなのかもしれない。……それを、「社会の掟」が「生命」をもち上げて、おおごとにして、大切に大切に守ってきた……だけのことだったのかもしれない。

戦争がその「掟」をあっさりと払い除ける……。「生命」は自力で、周りにうごめく「死」のあいだを泳ぎぬけていかねばならなくなる……。「生命」の持ち主だけがそうした変化に全く気づかないで、ヨチヨチと山路をたどる。

兵隊は自身が誰かの死の執行者になるかもしれない……ということも、現に誰かを自分の手で死なせている……ということも、また誰かが送り出してきた「死」のタマが自分の身体を通りぬける……ということも考えない。考えなくてすむのだ。自分の、または敵の、または誰かの動作と「死」の執行とは、超音速で飛ぶタマによって切断されているのだから。

これが至近距離で引金を引くとか、刀で相手に切りつける、とかいうことになると、執行者は相手の「死」に対して責任を感じないではいられなくなるだろう——罪悪感にさいなまれるか、その行為を正当化する正義感に支えられるかのいずれであるにせよ。

戦争はやはり「社会の掟」を完全には払拭してしまえないように思われる……ただ、マキシム機関銃が第四高地の掩蓋に据えつけられたとき、一五〇〇メートル先の目標に銃弾を命中させる能力によって、「死」の執行者をその責任感から解き放つことができるようになった。

精巧無比の水冷式マキシム重機関銃のわきに、ブリキの水差しが置いてある。発射をつづけているうちに銃身は熱し、したがってそれを取りまいている水は沸騰する。どんどん蒸発していく。足りなくなった冷却用水を補給するのが、そこにあるブリキの水差しの役目なのだった。

精密な機構――この恐るべき殺傷力と、ペカペカのうす汚れたブリキの水差しと、……これはまた何というトボケた組み合わせであろう。この精密兵器は、ブリキの水差しがなければ、やがて焼き付いて動かなくなり、重いクズ鉄の固まりになってしまう。そうさせないためには、兵隊が立ち上がって、銃身に小便を引っかけなければならない……。乱射乱撃の修羅場でゆうゆうと小便を出すことができるほどの肝っ玉の太い、英雄的な兵隊が、もしそこに居合わせたら……の話だが。


「火力急襲」の「古戦場」も見せてもらった。掩蓋の東にのびる稜線から眼下に見おろせる、ゆるくくぼんだ草地であった。


宜昌から「十五糎《センチ》榴弾砲」を十数頭の馬に引かせた重砲隊が梅子埡に駆けつけたのは、戦闘が終わってからだいぶたったときであった。

砲兵は気迫でばく進する。ばく進の路上にあるものは、味方の兵隊であろうが何であろうが、ハネ飛ばしていかなければならない。そうしなければ、あの途方もなく重い、そして図体の大きなものを坂道の上に押し上げていくことなど、とうてい不可能だからだ。

長沙にいく途中だった。それは重砲ではない――もっとずっと軽いはずの山砲の駄馬だった。山道を、砲身をつけた馬も兵隊も、ものすごい気迫でかけ上がってきた――。

「ドケッ、この野郎。邪魔だっ」

はげしい怒声をあびて、突きころがすように山際に押しとばされたのは、「報道班」の腕章をつけた新聞記者であった。連日の行軍に汚れ切って、くたびれ切った顔つきのやせた記者が、だまって、その屈辱に耐えていた——耐えているように思われた。

「新聞記者ってかわいそうな商売だな」

何年かあとに、自身がその「かわいそうな商売」をやることになる、などとはツユ知らないで、そのとき真実、私は新聞記者を哀れんだ。あんなものにはなるまい、と思った。

こんどはチャチな山砲ではない。「十五榴」——重砲がくるのだ。

宜昌から石板舗、そして梅子埡へ……あの山道を、重砲隊は、どんなにか物凄い馬力でやって来ることだろう。

梅子埡から、前面の敵陣地を砲撃するのだという。その砲撃の日は、朝からワクワクして、何だかお祭りになったような気分であった。

何門来たのか知れない。砲列は一体どのあたりにしいたのであろう——どうも、五中隊のすぐ近くにまで砲兵が来ている……というような様子が感じられない……案外、ずっと後方にいるのかもしれない。

兵隊たちは、それぞれ敵陣がよく見えるような高みにむらがって、「その時」を待った。松田中尉も、大きな双眼鏡を手にして立っている。

「もうそろそろ時間だがな……」

中尉が腕時計を見ながらいう。

みんな、舌なめずりをするような気持ちで、前方の敵の掩蓋が巨弾の炸裂でふっ飛ばされる——その瞬間を待った。

掩蓋が空中にはじけて飛び、鉄条網が引きちぎれ、兵隊があわててあの斜面をかけまわる。爆風に飛ばされる兵隊——バラバラになってほうり上げられるかれらの手足……。

聞こえた。にぶい発射音……いかにも太そうな音。

写真で見ても分かる……あの耳をふさいでいても地面にたたきつけられそうになる強烈な轟音やはげしい衝撃——それがない……。音は——花火のようでさえもない。気がぬけた行事のようであった。

やがて、頭の上を、重そうなものが……今にも落ちそうになって、ゆっくりと空気をかき分けながら進んでいく。

あえぎあえぎ、目標まで、空気をかき分け、かき分け、泳いでいかされるその重い砲弾が気の毒になってきた。

「フッ、フッ、フッ、フッ……」

音が聞こえなくなった。

待つ……。

どこか向こうの、ずっと先の方で、「ズン……」という音がした。

前方の敵陣は、静かに眠っている。掩蓋には誰もいないみたいである。その後にある兵舎らしいものからも、誰ひとり飛び出してこない。

あすこには敵兵はいないのかな……?

二発目も同様であった。

二発の十五糎榴霰弾は、敵陣の何かを破壊したのであろうか。私たちの見えない向こうの山かげかどこかで、敵兵は逃げまどい、周章狼狽したのであろうか。

すべてはナゾである。

梅子埡に「平和」がもどった。

便衣隊

私が五中隊のあたりを歩くと、その辺で作業中の兵隊が、あわてて立ち上がり、私に向かって敬礼するようになった。たかが兵長に、そんなにすることもあるまい、と思うのだが、どうやらかれらの敬礼は「赤地に黄色の一本棒」というこの階級章に向けてだけやっているのではなさそうなのである。

小野の話によると、中隊では杉山兵長について、いろいろな噂が流れているという。

――杉山兵長はいつも便衣姿で敵地に往来している……。

――杉山兵長は敵軍の隊長と一緒に酒を飲んでいる……。

――杉山兵長のところには、敵の情報がツウツウに入ってくる……。

杉山兵長は、ふつうの兵隊の常識では何とも理解しようのない「怪人物」にされてしまっていたのだった。

誰がそんなことを流したのであろう?


毎日はこともなく過ぎていった。

黄英の家の人たちは、親切であった。黄英や、易小児や、快児や、ハイパーズらと遊んだ。閻孝伯のところにも寄った。湯大哥のところでは、ときどき中士班長と酒を飲んだ。

保安隊の李排長と一緒に、掩蓋のある例の高地（楊家大包）の東側の谷を歩いた。

その谷へと南から下りていく鞍部に出ると、八中隊の石丸中尉がよく「三八《さんぱち》」を手にして鳥射ちをやっていた。石丸中尉は射撃の名手なのだ。風貌が灰田勝彦（当時の流行歌手）に通じるところがある。

その日、私は軍服で拳銃をつけて、李排長と一緒に、鞍部から急斜面を谷に下っていった。深い木立をぬけると、せまい谷間の平地は耕作する者もなく、草が生い茂るままになっている。山沿いには、それでもところどころ家があって……しかしたいていは人がいるのかどうかも分からない。静まり返っている。かなり大きな一軒の家が開いていた。甲長か何かの家らしい。そこに入って、一服するつもりであった。

敷居をまたぐと、奥に二人「先客」がいた。

われわれが奥に進もうとしたら、その二人があわてて立ち上がって、どこからどう出ていったのか、姿を消した。それを見ると、李排長が急に私の左腕をつかんでグイグイ表に引っ張り出していく。物もいわずに、私を引っ張りつづける。急ぎ足でもと来た急斜面を駆け上がり、鞍部に出た。そこまで来て、やっと李排長が口を利いた——。

「パンザン……今出会った二人は国民党の便衣ですよ……危ないところだった……向こうも思いがけないことだったんで、びっくりしたのでしょう……」

部隊の移動命令が落ちてきた。

こんどは、われわれに代わって三十九師団がここに来るという。藤部隊である。

われわれの方は、荊門にいくらしい……。

湯大哥の家で中士班長に会ったとき、最後のはなむけと思って、

「コンド交代ニ来ルノハ、三九師団ダヨ」

と教えてやった。

かれは無表情で、それを聞いていた。もう知っていたのかもしれない。

いよいよ出発するという前の日、大哥の家に挨拶にいった。

大嫂子が私を見上げながら、「ほんとに、いい人なのに……惜しいわね」といった。それを聞いたら、急に涙がこぼれそうになったので、あわてて脇の方を向いた。今まで、ついつい甘えかかるようにしていられたこの「お母さん」みたいな大嫂子に別れることが、ほんとにつらかった。

快児は、私が急にどこかに行ってしまうということが、のみ込めない様子であった。

黄英は少し身をよじって、何もいわなかった。

黄家のじいさんも、ヤオポポも、美しいタイタイも、……もう何をいうことがあろう。頭を下げて、「サヨナラ……アリガトウ」というだけであった。

十一月一日の夜、私たちは石板舗に集結し、敵の逃亡兵一人をつれて、夜行軍で、間道を通って当陽に向かった。

第九章

朱家埠

戦地ずれしてしまったせいか、こんどの行軍にはたいして苦労もなかったかわりに、「珍しさ」も「感慨」もなかった。

当陽に出てからは、おなじみのコースをたどって河溶鎮、十里舗と進み、ここから北に転じて建陽駅を通過、団林舗に着いた。

昭和十七年（一九四二年）の十一月五日である。

二大隊は団林舗に留まった。

連隊本部はその約十キロ北にある掇刀石《てっとうせき》に進んだ。

団林舗——寒々とした町であった。

周りは見渡すかぎり冬枯れの平原で、地べたにへばりつくようにして、低い黒い村々のシルエットがあった。

団林舗の治安維持会長は度の強い眼鏡をかけた、無精ヒゲの田舎紳士——学究というタイプ。やはり以前は学校の先生か校長さんであったのだろう。黒い綿入れの長袍を着て、寒そうに手首を袖口につっ込んでいる。室内ではタバコを絶やさなかった。

政務班としては、なにもすることがない……。ここには十二月二十四日まで、約一ヶ月半いたのだが、何か仕事をした、という記憶がない。

ただ何かの用で、柏木班長といっしょに掇刀石まで往復したときのことが記憶に残っている。

二人ともチャン馬に乗っていった。

この小馬は、ダク足（馬がやや早くかけること）のときは、小キザミなステップになるので、乗り手は内臓がぜんぶシェーカーにかけられているような思いをさせられる。

それが、手綱をゆるめて、両足で馬の脇腹を蹴るトタンに、身体が浮き上がる——浮き上がったままにしておく。景色が後にドンドン流れ出し、両耳が風を切って、ビュービュー鳴りはじめる。

大馬《たいば》にまたがると、鞍の上がまるで大平原のように広い……こんな「大平原」にまたがることができるのだろうか、と心配になるほどなのだが、チャン馬では、その点、頃合いの大きさである。

一方大馬に乗っていると、ダク足のときでも、ゆれ方がゆったりしているので、両膝の内側で鞍をしっかり押さえていれば、そして鞍の上下動とこちらの身体の上下のリズムが合っていれば、悠揚迫らない乗馬姿を人に見せることができる。

大馬にまたがって全速力で飛ばしたことはない。だからその乗り心地がどんなものであるかは、私は知らない。しかし掇刀石の行き帰りにやったチャン馬上の全速疾走はすばらしかった。前進のためのすべての力は、私の身体につながっているとも思えない「馬体」が出してくれている……私は「馬体」の努力から伝わってくるはずの震動を全く感じない……私はまるで一人で宙に浮いた状態である……前の方の木立や、石ころや、田舎家や、何もかもが、ひじょうな速さで近づいてきて、私の両側を飛びすぎていく。

チャン馬は強かった。ほとんど全行程を息もつかずに飛んでしまった……。

私たちは梅子埡から脱走兵をつれてきた。やはりバクチのいざこざで飛び出してきた下士官であった。

国府軍からの脱走兵はみなバクチがからまっていたようである。湯炳如の誕生祝いのときのケンカも、原因の一つはバクチであった。また梅子埡時代に聞いたところでは、小沖口に残った「石松」も、やはりバクチのことで仲間とケンカし、殺された、ということである。

中国兵はよく脱走する。ちょっと厭気がさすと、すぐ飛び出してくる。日本軍では、さすがにそういうことは起こらない。しかし、まてよ、これはおれたちが中国に——どこもかしこも、言葉の通じない、見知らぬ他人ばかりの土地に——来ているからかもしれないぞ……。

ひょっとすると、日本兵の、この誇るべき結果は、……中国人の敵意にひしひしと取り巻かれている——と感じるその恐怖のせいかもしれないぞ……。

山賊の、強盗集団の結束なのだ。一人ぼっちになったら、とたんに周りの者につかまり、袋だたきの目に合い、ブチ殺されてしまう、ということを知っているので、互いにヒシと固まり合っているのだ、……それだけだ。

もしわれわれが日本で——「自分の土地」で、敵と戦っているのだったら……。ひょっとすると、今中国という「自分の土地」で戦っている中国兵よりも、もっと盛大に脱走しているかもしれないぞ……。

脱走兵は私と並んで行軍しながら、こんな感想をもらした——。

「日本軍の歩き方は実にのろいですね」

「ソウカナ……」

「私たちの軍隊はこんなものじゃないですよ。あんた方みたいに重いものを背負って、重い靴をはいてなんて、歩いてないですからね」

「オ前ラ、何モ持タナイデ歩イテルノカ」

「そうですとも。担いでいるのは鉄砲と弾薬だけ。それに、ちょっとした小物……。そんな飯盒なんて持たないです。兵隊の一人が大きなナベ（いわゆる中華ナベ）と炊事道具をかついで後からついてくるんです。軽い布靴でどこでもスタスタ行ってしまいます。あんた方みたいに、こんなにノロノロ動いていたんじゃ……行動がすぐに分かっちゃうじゃありませんか」

「ソレハ全ク、ソノトオリダナ……」

考えて見れば、一日二十五キロないし三十キロなどというスピードでノロノロ動いていて、それでも戦争になった……というのも、中国にいたからこそだったのかもしれない。中国ではまだ「前近代的」な戦争が通用していたのだから……。

……それなら中国の軍隊は一日五十キロで動いている、とでもいうのであろうか？ もしそうなら、それこそ亀の子のようにノロい日本軍にたいして、神出鬼没の作戦を展開することができるであろう。

だが待てよ——と私は考えた。……面倒くさいから脱走兵なんかと議論しないで……。

国府軍は動きは早いのかもしれないが、戦争を放棄するのも早いね。冬季攻勢だって、この前の宜昌への反攻だって、……そういえば、つい先頃の梅子埡攻撃だって、すごい勢いで押して来て、結構日本軍に相当なゆさぶりをかけたくせに……。どうして、もう一押し、というところで、すべてをぶん投げて引き上げてしまったのだい？ もし国府軍がねばりにねばって、息もつがせぬ攻勢をかけつづけていたら、中支戦線の日本軍はひどい目にあっていたはずだよ……とても今みたいにノンキになんかしていられなかったはずだよ……。

脱走兵は十里舗まで私たちと一緒に来て、そこで宿営中に、またどこかに「逃亡」していった。

しかしかれの「日本軍批判」は、私の頭に残った。

——みんな、軍隊がこんなに、牛みたいにノロノロ行動するのを、当たり前のことと思っている——兵隊はもちろん、軍の偉いやつらも……。今だに「軍旗を捧持してアリゾナの砂漠をデッデッ……」なのだから……。

——そんなことで大丈夫なのかしら……。せめて公路上の移動ぐらい、トラックを使って全員を一挙に運んでしまうようにでもしたらよかろうに……。

日本軍が中国大陸で「惰眠をむさぼって」いた間に、その「前近代的」な戦争術をひっくり返してしまうような情勢が急ピッチで形成されつつあった。

国府軍が米空軍の「傘」をもつようになり始めていた。

中国外の戦場で——太平洋で、そしてやがてはビルマで、「前近代的」な日本軍が、「近代的」な連合国軍に圧しつぶされていく時期が近づいていた。

＊

私たちが団林舗に移動し、そこに留まっているあいだに、
・九月からスターリングラードを包囲攻撃中だったドイツ軍に対し、十一月、ソ連軍が大反撃を開始した。
・ガタルカナル島の戦況が絶望的となり、十二月三十一日、大本営がガタルカナル島からの撤退を決定した。

＊

十二月二十四日夜、部隊は団林舗を離れ、夜行軍で朱家埠に向かった。

掇刀石、荊門（十三師団司令部）を通って、新たに百十六連隊の司令部が移っていった子陵舗で休み、さらに王家集、登家嘴《とかし》を通って、二十六日、目的地に着いた。（図Ⅳ参照）

凍えるような寒中の行軍であった。

王家集と登家嘴の中間あたりの岩山で、冷たく固い岩の上に倒れ込み、眠った。きびしくつらい大休止であった。

朱家埠は雪であった。

浰河の北側の街道をゆくと、左手に白壁の町が見えてくる。朱家埠の旧市街である。ここはほとんど全部の家に二大隊本部の諸部隊が入る。

その先——旧市街の東どなりが、空地になっていてその奥に白壁の建物がある。それがここの治安維持会であり、政務班の宿舎にもなるはずであった。

空地はもとは墓地であったそうである。そこに「難民区」——つまり旧市街から追い出された人たちの住まい——が建つことになっていた。私たちが着いた頃は、土レンガの積み上げが始まっていた。

維持会の人の話によると、自分たちの墓の上に家を建てる、ということに対して、住民のあいだでは反対の声も上がっていたそうである……が、「皇軍」の占領下にあっては、何とも致し方ないであろう。

治安維持会は、だから、やがて出現するであろう「新朱家埠」の奥に——北のはずれに位置することとなる。建物の感じでは、この白壁の維持会は、もとはお寺だったように思われる。その西側の棟が私たちの寝室になっていたので、窓を開けると、朱家埠の西に広がる平野と村々がぜんぶ見渡せた。朝起きたとき、私たちの掛けぶとんの上に雪が積っていること寝ていると、屋根瓦のすき間から雪が降ってきた。朝起きたとき、私たちの掛けぶとんの上に雪が積っていることがよくあった。

旧市街と「難民区」と維持会をぜんぶ取り囲むようにして、交通壕と、要所要所に銃座や掩蓋が構築されてあった。夜間の立哨は本部の兵隊がやった。私たちは立哨しなかった。

町を出て、街道を南に越えると、浰河という川が流れている。漢水の支流である。平和なときには、武漢から漢水をさかのぼって、浰河に入り、この朱家埠にまで船で来ることもできたであろう。朱家埠はきっと、そういう舟運の便があることで栄えた町だったに違いない。

川を越した南に、高い山が立ちはだかっている。頂上は平らで、長い城壁のようになっている……土地の人に名前を聞くと「華麗山《ホワリサン》」と教えてくれた。平らな城壁は、たぶん森金氏の『華中戦記』で「雲霧歓」といっている道教の廟に当たるのであろう。

この城壁の真下、東側の細道をたどって山を南に越えると冷水舗である。八中隊がそこにいる。

朱家埠の北は一面の平野であった。

東に漢水が流れているはずなのだが、町からは見ることができない。その漢水を少し下がれば、京山にいた頃よく聞いていた安陵——今でいう鐘祥——の町が、対岸にあるはずだった。

その頃、十二師団は編成変えになっていた。

松田中尉によれば、旧来の師団は二個旅団、四個連隊という編成であったのが、これからは「三三編成」になるのだ、という。一個師団に歩兵が三個連隊、そのほかに当然、砲兵、工兵等々の諸兵科の部隊が入るのだが、歩兵三個連隊で「歩兵団」をつくるのだ、という——。

「われわれと交代した三十九師団は、その新しい編成なのだよ」

中尉の話を聞いていると、どうも「三三編成」の方がスマートで身軽である、という印象であった。それに比べると十三師団というのは旧式で、鈍重で、どうしようもない部隊であるように思われてくる。

それから新しい「三三編成」の師団では師団番号を三倍した数が三つの連隊の最後の連隊番号になるのだという。

「だから、一師団には一、二、三連隊、二師団には四、五、六連隊、というふうになるんだよ」

と松田中尉はいった。

すると十三師団は三十七連隊、三十八連隊、三十九連隊となるわけだ。「三十八連隊」は、たしか大阪かどこかの連隊のはずだが（実際は奈良の連隊であった）、そんな具合にみんな切り換えてしまって、混乱しないだろうか。

とにかく、私たちが朱家埠に落ち着いたときには十三師団から「三八」が落ちていた。宜昌の対岸の三角山で敵とにらみ合っていた五十八連隊はどこにいってしまったのであろう？

しかし、いつまでたっても、私たちの「百十六」がたとえば「三十七」とか、「三十八」とか、「三十九」連隊とかに変わる、という話は伝わってこなかった。編成は「三三」になったが部隊番号はもとのまま、ということになったのだろう。

第十一軍司令官はこのとき横山勇中将。

第十三師団長は、内山英太郎中将から赤簾理中将に代わっていた。

第二十六旅団はなくなったわけだから、早渕四郎少将に代わって、野溝という少将が新しい歩兵団長になったのであろう。

百十六連隊長は村井権次郎大佐から、新井花之助大佐に代わっていた。

二大隊の大隊長は椎木という少佐から、浦上隆生少佐に代わった。

当時の私に関係があったのは、浦上隆生という人が大隊長になって朱家埠に来た、ということだけである。あとは私にとってどうでもよいことであった。

政務班は、班長の柏木軍曹にはじまって、衛生兵のヤクすなわち木下、中井、それに昆という兵隊がいた。そのほか阿部、小野、佐々木、後藤などがいた……。

こんなに大勢の兵隊が、一体なにをしていたのであろう。冷水舗に（たぶん八中隊の一部と一緒に）いたのが後藤、小野などであっただろう。そのほかにも、どこかの中隊と一緒に行っていたものがあったのかもしれない……忘れてしまった。

常時朱家埠で私と一緒に起居していたのは、班長、ヤク、中井、昆ぐらいのものであった。

維持会の会長は、呉俊如《ウージャンルー》という若い実業家タイプの美男子であった。色白、丸顔で、ポッテリとした身体つき、しかし眼光は鋭かった。右の上マブタにデキモノの跡であろう小さなキズがあって、そのため、眼が少しイビツになっていた。色白の顔に似合わず声が太かった。何事にもあわてず、よく物事を見据えて、対処していく、という感じの人物であった。

ここではこの人のことを維持会長と呼ぶのは軍人だけであった。この人は荊門県特二区の区長という役職にあったので、中国人は呉区長と呼んでいた。

保安隊が、やはり十人ぐらいいたであろうか……。

討伐

私が朱家埠にいたのは、昭和十七年（一九四二年）の十二月末から昭和十八年（一九四三年）八月十四日まで、約八ヶ月半であるが、この間に太平洋の戦況は悪化の一途をたどった——。

二月、日本軍がガタルカナル島を撤退。スターリングラードでドイツ軍が包囲殲滅された。

四月十八日、山本五十六連合艦隊司令長官が戦死した。

五月十二日、アリューシャン列島のアッツ島を占領していた日本軍が、米軍の攻撃を受け、全滅した。

五月十三日、北アフリカ戦線のドイツ軍が降伏。

五月二十七日〜七月二十九日、アリューシャン列島キスカ島の日本軍が撤退完了。

七月二十五日、ムッソリーニ伊首相失脚。

日本軍がガタルカナルを棄て、ドイツ軍がスターリングラードで潰滅していたとき、中支戦線では二月から三月末までの間に「江北殲滅作戦」をやって、漢口、沙市、岳州を結ぶ三角地帯の国府軍を掃討し、沙市対岸、石首、華容などを占領している。

そのとき、朱家埠にいた私たちは何回か北の方に討伐に出動した。

アッツ、キスカで日本軍が後退し、ドイツ軍が北アフリカで降伏していたとき、中支戦線の第十一軍は五月から六月半ばまで、約一ヶ月半にわたって「江南殲滅作戦」をやった。
私たちはこれに参加した。

大隊の討伐は、二、三個中隊で守備線の外に押し出し、あたりをひと廻りして挙動不信な土民をつかまえてくるという行動であった。そうした「土民」のなかに、たしかに敵の「便衣」が混ざり込んでいることが少なくなかった。

敵の正規軍は、どこか遠くの方にいるという感じであった。「便衣」たちが私たちの訊問に答えて挙げる敵の本拠の地名も南漳埡とか、武安堰とか、仙居鎮とか……。そういわれて、あわてて地図で捜し、それをみて「ふむ、ここか……」と分かったような顔をして腕を組む……それで終わり、というような有様だ。

梅子埡のときのように、とにかくわれわれの眼に見えるところに敵陣がある……という緊迫感がない。ただ漠々たる平野で、遠くに山並みがかすんで見える。その草むらのなかを、敵の「便衣」がうごめいているらしい、という情況。「討伐」行も、だからかなりのんびりしたところがあった。

よく討伐に出かけたのは、崩土崗子のあたり。それから南橋舗の北の方。中国人が「七里長岡」と呼んでいた丘陵地のあたり——たぶん楽郷関の東の方であろう。それから朱家埠の北、漢水の岸辺の草深い平野。そして「華麗山」を越えて冷水舗行き、などであった。

崩土崗子にはたびたび出動したので、保安隊の道案内などは、中国読みで「ペントゥカンズ」などといわないでも、日本式に「オドコシ」といえば、それで了解するほどになっていた。

中隊が平地に展開して村々を掃蕩しているあいだ、それを見下ろすようにつき立った岩山の上に監視哨が置かれて、警戒に当たる。

あるとき、その岩山の上で、突然大きな爆発音が起こり、はげしい銃声と爆発音がつづいた。下にいる隊長たちも、そして兵隊たちも、岩山を見上げて茫然としている。茫然と見上げている間じゅう、銃声と、そして手榴弾の炸裂音がつづいた。そして急に静かになった。

隊長はあわてて部隊をまとめ、そして各隊急いで岩山によじ登っていった。

山頂は比較的なだらかな傾斜地で、至るところに岩が突き出ていた。その岩の間に監視哨の全員——十人ばかり——が倒れていた。

立哨しているところを、下から岩の間をぬって忍び寄った敵兵に手榴弾で襲われたのだ。

下にいて岩陰にひそむ敵と戦うためには、どうしても岩の上に身をのり出して、射撃するなりしなければならなかったであろう。下にいる者はそれをねらい撃ちすればよいわけだ。監視哨は絶対不利な戦闘を強いられ、またたくうちにやられてしまった……。

敵は日本兵を倒すと、兵器も奪わないで、す早く逃げていった。影も形もない。

ちりぢりに倒れ伏している仲間を見て、いっとき茫然としていた兵隊たちは、やがて気を取りなおして、遺体をかつぎ下ろす仕度にかかるもの、敵の後退したらしい方へ追跡していくもの……とそれぞれ忙しく動きだした。

「……それにしても兵器を持っていかれなくて、まだよかったな……」という声がした。

(こんなときにも、まだ員数にこだわっていやがる……)

私たちは黙って岩山を下っていった。

私は打ちひしがれた気持ちになっていた。

敵を追跡した一隊は、きっと何の戦果も挙げることなく戻ってくることだろう。

新たに着任した浦上大隊長は、眼のギョロリとした、顔が黒く頑丈な造りで、こわそうな人であった。前任の椎木部隊長が眼鏡をかけ、きちょうめんで線の細いタイプであったのに比べると、たいへんな違いである。

新大隊長の最初の討伐行は、漢水ぞいの村々であった。

遮るものもなく風が吹き通っていく。あたりは黒ずんだ木立と草っ原ばかりで、敵兵らしいものの影もない。保安隊員が、あたりの農家から二人百姓をつれてきた。聞いてみても、どうもかれらの知るかぎり、別に敵の動静はなさそうである。二人をつれて大隊長に報告した——。

「農民のいうところでは、敵が来ている模様はないようであります……」

「そうか。よし。二人を置いていけ」

さらにしばらく捜索をつづけたが、何も異常はない。うすら寒い、しかし平和な冬枯れの農村のたたずまいであった。

大隊長は討伐隊を集合させた。声を張り上げて宣告した——

「本日の討伐、戦果は捕虜二人である。……本隊はこれより、原駐地に復帰する」

(あれあれ……)と思った。「捕虜」ったって、……ありゃこの辺の「老百姓《ラオパイシン》」——ただの人——だぜ……、ひでえもんだ……)

「討伐」は、ほとんどいつもたいした「戦果」もなしに終わった。大隊長も、そういつも「老百姓」を「戦果」にするわけにもいかなかったのであろう。

とにかく、しかし「敵情」やさまざまな「情報」は、保安隊と政務班が集めて、隊長殿に提供した。

本物の便衣隊がつかまってくることもあった。ぜんぶ小物で、そうした連中は訊問したあと放してやった。

阿部という一等兵が保安隊をつれて、華麗山越えの討伐隊についていった。

その山には新四軍が立てこもっているのだ、という。国民党の軍隊ではなくて、共産党の便衣隊であるわけだ。一体どんな顔をしたものであろうか？

阿部の話だと、討伐隊はその「新四軍」とやらとは戦闘しなかった――その前を通り抜けて冷水舗までいってきた、ということらしい。一種の示威行動をやってきたわけである。

「……それでさ、道がだんだん城壁に近づいていくだろ。見ると城壁からいくつも首がつん出ているのよ。薄気味悪いのなんのって……。こっちは別にぶたないさ……あんな高いところ、攻撃するなんて、たいへんだよ。それでさ、こっちが通っていくのを、やつら、ずーっと首つん出して見てるんだよ。向こうも見てるだけで何もしないけどさ……。でも気持ち悪かったな……」

私もこの山を越えて冷水舗にいったことがあるが、夜のうちに山を越えてしまったので「新四軍」のいる城壁を見ることができなかった。

後藤たちがいた冷水舗の政務班は、何だかやたらに大きな、立派な家であった。冷水舗という町そのものが、朱家埠とは比べものにならないほど大きな、立派な町であるように思った。

それから、トラックで子陵舗の連隊本部に行った。子陵舗では大きな演芸会をやっていて、兵隊がいっぱい広場に腰を下ろしていた。丸太で組み上げた舞台に「赤廉楽団」の垂れ幕がかかっていた。舞台では十数人の兵隊が、めいめい声色で、さまざまな楽器の音を出しながら、歌謡曲やら行進曲を聞かせていた。師団ともなると、芸達者がおおぜいいるものなのだなと感心しながら、それを聞いていた。

そのあと、私は連隊長と対座していた。松田中尉は連隊の情報将校になっていたから、当然その席にいたはずである。柏木班長も一緒だったであろう。

連隊長はこんな話をした。

――こんど、軍の方針で、駐屯地を深い壕で取り囲み、出入り口を少なくして、駐屯地を恒久的な要塞にすることになった。

——その工事のために、大量の苦力を使わなければならなくなるが、政務班は苦力集めに努力してもらいたい。

——苦力集めにも、いろいろと工夫しなければならないと思うが、酒保の甘味品などを放出すれば、苦力たちもよろこんで働きに来るだろう……。

「甘味品」の話が出るに及んで、聞いている私はムカッ腹が立ってきた。

駐屯地を要塞化するとは、またエライことになってきたものだが……まあ、そういう方針ならそれでもよかろう。しかし「甘味品」とは何だ。中国の「老百姓」は兵隊じゃないんだぞ。兵隊だって「甘味品」ぐらいでヤスヤスとつれるかどうか分かったものではないが、占領下で食うや食わずで毎日を送っている住民たちなのだよ……その目の前でコンペイトウや、まんじゅうや、懐中じるこや、ゆであずきや、パイカンや、みかんのカンヅメをちらつかせてやれば、よだれをたらして飛びついてくると思っている……何という人をバカにした……「民衆」のことをさっぱり御存知ない軍人さんであることよ。

私はほかにえらい人たちがいることも忘れてしまって、気負い込んで連隊長に向かって弁じだした——。

「中国人は、甘味品などには見向きもしないと思います。ああいうものは好まないのです。もし中国人を大量に集めねばならないなら、米を放出するとよいと思います。みんな米がなくて困っているのですから。米をくれると聞いたら、黙っていてもどんどん集まって来ます……」

弁じながら、ムキになって隊長の「世間知らず」を衝こうとしている自分、そして「中国の民衆」のために「米よこせ」の要求をぶち上げている自分のことがおかしくなってきた。

(おれもいつの間にか「成長」したものだな……甘味品より米を、だなんて……いっぱしの「主義者」みたいにブッたりして……)

子陵舗や朱家埠の要塞化は、結局実現しなかった。作戦で忙しく、それどころではなくなったのであろう。

後年、山東省を旅行していたとき、濰坊市の近くで「要塞」のあとらしい角型の台地と堀のようなものが車中から望見された。同行した中国の人の話では、かつてそこに日本軍がいたということであったから、間違いなく、あれは「要塞化」した駐屯地であったのだ。山東省では「それ」を実行していたわけである……甘味品で苦力を集めて?

斬

点呼は、朝、班長が大隊本部に出かけていって副官に異常がないことを報告するという形ですませていた。班長が事故のときは私が代理で報告にいった。難民区は、しだいに仕切りの壁ができ上がりつつあった。その工事場を通りぬけて、旧市街に入って、本部の門をくぐるのであった。

私が代理で報告にいくようになったのは、柏木班長が怪我で入院したからである。

班長は八中隊出身で、古参の軍曹だから、もう立派な「顔」であった。白い面長の、うすいソバカスがある、眼の細い班長であった。古参の下士官の楽しみは、「顔」を利かして、軍隊内で許される限りのオシャレをすることであるらしく、この点では小沖口の前田伍長も柏木軍曹も変わりはなかった。

オシャレの極致は、ラシャのツメ襟を着用すること。軍靴、戦闘帽、営内靴すべて新品、そして上等のものであること。二人はいずれも、それをやっていた。そして日常の会話では松田中尉や大隊副官などと「親しげ」な口を利くこと——ときどき「地方」のいい方をはさんだりして。「地方」というのは、軍隊以外の一般社会のことである。

口のきき方では、私も多分に「地方的」であった……「やつは地方のような口をきく、なれなれしすぎる……」という苦情が、将校の一部に出ていることも承知していた。しかし、そのような口をきかなければ、情報の話や、民情のことなど語れないではないか……。ま、私の屁理屈ではあったが……。

柏木班長は「顔」を利かせて、中隊か大隊あたりの兵器係から「十四年式」の拳銃を手に入れてきた。ドイツの「ルーガー」に似た、スマートな恰好の軍用拳銃である。これを装着して、上機嫌で中隊の演習を見にいった。兵隊が攻撃前進に移る。班長もそれを追って畑の中を走った。うねにけつまずく――その拍子にどうしたことか引金が落ちて、タマが班長の右のふくらはぎをえぐり取った。拳銃はタマがこめたままになっていて、安全装置も外してあったのだ。

軽傷であるが、大隊本部の医務室に「入院」することになった。そこで私が班長の代理ということになった。

「十四年式はえらく引金がやわらかいんだよ」と病床の班長はいっていた。

それにしても……タマこめしてあったのはよいとして、安全装置をかけ忘れていたのは、不注意というほかないであろう。それに比べると、旧式で不細工ではあるが「二十六年式」といわれる六発装填のリボルバーの方は、引金が固いから、班長のような怪我をする心配はないであろう。銃身のツヤなどから見ても、「二十六年式」の方がよい鉄をつかっているのではないかと思われる。

班長は入院してから、口うるさくなってきた。

毎日、点呼のあと、班長の病室を見舞う。

「いかがですか、班長どの……」

「うむ、だいぶよくなってきたが、……まだ何かが引っつるような感じなのだよ。……で、杉山、捕虜の訊問の方はどうなった?」

「はあ……、やったのですが、たいして……、あまりないです。会長も、これはたいしたものじゃないっていってますし……」

「冷水舗から毎日、連絡があるか?」

「いや……、毎日、というほどではないですが……(全然連絡なんかないよ……。なくても構わないのだ……。後藤は結構何とかやっているのだよ……)」

「後藤に少しハッパかけてやれ。毎日連絡してこいってな。おれのところに直接いって来てもいいって……」

「はい」

「それから杉山、大隊の日々命令ずっと見ているか?」

「はあ……」

「何かあったか?」

「はあ……、いや……。何か異動の命令みたいなもので……」

「あれを毎日見ておくのだぞ。それから経理室の方の話はどうなった?」

「いやもう、その方の話はついていています」

「なぜおれにいわんのだ」

「いや……、もう……、その……、向こうもそれでいい、っていうものですから」

「向こうがいい、ったって、何故おれに報告しないで話をつけたんだ」

「はい……、どうも、……これから必ず班長どのに報告します」

班長はもともと細かいことに気がまわるタチで、格式やシキタリを重んじる人であったから、入院して自分がいなくなったあと、私やほかの兵隊たちのようなグータラな連中にやらせておいたら、政務班がすっかりダメになってしまう……と心配して、居ても立ってもいられない気持ちに駆られていたのであろう。

残された兵隊にしてみれば、班長は「練兵休」で休んでいるのだから、療養に専念すればいいのだ、班長がいなくたって悪いようにはしっこないのだから、おれたちにまかしておけ、遠くからうるさい口出しはしないでくれ……、ということになる。

私がそういう気持ちであった。冷水舗から後藤が上がって来たとき、かれも同じようなことをいっていた……。後藤は一等兵で私や班長に向かっては丁寧な言葉づかいをしたが、かれの「中味」は「不敵」である。

また工員上がりの、頭のよくまわる、そしてワイ談好きの――好きなだけでなく、どうやらその裏づけもあるらしい――、そして軽い出っ歯で唇がぬれている中井も、私をつかまえて同じようなことをいった。そういうとき、かれの眼はいたずらっぽく、不遜に笑っていた。

このような話が私たち兵隊の仲間うちに留まっていれば、それはいつでも、どこにでもあることで、何ということもなかったのである。

ある晩、どういう経緯でか、私は二大隊の将校たちの宴席につらなっていた。いつもと変わりない将校たちの会食である。酒がまわって、みなよい機嫌になっていた。私も末席にいて、酒が入って、よい心持ちになっていた。

それから、どういう経緯でか、私は中井や後藤たちと話し合っていたことを、自分の感想としてしゃべった。

日頃おだやかな、口数の少ない副官が、最初に聞きとがめた――。

「おい杉山、それは穏当じゃないぞ。……上級者の悪口をいうのはよした方がいいぞ」

「いや、悪口をいってるのではないです。仕事のことなのです……」

「それにしても、だな、……そんなことはいうもんじゃないよ」

こんなことで副官とやり合っているうちに、八中隊の石丸中尉がのり出してきた――。

「杉山、お前はけしからん奴だ。兵隊の分際で上官にタテつくことは許しておけん……。ブッタ斬ってくれる……」

いいながら、今にも手にした軍刀を引っこ抜きそうな見幕になってきた。いつもの陽気な、灰田勝彦ばりの、憎めないにいさん……が消えて、金ツボ眼がすわってきている。かなり酒がまわっていたのであろう。

これは困ったことになってきた、と思った。あんなことをしゃべったのは軽率であったが、言ってしまった以上は、もう仕方がない……。

本当に刀を引っこ抜いて、私に斬りかかってくるようなことには、まあならないだろう、という気が、どこかでしてはいた……。

副官が私をたしなめ始めたときから、私は正座に座りなおして、膝に両手をついていた。

もし本当に斬りかかって来たら？

そのときは、何とか切り先を避ける工夫をするか……思い切って体当たりするか……しかしそれは考えないことにした。斬られてもいいや……、しょうがない……。

一座は静まり返った。しかし、さすがに石丸中尉に刀を抜かせるようなことはしなかった。中尉は皆に押しとどめられて、それでも何かわめきながら、元の座にもどった。

私は黙って副官に頭を下げ、退座した。

数日後、維持会で呉俊如会長と話をしているところに班長が入ってきた。病室を脱け出して来たのかもしれない。

真っすぐ私のところにやってくる。表情が固い……。

「杉山、お前はよくも隊長どのの前でおれに恥をかかせたな。……それが兵隊の態度か」

会長が脇に下がった。

私は何もいわない。……いってもしょうがない。

班長のビンタが飛んできた。

班長が私にかかってくるたびに「生意気な……」とか、「ずぶとい……」、「いい気になりやがって……」、「恥をかかせやがって……」などの言葉が口をついて出る。私をなぐっているうちに、ますます怒りが昂じてくるようだった。

私は立ったままビンタを受けていた。それほど痛いビンタではなかった。

ひとしきり私をなぐりつけて、それからまだ後姿に怒りを現したまま、部屋から出ていった。

会長と眼が合った。会長と私は苦笑いした。

後藤一等兵がそこに居合わせた、とは知らなかった。

私が一人きりになったとき、後藤は背の高い身体を運んできて、少年のような顔つきの眼をまん丸にして、いった——

「いやあ……感心しました、杉山さん。会長の眼の前であんなに殴られて……、それで平然として……。平気な顔でニヤニヤして殴らしてるんだからな……。いや、たいしたもんです……」

(変な感心のし方だ……。ニヤニヤして殴らしてたんじゃない……ニヤニヤなんかしてない。……そう見えただけだよ。それがおれの顔つきなんだよ……。会長の眼の前で殴られること……別に恥でもないだろ。……むしろ殴ってる方が恥なのじゃないかな……)


班長にいわれるまでもなく、松田中尉の部屋にいったときは、欠かさず机の上の書類に眼を通していた。「大隊日々命令」だけではない。連隊や師団の情報もあった。これの方がずっと面白かった——地名や敵の部隊番号は、どうしても覚えられず、ことに地名はどの辺のことをいっているのか、はっきりとはつかめないのであったが……。

そういう情報類は、新しい作戦が迫っていることを物語っていた。

こんどは湖北省と湖南省の境界地区だ。劉家場という地名がよく出てくる。大堰垱、それから澧県などというところも。その辺には国府軍の精鋭がガッチリと布陣しているらしい。

どうやら、わが軍は劉家場とか大堰垱とかのあたりまで押していって、その精鋭部隊につっかかっていこうとしているらしい。

わざわざ、そんな強そうなやつのところに戦争しにいかなくてもよかろうに……。

そういう情報を見すぎるせいでもあろうか、私はどうしても、おじ気が先に立ってくるのであった。

渡河

作戦の準備が始まったのは、五月はじめであった。

政務班から、私と、昆という一等兵とが出ることになった。保安隊は五人ばかり。昆は背の低い、丸顔の、何事にも気さくに動く、気立てのよい兵隊である。私は経理室とかけ合って、保安隊員用に、日本の兵隊と同じ服と、とくに靴を獲得してやった。糧秣などはもちろん保安隊員の分も勘定に入れてもらった。

こんどの作戦では、五人の保安隊員を死なせない。全員無事に帰って来させよう――私はこのようにひそかに決心していた。

こんどの作戦の目的は、揚子江の南岸一帯にいる国府の九十四軍と八十七軍を「捕捉殲滅」することらしかった。だから名称も「江南殲滅作戦」となっている。

それに、ただ国府軍をたたくだけでなく、こうして揚子江南岸の敵を追い払ってしまい、宜昌まで船が通じるようにする――これも大きな目標になっているようだった。もし、こうして漢口から宜昌まで、ずっと船で遡航《そこう》できるようになれば、宜昌の占領はたしかに、ひじょうに便利になるであろう。

われわれは揚子江の南岸を「掃蕩」したら、宜昌の対岸までいって、そこで渡河して戻ってくる、という説もあった……。すると、宜都の西の、ずっと山奥の長陽あたりの敵とか、宜昌の上流の、平善垻とか三斗坪とかいうあたりに司令部のある第六戦区の諸部隊とも戦うことになるが……。

小沖口にいた頃、夢のような話として聞いたあんな山奥の敵――それと本当にぶつかるなんて……。

あの、宜昌の西の空いっぱいに「蜂起」していた恐ろしげな山々。一斉に大刀を振りかざし、大空に向かってわめき立てているような、鋭い、敵意の山々。あんなところに分け入って、その山のはざまから白い眼をむき出してわれわれを狙う敵の兵隊たちに、つっかかっていかなければならないのか……。

子陵舗に「百十六」の作戦部隊が集結した。

幕舎《テント》に宿営中だったある部隊の隊長と、どういうキッカケで話をするようになったのだろうか……。隊長は私も「東大」であると知ると、ひどく懐かしがって、私をテントの中に入れてくれた。そして作戦中も自分が愛し、研究している日本の古典の幾冊かを手放さないつもりである、などと話してくれた。

私は背嚢のなかに、やはりレクラムの『ツァラトゥストラ』を入れてきた。あとで家から送ってもらった研究社版のミルトンの『パラダイス・ロスト』は重くなるので、朱家埠に残してきた。

作戦中、とてもそんなものを読んでなどいられないだろうと思うが、まあ一種の「お守り」と思って……。私の「没落」はつづいているのだ……。私もツァラトゥストラにならって、タマが飛んでくるなかでも「生」を謳歌し、「悪」をたたえて高らかに「笑い」つづけよう……。

軍装検査を済ませて整列する部隊に向かって、馬上の連隊長が叫んだ――。

「部隊は只今より出発する」

五月四日の夕方だった。

粛々たる夜行軍が始まった。

烟燉集という部落を通った。もう暗かった。「エントツ部落」という名前になる――おかしな名前をつけたものだ。

両側の家々に人の姿は見えなかった。寝ているのであろうか。部隊はどうやら荊門に入らないで、真っすぐ漬溪河に

ぬけるらしい……。（図V参照）

清渓河から、どうやら当陽を通らないでその南の方を、真っすぐ紫金嶺、太和場の方にぬけた。だいたい四日間の行軍で、二大隊は揚子江が白洋から大きく南に湾曲し、さらに北に転じるその突端部に入った。

農家に入って、そこで二、三日過ごした。厚い木立に囲まれて家や畑がある。その外に出ると下り坂になって、眼下に揚子江の流れがあった。対岸は敵。

手前の丘の下で、木立に隠れるようにして、工兵が鉄舟を組み立てている。

対岸の敵は気がついていないのだろうか。見たところ何の動静もないが……。

一つの船に十五、六人が、船を川岸までかついでいって水中に下ろして、それに乗り込んで渡河にかかる、という段どりである。

船べりをつかんで、ゆすってみた。艇外エンジンが取りつけてある。ビクともしない。ひどく重そうだ……。

「静かにするんだ……敵に見つからないよう、姿勢を低くしろ」

下見の間じゅう、指揮者は私たちに向かってそう注意しつづけた。

政務班と保安隊は、長沙のときと同じように、二大隊本部の指揮班に入っていた。こんどは、しかし「情報分隊」などという名前はついていなかった。

五月十二日、払暁、私たちは静かに丘を下りて、鉄舟のわきに立った。鉄帽をかぶって、めいめいの背嚢を船に入れた。銃も入れた。

「いち、に、さん……ソラッ」と掛け声を合わせて鉄舟をかつぎ上げ、その下に肩を入れた。

船が肩にメリ込んできた。身体ごと地中に押し込まれそう……。あまりの重さに、思わずうめき声が出てしまう。

「そらいけ……いち、に、いち、に……」

私は皆と一緒に、死にもの狂いで「いち、に」を叫んだ。うめいた。歩調を合わせて進んだ。船に押さえつけられて、身体がエビのように曲がり込んでいく。うめく。……もう「秘匿」などとキレイゴトをいっているどころではない。大声で「いち、に、いち、に」をわめかないと、船の重さに、こちらがやられてしまう……。敵に分かったって、かまうものか……「いち、に、いち、に……」

あまりの重さに、皆もさすがに驚いたのであろう。途中で船を川原に下ろした。船の中からめいめいの背嚢をとり出して、背負った。銃だけを船中に残した。背嚢を自分で背負えば、それだけ肩にメリ込んでくる船の重さがへってくる……そういう気がしたのである。

それから、また調子を合わせて船をかつぎ上げ、また大声で掛け声をかけながら川岸までかついでいった。

右でも左でも、いっせいにエンジンがかかっている。対岸から聞いていれば、きっとすさまじい轟音であろう。もう、こうなったら一刻も早く突っ込んでいくばかりだ。

私たちの船も、トモに突っ立った工兵がハズミ車を思い切り廻した。エンジンが爆音を立て始めた。急いで飛び乗り、艇内で身を伏せる。

周りはだいぶ明るくなっている。

左右に、前後して水を切っていく舟艇が見える。艇と艇の間に水煙が立つ……幾つも。……敵も撃ち始めているのだ。「迫」を撃ち込んでいるのだろうか。重機の音が聞こえる……撃ちまくっているようだ。……だがタマが高い……やはり敵はあわてているのだ……「迫」なんか撃って当たるのだろうか……。敵も、何でも構わず盲滅法に撃っているのかもしれない……気休めに。

船の進み方がのろい……まだるっこしいくらいのろい。向こうはこんなに、気違いみたいに撃ちまくっているのに、この船ときたら、まるで嵐山の舟遊びみたい……。しかし、当たって沈んだ船があるようにも見えない。

船底が岸辺の泥をこすった。飛び下りた。靴が泥にメリ込んだが、すぐ下が固くなった。

しゃにむに岸を走りぬける。堤防のような急斜面をかけ上がる。斜面の上の平地で、指揮班全員集合した。揚子江の渡河は終わった。ただの畑であった。

洋溪のあたりと思われるその地点から、休む間もなく、南下。進撃が始まった。

この渡河戦で、二大隊の先陣を勤めたのは石丸中尉の八中隊であった。

私たちが無我夢中で突っ切ったあの川原には、地雷が埋設してあったらしい。よくまあ、引っかからないで来られたものだ。

しかし、私たちよりも前に八中隊が渡河し、地雷原を突破し、安全な通路を開くことまでやっていた、とは、ちょっと信じられない思いである。

あるいは、私たちとは違う地点で渡河していたのかもしれない。……少なくとも私たちの渡河点では、各舟艇ともそれほど大きく前後しないで進んでいたように思う。

敵は、水際での阻止戦を断念し、適当なところで抵抗を止めて後退していったのであろう。私たちが集合していた頃には、八中隊は後退する敵を追って、はるか先の方に進出していた。

二大隊の進撃路は、山にはさまれた谷間になっていて、敵の抵抗は、主に、この道の前に立ちはだかる高地の上から行われた。その度に、私たちは前進を止めて路傍の山陰に隠れ、歩兵が敵を制圧するのを待つ――いつもながらの「戦闘」である。

敵の抵抗は頑強ではなかった。抵抗をくり返しつつ、じりじりと後退していく――あるいはわが軍を引き込んでいく、というやり方をとっていたのであろう。

八中隊の快進撃は午前いっぱい続いた。

中隊長以下、近くの廟に入った。兵隊たちがそこで早朝いらいの戦闘の疲れを休め、食事をとっていたところへ、まさにその廟の中庭に迫撃砲弾の雨が降ってきた。

廟は山の上の敵から見て、まさに絶好の目標だったであろう。そこへ中隊の主力が集ってしまったのだから、たまらない。八中隊は瞬時に戦闘力の相当部分を失ってしまった。

八中隊は後衛に下がり、代って反町《そりまち》中尉の七中隊が先兵に立つ。

昆

こんどの作戦は、長沙のときとちがって、はじめから何となく陰惨であった。

これは私が愚にもつかない妄想にふけって「おじ気」づいていたため……だったかもしれない。そうかもしれないが、しかしそれ以上に、作戦が深い山の中で終始した、という事情も大いに関係があったように思われる。

長沙作戦では、密岩山などという実にいやな山があったりしたが、何といっても戦場は基本的に洞庭湖畔の、湖南の平野であった。この湖北湖南省境地区の山岳地帯とは、明るさが違う。

長沙のときには、戦場に、とにかく人がいた。初めの頃には町があった。やがて戦闘に巻き込まれた農民たちの無残な死体になり、逃げまどう難民になった……。反転するまでは、何らかの形で「人」がつきまとっていた。

それが、こんどはほとんど人影がないのである。農家はあっても、みなガラ空きになっている。

敵の銃声は、いつまでも、周りの峰峰に鋭くこだましつづけた。そのこだまが、陰惨さをかき立てた。いつもどこからか飛んでくる迫撃砲弾の「シューッ」という音につきまとわれた。それは飛んできて、たいていは度はずれなとところに「ドーン」と音を立てて落ちるのだったが。

私たちは銃声がはげしいときは、伏せ、隠れした。それほどでないときは、敵のタマや砲弾を無視し、それをくぐるようにして、ひたすら南下をつづけた。

夜は被布（携帯天幕）をかぶって、路傍にゴロ寝した。

食事は、ぜんぶ保安隊員の「まかない」に依存した。こういう状況になると、保安隊の方が日本の兵隊よりも、ずっとおいしいものをつくる。私たちはかれらに全部まかせてしまったおかげで、作戦中、食い物にはほとんど苦労しないですんだ。かれらはどこからかアワを捜し出してきて、私たちに「アワガユ」をつくってくれたりした。それの美味しかったこと……。作戦に出て、こんなゼイタクな思いをした兵隊は、ほかにいなかったのではなかろうか。いくら「徴発」が上手な兵隊でも、「保安隊の給食」には太刀打ちならなかったであろう。


二大隊は、こうして、洋溪のあたりから、たぶん西斎の西あたりにまで南下し、それから湖南省に入って、大堰垱のあたりにまで進出したらしい。五月十五日頃である。

大堰垱から、もう十キロ余り進めば澧県で、このあたりは第六戦区の第十集団軍とか、第八七軍とか、第九四軍とか……こわそうな部隊が雲集している本拠であるはずなのだが、どうも、そのような強力な敵部隊を「捕捉殲滅」した、という実感がない。むしろ、かれらの中をしゃにむに掻き分けるようにして、そしてまた、かれらが戦闘をほどほどにして道を開けてくれたところをすりぬけるようにして、ここまでやってきた……という感じであった。


昆が負傷した。

タマの中を駆けぬけてきたとき、下肢に当ってしまったのである。

保安隊に支えられて昆が足を引きずりながらやってきたとき、かれは笑顔をつくっていたが、顔が土気色になっていた。

「おい、……大丈夫か?」

「いやー、足をやられちゃった……。いやたいしたことないです……」

「たいしたことがない」といっても、その状態ではとても行軍できないだろう。やはり昆は下がらなければならない……保安隊三人を昆につけてやることにした。

そこは、目の下をゆたかな水量の川が右に向かってゆっくりと流れているところであった。

負傷兵をここから船に乗せて、下流の方にある野戦病院に送るのだ、という。昆と保安隊員をそれで後送するように手配した。

しかし話によると、その野戦病院のあるところは、いま「六五」が入っているのだそうだが、そこが敵に包囲されて激戦中だ、という……。

こんな山の中で敵に包囲されるとは、「六五」もたいへんだ。しかし、そんなに敵に包囲されているところに、どうやって負傷兵を送り込むことができるのであろうか?

みすみす死なせにやるようなものではないか……頼りなげな船にのせて……。

昆が後送組に入って、保安隊と一緒に出発することになった。

昆はムリに笑顔をつくっているようである。

「では、いきます……。杉山さんも気をつけて下さい……」

敬礼している。

「……ほんとに……気をつけてくれ……」

私は軍歌のセンチメンタリズムに反対なのだ……「友の担架に身をすりよせて、傷は浅いぞ案じるな……」なんて、あんな芝居気たっぷりのいやらしいセリフ……。

だけど、このときの昆との別れの場では、やはり万感胸に迫って、どうしてよいのか分からなくなってしまった。昆を行かせたくない……そんなに危ないところへ。……ひょっとしたら、これが昆の見納めになるかもしれない。……どうしよう。……別れる。……互いにこの先どうなっていくか分からないところに向かって、別々に……。

私からもぎ離されるようにして、昆は去っていった。

保安隊の三人については、それほど心配しなかった。私はかれらに「身分証明書」と「安全通行の依頼書」を持たせた——昆を入院させたあと、日本軍のあいだを少しでも安全無事に通過して帰っていけるよう。……だが果たしてどこまで役立つか。しかし、もし日本軍のところがうまく通れなくても、かれらなら、何とか中国人の間を通って朱家埠まで帰りつくことはできるであろう……。


昆と別れたのは、西斎の上流のあたりらしかった。かれらは西斎まで下っていったのであろう。

私たちは劉家場の東方を南下して、その川を渡るまでの間に、幾度か敵のタマの下をくぐらねばならなかった。敵に完全に露出した斜面を駆け下りなければならないときもあった。敵はそんなとき、向こうの山から、まるで射的をするように、われわれを狙ってチェコを撃ち込んでくる。

運は全く天まかせだ。もう走ろうが、歩こうが、そうなったら同じことである。

「クソッ、こんなところで死んでたまるか」とつぶやくだけ。……そういいながら、それでもできるだけ早く、その物騒な場所を脱け出そうとするのであった。

私には、タマは当たらなかった。

しかし、そのようなところを、馬を引いて通過しなければならない兵隊——重機関銃隊、連隊砲、山砲、大小行李など——、ああした連中は、ほんとにたいへんだっただろう。

そういうときは、歩兵隊が、少なくとも敵の火力を制圧するような措置を構ずるべきなのだろうが……。なかなか、そうはなっていなかったようである。

大人の「冒険ごっこ」である。各人、各隊それぞれ自前で危険をくぐり抜けてこい、ということだ。

私たちは危険地帯を通過して、なだらかな山頂で休んでいた。

そこはもう、敵のいる山もかなり遠のいている……もう撃ってきたとしても、たいしたことはない。ホッと一息ついているところであった。

そこに来るまでがたいへんであった。谷一つへだてた右手の山の敵の陣地が、手にとるように見える。稜線の下を水平に切って、敵の壕が走っている。こちら側には、山陰に隠れて通れるような道がなかった。敵に側面をさらして歩くいがいになかった。

指揮班では、おとなしい真面目な伍長が、頭を撃ちぬかれて即死していた。

後続の連機（連隊機関銃隊）が苦戦しているらしい。

連機の駄馬が私たちの前を通っていく。もう少し先までいって、そこで休むつもりであろう。

腕を包帯でつった軽傷者がいく。馬が機関銃のほかに、兵隊の装備ものせていく。担架もいく。馬も兵隊も、だまって通っていく。

怒っているような隊長らしい人の声が聞こえてきた。

隊長が馬に乗って通っていく。あたり構わず大声でどなりちらしている――。

「こんな大隊長は見たことがないぞ。……後続の馬隊が苦戦しているというのに、見向きもせんで、自分だけがどんどん進んでいく。……おい、お前はそれでも隊長か、軍人か、武士か。この損害は、みんなお前の責任だぞ……」

みんな黙っている。

大隊長も、どこかで聞いているだろうに……どんな顔していることだろう。

連機の隊列はつづく。隊長のどなり声が遠ざかっていく……。

どうして、連機の隊長を憤慨させるような「冷たい」仕打ちが出てくるのであろうか。おそらく大隊長としても、作戦命令で所定の日時までに定められた地点に進出していなければならない……という具合になっているので、その途中にいる敵部隊と戦闘したり、敵の陣地をつぶしたりすることに時間をかけているわけにいかない、というような事情があるのかもしれない。

どうしても「敵中横断」式の部隊行動になってしまうのだ。しかも具合が悪いことに、各部隊がそのように「無理して」所定の線にまで進出したとき、計画どおり敵を包囲する体制になればよいのだが、ほとんどすべての場合、わが方の足がのろいものだから、そうやって進出したときは、敵はすでに包囲圏外に脱け出してしまっている。

こうして「敵中横断」行《こう》が際限もなくくり返される……ということになっていくのだった。

山の中の、重苦しい作戦行軍がつづいた。

私と一緒に残った二人の保安隊員は、よく動いてくれた。道案内が必要になると、どこからか老百姓《ラオパイシン》をつれてきて案内に立たせた。私たちは、ときにはこうして先兵の先を歩いたりした。部隊の最先頭を進むことは、案外安全なのである。

隊長がいう目的地の地名を老百姓に伝えて、そこにいく道を歩かせるわけなのだが、どうかすると、その道が先兵中隊の想定している道とくい違う場合があった。そんなときは、「自分の道」を進み始めた先兵中隊のあとを、私たち「案内組」が追っていくという具合になった。

土地の人間と接触できる「手段」を持っているのは、大隊で私たち三人しかいなくなったわけだから、それなりに「貴重な」存在になったということであろう。

大隊長が指揮班の兵隊に「杉山兵長を死なせるな」と言った……そんな話が伝わってきたのも、そうした事情が背景にあったわけである。

私を死なせるな、といっても、指揮班の兵隊たちが私に向かって飛んでくるタマを防いでくれるわけにもいかないのだから、どうということはないのだが、大隊長がそれだけ大切に思ってくれるということは有り難いことであった。

私たちは子良坪で野営した。老百姓から聞いた地名である。

暗く沈んだかなり広い盆地の底に、見渡すかぎり兵隊たちの焚火か炊事の火か——小さな火の点々が拡がっていた。どれだけの兵隊がそこにいたのであろう。

盆地をとり囲んで、一段と黒く、のしかかるように、無気味にも険しく夜空を区切っていた山々には、これも無数の中国兵がひそんで、眼下に拡がる火の点々を眺めていたことであろう。

周りの黒い山に動きの気配はなかった。

もし周りの山から相当数の中国兵が下りてきて、焚火のまわりにくたびれ切って眠りこんでいる日本兵のなかに突っ込んできたならば、子良坪の日本兵は大混乱に陥ったにちがいない。しかし誰もそんなことを心配などしていないようであった。構っていられないほど疲れていたのだ……。

周りの山は静かであった。

私たちはそこで寝て、また暗いうちに起きて、夜道をたどった。

第九章

谷川

山の中の行軍がつづいた。

どこを、どう進んでいるのか、さっぱり分からない。ただ前の兵隊が歩いているその後をひたすら歩く。敵がどこにいるのか、それも分からない。

深い木立の中を歩く。木立が切れた山の斜面を下る。また上り坂にかかる。物音の消えた世界……。

夜行軍だった。かなり長い急斜面を下りた。深い谷間の底まで下っていくようだった。

川原に出た。しかし暗くてよく分からない。

川がある。川の中で黒いかたまり——小さな箱を横たえたようなもの——がいくつも動いている。……何だろう？ どういうことになっているのだろう？

渡渉して対岸にいくのだ、という。

流れが強いから、五人ぐらいずつ腕組みして、固まって渡っていけ、という。さっき見た黒いかたまりは、そうやってスクラムを組んでおし渡っている兵隊たちの上半身のシルエットだったのだ。

居合わせた五人が組んだ。

私と保安隊二人のほかに、行李から指揮班に来ていた兵隊が二人ほどいた。こうした兵隊は、指揮班の人事係や兵器係、また経理室などの助手として行李から配属になって来ているのである。

私たち五人組のなかに、行李出の「その男」がいた。

顔が黒い。丸型の顔である。無精ヒゲが濃い。太い黒ブチ眼鏡の奥に、暗い眼が冷たく動かなかった。反っ歯《そっぱ》で唇がぬれていた。

私は容貌だけから「その男」を判断していたわけではない。しかし……。

かれは人が話しているどのような話にもわり込んできた——。

「え、馬か。あんなもの、そんなに苦労することないよ。みんなコツを知らないんだよ。おれにあずけて見ろ……一週間で丸々太らせて見せるから……」

「地方」にいたときは何をしていたのだろうか――会社づとめでもしていたのだろう。

「……みんな、さっぱりうまくいかない、っていってるのにさ、おれが販売を引き受けてやったら、ガゼン調子よく伸びていくんだな……」

そんな話で私たちを感心させながら、その頰がゆるんで、ぬれた唇から反っ歯が大きくのぞき出すときも、かれの眼は眼鏡の奥で乾いていた。

そういった調子だったので私たちはかれが誰よりも才智が働いて、物知りで、ケンカも強くて、……それほどたくましい身体つきではないのだが、誰よりも頑健で頼もしい男である……と思わなければならないようにさせられた。だから、渡河のときも、かれ自身がそう主張するし、日頃のかれの弁舌もあるしするので、「一番強い男」として、かれが組の一番上流の側に立つことになった。私もそれに異存はなかった。かれががっしりと上流で頑張っていてくれたら、あとの四人は安心して進んでいける……。私は三番目で、あと二人が保安隊員。靴も装具もつけたまま、スクラムを組んで「一、二、三」で流れに足をふみ入れた。

まだまだ暗かったけれども、右にも左にもそうした組が川にふみ入っている姿は、すかして見ることができた。かれらの上げる「一、二、一、二」の掛け声が聞こえてくる。

二、三歩進むと、流れがドッと突っかかってきた。足がもつれそうになる。私たちの掛け声が思わず高くなっていく。

たちまち腰の上まで水につかってしまった。水が無言でグングン押してくる。

足が進まない。足を挙げると、そのまま下流の方に浮き流されてしまいそうになる。

どうしたことだ……、ヤツが頑張らないではないか。ヤツが流れをくい止めない……。くい止めないどころか、流れに負けて私の方にかがみ込んでくるではないか。

私たちの五人組は川の真ん中で輪になってしまい、流れに押されて立ちすくんでしまった。

（いけない。なんだこのヤロウ。弱ミソ。強そうなことをいってたのに、いちばん弱ミソではないか。……失敗した。あんなヤツを上流に立たせるのではなかった……）

川の無言の力は恐ろしかった。無言で押しこくってくる。私たちを押し流してしまうまでは、その力を抜くまいとしているかのようだ。その水量……。

私たちはわめいていた。

「おい、お前、……ダメだ、こっち向いちゃ。あっち向け、……ふんばれ。ダメだ……おい、しっかりしろ、おい、……こんなに丸くなっちゃ、ダメだ。……おーい」

「助けてくれ……」

かれが悲鳴を上げている。

（何いってやがる……今頃になって。ぶんなぐってやりたい。あん畜生、弱ミソ……）

すごい力が下半身にかかる。川はあくまでも無言で押しつづける。

上半身背嚢をつけてそれが水の上に出ていることがマズい。トップヘヴィで、下半身はともすれば浮き上がりそうになる。もしここで足をさらわれたら、もうオシマイだ……。

突然、眼の前を、暗い急流の中で「私」が押し流されていくのを見た。「私」は装具をつけたまま、声も立てず、半分以上水中に沈んで、流されていく。「私」はそのとき死んだ……。

不思議なことである。たしかに眼の前を流されていったのは「私」であった。

「私」のほかにも、何人か流れていったようである。馬も流れていたような気がする。

私たちは、てんでに恥も外聞もなく、わめいていた。もしこのとき、ヤツが流れに負けてしまって、全部足を浮かせてしまったら、かれの身体はモロに私にぶつかって来ただろう。私たち五人は全員足をすくわれて、流されてしまったことだろう。

ほかの組のものも、私たちを助ける手だてがあるわけはない。

「がんばれ、足をふみしめて……も少しだ。がんばれ」

それでも、皆の声援に力づけられて、少しずつ私たちは真ん中の急流をぬけ出した。

浅くなってきた。急に水流の力がぬけた。

よろめきながら岸に上がった。

少し先に、講堂のような建物があった。兵隊がおおぜいそこに入っていて、めいめい服を乾かしたり、めしを食ったりしている。

私もそこに入って服をしぼった。

背嚢の中は一番底にあった乾面包がぬれていた。それを食べてしまった。

『ツァラトゥストラ』は無事であった。

帯剣の鞘に水が入っていた。ピストルを分解して、よく水をふきとった。

それから床に倒れ込んで、そのまま、午前いっぱい眠ってしまった。


行李や機関銃や山砲などは、どうやって馬を渡したのであろうか。あのあと、何かロープでも張って、力綱にするような工夫でもしたのだろうか。

あのとき流された兵隊たちはどうなっただろう。どこかで下流の川原に流れついて、そこで身ぐるみはぎ取られたであろう。そしてまた川の中に蹴り込まれて……。

恐ろしい川であった。

私はもう、えらそうなことをいうやつ、強そうな口をきくやつを信用しないことにした。

夜明け前の黒い急流に、声も立てずに押し流されていく「私」の姿が、いつまでもまぶたに残った。

「私」はたしかにあのとき「死んだ」……。

五月十九日頃だっただろう。


牯牛岩には、二階建ての大きな旅籠屋《はたご》があった。ほかには何もない。周りの山々は静まり返って、大声で呼ばれれば、山彦だけがあちこちから返ってきそうなところである。

誰もいない。何も残っていない。階下は居酒屋でもやっていたのだろうか……。いまにも花和尚《かおしょう》魯智深《ろちしん》(『水滸伝』の登場人物)が快刀をたばさみ、禅杖をついてヌッと入って来そう……。「おい酒だ……」という花和尚の声は、ガランとした土間や天井にひびくであろう。

急なハシゴ段を二階に上ってみる。板敷の広い土間。ここに寝床でも置いてあったのだろうか。

中国兵が一人、うつ伏せになって死んでいる。

国府軍の部隊がここに宿営していたのかもしれない……。しかしどうして、ここに一人だけしか残っていないのだろう。部隊が撤退して、負傷した自分だけが残されて、ようやくここにたどりつく……。やっとのことで二階によじ上る——そこが一頃、かれのねぐらであったのだ……。そして、よじ上ったところで力がつきてしまう……。

戦争のなかで、この山奥に吹き寄せられた生命が、一つここで消えた。

山は沈黙している。旅籠屋は語らない。何事かを語ってくれるべき人は、姿を消している。

大声で叫ぶことがためらわれる——戻って来るだろう空ろなひびきが恐ろしい……。

板壁にいくつか詩のようなものが書きつけてある。

吾レ牯牛岩ニ立チ、万山脚下ニ雌伏ス

といった調子で、浩然の気を披瀝している。

峠という感じはなく、ただかなりの高みで、平らな街道端の一軒家なのだが、旅人たちはここまで来ると、やれやれ、と胸をひろげたい気持ちになるのであろう。

旅人たちは、どこから来て、どこに行こうとするのであろう。かれらはどんないで立ちで、この山奥を歩くのであろう。聞かしてくれる人はいない……。

今、地図を按ずれば、このあたりは秭帰とか、宜昌とか、宜都とか、湖北省の揚子江上流にある町と、湖南省北部の常徳、澧県、石門などという町々をつなぐ道筋に当っている。いずれにしても、山奥から山奥へと歩く人たちいがいに、ここの泊まり客はなさそうだ。

戦争がなければ、ここは旅人の往来でにぎわうのだろうか。それとも、いつもこのように山々の真ん中で、森閑としているのであろうか……。

沈黙はいつまでもつづいた。

兵隊たちも、その沈黙をかき乱すことをおそれるかのように黙りこくり、足音を忍ばせて、牯牛岩をあとにした。

何のためにこんなに歩くのだろう。まるで歩くために戦争しに来たかのようである。

霧が深い。

通りすがりにふと眼にとまった路傍の石に、「佛子嶺」と刻んであった。

佛子嶺……いかにも奥深い山のようである。この道は街道筋の山道なのであろう。

道は山腹にそっているらしく、右手はそのまま山の傾斜になっていて、ずっと上の方まで木が密生しているようだった。左は谷。その谷も、右手の山林も、濃い霧のなかに隠れてしまっている。

霧は晴れようとしない。その霧のなかを、ひたすら歩く。

突然、右上の山林の中で人の気配。そしてけたたましい叫び声――。

「タ、タ、タ……」（撃て、撃て、撃て）

その山に出ていた敵の分哨か何かが、下の方で絶えることなくつづく日本兵の足音に気づいて、騒ぎ出したのであろう。

チェコが鳴り出した。

しかし、そのとき早く、なにもかももみ消してしまおうとするかのように、後続の列から兵隊が林の中にかけ上がっていった。あわただしく、木の下草を踏みしだく音……。

声はとだえた。チェコも鳴らない。息づまるような足音のもつれが林の中から聞こえてきて、そのまま消えた。

私たちは黙って、道を急ぐ。

霧は晴れない。

間のびのした間隔で、左手から迫撃砲弾が飛んでくる――。

「シュル　シュル　シュル……」足の下、かなり遠くに落ちる――。「ドーン」

ときにはそれが、「シュッ――ドーン」になる――近弾だ……。足を早める。

佛子嶺の霧の中を歩いている間中、迫撃砲弾の「シュル　シュル」「ドーン」が私たちにつきまとった。

山の高みが切れたとき、眼の下に漁洋関のいらかの並びが現れた。一本の通りをはさんで縦にのびている。町の右側を川が流れている。

牯牛岩……。漁洋関……。何と人煙とだえたところを思わせる響きであろう。

旅びとは周りの山岳に圧倒されて声を呑み、岩と林の気に冷やされきってたどりつく……。ローソクの火ほどの「ぬくもり」をここに求めて……。

急坂を駆け下りてこの町に入ったとき、しかし町にはほとんど人影がなかった。一切が終わっていた——五月二十二日の夕方、七中隊がここに突入していた。「ぬくもり」は跡形もなく四散していた。

私たちは何もないこの町にほとんど休憩もしないで、すぐ上り坂にかかった。五月二十三日であった。

木橋溪

次の目的地は都鎮湾。山歩きはどこまでもつづく。

がけ道を踏み外して馬が落ちる。落ちた馬は、もう救い出すことができない。つけていた兵器、装具もろとも、棄てていくことになる。あとで付近の老百姓《ラオパイシン》が拾いにくるであろう。

鴉雀嶺時代に一時私の持馬になっていた「勝連」という駄馬が落ちた。大きなヒヅメの、足の太い、幅の広い馬であった。テキヤが好んで乗り回していた「勝亮」とちがって、反応ののろい馬であった。あんな大きなヒヅメでは、この細い山道は、さぞかし歩きにくかったことであろう。

「勝連」の墜落に巻き込まれて、同じ班にいた鈴木という兵隊も、その下敷きになって大怪我をしたという……暗い話である。鈴木は福島の方からきた、線の細い、おとなしい青年であった。

こんな山奥で怪我すると、どうなるのであろう。私たちの後には野戦病院のようなものがついてきているのだろうか……そこまで、どうやって連れ戻すのであろうか。

窪地を見下ろす山林のなかに、私たちはひそんでいた。しきりに銃声がして、部隊は動けなくなっている。先兵が戦っているのであろう。

窪地のなかに一軒屋がある。彼我の銃弾が交錯する下で、その家は静まり返っている。

あの家に土民が残っているのかどうか見てこい、と大隊長がいう。いたらつれて来い、という。

いつもならば、こんな戦闘になると、物陰に引っくり返っている私が——首をつき出して形勢をうかがうというようなことさえ、酔狂な……と思ってやろうとしない私が、大隊長にそういわれて、動きだした。

飛び出した。

身をかがめて走った。

その家にたどりついた。……戸口をうかがう。……ひと気は全くない。

伸び上がって軒を見上げたとき、私の頭のすぐ上に銃弾が集中した……「バチバチッ」とはげしい音がして、壁土がえぐられ、飛び散った。

あわてて首をすくめる。

家の角をまわって死角に入る。……背中を丸めて逃げ戻った。

林の中にもぐり込んで、ふたたび身を伏せながら、今しがたの行動を思い返した。

それが自分の任務だということになると、危険を忘れて飛び出しいくオレ……。自分に関係のない「戦闘」ならば、頭を出すことさえやろうとしないモノグサで……実は臆病なオレを、「任務」とならば、こんなにも「勇敢」に行動させてしまう……「軍隊」というところ。

軍隊は、やはり恐ろしいところである、と思った。

兵隊は軍隊のこの「任務」意識にガンジガラメになっている。この意識につき動かされて、人殺し、放火、暴行、カッパライ、殴打、ブチコワシ……あらゆる悪事をやってのける。軍隊は兵隊の「暴力」を引き出し、利用するために、「任務」の名のもとに、そして狂気の情況のなかで、そうした悪事をそそのかす……。

今日、大隊長にそういわれて、あの家まで飛んでいったオレは、明日、またそういわれれば、人殺し、放火、ブチコワシ……を、他の兵隊に負けず、一生懸命にやっていることだろう……。

この情況のなかで、「人殺しは悪だ」と叫んでその前に立ちはだかるべき私の「良心」は、あまりにも、あまりにも微弱である……。「人殺し機構」のなかに組込まれているオレ……。今まで「この手で」人を殺さなかったのは、ただその機会がなかったからに過ぎない。

どこまでいっても、山の中の農家に人影はなかった。

夜に、四足をスッパリともぎ取られた牛の胴体が転がっている。

敵兵を追撃する途中、そして後続の私たちがここに到着するまでの間、……よくまあ、短時間のうちに牛の四本の足を切り落とし、それをコマ切れにして分配し……そしてきれいさっぱりと家捜ししていったものだ。

日本軍は、ここでは山の中をさまよう強盗集団である。

住民たちはどこにいるのだろう。

そんなに遠くまで、本当に家を棄てて行ってしまった……とも思えない。案外、すぐそばの林の中から、かれらは眼を光らせて、私たちの「強盗ぶり」を見つめているのではないか。

道案内として同行させていた老百姓《ラオパイシン》は、都鎮湾だといった。しかし町は見えない。谷間を走る一本道があるだけ。

すぐ前をいく先兵がはげしい銃声にぶつかった。進行がストップする。双方の撃ち合いがつづく。

かなりの時間、路上で待機していた。

都鎮湾がどのような町であったか、記憶がない。

単葉の連絡機が、心もとなげに飛んできた。そして心もとなげに飛んでいった。

司令部から何か連絡があったのかもしれない。戦闘のために飛んできた飛行機ではなかった。

そういえば、この作戦中、友軍の飛行機は一つも姿を見せなかった。作戦に必要がなかったのだろうか。戦闘に参加しようにも、山が深すぎて「処置なし」だったのだろうか。

五月二十五日になっていた。

さらにいくつか山を越える。

ひたすら「歩き」であった。敵軍にはほとんどぶつからず、人家もあまりなかった。

かなり開けた谷間、右手に低い丘。左に川があるようだった。川原に草がいっぱい生繁っていて、水が見えない。

右手の前の方に小さな一軒家が見えたところで、また動けなくなった。道案内によれば、ここは木橋溪だという。

敵が道の行く手をふさいでいる。先兵はその一軒家あたりで敵とにらみ合っているらしい。

「川へ水汲みにいくな、危ないぞ。狙撃されたやつがいるから……」

敵の狙撃はすごいらしい。

「あの前の方でよ、もの陰からソーッと鉄帽だけ、棒の先にのせて出したんだってさ。トタンに猛烈な集中射撃が来たって……。危ない、危ない……」

双方はにらみ合い、角突き合いの状態で動きがとれなくなったようである。

どちらの側も側面に展開して相手を包囲するというようなことはしていないらしい。……どうしたわけであろうか。そうできない地形上の理由か何かがあるのだろうか……。

私たちは反転した。

暗くなってから、敵に気づかれないよう、足音を忍ばせて木橋溪を離れた。

木橋溪で敵とぶつかった頃だっただろう。松田中尉が負傷した。右上腕部の盲管銃創である。

中尉は連隊本部付になっていたが、先兵と一緒に前の方を歩いていたのであろう。私を見ると、

「歩いていたら、突然真正面から浴びせられちゃって……。たいしたことないよ。ちょっと手当てしてくるよ……」

といいながら下っていった。

中尉の記憶では、この負傷した日が五月二十八日頃である、という。

宜都

歩いた。

山々は遠のいて、どこか高原地帯を歩いているような気分である。前の方に山脈が見える。それは間違いなく、これから私たちが越えていく山であろう。

行軍序列が逆になったので、八中隊が先頭になった。石丸中尉と一緒に歩くようになった。

石丸中尉がいると列がにぎやかになる。しかし中尉と一緒になって、笑ったり軽口をたたいたりするのは、仲間の将校たちで、兵隊どもや下士官は、いつもむっつりと足を運んでいる。

中尉が一人でハシャイでいる——。

「あーあ、東京に帰ったら、うまーいコーヒーを飲んで……、ああ、いいなー。え？　どうだ？　プーンといい香り、こう吸い込んで……。それからタタミの上に引っくり返って。……いいなー。デンチクのフタをこう持ち上げて、……レコードをそっと置いて、……デデ　デーン……だ。たまらないなあ……」

ふり返って見ると、中尉と目が合った。笑っている。中尉の目尻が下がっている。中尉ではなくなって、新宿あたりにエスケープしてきたサボ学生に戻っているようだ。

ほかの将校が、ぼやいた――。

「ほんとに、よく歩かせるな。戦争トハ歩クコトト見ツケタリ、だよ、全く……」

同感であった。

これで「敵」がいなければ……。タマが飛んでくる気づかいがなければ……。殺したり、殺されたり、を考えないですむならば……。このような「歩き」も、全く悪くはない。

もっとも「敵」がいなかったら、こんなところまで「歩き」に来はしなかっただろう……。

その山が視野に入ってきてから、もうかなり時間が経っている。

私はその山を知っている。とうとう、その山のところまで来てしまったということに、さっきから驚きつづけていたのであった。

左手、かなり高い岩山の上に、さらに高く、太い柱のような岩が見上げるように突き立っているのである。私たちはその麓を、小さな蟻の行列のようにつながって通り過ぎていく。しかし、いつまで歩いてもその山を「巻く」ことができない……。

見覚えがあるのだ――宜昌で、対岸の三角山のはるか向こう、競い立つ群山のなかに、一つだけ異形をなして突き立っていたあの山だ。

あのとき、中国人が教えてくれた名前は――ある人は「筆架山」といった。別の人は「尖山」といった。「筆架」は筆の枕のことだから、そういう名前の場合、ふつうなら峰は三つなければならない。この山は一本だけで突き立っている……その意味では「尖山」の方が当たっている。

後で見た記録には「天柱山」という名称があった。標高一四四〇メートルらしい。やはりこの山のことを指しているのであろう。

名前はどうであれ、この大岩柱は、間違いなく、当時遥かに見た「あの山」である。ほかにこのような形の山は、このあたり、どこにも見当たらないのだから……。

宜昌の西の空いっぱいに拡がって、一斉に抗議し、北に向かって押しかけようとしていた山々、そのシルエットで私をいい様のない不安に狩り立てたあの山々――その恐ろしい山々のあいだに、このようにして分け入っていくことになろうとは……。そして、その「蜂起する」山々のなかに独り屹立していた「あの山」の麓を、こんな具合に歩くことになろうとは……。

全く思い掛けないことであった。

つくづくと見上げる。

白っぽく、そして赤っぽい岩である。岩壁に木の梯子がかかっている。頂上に廟があるのだろう。

その梯子をよじ登ってみたかった。

戦争でなかったら、信者たちがその梯子いっぱいまつわりつくのであろうか。今、そこには全く人影がない。

ただ一本、巨大な岩の柱がそこに突っ立って、無言で私たちを見下している――いや私たちを見ようとさえしていない。岩は私たちのことを何もかも知っているようである。その高みからは、私たちを待ち受けている運命も、よく展望できるのであろう……しかし、岩は私たちにそれを教えてくれようとしない。

私たちは小さな蟻の行列になって、岩から遠ざかった。

五月二十八、九日の頃であったろう。

長陽に近づいたときは、ほとんど夜になっていた。木深い山道をひたすら歩いていた。たくさんの部隊が、長陽に集って来つつあるようだった。この附近では、敵も味方も入り混じって、ゴチャゴチャになっているらしい。長陽に入ってくる部隊もあれば、長陽から出ていって、追ってくる敵を追い払おうとする部隊もある、という有様だという……。

木の間ごしに、右手にかなり広い谷川の気配があった。向こう岸に宿営する部隊の火が見える。久しぶりの「人間のざわめき」が感じられる。私たちの足は、ひとりでに早くなった。

長陽の町は、暗くてさっぱり様子が分からなかったが、通りの両側は兵隊であった。みな忙しそうに、楽しそうに、夜の仕度をしているように見えた。

私たちは「宿」をもとめて、足早に町を通りすぎた。

一晩泊まって、また歩いた。

どこを、どう歩いたのか、憶えていない。たいした敵にぶつからなかったことは確かである。そうやって何日過ごしたかも忘れてしまった。

気がついたとき、私たちは宜都の対岸（清江をへだてて）に来ていた。

六月二日頃であったろう。

久しぶりに広々とした原っぱであった。

大隊本部は白い壁の家に入った。

どうやら、私たちは宜都で揚子江を渡河して、原駐地に戻るらしい……作戦はようやく終わったのだ。

どこから、どう伝わってきたのか、揚子江を渡ったら、楊介軒が私に会うのを楽しみにして待っている、という。

これはニュースだ。本当に会えたなら、どんなに面白いことだろう。本当に、楊介軒には「その後」のこと、話したい聞きたいことが山のようにある。しかし、そんな時間がとれるだろうか。

しかし一体、楊会長は、私がこうして宜都まで来たということを、どうして知ったのであろう。情報のルートは宜都と白洋の間にあるのだろうが、今はそんなにツウツウになっているのだろうか。

そもそもこの話は、保安隊が、どこから聞いて来たのだろう?

うれしいニュースであったが、考えれば考えるほど、ナゾめいた話に思えてくる……楊介軒に会ったら、このことも聞いてみよう。白洋あたりで、一晩ぐらい部隊から離れさせてくれないだろうか……松田中尉がいたら、何とか、頼むこともできただろうに……。


宜都には、作戦部隊がぞくぞくと集結しつつあった。

私たちの原っぱは、至るところ兵隊や馬でいっぱいである。それぞれ、馬の手当てをしたり、兵器や装具の手入れをしたり、糧秣や下給品の受領で動きまわったり……。もう戦争の雰囲気ではなかった。

P 40

はるかな上空を飛行機がまわっている。三機、四機……五機、六機。米軍機だろうか。友軍機は作戦に出動していないようだったから、あれはやはり米軍機であろう。

しばらく見えなくなっていたが、また上空に出てきた。さっきよりだいぶ低く飛んでいる。

原っぱでは、そんなものにお構いなく、渡河、帰還の準備に忙殺されているようだ。

「空襲だ」

というケタタましい兵隊の声。

軽機の音。

あわてて保安隊員と一緒に、白壁の家を飛び出した——何はともあれ、見なければ……。

原っぱが騒然としていた。

さっきの飛行機が、おそろしい低空で原っぱの上を飛びすぎていく。

「イケネェ……」

と思った。保安隊ともども、そばの窪地に飛び込んで伏せた。それから首をのばして「観戦」した。

飛行機の機首で、大きくサメが白い歯をむき出しているのが無気味である。原っぱの上を飛び廻っていたのは三機ぐらい……。代わる代わる上空から舞い下りてきては、機関銃をブッ放す。その音が腹にこたえた。掃射してまた舞い上がっていくとき、コックピットの飛行士の横顔がよく見えた。

兵隊たちが、あわてて軽機をかつぎ上げ、一人が脚を高く支えたりして、撃ちまくっている。小銃を空に向けているものもいる。馬が倒れる。放馬したのもある。

米機の襲撃はしぶとかった。くり返し、くり返し地上に襲いかかってきた。

上空に舞い上がって、何か新しい獲物を見つけたのであろう。ここからは見えない遠くの方の目標物目がけて急降下していくのが見えた。「ドドドド……」という機関銃の連射音が伝わってくる。

川の方も、くり返し掃射していた。少しでも大きな目標が目につくと、一つももらさず攻撃しているようである。

私たちの伏せているところに襲ってきたらどうしよう……と思っていたが、目標が小さすぎたのか、「大物」ではないと思ったのか、私たちにはいつも「横顔」を見せて飛びすぎていくばかりであった。さんざん暴れまわって、かれらは姿を消した。

あれが有名な「カーチスP40」だったのだ。

そのあと、本部では「カーチス」の話でもち切りになった。

「お前、どこにいた？　この近く？　だめだな……そんなとこにいたんじゃ。おら、ちょうど川っぷちにいたのよ……すごかったぞ。将校が発動機船のへサキに立ってさ、船を何バイも引っぱって清江に入ってきたとこだったんだ。あれ……きっと甘味品なんかいっぱい積んで来たんだろ。それ目がけてカーチスがブッ放すのよ。将校は飛行機に向かって軍刀を振りまわすんだが……そんなもの……な。見る見るうちに船がみんなバラバラになって消えちゃったよ。将校はフッ飛ばされた……」

兵隊たちは、よくも、いろいろなところで、いろいろなものを見ているものだ——。

「一三ミリだろ。サンパチの二倍以上だぜ、あの機関砲弾は。すごいよ……馬の腹に当ったら、腹がぶっちゃけて、ハラワタがみんな飛び出したよ」

「お前聞いたか。どこの連隊かな。旗手がさ、連隊旗を押し立ててやって来たんだって。そいつが狙い撃ちよ。軍旗小隊がナギ倒されてしまった……。バカみたいだよな……。今ごろ連隊旗なんかもってテクテク歩いてりゃ……、ハイドウゾ、撃って下さいっていってるようなもんじゃないか……」

カーチスP40数機によるたった一回の襲撃で、作戦部隊の渡河計画はメチャメチャにされてしまった。

渡河計画は放棄された。

ほんとに、この様子では、友軍のよほど強力な飛行隊がくり出して「カーチス」を追い払い、上空の掩護に当たりでもしない限り、とても揚子江の渡河などやれたものではない。ひょっとすると、さきほどの「カーチス」は、渡河用に準備してあった舟艇も破壊していったのではなかろうか。

私たちは夜のうちに清江を渡って、宜都に入った。

猛烈な雨のなかであった。作戦が始まっていらい最初の雨である。

「盆をくつがえすような大雨」をさらに上まわって「水ガメをくつがえすような大雨」といったりするのを、中国の漫才で聞いたことがあるが、その夜の雨は、まさに「水ガメ」ものであった。

あまりにもすさまじい降り方だったので、兵隊たちは気がふれたようになった。全身どっぷりと水のなかにつかったような有様になって、耳を聾するばかりの雨音を聞きながら、みんなわけの分からぬことを大声でわめいていた。わめいていないと、雨に負けてしまいそうな恐怖にとりつかれてしまうのである。

どこをどう通りぬけたのか分からない。やっと雨足を遮ってくれる屋根の下に入ったときには、精も根もつきはてていた。

その日の刺戟はあまりにも強烈であった。私たちは何もかもブン投げて、そこで寝入ってしまった。

包囲

六月三日、私たちは宜都を離れて南下した。また作戦である……。

敵がわれわれのあとにビッシリとくっついてきている。これを何とかして払いのけないことには、今後どう行動するにしても、動きがとれない……というのである。シンドイことであった。

(これまで、あんなに苦労して山の中を歩き廻ったのは、一体何のためだったのだろう……)

また、敵の銃声をどこまでも響かせつづける「イヤなこだま」を聞かねばならなかった。

また、山陰にひそんで、敵のチェコ掃射のタイミングを計らねばならなかった。

その鋭い炸裂音を聞きながら山陰に固まっている指揮班の兵隊たちは、そのとき「ためらい」にとりつかれている——空気を引き裂いて固い金属片が雨のように突き刺さってくる、そんな空間に飛び込んでなんかいきたくない……。その瞬間にでも「止めた」と声がかかれば……もう大喜びで、何もかもほうり出して引き返していくだろう……。

その声が今にも飛び出して来はしないか、と半ば期待しながら、しかしそんなことを期待する自分の臆病を恥じてオズオズとした眼を大隊長に向ける……。

浦上大隊長はそのような兵隊の心理を知っているのだろうか。大隊長も同じようにタイミングを計っているのだろうか——突然、「行けッ」と叫ぶ。

兵隊はツキものが落ちたように銃を握りなおして、その「死の空間」に飛び出していく。

私も大隊長の叱咤で飛び出した。

「死の可能性」を前にして決断しなければならなくなったとき、指揮者の顔をみる——これは軍隊にいる限り、それ以外にあり得ないことだろう。そのとき、兵隊から顔色を読まれている指揮者の役目は、最も適切な瞬間をつかんで、兵隊にフッ切るはずみを与えてやることなのだ……フッ切ってしまえば、あとはタマに当たろうがどうなろうが文句はない……。どのように「死」の運命と駆け引きするか、それはもう個々の兵隊の問題である。

あのとき私を叱咤した大隊長が、山の中腹の岩に腰を下ろしている。部隊の前進が止まっている。私は大隊長の岩の下にいた。

銃声は散発的である。

宜都から南下しはじめて、もう何日目であろうか。蒸し暑い。……戦争も、時間も、ふと歩みを止めてしまったような、ケダルイ瞬間であった。

大隊長が少し身じろぎして、ぽつんとつぶやくようにいった——。

「おい杉山、……おれは疲れたよ」

答える言葉がなかった。隊長も私の答えなど期待してはいなかっただろう。言葉を洩らす相手が、たまたま杉山という形でそこにいただけのことだったのだろう。

胸を衝かれて、思わず隊長を見上げる。

朱家埠で「本日の戦果は、捕虜二名」と叫んだ大隊長の顔は、そこになかった。

つい先頃、私を叱咤して「死の空間」に飛び出していかせた大隊長は、そこにいなかった。

重い長靴の足を投げ出して、ドス黒く疲労の色をただよわせている中年男が、そこにいた。


山の中の陰湿な戦闘がつづいた。

ほかの部隊がどの辺にいるのだか……同じ大隊のほかの中隊にしてからが、どこでどうなっているのだか、私たち兵隊には、さっぱり分からないのであった。どの作戦のときもそんなものであるが……。

しかし、このような山の中に入ってしまうと、それが異常な孤立感となって、私たちの気持ちを押しつぶしにかかってくる。

私と保安隊員は、道案内につれてきた老頭児《ラオトル》（爺さん）と一緒に、先兵の分隊のあとを進んでいた。老頭児は私の背嚢を背負っている。

私はもともと老百姓《ラオパイシン》を苦力にして、それに背嚢をかつがせることは好きでなかったのだが――背嚢は、こちらがいくらへばっていても、いつも自分で背負っていたかった――、このときは、一緒に歩いているのだし、爺さんの背中も「空いている」し、……とうとう誘惑に負けてしまった。

爺さんとは別に話すこともない――。

「コノ道デイイカ?」

「そう、そう……この道でいい」

そんな「対話」ぐらいなものである。

道は左側の山腹にそって、曲りくねってつづく。右側は木深い谷に落ち込んでいた。

ちょっとした平地に出る。岩が乱立している……。

そこで先兵が敵と真っ向から「対面」してしまった。

敵もどこかに移動中だったのであろう。どちらにとっても思いがけない「出会い」だった。双方とも、出会いざま、ハッと驚いて飛びすさり、それぞれ岩の蔭に身を伏せた。

私は敵の姿を目撃しなかった。しかし先兵たちのただごとならぬ気配に引きずられて、爺さんともども、すぐそこの岩陰に隠れた。

分隊長は、私のすぐ右前の岩陰に伏せている。あたりに手榴弾が飛んできて、煙を立てる。もう誰かが負傷したらしい。分隊長が、「衛生兵、前へ」と叫ぶ。

手榴弾の投げ合いである。私も帯革から手榴弾を外して、栓をぬけるように用意した。

爺さんが身体をモゾモゾさせて私にいった。

「タイジン……おれ、家に帰ってもいいか」

（そうだ、爺さんのことを忘れていた。こうなったら足手まといだ。帰してやろう。何とか谷間にすべり込めば、大丈夫家にたどりつけるだろう……）

「イイヨ……、帰レ……。帰レルカ？」

「だいじょうぶ、帰れるよ」

「アア……ソノ、……帰ルマエニ、ハイノーヲオイテユケ」

「分かった、分かった……、置いていくよ」

爺さんは背嚢を私の脇に下ろすと、す早く谷間の方に姿を消した。

こんなときになっても、まだ背嚢にこだわった自分がおかしかった。

（他人のことは笑えないよ……。おれもやっぱり員数のトリコになっている……）

形勢は、当初のにらみ合い状態以上にあまり発展しないようであった。

うしろから中隊の兵隊たちが二、三人匍匐《ほふく》してきて、負傷兵を引き下げる工夫をしているらしい。

小隊長らしい人の声が聞こえた――。

「マズイぞ……、敵がうしろにまわっているぞ……」

ショックだった。眼の前が暗くなったような気がした。

（いよいよ、おれも最後かもしれない……）

敵がうしろにまわって、先兵が包囲されてしまう。前の敵が岩の蔭から出てきて、手榴弾を投げながら突っ込んでくる。

白兵戦だ、いよいよ。

（おれの手榴弾は……まだ早い。……敵が出てきたときに投げることにしよう。実弾を投げるのは、はじめてだが……まあ、みんながやっているように、栓をくわえてひっこぬいて、この岩に撃針をたたきつけて……シューシューいい出したら、一、二、三、であっちの方にほうればいいのだろう)

(それから……、もう拳銃は利き目がないだろう……。ゴボウ剣しかない……。それでゴボウ剣で渡り合うか……。相手を一刺しできるかどうか、というところだろうな……。混戦になってわけが分からないうちに、頭をドヤシつけられて、それで終わり……になるかもしれない……)

とにかく、敵に包囲される、と知ったときの気持ちは、何ともたとえようがなくイヤなものである。悲観、絶望、消沈、困惑……あらゆるマイナスの心理が一緒に固まって襲いかかってくる。

そうこうしているうちに、つぎの声が聞こえてきた——。

「引いたぞ……、敵は引いたぞ……」

(やれやれ、助かった。白兵戦をしないですんだ……)

どうやら、敵はわが方の後続部隊がやってくるのを見て、包囲をあきらめ、ほかの方に移っていったらしい。

私は自分の背嚢を背負い、保安隊をつれて、本部の指揮班にもどった。

私たちは至るところで敵の阻止に引っかかった。作戦が始まったばかりの頃のように、どんどん前進をつづける、というような具合にはいかなくなっていた。

高く突き立った岩山の上にいる二人の中国兵と一丁のチェコのために、私たちがそっくり、かなりの時間釘ヅケになったこともあった。

二人は絶壁の上にいるので、とても近寄ることができない。上では、少しでも動くものがあると、すかさずタマを浴びせてくる。だから、そこから見て死角になるような崖の下をさがして、ひそんでいるしか方法がなくなった。

本部の兵隊は死角をつたって、二人がいる岩の側面に廻り込んだ。石丸中尉がやってきた。

「あのお二人さん、なかなかやってくれますな……。どれ、ちょいと、おれに狙撃銃をかせ。一つ試してみるから……」

中尉は兵隊から狙撃用の望遠鏡がついた「三八」を受け取ると、よい場所を求めて、私たちのところから姿を消していった。従兵が一人ついていった。

上ではときどき思いついたように、下に向けて射撃を浴びせかけている。ほかには何の物音もしない。

そのうちに、チェコが鳴らなくなった。中尉が銃を手にして、目尻を下げて現れた……。

「ま、ちょいと、ね……。一人が身体をのり出して撃ってるところをね……。一発だよ。やつがグラリと上体を倒して落ちそうになったんで、仲間があわてて引っ張り上げてたな……。そしてチェコをもって引っ込んでいったよ。もうどこかへ下がっていったのじゃないかな」

中尉は腕に覚えがあったのだ。楊家嶺の山の中で毎日鳥打ちをしていたのも……遊びだけではなかったわけだ。

茶園寺

茶園寺の町に六中隊が出ているという。そこに行ってこい、という。通訳か何かの用件があったのだろう。保安隊をつれてそこまで前進した。

そのとき、茶園寺が最前線になっていたのであろう。着いたときはもう夕方になっていた。町民から情況を聞き出す仕事で、それは簡単に終わってしまった。

もう時間も遅いから、ここに泊まっていけ、と中隊ではいう。家はそこらじゅうどこも空いてるから、自由にいいところを選んで入っていけ、という。

かなり大きな町であった。町は高台の上にあるらしく、町外れに簡単な壕を掘って、歩哨が低地を見張っていた。

酒屋らしい家に入った。大きなザルに木の実がいっぱい入っている。酒ガメがいくつもあった。そしてもう「先客」が入っている。

「これ食ってみな……うまいぞ」

とその兵隊がいう。

赤いナツメの実が、赤い酒につかっていた。よい匂い……ナツメの実は本当に美味しかった。本来は実を食べるよりも、酒の方を飲むものだったらしいが、そんなことは知らなかった。とにかく「先客」の兵隊は「食え」といって「飲め」とはいわなかったし、私もガッツイていたから、「食う」方をえらんでしまった……。惜しいことをした。そうと知っていたら「飲ん」でおくのだった。

「食っ」て、その辺にある「食え」そうなものを食って、木の実のザルの上で寝てしまった。


眼が覚めた。

まだ暗い。小便をしようと思って、裏木戸を開けた。

外は明るくなり始めている。裏はすぐなだらかな傾斜で低地に下がっていた。

外に出ようとして、その傾斜を眺め——あわてて引っ込んだ……ソッと木戸を閉めて、しっかりカンヌキをかけた。

人影が動いていたのである。兵隊——国府軍の兵隊だった。低地から、この町に入ってこようとしている……。

二人ぐらいずつ組になって、二、三組が見えた。

町は丁字形になっているらしく、私が首を出した裏木戸からは、この家並と直角に走っている家々の裏口が右手にずっと眺められるのだった。

やつらは、そっちの方に向かって、傾斜を上っていた……だから、まさか、ここで裏木戸が一つ開いた、ということには気がつかなかっただろうと思うが……暗くもあるし……。

もし気づいたら、やつらは方向転換して、こちらに突っ込んでくるだろう。

カンヌキをかけることを忘れなかったのは、よかった。あれを壊して入ってくるまでには、少しは時間がかかるだろう。

私はすぐ飛び出して、そのままどこへでも行ってしまえるように、背嚢をつけた。また手榴弾を外した。戦闘準備だ……。

表通りに、人の気配がする。

身をこごめて、外をうかがう。

背嚢を背負った中国兵が一人、銃を後ろに向けて走っていく。布靴だか、ワラジをはいているせいだか、足音が聞こえない。

この店を通りすぎて、走りながら後ろ向きに発砲した。どこかで手榴弾の爆発音がする。先に入った敵兵が町のどこかで六中隊の兵隊と衝突したのだ。

私は後ろ向きに発砲していく中国兵をやり過ごしながら、その後ろ姿に手榴弾を投げつけようかどうか迷っていた。

投げつければ、あの中国兵は間違いなく倒れるだろう……で、中国兵を一人、ここで倒して、どうなるだろう……何ということないじゃないか……。

あの恰好からすると、かれも「茶園寺に突入しろ」と命令されて、おっかなびっくりでやって来たのに違いない。

放っておけ……。

六中隊とぶつかれば……そして運よくそれで死なないでいられたら……かれは戻っていって、隊長に報告できる材料ができるわけだ。

「茶園寺には有力な日本軍部隊が進出しています。町の中は日本軍でいっぱいです」

そうさせてやろう。

こうして、私は茶園寺における中国兵との戦闘を放棄した。

私は日本軍にあるまじき、不良な兵士である。

その日の昼前、私は本部に戻った。暑い日であった。


十日あまり山のなかで過したのであろうか。

茶園寺まで敵を押し返しておく。その間に作戦部隊は沙市の方に引き揚げる……というような計画でもあったのだろう。二大隊はそれから先へは進まなかった。


反転が始まった。

行く先は沙市らしい。

こんどは平地の「歩き」だ。楽といえば楽である。

小休止していると、後衛の兵隊たちが「上がって」くる。ほかの中隊と後衛が交代したのであろう。

「いやーもう……敵がどんどん、くっついて来やがって……たまったもんじゃないよ」

それは全くたまったものではなかろう。

後衛はどんなふうに退いてくるのだろうか。一個小隊ぐらいずつ、かわりばんこに阻止の戦闘をやりながら、下がってくるのであろうか。

松滋を通ったかどうか、憶えていない。

彌陀寺を通ったことはよく憶えている。夜明けの印象である。どの家も閉まっていた。

大きな町であった。通りぬけるのにだいぶ時間がかかった。

どの家も新築したてのようで、高々と軒を構えた表に立てまわしてある板戸も、柱も、薄茶色に桐油《とうゆ》をぬって光っていた。

どの店も人の気配がない——手前どもは商人でございます。軍人さんとは係わりございません……といっているような町の表情である。


三日ぐらい歩いただろうか。

揚子江の向こう側に、高々と堤防を築き上げて、それが長く左右に続いている風景が見えてきた。ヤレヤレ……と思った。

いつしか、敵の追尾もなくなっていた。

「わが方」の地域である。


沙市から四、五日、歩きと泊まりを重ねて、六月十五日、朱家埠に帰りついた。

新市街がすっかりでき上がっていた。

一本しかない通りだったが、人が賑っていて、その人たちが、私たち三人を見ると、無事で帰ってきたことを喜んでくれた。

昆も帰っていた。元気になっていた。

三人の保安隊も無事であった。

私は五人の保安隊を「殺さずに帰す」という秘めた目的を達成した。

＊

こんどの作戦は何のための作戦だったのだろう。

十三師団が北から南に押し出し、三師団が東から西に押していく、というそういう作戦だったのだ、と聞いた。兵隊である私には、十三師団も、その野溝支援とやらいうのも、三師団も、見えなかった。十三師団のなかのほかの部隊さえも見えなかった――いつの場合も、そうしたものらしいが……。

「江南殲滅作戦」と呼ばれている。しかし兵隊である私には、作戦中少しも「殲滅」の跡を見ることができなかった。

私たちが山の中を歩いている間に、どこか別のところで、別の部隊が「殲滅」をやっていたのであろうか。

「殲滅」があったとしたら、どうして、私たちが「歩いた」あとが、すぐに中国兵でいっぱいになり、私たちは追いかけられるような形で反転して来なければならなかったのだろう?

実情は「江南殲滅作戦」でなくて「江南スリヌケ作戦」だったのではないか?

一ヵ月半、湖北省南部の山々を歩きまわってきて、残るものは……空しさだ。それから強盗集団として敵意に取りまかれながら、峻険な山地を歩きまわる恐ろしさが身にしみた。

この作戦中に受けた最大のショックは、日本陸軍の精鋭と自称してきた集団が、たった数機のアメリカの戦闘機にほんろうされっ放しになったことである。

「江南殲滅作戦」は、それにつづいて中国大陸でくりひろげられることとなる諸作戦の「新しい戦いの姿」を予告するものであったのだ――制空権なき地上作戦の地獄相を、である。

都鎮湾で、翼をふるわせながら、プロペラをブルンブルンとまわして私たちの上空にやってきた司令部の連絡機と、宜都の上空をわがもの顔に飛びまわっていたサメの頭の、堅そうな胴体の、そして馬力が強そうな灰緑色の米戦闘機――その対比は、あまりにも強烈だった。

だから、帰国してから、ギリシア語の神田教授に戦争の見通しを尋ねられたとき、私はためらうことなく申し上げた――

「この戦争は日本の負けです」

復学して間もなく……たぶん十一月頃であっただろう。授業のあと、先生と私と、そして今は亡き三浦巌の三人で湯島の切り通しを歩いていた――そのときの話である。

上野は夕もやのなかに沈みかけていた。

国民にこんな戦争をやらせる日本なんて、焼けてしまえばよい――そんなことを考えていた……。

帰還

朱家埠は平和であった。

作戦のことは忘れてしまった。ただ、動物的な神経が残った。夜、どんなによく眠っていても、遠くの村で犬が吠えると、ハッとして眼が覚める……。

新市街に「黄興徳」というそば屋ができた。そこの「リャンメン」がおいしかった。

私とヤクは、何かというとショーハイに、

「おーい、リャンメン　ナーライ」

といいつけて、それを取り寄せて食った。

今でも、もしできたら、あのリャンメンを食べてみたいと思う。ヤクもきっと同じ気持ちであろう。


松田中尉に代って、石丸中尉が政務班担当の主任になった。


月の明るい夜、呉俊如区長は私を渊河に浮かべた船に招いてくれた。

蘇東波《そとうば》（蘇軾＝北宋の詩人）の『赤壁賦《せきへきのふ》』ではないが、波にくずれる月影を見ながら、揺れるともなく揺れ動く船べりにもたれて、酒を酌み交す風情はまた格別である。

区長は「チャン酒」のような透明な酒に、黒砂糖を落して、薬指でそれを溶かして飲むのをすすめてくれた。「雄黄酒《シュンホワンチュー》」というのだそうである。旧暦五月五日の端午の節句に、健康を祝って飲む酒だという。薬草も入っているのであろう。

その酒をなめながら、重い口で、語るともなく、いろいろなことを区長は話した。

区長には呉嘉禾《ウージャホ》という息子がいる……前にここにいた部隊の政務班長が、嘉禾《ジャホ》君をひじょうに可愛がって、日本で勉強させてやろうといって、連れていったという……。

はじめて聞く話であった。区長はその子のことを話したいために、この月の美しい夜に私を誘い出したのだった。

区長はやはり心配だったのであろう……。


四十年の歳月が流れた。

嘉禾君はどうなったであろう。浉河の船で、日本にいるはずの子供を思っていた区長はどうなったであろう。


七月末頃から、「交代帰還」の話が出てきた。

政務班では、私、ヤク、中井が「帰還組」であった。柏木班長もそうだったかも知れない。

土布の白布を手に入れて、自分で背負袋をつくった。ザラ紙に写真をはって、糸で綴じて、アルバムをつくった。

あと持ち物は、『ツァラトゥストラ』と、ミルトン、それに中国人から贈られた送別の詩などを書いた「旗」——それだけ。

日記は、とうとうつけずに終わった。除隊のときそれが見つかるとひどい目に会う、と聞いていたので……。


「帰還組」は、思い思いに苦労してつくった背負袋やリュックに、飯盒をくくりつけ、それを背負って、子陵舗に集合した。

八月十四日である。

もう私たちはバラバラな個々人の集合にすぎなくなっていた。

それから約一週間、どのように歩いたか、記憶は空白である。


八月二十三日頃であろう。たしか長江埠あたりで民船に乗った。ゆっくりと漢水を下っていった。

何も考えることがない。何も考えない。

ただ茫然として帆柱にもたれている。ゆっくりと後に移っていく川岸の農家を……そこで動いているおかみさんや子供たちを……トモに立ってたえず艪を押している老人と、その娘と……を眺めている。

漢陽で船を下りて、江岸を行進して、兵站の宿舎に入った。

八月二十五日、漢口を出帆した。

何も感慨がない。

八月二十六日、浦口に上陸した。

鉄道線路がたくさんあるところ。貨物駅らしいところ。そのそばのゴミゴミした宿舎であった。

まだ魂が身体から離れたまま宙を遊動しているようである……何を見ても焦点が定まらない……何ごとにも興味を惹かれない……。

魂は……まだ朱家埠や……梅子埡のあたりにたゆたっている……。

町は、えたいの知れない兵隊でゴッタ返していた。

床屋に入る——せめてもの「身づくろい」だ……椅子に掛けておやじにいった。

「剃我的頭吧」（頭を剃ってくれ）

背の厚いカミソリを、青白く光るほどに刃先を研ぎすまし、それをペタリと肌にくっつけ、スイスイとすべらせて髪の毛を剃り落していく。

中国の床屋のこの技術は、まさに芸術ものである。たちまちのうちに青道心《あおどうしん》にしてくれる。

最後の「丸坊主」になって揚子江と別れるのだ……。

おやじが尋ねた——。

「你是哪里来的？」（お客さん、どこからおいでかね？）

「上江来的」（カミの方から来たんだよ）

この答え方は並の兵隊にはできないだろう、と、心中、得意の鼻をうごめかす……。

案の定、おやじの態度が変わった。

私は青々と剃り上げた坊主になり、いい機嫌で宿舎に戻った。

九月六日、有蓋貨車によじのぼって、浦口を後にした。

イタリアが九月九日に無条件降伏している。

長い汽車の旅が始まった。

貨車に乗り込んだ当座は、客車に入った連中がうらやましかった。しかし何日か経つうちに、客車で座席に腰かけたまま身動きがとれないでいるよりも、そして掛けたままでいることに耐えられなくなって、座席の間の床に倒れこみ、そこでキュウクツに身を縮めて横になったりするよりも、貨車の中のムシロの上にいる方が、広々としていて、手足を伸ばして寝ていることができて、ずっと楽である、ということに気がづいた。

こうして寝そべりながら、食事どきには駅のプラットフォームで飯盒にめしを入れてもらいながら、津浦線（浦口と天津を結ぶ鉄道路線）を北上した。

切り通しのがけの上に、中国兵の姿を見かけることがあった。汪兆銘の兵隊なのだろう。どんな兵隊であろうが、もう自分には全く関係のないことだ……。

泰安を過ぎてから、名にしおう泰山を一目見ておきたいと、眼を皿にした。しかし雲がかかっていたせいか、それらしい山はついに眼にとまらなかった。

天津には長い間停車していた。

ヤケにだだっ広い駅——操車場であった。

だだっ広くて、ほとんど人影がない……。

九月十五日、山海関を通過、奉天に向かう。

九月二十一日、鴨緑江を渡った。

鉄橋のわきに兵隊が立っていた。

――朝鮮と中国の境の鴨緑江……。

眼のモノサシが揚子江のスケールになっていたせいか、あの歌に名高い鴨緑江も、何ということない一本の川にすぎなかった。

そして鉄橋も、貧弱な桁であった。

橋を渡り切ったところの駅で、プラットフォームに白い朝鮮服姿の、母親とその娘らしい女の子が立っていた。二人がかかえているカゴにみごとな、真っ赤なリンゴがいっぱい入っていた。

山が急に小振りになった。

景色が小さくなってきた。

九月二十三日、釜山に着いた。

白いホコリが積っているような、ゆるやかな上り坂を行進して、兵站に入った。


九月二十五日、関釜連絡船に乗り込んだ。下関に渡った。

青黒く透きとおった重い波が、もり上がり、沈み込み、船がそれをかき分けていくにつれて、きれいな細かいアワが生まれては消えていく……。甲板に立って、それを眺めて過ごした。

アメリカの潜水艦が出没している、という。

この重い波の下に、それがいるのだろうか。いるのかもしれない……。しかしそれだからといって、どうなることでもない……。船はやはり進んでいくだろう……。魚雷がこの船に命中したとき、潜水艦が近くにもぐっていたことを信じることになるだろう。

下関に着いてから聞いたのであろうか——私たちのつぎの船が潜水艦にやられた、という話。

釜山から船で下関にたどり着いたのは、私たちが最後だったのかもしれない。


下関のホームに着いている列車を見たときはびっくりした。これから、どうやって、あのマッチ箱のなかにもぐり込めばいいのだろう、と本気になって考えた。

汽車は、私が日本に残したまま、すっかり忘れ去っていた「過去」を、一つ一つ思い起こさせようとでもするように、ゆっくり、西からページをめくっていく。


神戸まで来て、記憶が急に生きてきた。

灘のあたり……少しも変っていない。六甲山に向かってせり上がっていくなだらかな斜面、建てこんでいる線路わきの家々。

大阪……だまって通りぬけた。兵隊の乗っている列車など、注意する人もいないようであった。

昔のままの北陸線の夜行の旅になった。

親不知は、まだ暗いうちだった。

宮内、長岡をあっという間にすぎてしまえば、もう馴染みの薄い北越平野の景観だ。

朝方、新発田で降りて、連隊に向かう通りは狭く、家並みは低かった。町の人びとは、通りに出て——おそらくもう馴れっこになってしまっているのだろう——私たちが通っていくのを眺めていた。

新発田十六連隊の営内を入った。

広い営庭の片隅、私たちが入った営舎の前に、絶えずコンコンときれいな水を噴き出している泉があった。食器はいつもそこで洗った。もう井戸のツルベの独占を目ざして「闘う」必要はなかった。もう……兵営にいても、昔のようにビクビクしている必要がなかった――戦地帰りなんだぜ、おれたちは。……毎日ブラブラして過した。

毎日、初年兵らしい一団が、演習からであろう、疲れ切った様子で帰ってきて、営庭に整列する。思いなしか、かれらはみな背が高くない。……体格が落ちているのだろうか。私たち――輜重特務兵なみであるように見える。かわいそうに……「これから」戦争に行かねばならないとは……。

かれらの持っている銃が短いことに、私は注目した。「サンパチ」ではない。騎兵銃を使っているのだろうか……それとも新式の銃なのだろうか。あのドイツ国防軍の銃みたいなのだろうか。一度それを手にとってみて、とっくりと検分させてもらいたい……と思ったがやめた。

もう終わったのだ。戦地帰りだ……。手をポケットにつっ込んでブラブラしていよう。

除隊になったのは十月三日であっただろう。

朝、営庭に並んで所持品検査を受けた。「地方」に持って出るものを各自、開陳して、係官の検査を受けるのである。軍服はすでに脱いでいる。代わりの服は、前日、父が届けてくれた――三年半ぶりで見た父は、細くなっているように思われた。

所持品は、どう調べられても、何もやましいことがない――日記さえつけないで我慢してきたのだから。

検査官が廻ってきた。一つの列からつぎの列、検査官がその前を歩いてくる。ほんのときたま、何かをチョイとつまむぐらいの「検査」ぶりである。

私の列にきた。私の前を通りすぎた……所持品などに眼もくれない。

地団駄ふみたい気持ちだった。

なんだ、こいつは……。そうと知っていたら、入営の第一日から丹念に日記をつけておくのだった。失敗した……取り返しがつかない失敗だ。


父はこの三年半の間に、すっかり弱り込んでいた。昔のアブラ切った、昂然と人々の頭の上に視線をやっている父ではなくなっていた。

この間に弟がチフスで死んでいる。水泳部に入っていた、ということだが、栄養不足と過労がたたったのであろう。それが、明らかに、父にとって一つの打撃であったのだ。

それから何回も自分で荷車を押したり引いたりして、金剛山のふもとの長野の方にまで疎開の荷物を運んでいる。それでくたびれ果てたこともあるだろう。

そのようにして運び出した疎開荷物が、みんな疎開先で焼けてしまった……危ないと思われた家の方がかえって無事に焼け残った。……しかし家のすぐ裏手に爆弾が落ちて、あの辺りは一面の焼野原になってしまった。そうした緊張とショックが、すっかり父の精力を消耗させたのであろう。

私たちは営門を出て、町の旅館で休んだ。留守中の話は、そこで父から聞いたのである。弟の死を話すとき、父は少し声をつまらせた。しかし、以前より明らかに弱っていたが、やはり父は父であった。頭をもたげて歩こうとしているように思われた。

私が駅で買った新聞は、大学生の徴兵猶予が全面停止になったことを伝えていた。数十万に上るであろう大学生が、これから「学徒出陣」していく。

それと入れ換えに、私は大学に戻っていこうとしている。
ひどいことになってきたな……「これから」出ていくのではタイヘンだぞ。
しかしまた……よくも早いところ行ってしまって、早いところ帰って来たものだ……。

後記

私が戦争に行くまで、そして行ったときの話は以上でおしまいである。

一緒に帰還した兵隊のうち、ある者は再召集になった。東京でそのような目に遭っている元指揮班の兵隊に会ったことがある。胸に「護仙」のマークをつけていた。米軍の本土上陸に備えて、東北のどこかの海岸を守る部隊に組み入れられていたのである。

食物も悪かったのであろう。あの時期であったから、私たちでなく、軍隊でも、とてもいっぱい食うことなどできないような有様だったに違いない。その兵隊はすっかりやせて、ススけた、血の気のない顔をしていた。久しぶりの再会でかれの見せた笑い顔はゆがんでいた。

私はその点、幸運だったといわねばならない。私の「出征」中に、父は本籍地、佐渡との連絡が不便になったため、一家の籍を大阪府に移した。おそらくそのためであろう――戦争中のことで事務手続きも混乱していたに違いない――「再召集」の通知は、最後まで私のところに来なかった。

戦場からは離れたが、戦争とのかかわり合いが終わったわけではなかった。

とりわけそれを強く考えさせられたのは、昭和二十年（一九四五年）三月十日の東京大空襲のときである――正確にいえば、「その翌朝」である。

当時、私は本郷の無縁坂に下宿していた。

空襲の間じゅう、私は表に掘ってある防空壕のわきに立って、ガタガタふるえていた。壕の屋根に積もった雪も、軒下に掻き寄せられた雪も、ザクザクに凍りついていた。

見る間に空が真っ赤に焼けただれていく。

その燃え上がる空の方からやって来て、私たちの真上を、B29がのびのびと両手をひろげてすべっていく。炎の色を銀色の翼や胴体に映しながら……何機も何機も……大きな飛行機であった。

池の端の一部しか見えない限られた視野であったが、物凄い燃え具合から見て、上野や江東一帯が大火事になっていることは明らか、と思えた。

紅蓮の炎、阿鼻叫喚の巷——人びとの死にもの狂いの叫び声、わめき声が、海鳴りのように伝わってくる……そう聞こえた。空耳であったのだろうか。

火は無縁坂の下にまで迫って来た。そこの二階屋が、倉庫が、そして小さなビルが、見る見るうちに煙を吐き、火がまわり、炎に包まれ、焼け落ちていく。

すぐ前にそびえる岩崎邸の高い石垣の上では若衆たちがおおぜい「火消し」に出て、さわいでいた。私の下宿は、広大な岩崎邸と、坂の途中、すぐ近くまで迫っていた東大病院とにはさまれていたおかげで、この劫火のなかに黒く冷たいシミとしてとり残された。

翌朝、私は勤め先の同盟通信社に向かった。交通機関はぜんぶダメになっているだろうから日比谷公園まで歩かなければならない……どうせのことなら、焼け跡を一目でも見ておこう、と思って、まず上野駅に出た。

通りいっぱい電線が焼け落ち、こんぐらがって、満足に歩くこともできない。火事場の異臭にはほとんどマヒしているくらいだったのに、それでもなお耐えられないほど鼻につきささってくる焼け跡の臭い……。

駅前の広場まで来て、私は息をのんだ。

広場いっぱい焼け出されの大群衆である。ススがこびりついて、おびんずる様（釈迦の弟子、賓頭盧《だんずる》のことで、なでぼとけともいう）のようにテラテラと黒光りした顔になっている。炎に焼かれて、まぶたがふくれ上がっている。眼が赤くただれ切っている。防空頭巾が穴だらけ、ボロボロになっている。モンペがズタズタになっている……。

みんな茫然としてそこに立っている。

石の地蔵様を逆さに背負っているおばさん……ちゃんとおぶいヒモでしばって……。

バケツを手にしているおじさん……何か大切なものでも入っているのだろうか?

鳥カゴ、位牌、焼けこげだらけの布団、七輪……みんなよりにもよっていちばん不必要なものを懸命にかかえて、逃げだして来たかのようである。

それを笑うことはできない。関東大震災のあと、名古屋の大地震で大阪も相当ひどくゆれたとき、父はスキヤキ鍋だけをもって表に飛び出した。「敵襲」と聞いて、はね起きざま、拳銃も軍刀もつかまず、双眼鏡だけ持って寝室から飛び出した中隊長がいた、という話も聞いている。パニックに襲われたときはそんなものなのだ。

しかし、ここにいる人たちは焼けコゲの臭いをムンムンふりまきながら、「怒り」をどこかに置き忘れてきたような顔をしていた。

虚脱状態なのである……。

眼をおおいたくなる光景であった。


漢口の兵站で、鉄格子の向こうから「コーカン、コーカン」といって手を伸ばしていた難民は、乞食よりもひどい恰好をしていた。しかしかれらは「虚脱状態」ではなかった。かれらは死にもの狂いで争い、ワメいていた。

農民は兵隊に家から追い立てられながら、そして逆らわずに家から追い出されながら、その眼に「怒り」をたたえていた。

農家に一人残された婆さんは、家じゅうを引っかき廻し、椅子を持ち出してたたきこわし、目ぼしいものをカッ払っていく日本兵を黙って眺めながら、「怒り」をこらえているようだった。

江東の罹災民は、焼け出され、何もかも失い、命からがら上野駅まで逃げて来たものの、これからどうすればよいのか、お先マックラ……。こんなにひどい目に遭っているのに、どうして怒らないのだろう。どうして、それを「虚脱」で甘受しているのだろう。

市民をこんなに「虚脱」させてしまったヤツがいる……。そいつに対して、腹の底から「私の怒り」がこみ上げてきた。

自分が戦争で見聞きしたことを書かなければ、と思うようになった契機の一つはここにある——結局、その「中国民衆の怒り」というものは、あまりうまく書けずに終わってしまったけれど……。

戦争はいつかまた、何らかの形で日本に襲いかかってくる、と思わなければならない——私はそう考えている。現実のこの世界で、これだけ国と国、民族と民族、階級と階級の利害がこんぐらがり、せめぎ合っているこの世界で、戦争なしに歴史が進んでいくなどとは、到底考えられないのではなかろうか。

現に、終戦後から今日まで、世界のどこかで戦争が起こっていなかった日はなかった——大国同士の正面切った激突という形をとっていないだけの話である。

こんど日本に襲いかかる戦争は、巨大な破壊と死をともなって来るだろう。

そのような戦争が起こらないように、闘わなければならないことは勿論である。日本が再び「侵略戦争」に乗り出すということは、まずないだろうから、何はともあれ、「侵略戦争を起こす者」と闘わねばならない、ということになる。

しかし、それでも不幸にして大規模な戦争が始まったならば、日本のように国際政治上のキーポイントを占める先進的工業国は、何らかの形で、侵略的攻撃にさらされる可能性がきわめて大きい、と考えなければならないだろう。

不幸にしてそうした情況で死に襲われた国民は、侵略者に対する憤怒の眼をむいて死ななければならない——虚脱状態で侵略の死に屈するようなことがあってはならない、と私は考える。

この前の戦争で日本国民を虚脱状態に陥れたのは、世界の実情について国民を盲目にし、中国を蔑視させ、日本の不敗を盲信させ、そして中国侵略へと国民を駆り立てていった日本軍部と、神がかりの国粋論者、軍国主義者たちだった。

軍部と神がかりの連中に引きずられてしまって、中国侵略の戦争を支持し、戦争の拡大を許してしまったから、B29から焼夷弾を浴びせられ、焦熱地獄に放り込まれたとき、怒りを誰に向けることもできず、オロオロして、想像を超えた破壊に打ちひしがれるばかりだったのだ……。

そんなことを再現させてはならない。

中国の民衆は西欧の植民主義者から百年にわたって痛めつけられながら、誰が侵略者――敵で、誰が頼りになる味方であるかを見分ける眼を養った。

見分けた上で、ある者は侵略者と戦った。

ある者は侵略者に屈従した……しかしいつか引っくり返してやろう、と思いながら。

ある者は侵略者と「うまくやって」、侵略者を逆に自分らのために利用しようとした。

私が中国でみたのは、この三つのタイプの人間である。みんな私たちを「侵略者」と見ている点では共通しているのであった。親しくしてくれた中国の友人たちも、私を「侵略者である」友人として、つき合ってくれたのだ、と思う。

日本人が虚脱状態で侵略を迎えるのでなく、どんな形にせよ侵略者に「立ち向かって」いくことができるようになるためには、つねに、誰が侵略者なのか、どこに侵略戦争の「震源」があるのか、それがどう日本に作用してくるのかを、はっきりつかんでいなければならないだろう。

世界の現実について、どんな意味でも盲目になってはいけないと思う――攻撃的、神がかり的な「盲目」はいうまでもない。平和主義的な「盲目」も注意しなければならないのだ。

同時に、「日本からは絶対に侵略戦争を仕掛けない。侵略には断固として、あらゆる形で、トコトンまで反対する」という覚悟を決め、そのように戦える力を養っていく必要がある。

戦争についてこんなふうに眼を開かせてくれ、私を死に直面させてくれた、という意味で、従軍の三年半は私にとって大切な時期になった。

しかしすべては流れる。

その三年半も、その前の二十数年と同じように、結局のところ「流れる」年月だったのであり、私からすれば、その期間一人の「旅人」として「戦争を旅した」にすぎなかった──友と会い、そして離れ、敵と会い、そして離れ、戦場の山と川と町を見、死と会い、その死とも離れて、帰ってきた。

その間に、さまざまの出会いが、年輪にヒダを刻みつけた。

私は戦争の思い出を綴りながら、これを『戦争紀行』と名づけることにしよう、と考えた。

私は軍国主義のために戦場に引き出されたのであるが。

しかし千数百万にも上るであろう中国人民に死と量り知れない苦痛をもたらし、莫大な破壊と損害を中国に与えた侵略軍の兵士として、この侵略戦争のために働いた。

今私の為すべきこと──それは、前を向いて、新たな侵略戦争に反対することだと思う。

戦場で、私の周りで死んだ、あるいは死んでいた中国の兵士たち、農民たち、また日本の兵士たち……そのように出会ったことも「他生の縁」であろう。遅ればせながら冥福を祈る。

*

この「紀行」をものするに当たっては、かつての上官であった長谷川敏三氏、松田朝一氏から、いろいろと御教示にあずかった。

以下の書籍を参考にさせていただいた。

『太平洋戦争陸戦概史』(林三郎　岩波書店)
『戦史叢書——大東亜戦争公刊戦史』の関係各巻(防衛庁防衛研修所戦史室　朝雲新聞社)
『華中戦記』(森金千秋　図書出版社)
『湘桂作戦——大陸縦貫2000キロ』(森金千秋　図書出版社)
『武漢兵站』(山田清吉　図書出版社)
『日中戦争裏方記』(岡田酉次　東洋経済新報社)
『36万人の進撃——湘桂作戦ノンフィクション戦記』(大森茂　政治科学センター)
『秘録大東亜戦史』(富士書苑)
『戦争と人間の記録　中国戦線の反戦兵士』(秋山良照　現代史出版会)
『天皇の軍隊』(熊沢京次郎　現代評論社)
『別冊1億人の昭和史　日本陸軍史　日本の戦史別巻①』(毎日新聞社)
『文藝春秋臨時増刊　太平洋戦争　日本陸軍戦記』(文藝春秋)
『抗日戦回想録』(郭沫若、岡崎俊夫訳　中央公論新社)
その他

時代を超えて

石井　克則

私事ではあるが、私は共同通信社に長く勤務し、二〇〇五年八月末退社した。在職中、著者もかなり前に同じ通信社に勤務していたことは聞いてはいたが、世代が違うため著者の記者としての活動を知っている先輩、同僚は周囲には全くいなかった。それゆえに、現役時代の著者がどんな活動をした記者だったかは全く想像もできなかった。そんな私が今回、偶然この作品の出版にかかわることになり、大先輩の記録に接することになったのである。

この作品は東大（当時は東京帝大）在学中に召集され、日中戦争最中の中国で三年半にわたって軍隊での生活を送った戦争体験記である。著者はこの三年半について「その期間、一人の旅人として戦争を旅したに過ぎなかった――友と会い、そして離れ、敵と会い、そして離れ、戦場の山と川と町を見、死と会い、その死とも離れて、帰ってきた」と淡々と書く。だが、作品は透徹した一兵士の眼で当時の軍隊の内部の実情や中国民衆の様子、各地の光景を微細に描いていて「ものを考える」青年兵士の魂の記録として読むことができよう。

驚くのはこれだけの作品なのに、記憶を頼りに書いたということだ。著者は、除隊時に没収されてしまうといわれていたため日記をつけなかったという。だが、その記憶力の確かさ、観察力の鋭さには恐れ入るばかりだ。著者は後に同盟通信社（戦後、共同通信社）に入社し、ジャーナリストとしての道を歩み始める。その原点は軍隊の様々な体験だったのではないだろうか。生きることに体も心も緊張し続けた過酷な体験を通じて、批判精神や観察力が徹底的に鍛えられ、筋の通った記者活動をしたのだと思う。それはこの記録を読めば想像できることである。

日本と中国の関係は、ここであらためて記すまでもなく、一九三一年（昭和六年）九月十八日の満州事変、翌三二年三月一日の旧満州国の建国など、旧満州（中国東北部）をめぐる争い、さらに一九三七年（昭和十二年）七月七日の盧溝橋事件から勃発した日中全面戦争と、日本側の一方的な思惑による不幸な事態が続き、この不条理な状況は容易に終止符を打つことはなかった。この結果、望むと望まざるとにかかわらず、日中の国民がこの戦争に巻き込まれ、多大な犠牲者が出たのは言うまでもない。そうした時代に、大学に進学した著者も一兵卒として、自分の意思に関係なく、中国大陸の土を踏み、中国民衆の言う「鬼」の仲間入りをしたのである。

京都の三高時代に二・二六事件（一九三六年＝昭和十一年）の発生を知り、戦争への足音を聞いた大阪出身の著者は本籍地の佐渡で兵隊検査を受け、第二乙種と認定される。一九三八年（昭和十三年）に東大を受験し、ドイツ文学科に合格する。きな臭い世情の中、学生時代の著者がどのような青春を送っていたかは、第一章から第二章にかけて詳しく書かれ、飄々としながら、冷静に時代を見つめる著者の精神を感じ取るのである。

その後英文科に転科するが、一九四〇年（昭和十五年）春、召集令状が届き、四月一日、輜重兵《しちょうへい》（軍需品の輸送や補給に当たる兵のことで、旧陸軍の兵科の一つ）として仙台の輜重二連隊に入営、訓練後汽車を乗り継ぎ大阪港から中国戦線へ渡り第十三師団（漢口周辺で作戦を展開）の兵隊になる。当初は初年兵として糧秣の輸送や馬当番、炊事当番に従事し、さらに政務班（宣撫工作・情報係）となり、中国各地を回るのである。

作品には印象深いシーンがいくつも登場する。小沖口の小学生に著者が日本語を教えるために先生になり、体の部分を教える場面（第六章）はユーモラスである。そして中国の子供たちには「走れ、眼をむいて、キタナク走れ……中国の子供よ。そして一等になれ……」（同）とエールを送る。著者の心根の優しさがしのばれる記述である。現地の保安隊という組織から抗日（日本への抵抗運動）の歌まで教えてもらう著者は「いまおれが踏んでいる土の下に、何千年にもわたって生きてきた何百万人もの百姓の汗と血……そして骨が埋まっている」と、前線にあっても「ものを考える兵隊」だった。政務班の一人として宣撫工作を続けながらも、小学校の先生をしているという若い女性を逃がし（第七章）、現地の子供達から「杉山のおじさんは中国人が日本人に化けたのだ」（第八章）といわれ、さらに朝鮮独立運動の義勇軍部隊から「貴下は日本軍のもとで勤務を強いられているわが朝鮮同胞に違いない」（同）と義勇軍への参加を勧誘される。

こうした数々のエピソードから、著者が、異質な兵士だったことがうかがわれるのである。著者は行軍中に、足の傷が悪化して野戦病院に入院する。さらに、死と隣り合わせた多くの戦闘にも巻き込まれる。戦争という場面での死については第八章で「ワグナーのオペラのような壮大な死の賛歌はこの兵隊には鳴り響かない。ただ音もなく死がこの兵隊をさらっていく」とその悲しみをつづる。従軍記者が兵隊たちから押し飛ばされるのを見て「新聞記者って可哀そうな商売だな」と思いながらも、著者自身も後に同じ職業を選ぶのだから、人生は不可思議なものなのだ。

国民党軍の早朝攻撃を事前に知らされて難を逃れ、作戦行軍中の渡河で急流に流されそうになっても助かるなど、不思議な運が働いたのも著者の生命力の強さなのだろうか。軍隊というところは大隊長に命令されれば「人殺し、放火、ブチコワシ……を、他の兵隊に負けず、一生懸命やっている」恐ろしいところだと述懐する（同）が、その大隊長が前進を止め、山の中腹に腰を下ろしながら「おい杉山……おれは疲れたよ」の本音を漏らす（第九章）場面は人間の弱さとはかなさを象徴しているように思えてならない。

この作品はまた、著者の感性の豊かさが随所に示されていて、上質な文学作品を読むような味わいの深さを感じ取ることができる。胡弓を弾くボロをまとった目の見えない子供との出会い（第三章、胡弓）の場面を私は声を出して読んだ。

「町の方から子供が一人、破けた大きな、うす汚れた麦ワラ帽をかぶって歩いてくる。トボトボと。着ているのは、ほとんどボロだ。布靴も足には大きすぎる。破けている。胡弓を弾いている。盲人だ。白熱の空洞の中を、空ろな眼が宙を見上げて、無心に糸を弾く。その胡弓の調べは、私の胸の中から私の知らなかった悲しみを、止めどなく引き出していく……」

子供を見つめる多感な青年兵士の姿が目に浮かんでくるのである。

第四章の「鴉雀嶺」で当時の中国農村の点景として紹介する「ロバ」に関する考察にも、感性が見える。「ロバは絶対の無表情と、機械のような無意志によって、私たちには推し測りようのない、深い悲しみを表しているのだ」という記述は、含蓄があるではないか。

著者は戦場における人間としての弱さも隠さない。第七章「長沙」では次第に徴発術を身につけたことを書いている。無人の現地住民の家に入り込んで鶏や豚を略奪してしまう。理性が働くはずの著者でさえも、天井からつるされた豚肉の脂身の薫製をすべて平らげてしまうのである。

長い作品を読んで読者はどんな思いを抱くだろうか。私は、政務班の兵士として部隊の動きに疑問を持ちつつも優秀な働きをしながら、どんな場面でも現地住民を見下さない姿勢を堅持する著者の人間性を感じ取った。

三年半後に除隊し、太平洋戦争への再召集は受けずに生き延びた著者は、中国の民衆の日本軍に対する怒りの眼を思い出しながら「戦争はいつか、また何らかの形で日本に襲ってくる、と思わなければならない」と書き、「今度日本に襲いかかる戦争は、巨大な破壊と死をともなって来るだろう。そのためにも侵略戦争を起こす者と闘わねばならない。不幸にしてそうした情況で死に襲われた国民は、侵略者に対する憤怒の眼をむいて死ななければならない――虚脱状態で侵略の死に屈することがあってはならない」とも考える。それは、国際関係が不安定な二一世紀に生きる日本人への適切、かつ重いメッセージだと私は思うのだ。

著者が危惧している通り、二一世紀になっても世界から戦火は消えない。イラク情勢は泥沼化し、イラク戦争を収めたはずのアメリカもお手上げ状態の印象が強い。中東情勢もきな臭さが消えず、核開発に走る北朝鮮の動向も油断はできない。

こうした時代にあって、戦争の実態をつぶさに描いたこの作品は、時代を超えて重い意味を持つのである。

（元共同通信記者）

父の遺稿を出版するにあたって

父が亡くなって数年経ったある日、母が、

「お父さんが書いたものがここにあるのだけど……」

と、父の書斎の片隅に積んであった膨大な量の原稿を指して言った。

それは、戦後ジャーナリストとしてアジア・アフリカで活動していた父の戦争体験を盛り込んだ自叙伝であった。北京滞在中の一九八二年五月から約二年間にわたって書いたものだ。父はいつかそれが世に出ることを望んでいたかもしれない。しかし、寡黙で、謙虚な人だったので、自ら出版の話を言い出すことはなかった。

父は、八六年に北京から帰国後、依頼された書物の翻訳の傍ら、戦争体験記の続編として、戦後滞在したインドネシアや中国の見聞記の執筆準備に取り掛かっていた。そのうちに、腎臓病を患い、長期入院で執筆もできぬまま、九六年に七十九歳の生涯を閉じた。

母は年々視力が弱まり、父の肉筆を読み進めていくには困難を伴ったため、両親と中国などで過ごした期間が長く、父と同じ共同通信社記者の道を歩んだことのある私に、「ワープロに打ち直して読み易くして」と託した。私はあっさりと引き受けた。

とはいうものの、その頃はまだ長男が幼く、日々の雑用に振り回されていた。そして父の遺稿のことは、いつの間にか忘れていた。

二〇〇五年、日本は戦後六十年を迎えた。経済・技術のすさまじい発展を遂げ、豊かな国になった。だが、戦争の深い傷が社会から忘れ去られようとしていることに、私は危惧の念を抱いていた。日本と中国が歴史認識の相違によって、関係が悪化していることにも心を痛めていた。アジアの人々に計り知れない損害と苦痛を与えた侵略戦争を遠い過去のものとして考えていいのか——

私も戦争を体験していない世代の一人だ。戦争の恐怖と悲惨さは、これまで様々な形で頭の中に入ってきた。人の体験談を聞いたり、映画を観たり、新聞や本を読んだりして。

インドネシアでは、日本の軍歌や兵隊言葉の日本語を覚えていた人に会った。中国では、「日本軍に一家皆殺しにされた」と涙ながらに訴えるおばあさんの姿を見た。九・一一の時には米国・ワシントン近郊で暮らしていた。イラク戦争を煽るブッシュ大統領のせいでアメリカ人はテロに狙われがちだから、仕事とはいえ海外出張するのが嫌だと嘆く隣人もいた。

もしも日本が再び戦争に突入し、子供たちが戦争に駆り出されたら、どんなにやりきれないことだろう。そんな時、段ボール箱の中に眠っている父の遺稿のことを思い出した。

「戦争体験者としての真実が書いてあるはず……」

父が脱稿してから既に二十年余りの歳月が流れている。しかも、本人はこの世にもういない。ところが、ワープロを打ちながら読んでいくうちに、私の知らなかった若き日の父が甦ってきた。「戦争に引き込まれた父たちの世代の文句」がひしひしと伝わってきた。中国でわが物顔に振る舞っていた日本軍に、いたたまれない気持ちにもなった。

父は日本にいても、中国にいても、その他の国にいてもいろいろな階層の人々を細かく観察した。そして、それを結構楽しんでいたようだ。また、あのような暗い時代であっても、冷静で、楽観的であった。だからこそ、激戦地でも生き延びることができたのではないだろうか。

私は母と話し合い、父の遺稿を単なる「自叙伝」としてではなく、中学生の長男を含め、一人でも多くの戦後生まれの若い世代に、日本の歴史の暗い部分を知って、考えてもらえればと、出版に踏み切った。

「お父さん、遅くなってごめんなさい」。

なお、文中の一部固有名詞に、私の判断で注を加えた。

最後に、親身になって相談に乗ってくださった共同通信社の先輩で、かつて中国残留孤児取材を共にした石井克則氏、出版に格段のご尽力をいただいた出版社いりすの松坂尚美氏、守屋秀生氏に心より感謝したい。

杉本まり子

二〇〇七年七月

杉山　市平
（すぎやま　いちへい）

1917年　新潟県に生まれる
1944年　東京大学英文科卒業後、同盟通信社、共同通信社へ
1964年　ＡＡジャーナリスト協会書記として、ジャカルタ・北京で、1986年まで生活
1996年　永眠（享年79歳）

訳　書『フルシチョフ』アレクサンドロフ著（1957年 平凡社）
『中国 ── 生活の質』バーチェット著（1975年 筑摩書房）
『文化大革命の内側で』（下）ジャック・チェン著（1978年 筑摩書房）
『中国歴代の皇帝陵』羅哲文著（1989年 徳間書店）

戦争紀行－ためつすがめつ一兵士が見た日中戦争の実体

2007年7月30日　初版1刷発行 ©

著　者　杉山　市平
発　行　いりす
〒113-0033 東京都文京区本郷 1-1-1
TEL 03-5684-3808　FAX 03-5684-3809

発　売　同時代社
〒101-0065 東京都千代田区西神田 2-7-6
TEL 03-3261-3149　FAX 03-3261-3237

装幀　斉藤茂男　　印刷・製本　モリモト印刷株式会社

定価はカバーに表示してあります。落丁・乱丁はおとりかえいたします。
ISBN978-4-88683-609-0